LE CAS WAGNER

CRÉPUSCULE DES IDOLES

Œuvres de Nietzsche
dans la même collection

Ainsi parlait Zarathoustra, traduction révisée de G. Bianquis, présentation et notes de P. Mathias.

L'Antéchrist, traduction inédite, notes, introduction par É. Blondel.

Le Crépuscule des idoles, Le Cas Wagner, traductions d'Henri Albert, introduction de C. Jambet.

Ecce homo. Nietzsche contre Wagner, traductions inédites et notes par É. Blondel.

Le Gai Savoir, traduction inédite, introduction et notes par P. Wotling.

Généalogie de la morale, traduction inédite par É. Blondel, O. Hansen-Løve, T. Leydenbach et P. Pénisson. Introduction et notes par P. Choulet.

Le Livre du philosophe, traduction, introduction et notes par A. Kremer-Marietti.

Par-delà bien et mal, traduction inédite, introduction et notes par P. Wotling.

Seconde considération intempestive, traduction H. Albert.

NIETZSCHE

LE CAS WAGNER

Traduction inédite, introduction et notes

par

Éric BLONDEL

CRÉPUSCULE DES IDOLES

Traduction inédite, introduction et notes

par

Patrick WOTLING

Ouvrage traduit avec le concours du Centre national du livre

GF Flammarion

ISBN 978-2-0807-1174-8

INTRODUCTION

LE CAS WAGNER

> « Je tiens pour une chance toute particulière d'avoir vécu à la bonne époque et précisément parmi les Allemands, en sorte d'être *mûr* pour cette œuvre : tant est vaste chez moi la curiosité du psychologue. »
>
> Nietzsche, *Ecce homo*,
> Pourquoi je suis si avisé, § 6.

« Pour être juste envers cet écrit, il faut souffrir du destin de la musique comme d'une plaie ouverte – *De quoi* est-ce que je souffre, quand je souffre du destin de la musique ? De ce que la musique a perdu son caractère transfigurateur, affirmateur du monde, de ce qu'elle est musique de *décadence* * et non plus la flûte de Dionysos[1]. » Pourquoi est-ce aux yeux de Nietzsche (ou plus exactement à ses oreilles) une si poignante souffrance, un si important enjeu, d'ordre existentiel, voire métaphysique ? C'est que, pour Nietzsche, la musique n'est pas seulement un art (voire l'art suprême), un divertisse-

* Les mots en italique suivis d'un astérisque sont en français dans l'original allemand.

1. *Ecce homo*, Pourquoi j'écris de si bons livres, *Le Cas Wagner*, § 1, trad. É. Blondel, GF-Flammarion, 1992, p. 143.

ment, un ornement, un agrément et une profonde joie de la vie. La musique a une portée existentielle et ontologique : comme il le dit si bien dans une formule fameuse et même galvaudée (au point de figurer sur les tee-shirts des estivants), « sans musique, la vie serait une erreur [1] ». Nietzsche trouvait cette phrase tellement à son goût qu'il l'a reprise dans ses lettres à Peter Gast : « La vie sans musique est tout simplement une erreur, un labeur éreintant, un exil », 15 juin 1888, et à Georg Brandes : 27 mars 1888 [2]. La musique exprime l'essence de toute vie. En cela, Nietzsche s'accorde entièrement avec Schopenhauer, son maître, jusqu'à reprendre et plagier ses formules et à les illustrer. Dès *La Naissance de la tragédie issue de l'esprit de la musique* (titre complet, 1872) – notamment les paragraphes 16 sur la musique et 21 sur *Tristan et Isolde* –, Nietzsche déclare qu'il « considère l'art comme la tâche suprême et l'activité proprement métaphysique de cette vie » (dédicace à Richard Wagner). Dans *Ecce homo*, il écrit : « Je demande à la musique qu'elle soit de belle humeur et profonde comme un après-midi d'octobre [3]. » Ce rôle de « stimulant » de la belle humeur est explicité dans une formule restée célèbre : « L'art est la grande incitation à la vie [...] ce qui *rend la vie désirable* [4]. » Schopenhauer écrivait en effet, sur ce point jamais critiqué par Nietzsche : « Les autres arts n'expriment que l'ombre, tandis que [la musique] parle de l'être. La musique, en effet, est une objectité [*sic*], une copie aussi immédiate de toute la volonté que l'est le monde, que le sont les Idées elles-mêmes. [...] Elle

1. *Crépuscule des idoles*, Maximes et pointes, § 33, trad. É. Blondel, Hatier, 2001, coll. Classiques Hatier de la philosophie, p. 12.

2. *Cf.* Éric Blondel, « Sans musique, la vie serait une erreur », dans *Magazine littéraire*, n° 383, 2000, article repris et augmenté dans la *Revista portuguesa de filosofia*, Braga, tome LVII, 2, 2001, p. 213-224. Nous renvoyons aussi au petit livre de Curt Paul Janz (par ailleurs biographe de Nietzsche), *Die Briefe Friedrich Nietzsches*, Zurich, Edition Academica, 1972, chap. X, C, « Die Musik als Lebenselement » (« La musique comme élément vital »), p. 134-143.

3. *Ecce homo*, Pourquoi je suis si avisé, § 7, trad. citée, p. 84.

4. *Crépuscule des idoles*, Raids d'un intempestif, § 24, trad. É. Blondel, Hatier, p. 89.

n'est donc pas, comme les autres arts, une reproduction des Idées, mais une reproduction de la volonté au même titre que les Idées elles-mêmes. [Elle est] la copie d'un modèle qui lui-même ne peut jamais être représenté directement [1]. » Et Schopenhauer de préciser (point capital pour Nietzsche dans ses attaques contre la musique de Wagner) : « Dans la mélodie, nous reconnaissons la volonté à son plus haut degré d'objectivation, la vie et les désirs pleinement conscients de l'homme, [...] les formes diverses du désir humain. [...] Le compositeur nous révèle l'essence intime du monde, il se fait l'interprète de la sagesse la plus profonde, et dans une langue que sa raison ne comprend pas ; de même la somnambule dévoile, sous l'influence du magnétiseur, des choses dont elle n'a aucune notion, lorsqu'elle est éveillée. » Traduction dans *Par-delà bien et mal*, § 106 : « La musique est le truchement par lequel les passions jouissent d'elles-mêmes. » Nietzsche, musicien, mélomane, compositeur [2], copie, confirme et développe : « La parole agit d'abord sur le monde conceptuel [...], la musique au contraire touche immédiatement le cœur, car elle est la véritable langue universelle, partout comprise » (*Le Drame musical grec*, 1870 ; voir également *La Vision dionysiaque du monde*, § 4). C'est dire que la musique traduit directement ce que Michel Henry nomme l'« être-affecté », le préréflexif, l'affectivité, exprimant le vouloir-vivre, la volonté de puissance, le désir, la vie, le *dionysiaque* comme l'être en soi des êtres et des choses, en deçà de toute représentation conceptuelle, langagière ou abstraite. En un mot, la musique « parle de l'être » (Schopenhauer), elle est « la flûte de Dionysos » (Nietzsche, *Ecce homo*, Pourquoi j'écris de si bons livres, Le Cas Wagner, § 1).

1. *Le Monde comme volonté et comme représentation*, chap. 52, trad. Burdeau revue par R. Roos, PUF, 2e éd., 1966, p. 328-333, *passim*.

2. À vrai dire plutôt manqué : voir la réponse cinglante de Hans von Bülow en date du 24 juillet 1872 sur sa *Manfred-Meditation* et *Ecce homo*, Pourquoi je suis si avisé, § 4 et note 58 de notre édition, trad. citée, p. 80 et 215.

Or voici le paradoxe, pour ne pas dire l'ambiguïté. Après avoir résumé d'une manière implacable et définitive ses griefs, critiques, charges et doléances contre la décadence de la musique de Wagner, Nietzsche lui-même, l'auteur de *Nietzsche contre Wagner*, écrit sans périphrase ni fausse pudeur dans *Ecce homo* : « J'ai aimé Wagner [1]. » Et, dans *Le Cas Wagner* : « Face à Wagner, les *autres* musiciens n'entrent pas en ligne de compte » (*infra*, « Second post-scriptum »). Et même, en contradiction flagrante avec ses déclarations du premier paragraphe du *Cas Wagner* (pirouette ou confidence personnelle ?), il écrit à son correspondant le compositeur Carl Fuchs, le 27 décembre 1888 : « Ce que je dis sur Bizet, ne le prenez pas au sérieux ; tel que vous me connaissez, B[izet] n'entre pas le moins du monde en ligne de compte. Mais, comme antithèse ironique contre W[agner], il marche très fort ; c'eût été en vérité une extraordinaire faute de goût si, par exemple, j'avais pris pour point de départ un éloge de Beethoven. »

Alors, pourquoi ces œuvres de polémique, ces pamphlets, voire ce qui pourrait passer pour des diatribes, des écrits venimeux, *ad hominem*, et qui semblent des règlements de comptes, des vengeances personnelles, bref, des libelles ? Il est vrai que l'on peut exhumer quelques rancœurs en arrière-plan, quelques offenses mal digérées tournant éventuellement à ce que Nietzsche appelle « ressentiment » (par exemple la rancune liée à une indélicatesse de Wagner, la trahison d'un secret médical concernant Nietzsche [2]). Mais le propos de Nietzsche est tout autre, et transcende les animosités,

1. *Ecce homo*, Pourquoi j'écris de si bons livres, Le Cas Wagner, § 1, trad. citée, p. 143.

2. *Cf.* Curt Paul Janz, « Die tödtliche Beleidigung » (« L'offense mortelle ») dans *Nietzsche-Studien*, Berlin, De Gruyter, 1975. Dans son livre *Nietzsche, une biographie*, trad. P. Rusch, Gallimard, 1984, tome II, p. 228-233, C.P. Janz raconte la lamentable histoire dont Wagner était à l'origine : Wagner aurait raconté à qui voulait l'entendre (et cela finit par venir aux oreilles de l'intéressé) que les troubles physiques et psychiques dont souffrait Nietzsche, aux dires du médecin qu'il avait consulté sur la recommandation de Wagner, étaient dus à son célibat – en clair, à ses habitudes onanistes.

les sous-entendus psychologiques de la relation entre les deux hommes, les questions de personnes, voire et y compris les attaques inspirées par le mépris, le sentiment de supériorité, le désir de brûler ce que, comme Nietzsche, on a intensément et éperdument adoré. Il faut croire Nietzsche quand il écrit dans *Ecce homo* :

> « Affronter l'ennemi à armes égales – première condition d'un duel loyal. Lorsqu'on méprise, impossible de faire la guerre [...]. Ma pratique de la guerre s'énonce en quatre principes. Premièrement, je n'attaque que des causes victorieuses [...]. Deuxièmement, je n'attaque que des causes face auxquelles je serai dépourvu d'alliés, où je m'avance seul [...]. Troisièmement, je n'attaque jamais les personnes – je ne me sers de la personne que comme d'un verre fortement grossissant à l'aide duquel on parvient à rendre visible une situation désespérée qui concerne tout le monde, mais sournoise et difficile à percevoir. [...] Quatrièmement : je n'attaque que les choses dont toute acception de personne est exclue, où il n'existe aucun arrière-plan d'expériences fâcheuses. Au contraire, attaquer est de ma part une marque de bienveillance, le cas échéant de gratitude [1]. »

Alors, pourquoi *Le Cas Wagner* ? « C'est ainsi que j'ai attaqué Wagner, plus exactement la fausseté, la nature ni chair ni poisson de notre "civilisation", qui confond les madrés avec les riches, les fins-de-race avec les grands [2]. » « Civilisation », c'est le mot-clé, c'est l'enjeu philosophique fondamental de toute la pensée de Nietzsche, comme l'atteste le fait que, toutes les fois que Nietzsche évoque, critique ou attaque Wagner, et même toutes les fois qu'il est question de musique, de Wagner ou d'autres compositeurs, allemands ou étrangers, l'Allemagne est *toujours* mise en cause et présente en arrière-plan. Ainsi de ces beaux textes, publiés ou posthumes, qui constitueraient des modèles d'introduction au *Cas Wagner* et à sa problématique de la

1. *Ecce homo*, Pourquoi je suis si sage, § 7, trad. citée, p. 66.
2. *Ibid.*

musique et de la culture : *Quatrième considération intempestive, Richard Wagner à Bayreuth* (texte apparemment inoffensif et non critique, mais équivoque et interrogatif, écrit à partir du début 1875, paru en juillet 1876, l'été où Nietzsche se rendit au premier festival de Bayreuth et consomma sa rupture avec « le Maître ») ; *Ecce homo*, Pourquoi je suis si avisé, § 6 et 7 ; Pourquoi j'écris de si bons livres, Le Cas Wagner, § 1 à 4 ; *Par-delà bien et mal*, huitième section, « Peuples et patries », § 240-256 ; *Fragments posthumes*, automne 1884-automne 1885, 36 [14] et 37 [15] ; début 1888-début janvier 1889, 15 [99] et 15 [111], parmi cent autres ; *Généalogie de la morale*, Troisième traité, § 2-5 ; et, bien entendu, ce recueil de textes antérieurement publiés, revus et complétés par l'auteur, qui s'intitule *Nietzsche contre Wagner*. Que Nietzsche pose (en « intempestif », « hors époque ») un *problème de civilisation*, d'idéaux, de style, de morale, d'institutions, d'esthétique, de classicisme ou de romantisme, de créativité ou de déclin, d'opéra français contre drame allemand (suivi en cela par Thomas Mann, Robert Musil, Hermann Hesse, Hermann Broch, Thomas Bernhard), et *non* un simple problème individuel, une question de personnes, traités dans un écrit de circonstance, c'est ce que manifeste la polysémie du titre de son ouvrage. En quel sens faut-il comprendre l'intitulé : « *Le Cas Wagner* », avec le sous-titre « *Un problème pour musiciens* » ?

À dessein, comme toujours, Nietzsche surcharge de significations le titre qu'il donne à ses ouvrages, jusqu'à ce que l'on pourrait appeler une saturation polysémique. Autrement dit, traduire « *Der Fall Wagner* » par « *Le Cas Wagner* » revient déjà à choisir une traduction aux dépens de plusieurs autres, à simplifier l'expression. « *Fall* », ici traduit par « *Cas* », signifie au départ « chute », en un sens très général : il pourrait s'agir d'une chute physique, d'une chute symbolique ou métaphorique. Ainsi, par exemple, l'équivalent anglo-saxon de « *Fall* » désigne l'automne, la saison de la chute du soleil, de la diminution des jours, ainsi que le moment de la journée où la lumière décroît, le crépuscule, la chute du soleil, le déclin du jour. Ces racines et parentés étymologiques se retrouvent en français à partir du latin – et n'oublions pas que Nietzsche est latiniste et philologue, c'est-à-dire spécialiste de langues anciennes : l'équivalent français de l'allemand « *Fall* » est « cas », venu de « *casus* », qui signifie « chute », « fin », « déclin », « abaissement », comme on le voit en notre langue avec « décadence » (le déclin), « occident » (le couchant), « déchéance », « déchet » (la chute), « décès » (la mort, la fin), tous issus du verbe « *cadere* », tomber. « *Le Cas Wagner* », c'est la *chute* (de) Wagner, ce qui en lui et en sa musique annonce, promet ou agite la menace de la chute, de la décadence, du déclin, de la nuit, de la mort, de la maladie. Une sorte de *crépuscule* des idoles – autre nom de ce qui est significatif de la *décadence* : et quel mot est plus usité, voire usé chez Nietzsche, que ce dernier ?

C'est alors que les autres acceptions du « *Fall* » allemand et du « cas » français prennent toute leur valeur, tout leur poids, toute leur *gravité,* leur pesanteur descendante, pathologique, mortelle. On parle de cas en matière médicale, voire morale : cas désespéré, cas mortel, cas pendable, cas critique, cas suspect, se mettre dans un mauvais cas. Le cas Wagner est médicalement suspect. « *Wagner est une névrose* * [1] », répète Nietzsche sur tous les tons (c'est le lieu de le dire) et sous toutes les formes. Le cas Wagner est douteux, suspect, lourd de menaces, grevé de toutes sortes d'hypothèques. Quand on sait l'importance que la pensée de Nietzsche accorde à la maladie et à la santé, à toutes les formes de faiblesse, de pathologie, de décadence, de morbidité, et au contraire, aux enjeux de grande santé, de convalescence, de croissance, de fécondité, de « belle humeur », de force – bref de volonté de puissance affirmative, on commence à entrevoir pourquoi il s'est attaché au « "*cas*" Wagner ».

Mais ce n'est pas tout. Nietzsche, qui s'intitule philosophe médecin, psychologue, généalogiste, physiolo-

1 *Le Cas Wagner*, § 5 (et note 84).

giste, s'érige également en juge, en évaluateur, en jury, en tribunal : le « "cas" Wagner » est aussi une *affaire* judiciaire, un litige, une cause (pour le sens, sinon pour l'étymologie, *causa* n'est pas loin de *casus*) qui doit être jugée, tranchée, une « chose » (cause) qui doit être définie par la loi pénale. « L'appartenance à Wagner se paie cher » : ce leimotiv (c'est encore une fois le... cas de le dire !) de l'Épilogue a valeur de sanction, de menace pénale, d'occasion (oc-*casion*) de chute, d'avertissement punitif, d'annonce de peine infamante ou afflictive. Il faut faire cas du *cas* Wagner, parce que c'est une sorte de *cas* de malheur, et donc de *cas* de conscience.

Tentons d'expliciter ces mutiples imputations : Wagner décadent, Wagner cas médical, Wagner cas judiciaire. Comme dit Nietzsche, c'est une sombre affaire, une affaire de vie ou de mort, puisque signe de déclin, c'est-à-dire de descente vers la fin. Wagner est ici stigmatisé comme prodrome, comme symptôme avant-coureur d'une fin de la culture (allemande et européenne), comme maladie conduisant à l'agonie, comme cas délictueux menant à une condamnation. « L'appartenance à Wagner se paie cher » en puissance artistique d'une civilisation, en vie, en vertu morale, en santé morale, physiologique, sociale, esthétique. Une fois de plus, c'est à souligner, il se confirme que la préoccupation essentielle, l'objet principal de la réflexion philosophique de Nietzsche est la question de la civilisation, question posée justement à propos de l'art de prédilection de Nietzsche, l'art par excellence : la musique. Sous couvert d'un procès fait à la musique de Wagner, d'une défense et illustration de la musique telle qu'il la conçoit comme art paradigmatique et symbole d'une civilisation, Nietzsche, une fois encore (et inlassablement, comme on le reverra jusque dans *Nietzsche contre Wagner*), reprend, poursuit, développe et affine sa critique généalogique des idéaux, des « idées modernes », des « idoles » de la civilisation de son temps – concentrant sur Wagner, qu'il a passionnément aimé et dont il admire la musique, ses « raids d'un intempestif ». Pour parodier le célèbre titre, *Le Cas Wagner* constitue une *généalogie de la musique* – et en même temps de la morale et de l'idéalisme de la civilisation moderne. On le voit à la réutilisation constante des mêmes notions opératoires de l'analyse généalogique (ou psychologique) : décadence, déclin, symptôme, maladie, idéaux, mais aussi à la reprise sans cesse variée des images et des thématiques métaphoriques qui servent à expliciter la notion de décadence. C'est ainsi que l'analyse généalogique du cas Wagner par Nietzsche s'explicite, ici comme ailleurs et d'une façon préférentielle, selon des modalités plurielles, polysémiques, et principalement métaphoriques. Dans ces conditions, les charges que l'on pourrait prendre pour de la simple agressivité polémique ne revêtent pas seulement la valeur insignifiante de plaisanteries, de sarcasmes, de galéjades ou de divertissement comique aux dépens d'un objet de dérision, d'une tête de turc, d'un souffre-douleur, ou d'un adversaire à vilipender : elles convergent toutes vers l'idée polysémique, conjuguée sur divers modes métaphoriques, les images plurivoques et interprétatives d'une accusation « psychologique » de décadence à l'encontre d'un phénomène supra-individuel, la civilisation, dont la musique de Wagner est le symptôme et le signe particulier.

Commençons par une première série d'images : les narcotiques, l'hypnose, le sommeil. On les repère dans un fragment posthume emblématique qui pourrait assez bien servir d'introduction (par Nietzsche) au *Cas Wagner*. Il s'agit d'un fragment posthume de l'automne 1887 (10 [155]), un peu plus d'un an avant la rédaction du *Cas Wagner*, dont quelques éléments, repris dans le texte définitif (sur les adolescents qui, nocturnement, martyrisent leur piano), constituent un simple brouillon, et dont l'autre partie développe quelques variations sur le thème de l'hypnose et du sommeil :

> « Le wagnérien *pur-sang* * n'a pas le sens de la musique : il se soumet aux forces élémentaires de la musique à peu près comme la femme se soumet à la

> volonté de son hypnotiseur – et, pour qu'il *puisse* le faire, il ne faut pas qu'il soit rendu méfiant par une conscience sévère et délicate *in rebus musicis et musicantibus* [1]. J'ai dit : "à peu près comme" – mais peut-être s'agit-il en l'occurrence de beaucoup plus que d'une simple comparaison. Songeons aux moyens dont Wagner use avec prédilection pour faire son effet (moyens que, pour une large part, il a dû commencer par inventer) : choix des modes de fonctionnement, de la couleur de son orchestre, la façon répugnante d'échapper à la logique et à la quadrature du rythme, le caractère insidieux, frôleur, mystérieux, l'hystérisme [*sic*] de sa "mélodie infinie" : tout cela ressemble étrangement aux moyens dont use l'hypnotiseur pour produire son effet. Et l'état dans lequel le Prélude de *Lohengrin* plonge l'auditeur et plus encore l'auditrice est-il essentiellement différent de l'extase somnambulique ? – Après l'audition de ce Prélude, j'ai entendu une Italienne dire, avec ce joli regard extasié auquel on reconnaît la wagnérienne : « *Come si* dorme *con questa musica* [2] !" – »

On comparera avec les remarques répétées sur ce thème des narcotiques et de l'hypnose, pour atténuer la souffrance dans *Ecce homo*, Pourquoi je suis avisé, § 6 :

> « Tout bien pesé, je n'aurais pu supporter ma jeunesse sans la musique de Wagner. Car j'étais *condamné* aux Allemands. Quand on veut se délivrer d'une pression intolérable, on a besoin de haschisch. Eh bien ! moi, j'avais besoin de Wagner. Wagner constitue *par excellence* * le contrepoison à tout ce qui est allemand, – du poison, oui, sans contredit… […] Mais […] il faut être *mûr* pour cette œuvre [3]. »

Nietzsche poursuit cette comparaison hypnotico-pathologique dans les § 15, 17, 18, 20 et 23 du

1. Dans les affaires des Muses et de la musique.
2. « Comme on *dort bien* avec cette musique ! »
3. Trad. É. Blondel, GF-Flammarion, 1992, p. 82-83.

Troisième traité de la *Généalogie de la morale*, avec cette formule-résumé dans ce § 26 qui constitue l'épitomé des leçons de Nietzsche sur la décadence des idéaux modernes : « La *dévastation* […] de l'esprit allemand dont j'attribue la cause à une absorption beaucoup trop exclusive de journaux, de politique, de bière et de musique wagnérienne. »

Comment interpréter, d'un point de vue philosophique et conceptuel, ces images relevant de la toxicomanie et ces « comparaisons » avec les stupéfiants ? Retenons d'abord que, dans tout l'ouvrage (et dans toute l'œuvre), les considérations sur la musique débouchent plus généralement sur des considérations intempestives, extratemporelles, concernant la civilisation : la morale, le nihilisme, la décadence, les affects, les institutions, la religion, l'art, la pensée philosophique. C'est ce que Nietzsche appelle « un diagnostic de l'âme moderne » (Épilogue). Les images connotées par l'hypnose, les narcotiques, l'engourdissement suggèrent que la musique de Wagner est destinée à détacher les auditeurs de la réalité, à endormir ou atténuer leurs souffrances, et à exercer sur eux un pouvoir de suggestion, à les mettre sous influence en profitant de leurs maladies et de leurs faiblesses, donc à les séduire, voire à les suborner. Par ces manœuvres, on vise à anéantir leur liberté de jugement, à en faire des dévots, et en réalité, comme pour le prêtre ascétique dans le Troisième traité de la *Généalogie de la morale*, à les dominer par la persuasion insidieuse, à leur inculquer des idéaux, c'est-à-dire à leur imposer le renoncement à ce monde, la négation de la vie, à les rendre malades et à les dévorer (comme le Minotaure : voir le Post-Scriptum). Nietzsche est conséquent lorsqu'il traite Wagner de magicien, d'enchanteur maléfique, de Cagliostro, de Circé, exactement comme il compare la morale à la magicienne et quasi-sorcière Circé. Au surplus, les moyens dont use Wagner, frelatés et captieux, sont relevés, décrits et critiqués par Nietzsche comme autant de ruses mais aussi de fraudes malsaines et suspectes [1]. Agissant, comme les hypnotiseurs et les charlatans, sur la sensibilité, voire la sensiblerie, sur les instincts les plus rudimentaires, et en particulier sur le goût du spectaculaire et du mélodrame, jouant des ressorts les plus émotionnels à la manière d'un démagogue qui excite la sensibilité pour effleurer douloureusement un auditeur-spectateur transformé en écorché vif, la musique de Wagner peut se dispenser de méthode, de construction, de structure, en un mot de composition, puisqu'il ne s'agit que de remuer et bouleverser, de donner des « pressentiments », non de plaire au goût esthétique et de faire appel à l'intelligence de l'auditeur. C'est du spectacle, du mélodrame, de la musique de film, du « cinéma », et non de la musique. C'est ainsi que, poursuivant ses belles analyses sur les grands compositeurs (Bach, Händel, Mozart, Haydn, Beethoven) développées dans *Le Voyageur et son ombre*, § 149-170) et reprenant au passage (*Le Cas Wagner*, § 6) un calembour musicologique sur le récitatif « sec » et « mouillé » (*Le Voyageur*..., § 153), Nietzsche oppose Wagner à tous les grands en lui jetant à la figure son mépris du contrepoint, symbole de la construction musicale. Il compare sa « mélodie infinie » à la mélodie chez Beethoven comme « musique sur de la musique » (*ibid.*, § 152), et ses accents mélodramatiques et ses

1. Ces analyses seront illustrées par un grand lecteur de Nietzsche, Thomas Mann, dans plusieurs de ses récits : les nouvelles *Wälsungenblut* (« Sang réservé », 1906), inceste entre jumeaux (Sidmund et Sieglinde, personnages wagnériens) sur fond de musique wagnérienne, *Tristan* (1903) et en particulier *Les Buddenbrook* (1901), avec le personnage du jeune Hanno Buddenbrook, fin de race et pianiste exalté. L'hypnose étant proche de la pathologie et de la fascination morbide de la mort, on se reportera à l'analyse (voire psychanalyse) que fait Thomas Mann du lied « Le Tilleul » de Schubert, extrait du cycle du *Voyage d'hiver*, comme symbole des fantasmes névrotiques régressifs du romantisme, joués sur un tourne-disque « semblable à un petit cercueil musical » par Hans Castorp, à la fin de *La Montagne magique*. On n'oubliera pas de mentionner *Souffrances et grandeur de Richard Wagner* (1933), traduit en français dans le recueil intitulé *Wagner et notre temps*, Hachette, coll. Pluriel, 1978, et de rappeler l'écrit du même Thomas Mann sur *Nietzsche à la lumière de notre expérience* (1947).

flonflons à la « musique de belle humeur : *heitere Musik* » (*ibid.*, § 154). En écoutant Wagner, nous sommes entraînés sur le chemin du renoncement à la vie, de la maladie et de la mort, du déclin et de la fin du monde, tandis que nous avons « à l'audition de la musique [de Sébastien Bach], le sentiment (pour le dire à la manière grandiose de Goethe) d'*assister à la création du monde par Dieu* » (*ibid.*, § 149). Au contraire de ce qui se passe dans les drames de Wagner, et dont Nietzsche se gausse en en raillant les facilités, « tout grand art va dans la tendance inverse : à l'instar de tous les hommes qui en imposent par leurs mœurs, il se plaît à retenir le sentiment en chemin et à ne pas le laisser courir jusqu'à son terme. Cette pudeur de ne laisser voir le sentiment qu'à demi s'observe par exemple magnifiquement chez Sophocle » (*ibid.*, § 136).

L'inflation du sentiment, le sentimentalisme, les effets mélodramatiques, l'hyperexcitabilité encouragée par les « passes hypnotiques et les impositions des mains de notre mage et Cagliostro de la musique » (Fragment posthume de juin-juillet 1885, 37 [15]), cela relève, selon Nietzsche, de la mystification, de l'escroquerie, de la démagogie et de la prestidigitation, mais aussi de la maladie, du malsain. Dans ce même fragment posthume, Nietzsche décrit en ces termes le « talent démagogique » de Wagner : « Ses monstrueux désirs de parfums et de couleurs érotiques, ses débauches inouïes d'un sublime encore inconnu, le sombre bonheur tourmenté qu'il éprouve à découvrir le laid et l'atroce. [...] Ce trait hystérico-érotique, Wagner l'a particulièrement apprécié chez les femmes et mis en musique [1]. » Et Nietzsche de rapprocher Wagner du romantisme français des années 1830 : « La proximité de désirs morbides, le rut des sens devenus enragés, sur lesquels les brumes caligineuses

1. *Cf.* la lettre en ce sens et contenant des images analogues concernant Wagner (« dégoût », « escroquerie », « peste », « corruption », « sexualité répugnante ») à Malwida von Meysenbug, datée du 20 octobre 1888. Cette lettre se termine sur une reprise de la toute dernière phrase du *Cas Wagner*.

et les voiles du suprasensible donnent dangereusement le change. » Ce diagnostic, qui rappelle les considérations de Bourget sur le décadent Baudelaire (*Essais de psychologie contemporaine*) et qui, dans l'esprit de Nietzsche, vise le romantisme français symbolisé par Victor Hugo, est un jugement sur le cas *médical* Wagner. Érotisme débridé, excès et débordements en tout genre, dissimulés en élans mystiques, crises hystériques (avec les spécifications féminines alors dominantes et d'ailleurs d'une misogynie à peine voilée – les piques et sarcasmes contre les « wagnériennes », comme « femmes frustrées » ou « hystériques », abondent dans l'ouvrage) : à l'instar du terme de « dégénérescence », fréquemment employé alors, et que l'on retrouve chez Zola et chez le jeune Thomas Mann, le mot de *décadence*, repris à Bourget dans une optique semblable, revêt une valeur médicale, à la fois physiologique et psychiatrique. Mais, une fois de plus, ce terme vaguement médical (ou « médecynique », comme dit *Ecce homo*) prend sens, et sens pluriel comme image, comme bouquet de connotations et de polysémies. La décadence de Wagner, symbolique de la civilisation moderne de la décadence, est une sorte de maladie métaphorique, une infirmité stylistique et spirituelle ou intellectuelle. Spécialiste de la miniature, de la figurine, du détail infime, des tableautins, des colifichets et babioles ornementales, Wagner est incapable de dominer l'ensemble, de structurer le développement musical, de tisser le contrepoint, d'imposer l'unité d'une force totalisante à l'ensemble. Ce n'est pas un constructeur, c'est, au sens péjoratif du mot, et à l'instar des Goncourt, un impressionniste, un spécialiste des miroitements de surface, pris en défaut chaque fois qu'il faudrait marquer l'œuvre d'une volonté résolue et en ligne droite, chaque fois qu'il importe de construire dans les trois aspects fondamentaux de la musique : le contrepoint, l'harmonie, la mélodie. On comprend alors les attaques contre le vague, l'interminable, l'inachevé que représentent les retours incessants du « leitmotiv » et la trop célèbre théorie de la « mélodie infinie ». Comme le décadent, comme l'homme du ressentiment dont parle la *Généalogie de la morale*, Wagner n'arrive à bout de rien, il n'en finit jamais. Sa maladie ? C'est qu'il laisse le détail s'émanciper de l'ensemble, que les parties s'agitent aux dépens du tout, que l'organisme, privé de volonté et de force unifiantes, est littéralement désorganisé. La clinique nietzschéenne de la décadence, élargie à la notion générale de maladie, transpose dans le domaine « physiologique » les remarques stylistiques de Bourget définissant la décadence pour analyser la poétique des contemporains (*Essais de psychologie contemporaine*, I, Baudelaire, édition citée, p. 14). La « névrose Wagner » est une désorganisation des instincts. « L'exagération, la disproportion, la disharmonie des phénomènes normaux constituent l'état morbide. Claude Bernard. » (Fragment posthume, printemps 1888, 14 [65].) On se reportera au fragment posthume 15 [32] de la même période et à un autre d'octobre 1888 (23 [4]) pour trouver un tableau nosographique complet de la décadence dressé par Nietzsche. L'analyse de la décadence comme phénomène morbide dans la civilisation est également développée, entre autres, dans deux autres fragments posthumes : automne 1887, 9 [165], sur le dévergondage de l'esprit moderne, et automne 1885-automne 1886, 2 [121], sur le cabotinage de l'homme moderne. On peut en résumer l'essentiel par cette formule : « Le corps et l'âme manquent d'équilibre, de centre de gravité et d'assurance perpendiculaire » (*Par-delà bien et mal*, § 208 [1]). Ces remarques valent à la fois pour décrire la maladie, pour l'analyse des phénomènes de décadence dans la civilisation, et pour le style – style qui, dans l'esprit de Nietzsche, est paradigmatique de la santé et de la maladie dans la culture, ainsi que nous avons essayé de le montrer dans notre livre *Nietzsche, le corps et la culture* [2].

1. Trad. Patrick Wotling, GF-Flammarion, 2000, p. 174.

2. Chap. VII, p. 133-189, et en particulier p. 158-165, PUF, coll. Philosophie d'aujourd'hui, 1986.

Tous les éléments se trouvent alors réunis pour le traitement (la condamnation ?) judiciaire du cas Wagner. Il est préférable de se placer dans le cadre d'une sorte de procès de ce type, dans la mesure où le verdict de Nietzsche sur Wagner, sur la modernité et la civilisation platonico-chrétienne dont il est l'enfant et le symptôme, ne saurait être considéré comme un jugement d'ordre moral. « On ne réfute pas une maladie des yeux » : un symptôme ne peut pas être jugé, encore moins critiqué moralement, on peut tout au plus l'analyser comme un phénomène morbide ou le dénoncer comme un « danger » pour la civilisation. Nietzsche ne se pose pas en juge moral, mais en analyste, psychologue et généalogiste jugeant de la santé et de la maladie, de la force et de la faiblesse auxquelles il faut remonter pour « ausculter les idoles » (*Crépuscule des idoles*, Préface). En quoi est-ce un problème de civilisation, pourquoi Wagner est-il « un danger », la cause d'un « malaise dans la civilisation » (l'expression freudienne équivalant à peu près à ce que Nietzsche appelle « décadence ») ? C'est que les individus et groupes maladifs sont contagieux.

> « Les malades sont un danger extrême pour les bien-portants ; ce ne sont *pas* les plus forts qui causent les malheurs des forts, mais les plus faibles. [...] Le plus grand danger pour l'homme, ce sont les maladifs : ce ne sont *ni* les méchants, *ni* les "grands fauves". Les éternels misérables, vaincus, humiliés – ce sont eux, ce sont les plus faibles, qui minent le plus la vie des hommes, qui empoisonnent et mettent en question le plus dangereusement notre confiance dans la vie, dans l'homme et en nous-mêmes. [...] Que les malades n'infectent pas les bien-portants, [...] voilà donc ce qui devrait être le point de vue dominant sur terre : mais il faut pour cela avant toute chose que les bien-portants restent *isolés*, préservés de la vue même des malades, qu'ils ne se prennent pas pour des malades. Ou bien faudrait-il qu'ils fussent gardes-malades ou médecins ?... [...] Fuyons en tout cas le voisinage de tous les asiles d'aliénés et les hôpitaux de

la civilisation ! » (*Généalogie de la morale*, Troisième traité, § 14) [1].

La « vertu » et la « morale » étant les idéaux étendards et les symptômes morbides de la décadence, Nietzsche avertit : « Rien ne serait plus dispendieux que la vertu : car elle finirait par transformer la terre en hôpital, et “chacun garde-malade de chacun” serait le comble de la sagesse » (Fragment posthume, hiver-printemps 1886, 4 [7]). Or, comme l'explique Nietzsche dans un fragment consacré entièrement à Wagner (printemps 1888, 15 [99]), « quant à nous autres, la musique de Wagner nous installe à l'hôpital ». Et il poursuit (*ibid.*, 15 [111]) : « Une musique qui empêche de respirer en mesure est malsaine. [...] Comment se fait-il, en vérité, que la musique de Wagner abaisse mes résistances, qu'elle excite en moi une impatience physiologique qui se manifeste finalement sous forme d'une molle transpiration ? Après un, tout au plus deux actes de Wagner, je détale. » Si donc le phénomène morbide est contagieux et risque de se propager en épidémie frappant l'ensemble de la société et de la civilisation, il faut prendre des mesures de sauvegarde à la fois médicales et légales. « L'espèce a besoin que périssent les ratés, les faibles, les dégénérés » ; en clair, elle a besoin de « sélection », pour contrecarrer le « contre-principe chrétien de l'égalité de tous les individus » (*ibid.*, 15 [110]). D'où le mot d'ordre souvent répété par Nietzsche, élevé en objection à Darwin : « On a toujours à armer les forts contre les faibles ; les heureux contre les ratés, les individus sains contre les dévoyés et les tarés héréditaires » (*ibid.*, 14 [123]). Ces mesures prophylactiques, souvent évoquées par Nietzsche comme une *sélection* (antithétique de celle observée par Darwin et les darwiniens), s'énoncent selon le principe tonitruant, voire brutal mais mal

1. Trad. É. Blondel, O. Hansen-Löve, Th. Leydenbach, P. Pénisson, GF-Flammarion, 1996, p. 138-142. *Cf.* également le § 15 qui suit.

compris : « Les faibles et les ratés doivent périr : premier principe de *notre* philanthropie. Et on doit même les y aider » (*L'Antéchrist*, § 2) [1]. Cela passe, non pas par des mesures d'eugénisme ou d'extermination, mais par un travail critique anti-idéaliste et « psychologique », les fossés à creuser, le « sens de la distance », la « hiérarchie » (Fragment posthume, automne 1887, 9 [153]), le refus de l'égalitarisme et des idéaux de décadence, donc par des mesures que Nietzsche, encore une fois, n'explicite que d'une manière métaphorique et polysémique, par exemple dans le fragment posthume du printemps 1888, 15 [13] : « On doit amputer les membres malades : première morale de la société. [...] La société est un corps dont aucun membre n'a le droit d'être malade, si ce corps ne veut pas courir des dangers : un membre malade, qui corrompt, doit être amputé : je nommerai les *types amputables* par leur nom... » (*Cf.* Fragment posthume d'octobre 1888, 23 [9]). Ce genre de mesure préventive et curative, qui entend remédier à la dégénérescence (*ibid.*, 15 [37]) par l'amputation et les cordons sanitaires, se traduit par exemple chez Nietzsche sous la forme de... la rédaction du *Cas Wagner*. L'ouvrage qu'on va lire énonce sur Wagner comme cas musical, comme cas de civilisation, comme cas médical et comme cas judiciaire, un verdict de condamnations multiples. « Wagner est une névrose », « L'appartenance à Wagner se paie cher », « Ah ! le vieux Minotaure ! », « Le nom de Wagner est associé à la ruine de la musique », « J'ai appelé Wagner le Cagliostro de la modernité ». Le cas Wagner : un « vrai bonheur », une « aubaine », un cas intéressant pour un Nietzsche musicien, psychologue, généalogiste, physiologiste et médecin (« médecynique »), procureur de la décadence et avocat de la vie [2].

Éric BLONDEL.

1. Trad. É. Blondel, GF-Flammarion, 2e éd. corrigée, 1996.

2. Nous nous permettons de renvoyer, en complément de nos commentaires, à notre Introduction à *Nietzsche contre Wagner* dans *Ecce homo* ; *Nietzsche contre Wagner*, trad. É. Blondel, GF-Flammarion, 1992.

NOTE SUR CETTE ÉDITION

Le texte que nous traduisons est celui de l'édition originale du *Cas Wagner*, rédigé par Nietzsche entre mai et août 1888, et paru en septembre 1888. Le texte de cette édition est celui qui a été repris par l'édition Colli-Montinari : Friedrich Nietzsche, *Sämtliche Werke*. *Kritische Gesamtausgabe*, Berlin-New York, Walter de Gruyter, 1967 sq.

L'astérique (*) placé à la suite d'italiques signale les termes et formules cités par Nietzsche en français.

LE CAS WAGNER

Un problème pour musiciens

PRÉFACE

Je m'offre un petit allégement[1]. Ce n'est pas par pure et simple malice que, dans cet écrit, je fais l'éloge de Bizet aux dépens de Wagner. Au milieu d'une foule de plaisanteries, je mets sur le tapis une affaire avec laquelle on ne plaisante pas. Tourner le dos à Wagner a été pour moi un sort fatidique[2] ; et après cela prendre encore goût à quelque chose, une victoire. Il n'y a peut-être personne qui ait été plus que moi dangereusement lié à la « wagnérolâtrie »[3], personne ne s'est plus âprement défendu contre elle, personne ne s'est davantage réjoui de s'en dépêtrer. C'est une bien longue histoire ! – Veut-on un mot pour la décrire ? – Si j'étais moraliste[4], qui sait comment j'appellerais cela ! Peut-être la *capacité de se surmonter soi-même*[5]. – Mais le philosophe n'aime pas les moralistes… il n'aime pas non plus les grands mots…

Qu'exige un philosophe de lui-même, en première et en dernière instance ? De dépasser en lui-même son temps, de se faire « hors temps[6] ». Avec quoi donc doit-il soutenir son plus rude combat ? Avec ce qui fait justement de lui l'enfant de son temps. Allons ! Je suis aussi bien que Wagner l'enfant de ce temps, entendez par là un *décadent**[7] : à cette réserve près que moi je l'ai compris, et que moi j'ai résisté à cette pente. C'est le philosophe qui résistait en moi.

Ma plus grave préoccupation a été, en vérité, le problème de la *décadence* *, – et j'ai eu pour cela mes raisons. « Bien et Mal » n'est qu'une variété de ce problème. Si l'on a aiguisé sa vue pour percevoir les signes distinctifs de la décadence[8], on comprend du même coup la morale, – on comprend ce qui se cache sous ses noms et ses formules d'évaluation les plus sacrés : la vie *appauvrie*, la volonté d'en finir, la grande lassitude. La morale *nie*[9] la vie… Accomplir une telle tâche m'imposait fatalement une discipline personnelle : – prendre parti *contre* tout ce que j'avais de malade, y compris Wagner, y compris Schopenhauer, y compris tout le fatras des « sentiments humains[10] » de la modernité. – Une radicale désaffection, un coup de froid, un dégrisement à l'égard de tout ce qui est de ce temps, de ce qui est dans le goût du temps[11] : et, désir suprême, posséder la vue de Zarathoustra, vue qui embrasse du regard toute la réalité humaine à une distance immense, – une vue *plongeant* des cimes[12]… Pour atteindre un pareil but, – quel sacrifice serait démesuré[13] ? Quel « dépassement de soi[14] » ? Quelle « abnégation de soi » ?

La plus grandiose expérience de ma vie a été une *guérison*[15]. Wagner fait partie de mes maladies.

Ce n'est pas que je veuille me montrer ingrat envers cette maladie. Si, dans cet écrit, je soutiens le principe que Wagner est *nuisible*, je n'entends pas moins soutenir en principe qu'il y a quelqu'un *à qui* il reste quand même indispensable : le philosophe. Tout le monde à part cela peut sans doute se passer de Wagner : le philosophe, lui, ne saurait absolument pas se dispenser de Wagner. C'est qu'il lui incombe d'être la mauvaise conscience de son temps, – ce pourquoi il doit en avoir une parfaite connaissance[16]. Or où trouver un guide mieux initié au labyrinthe de l'âme moderne, un connaisseur des âmes plus éloquent que Wagner ? Par le truchement de Wagner la modernité parle son langage le plus *intime* : elle ne cache ni ce qu'elle a de bien ni ce qu'elle a de mal, elle a perdu toute vergogne devant elle-même. Et à l'inverse : on a presque un bilan de la *valeur* de la modernité si l'on est au clair sur le bien et le mal chez Wagner. – Je comprends parfaitement qu'un musicien d'aujourd'hui dise : « Je déteste Wagner, mais je ne supporte plus aucune autre musique. » Mais je comprendrais aussi un philosophe qui expliquerait : « Wagner *résume* la modernité. Rien à faire, il faut commencer par être wagnérien… »

LETTRE DE TURIN, MAI 1888

Ridendo dicere severum [17].

1.

J'ai entendu hier – le croirez-vous ? – pour la vingtième fois [18] le chef-d'œuvre de Bizet. J'ai persévéré une fois de plus jusqu'à la fin, dans un doux recueillement, une fois de plus je n'ai pas détalé en courant. Cette victoire sur mon impatience me surprend. À quel point une telle œuvre vous rend parfait ! À son contact, on devient soi-même « chef-d'œuvre ». Et effectivement, chaque fois que j'ai entendu *Carmen*, je me suis senti davantage philosophe, meilleur philosophe que jamais nulle part ailleurs : j'étais devenu si indulgent, si heureux, si hindou [19], si *sédentaire* [20]… Rester assis cinq heures durant : première étape vers la sainteté ! – Oserai-je dire que la sonorité de l'orchestre de Bizet est à peu près la seule que je supporte encore ? L'*autre* sonorité d'orchestre, qui tient aujourd'hui le haut du pavé, celle de Wagner, tout à la fois brutale, artificielle et « pure [21] », et ainsi parle aux trois sens de l'âme moderne à la fois, – comme elle est pour moi maléfique, cette sonorité wagnérienne de l'orchestre ! Je l'appelle sirocco. Cela me donne une suée fort contrariante. Ainsi prend fin *pour moi* le beau temps.

Voilà une musique qui me semble parfaite. Elle arrive en toute légèreté, souplesse, petitesse. Elle est aimable, elle n'est pas *en sueur*. « Ce qui est bon est léger, tout ce qui est divin court sur des pieds délicats [22] » : premier principe de mon esthétique. Cette musique est méchante, raffinée, fataliste : en même temps elle reste populaire – elle a le raffinement d'une race, non celui d'un individu. Elle est riche. Elle est précise. Elle construit, organise, met un terme : par là elle se constitue en antithèse du polype musical, de la « mélodie infinie [23] ». A-t-on jamais entendu sur la scène accents plus douloureusement tragiques ? Et comment ceux-ci sont-ils obtenus ? Sans grimaces ! Sans faux-monnayage ! Sans le *mensonge* du grand style ! – Pour finir : cette musique tient l'auditeur pour intelligent, même pour musicien, – elle est ainsi par ce côté-là aussi, l'antithèse de Wagner qui, quel qu'il soit par ailleurs, était en tout cas le génie le plus *mufle* qui fût au monde (Wagner nous prend quasiment pour des…, il ressasse à tel point qu'on est réduit au désespoir, – qu'on finit par y croire).

Et une fois de plus : je deviens un homme meilleur quand ce Bizet me parle. Également meilleur musicien, meilleur *auditeur*. Peut-on même écouter encore mieux ? – J'enfouis mes oreilles jusque *sous* cette musique, j'en écoute l'origine. Il me semble que j'assiste à sa naissance – je frissonne aux dangers qui vont de pair avec n'importe quelle audace, je m'enchante des bouffées de bonheur que me donne Bizet sans l'avoir fait exprès. – Et – chose étrange ! – au fond je n'y pense pas, ou bien *j'ignore* à quel point j'y pense. Car de tout autres pensées me roulent dans la tête tout ce temps-là. A-t-on remarqué que la musique rend l'esprit *libre* ? donne des ailes à la pensée ? que plus l'on devient philosophe, plus l'on devient musicien ? – Le ciel gris de l'abstraction en quelque sorte sillonné d'éclairs ; la lumière assez forte pour révéler le filigrane des choses ; les grands problèmes à portée de main ; le monde contemplé comme du sommet d'une montagne. – Je viens là de définir l'état [24] philosophique. – Et à mon insu des réponses me tombent du ciel, une petite grêle de glace et de sagesse, de problèmes *résolus*. Où suis-je ? – Bizet me rend fécond. Tout ce qui est bon me rend fécond. Je n'ai pas d'autre gratitude, je n'ai même aucune autre *preuve* de ce qui est bon.

2.

Cette œuvre elle aussi est rédemptrice ; il n'y a pas que Wagner comme « rédempteur ». Avec elle on prend congé de *l'humidité* du nord, de toutes les vapeurs d'eau de l'idéal wagnérien. Déjà l'action est une porte de salut[25] pour y échapper. Elle tient encore de Mérimée[26] la logique de la passion, la brièveté du trait, la *dure* nécessité ; elle possède surtout ce qui est le propre des pays chauds, la sécheresse de l'air, la *limpidezza* de l'air, ici le climat change à tous égards. Ici parle une autre sensualité, une autre sensibilité, une autre forme de belle humeur[27]. Cette musique est de belle humeur ; mais pas d'une belle humeur française ou allemande. Sa belle humeur est africaine ; un sort fatal est suspendu au-dessus d'elle, son bonheur est bref, soudain, sans quartier. J'envie Bizet d'avoir eu le courage de cette sensibilité qui jusqu'ici n'avait pas encore trouvé de truchement dans la musique cultivée européenne, – sensibilité plus méridionale, plus basanée, plus hâlée… Comme les lumineux après-midi de son bonheur nous sont bienfaisants ! Nous portons nos regards au loin : avons-nous jamais vu la mer *plus calme* ? – Et comme la danse mauresque nous exhorte à l'apaisement ! Comme sa mélancolie lascive même enseigne la satiété à nos insatiables désirs ! – Pour finir, l'amour, l'amour retraduit dans le langage de la nature ! Tout le *contraire* de l'amour d'une « noble jeune fille » ! Pas de Senta-sentimentalité[28] ! Mais l'amour comme fatum, comme *fatalité*, cynique, innocent, cruel – et en cela justement *nature* ! L'amour qui, dans ses moyens est la guerre et en son principe la *haine à mort* entre les sexes[29] ! Je ne connais aucun cas où l'esprit tragique qui constitue l'essence de l'amour, se soit exprimé aussi rudement, ait trouvé une formulation aussi effroyable que l'ultime cri de Don José sur lequel l'œuvre s'achève :

« Oui ! C'est *moi* qui l'ai tuée,
Moi – ma Carmen adorée ! »

– Une pareille conception de l'amour (la seule qui soit digne d'un philosophe[30]) est rare : elle fait qu'un chef-d'œuvre se hausse au-dessus d'un millier d'autres. Car en règle générale les artistes font comme tout le monde, voire pire – ils *ne comprennent rien* à l'amour. Wagner lui non plus n'y a rien compris. Dans l'amour, ils se croient altruistes car ils veulent l'avantage d'un autre être, souvent à l'encontre du leur. Mais pour cela ils veulent *posséder* cet autre être... Même Dieu ne fait pas exception en l'occurrence. Il est bien loin de penser : « Que t'importe, si je t'aime[31] ? » – il devient terrible quand on ne l'aime pas en retour. « *L'amour* * – et avec cet apophtegme on a finalement raison parmi les dieux et parmi les hommes – *est de tous les sentiments le plus égoïste et, par conséquent, lorsqu'il est blessé, le moins généreux* * » (Benjamin Constant[32]).

3.

Vous voyez déjà à quel point cette musique me rend *meilleur* ? – *Il faut méditerraniser la musique* * : j'ai des raisons de forger cette formule (*Par-delà bien et mal*, p. 220[33]). Le retour à la nature[34], à la santé, à la belle humeur, à la jeunesse, à la *vertu*[35] ! Et pourtant j'ai été l'un des wagnériens les plus corrompus ! J'ai été capable de prendre Wagner au sérieux... Ah ! le vieil enchanteur[36] ! Tout ce qu'il a pu nous faire accroire ! La première chose que nous offre son art, c'est une loupe : on y applique l'œil, et on n'en croit pas ses yeux – tout paraît grand, *même Wagner paraît grand*... Quel malin serpent à sonnettes ! Toute sa vie il a fait tinter sa sonnette[37] pour nous rabâcher sa rengaine du « dévouement », de la « fidélité », de la « pureté », et il s'est retiré de ce monde *pervers* avec un éloge de la chasteté [38] ! – Et nous l'avons cru…

– Mais vous ne m'entendez pas ? Vous préférez encore le problème de Wagner à celui de Bizet ? Moi non plus je ne le sous-estime pas, il a quelque chose d'enchanteur. Le problème du salut est même un problème fort respectable. Il n'y a rien sur quoi Wagner ait médité plus à fond que la question du salut : son opéra est l'opéra du salut [39]. Il y a toujours chez lui quelqu'un qui veut être sauvé : tantôt un bonhomme, tantôt une bonne femme – c'est son problème de *prédilection*. Et comme sont riches ses variations sur ce *leitmotiv* [40] ! Quelles rares, quelles profondes digressions [41] ! Qui nous a enseigné, sinon Wagner, que l'innocence sauve de préférence les pécheurs intéressants (c'est le cas de *Tannhäuser* [42]) ? Ou que même le Juif errant est sauvé, devient *sédentaire*, quand il se marie (c'est le cas dans *le Vaisseau fantôme* [43]) ? Ou que les vieilles bonnes femmes dépravées préfèrent être sauvées par de chastes jouvenceaux (c'est le cas de Kundry [44]) ? Ou que les belles filles sont de préférence sauvées par un chevalier, au surplus wagnérien (c'est le cas dans *Les Maîtres chanteurs* [45]) ? Ou que même les femmes mariées se font volontiers sauver par un chevalier (c'est le cas d'Isolde [46]) ? Ou que « l'ancien Dieu », après s'être compromis moralement à tous égards est en fin de compte sauvé par un libre penseur et un immoraliste (c'est le cas dans *L'Anneau* [47]) ? Admirez en particulier cette dernière subtilité ! La comprenez-vous ? Je… me garde bien de la comprendre… Que l'on puisse tirer d'autres leçons encore des œuvres ci-dessus mentionnées, je préférerais encore le montrer plutôt que le contester. Que l'on puisse être réduit au désespoir – *ainsi qu'*à la vertu ! par un ballet wagnérien (c'est derechef le cas de *Tannhäuser* [48]) ! Que ne pas se mettre au lit à l'heure soit lourd des plus graves conséquences (derechef le cas de *Lohengrin* [49]). Que l'on ne doive pas trop chercher à savoir avec qui on se marie effectivement (pour la troisième fois cas de *Lohengrin*). – *Tristan et Isolde* chante la gloire du parfait époux, lequel, dans un cas bien précis, n'a qu'*une* question à la bouche : « Mais pourquoi ne m'avez-vous pas dit cela plus tôt ? Il n'y avait rien de plus simple ! » Réponse :

« Cela, je ne puis te le dire ;
et ce que tu cherches à savoir,
jamais tu ne pourras l'apprendre[50]. »

Lohengrin contient une mise au ban solennelle des recherches et des questions[51]. Wagner prend fait et cause pour l'idée chrétienne : « *Croire* est une nécessité et une obligation[52]. » Être homme de savoir, c'est un crime contre ce qu'il y a de plus sublime et de plus sacré… *Le Vaisseau fantôme* prêche la doctrine sublime selon laquelle la femme parvient à fixer l'homme même le plus instable ou, pour parler le langage wagnérien, le « sauve ». Permettons-nous ici une question. À supposer en effet que ce soit vrai, serait-ce du même coup souhaitable ? Qu'advient-il du Juif errant qu'une femme adore et *fixe* ? Il cesse tout simplement d'être errant pour l'éternité[53] ; il se marie, son sort ne nous intéresse plus. – Traduction dans le langage de la réalité : le danger pour l'artiste, le génie – et ce sont bien autant de « Juifs errants » –, c'est la femme : les femmes qui les *adorent* sont leur perte. Presque aucun d'entre eux n'a assez de caractère pour échapper à sa perte – à son « salut », quand il se sent traité comme un dieu : – il *condescend* aussitôt à la femme. – L'homme est lâche devant l'Éternel féminin de toute espèce : les bonnes femmes le savent bien. – Dans beaucoup de cas de l'amour féminin et peut-être précisément dans les cas les plus célèbres, l'amour n'est qu'une forme plus raffinée de *parasitisme*, une manière de s'incruster dans une âme étrangère, parfois même dans une chair étrangère – hélas ! souvent, ô combien ! au détriment « de l'hôte[54] » ! –

On connaît le sort de Goethe dans une Allemagne rancie dans la moraline[55] façon vieille fille. Il a toujours été un objet de scandale pour les Allemands, il n'a eu d'admiratrices sincères que chez les Juives. Schiller, le « noble » Schiller[56], qui leur rebattait les oreilles avec de grands mots, – c'est *celui-ci* qui était à leur goût. Que reprochaient-ils à Goethe ? La « Montagne de Vénus[57] » ; et la composition des *Épigrammes vénitiennes*[58]. Déjà Klopstock[59] lui a fait du prêchi-prêcha ; il y eut une époque où Herder[60], quand il parlait de Goethe, tenait à se servir du mot de « Priape[61] ». Même *Wilhelm Meister* passait tout simplement pour un symptôme de la décadence, pour une « déconfiture » morale. La « ménagerie du bétail domestique », la « vilenie » du héros irritaient par exemple Niebuhrn[62], lequel se répand en plaintes qu'aurait pu psalmodier *Biterolf*[63] : « Rien ne produit plus naturellement une pénible impression que le fait de voir un grand esprit se rogner lui-même les ailes et essayer sa virtuosité à quelque chose de tout à fait mesquin, *en renonçant à ce qui est noble* »… Mais c'est surtout la noble jeune fille qui était indignée : toutes les petites cours princières, toutes les Wartburg[64] d'Allemagne se signaient en entendant le nom de Goethe, en évoquant l'« esprit impur[65] » qui était en Goethe. – *Voilà* l'histoire que Wagner a mise en musique. Il *sauve* Goethe, cela va de soi ; mais de telle sorte que, fort habilement, il prenne en même temps le parti de la noble jeune fille. Goethe est tiré d'affaire : une prière le tire d'affaire, une noble jeune fille « *l'attire vers le haut*[66] »…

– Qu'aurait pensé Goethe de Wagner ? – Goethe s'est un jour posé la question de savoir quel était le danger qui planait sur tous les Romantiques : la fatalité des Romantiques. Sa réponse : « Remâcher des absurdités morales et religieuses jusqu'à s'en étouffer[67]. » En un mot : *Parsifal*. – Le philosophe y joint encore un épilogue. La *sainteté* – la dernière chose sans doute que le peuple et la femme parviennent à apercevoir des valeurs supérieures, l'horizon de l'idéal pour tout ce qui est par nature à courte vue. En revanche, chez les philosophes, et cela vaut pour tous les horizons, c'est une pure et simple incompréhension, une manière de fermer la porte devant l'endroit où leur univers *à eux* ne fait que *commencer* – *leur* danger, *leur* idéal, *leur* plus cher désir… Pour le dire en termes plus choisis : « *La* *philosophie ne suffit pas au grand nombre. Il lui faut la sainteté* * [68]. » –

4.

– Je vais reprendre l'histoire de *L'Anneau*. Elle a à voir avec ce qui nous occupe. Elle aussi est une histoire de salut : sauf que cette fois, c'est Wagner qui est sauvé. – Pendant la moitié de sa vie, Wagner a cru à la *Révolution* [69], comme seul un Français peut y avoir cru. Il l'a cherchée dans les caractères runiques du mythe, il a cru trouver en *Siegfried* le révolutionnaire typique. – « D'où vient tout le mal dans le monde ? », se demandait Wagner. Des « anciens contrats », répondait-il, à l'instar de tous les idéologues de la Révolution. Traduction allemande : des mœurs, des lois, des institutions, de tout ce sur quoi reposent l'ancien monde, l'ancienne société. « Comment élimine-t-on le mal du monde ? Comment élimine-t-on l'ancienne société ? » Tout simplement en déclarant la guerre aux « contrats » (à la tradition, à la morale). *C'est ce que fait Siegfried.* Il s'y met de bonne heure, de très bonne heure : sa naissance est déjà une déclaration de guerre à la morale – il est venu au monde par l'adultère et l'inceste… Ce n'est *nullement* la légende, c'est Wagner qui a inventé ce coup radical ; sur ce point, il a *corrigé* la légende… Siegfried continue comme il a commencé : il ne fait que suivre sa première impulsion, il jette par-dessus bord toute tradition, tout respect, toute *crainte.* Ce qui lui déplaît, il le tue d'un coup d'épée. Il renverse irrévérencieusement toutes les anciennes divinités. Mais sa principale entreprise vise *à émanciper la femme* – « à sauver Brunehilde ». Siegfried *et* Brunehilde ; le sacrement de l'amour libre ; l'avènement de l'âge d'or ; le crépuscule des dieux de l'ancienne morale – *le mal est aboli*… Longtemps le vaisseau de Wagner suivit gaiement *cette* route-là. Sans aucun doute, c'est sur elle que Wagner poursuivait *son* but suprême. – Qu'arriva-t-il ? Un naufrage. Le navire donna sur un récif [70] ; Wagner resta immobilisé. Le récif, c'était la philosophie de Schopenhauer ; Wagner resta immobilisé sur une conception du monde *contraire*[71] à la sienne. Qu'avait-il mis en musique ? L'optimisme. Wagner fut pris de honte. Par-dessus le marché, un optimisme pour lequel Schopenhauer avait créé une épithète malveillante – l'optimisme infâme[72]. Il fut une fois de plus pris de honte. Il réfléchit longuement, sa situation paraissait désespérée… Enfin il entrevit une issue : le récif sur lequel il avait échoué, eh bien ! s'il l'interprétait comme un *but*, comme une intention cachée, comme le sens réel de son voyage ? Échouer justement là – voilà aussi un but. *Bene navigavi, cum naufragium feci*[73]… Et il traduisit *L'Anneau* en schopenhauérien. Tout va de travers, tout va à sa perte, le nouveau monde est aussi mauvais que l'ancien : – le Néant, cette Circé hindoue[74], nous fait de l'œil… Brunehilde qui, dans l'intention première, devait prendre congé avec un hymne à la gloire de l'amour libre en faisant lanterner le monde dans l'espoir d'une utopie socialiste du « tout ira bien », Brunehilde a désormais autre chose à faire. Elle doit commencer par étudier Schopenhauer ; elle doit mettre en vers le quatrième livre du *Monde comme volonté et comme représentation*[75]. *Wagner était sauvé*… Pour parler sérieusement, c'était véritablement un salut. Le bienfait que Wagner doit à Schopenhauer est inappréciable. Il fallait le *philosophe de la décadence* * pour rendre *à lui-même* l'artiste de la *décadence* *. –

5.

L'*artiste de la décadence* * – c'est bien le mot. Et ici je redeviens sérieux. Je suis à mille lieues de rester un spectateur inoffensif quand ce *décadent* * nous gâte la santé – et la musique par-dessus le marché ! Wagner est-il bien un homme, au demeurant ? N'est-il pas plutôt une maladie ? Il rend malade tout ce qu'il touche, – *il a rendu la musique malade* –.

Un décadent typique, qui se croit indispensable dans son goût perverti, qui avec celui-ci prétend au goût supérieur, qui fait valoir sa perversion comme loi, comme progrès, comme accomplissement.

Et l'on est sans défense. Sa force de séduction touche au monstrueux, une épaisse fumée d'encens s'élève autour de lui, le malentendu à son sujet se nomme « évangile » – ce ne sont pas seulement, tant s'en faut, *les pauvres en esprit*[76] qu'il a gagnés à sa cause !

J'ai envie d'ouvrir un peu les fenêtres. De l'air ! Plus d'air[77] !

Qu'en Allemagne on s'abuse sur Wagner n'a rien pour m'étonner. C'est le contraire qui m'étonnerait. Les Allemands se sont arrangé un Wagner qu'ils peuvent vénérer : ils n'ont jamais été psychologues, leur façon d'être reconnaissants, c'est de comprendre de travers. Mais que l'on aille également s'abuser sur Wagner à Paris ! où presque tout un chacun est psychologue. Et à Saint-Pétersbourg ! où l'on pressent encore des choses qu'on ne devine même pas à Paris[78] ! À quel point Wagner doit être apparenté à la *décadence* * européenne dans son ensemble pour n'être pas perçu par elle comme *décadent* * ! Il en fait partie intégrante : il est son protagoniste[79], sa plus illustre célébrité... C'est s'honorer soi-même que de porter *un tel homme* aux nues. – Car ne pas se défendre contre lui, c'est déjà même un signe de *décadence* *. L'instinct[80] est affaibli. Ce qui attire, c'est cela même qu'on devrait redouter. On porte à ses lèvres ce qui précipite encore plus vite dans l'abîme. – Veut-on un exemple ? Mais il suffit de considérer le *régime* * que se prescrivent les anémiques, les goutteux ou les diabétiques. Définition du végétarien : un être qui a besoin d'un régime corroboratif[81]. Percevoir le nuisible comme nuisible, être capable de s'interdire quelque chose de nuisible est déjà un signe de jeunesse, de force vitale. Le sujet épuisé est *alléché* par le nuisible : le végétarien par le légume. La maladie même peut être un stimulant de la vie : encore faut-il être assez sain pour ce stimulant[82] ! – Wagner aggrave l'épuisement : *voilà pourquoi* il attire les faibles et les épuisés. Oh ! le bonheur de ce serpent à sonnettes qu'est le vieux maître quand il a vu venir à lui tous « les petits enfants »[83] –.

Je mets en avant ce point de vue : l'art de Wagner est malade. Les problèmes qu'il porte à la scène – purs problèmes d'hystériques –, ses affects convulsifs, sa sensibilité exacerbée, son goût qui exige des épices toujours plus violentes, son instabilité, qu'il a travestie en principes, et, ce n'est pas le moindre aspect, le choix de ses héros et de ses héroïnes, les uns et les autres considérés comme des types physiologiques (– une véritable présentation de malades ! –) : tout cela réuni fait un tableau clinique qui ne laisse aucun doute. *Wagner est une névrose* * [84]. Rien peut-être n'est aujourd'hui mieux connu, rien en tout cas n'est mieux étudié que le caractère protéiforme de la dégénérescence qui se change en chrysalide d'art et d'artiste. Nos médecins et physiologistes ont en Wagner leur cas[85] le plus intéressant, à tout le moins un cas tout à fait exhaustif. C'est justement parce que rien n'est plus moderne que cette maladie généralisée, que cet abâtardissement[86], que cette hyperexcitabilité de la machinerie nerveuse, que Wagner est *par excellence* * *l'artiste moderne*, le Cagliostro[87] de la modernité. Dans son art se mélangent de la façon la plus perversement séductrice les ingrédients dont tout le monde éprouve aujourd'hui le plus pressant besoin, – les trois grands stimulants des épuisés, la *brutalité*, l'*artificiel* et l'*innocence* (l'idiotie[88]).

Wagner est une calamité[89] pour la musique. Il a pressenti en elle le moyen d'exciter les nerfs fatigués, – et par là il a rendu la musique malade. Ses dons d'invention sont immenses dans l'art d'aiguillonner les plus épuisés, de rappeler à la vie les demi-morts. Il est passé maître dans l'art des passes hypnotiques, il met à bas les plus vigoureux comme il le ferait de taureaux. Le *succès* de Wagner – son succès sur les nerfs et par conséquent sur les femmes – a métamorphosé tous les ambitieux du monde musical en disciples de son art occulte. Et pas seulement les ambitieux, mais aussi les *malins*... Aujourd'hui, on ne fait de l'argent qu'avec de la musique malade ; tous nos grands théâtres vivent de Wagner.

6.

– Je m'autorise à nouveau une récréation[90]. J'imagine le cas où le succès de Wagner s'incarnerait, prendrait forme, où, déguisé en musicographe philanthrope, il se mêlerait à de jeunes artistes. Quelle déclaration croyez-vous donc qu'il ferait ? –

Mes amis, dirait-il, deux mots de vous à moi. Il est plus facile de faire de la mauvaise musique que de la bonne. Et si, par-dessus le marché, c'était plus avantageux ? plus efficace, plus persuasif, plus enthousiasmant, plus sûr ? plus wagnérien ?... *Pulchrum est paucorum hominum*[91]. C'est bien fâcheux ! Nous savons le latin, nous savons peut-être aussi où est notre avantage. Le beau n'est pas sans anicroches : nous ne l'ignorons pas. Alors, à quoi bon la beauté ? Pourquoi pas plutôt le grandiose, le sublime, le gigantesque, ces choses qui remuent les masses ? – Et, je le répète : il est plus facile d'être gigantesque que beau ; nous ne l'ignorons pas...

Nous connaissons les masses, nous connaissons le théâtre. Les meilleurs éléments qui s'y trouvent, adolescents allemands, Siegfried à cornes et autres wagnériens, réclament du sublime, du profond, du formidable. Jusque-là, c'est notre rayon. Quant au reste de l'auditoire ici rassemblé, crétins cultivés[92], petits blasés, Éternel féminin, digestions faciles, bref, le *peuple* –, il réclame également, le sublime, le profond, le formidable. Tout ce ramassis relève d'une seule et même logique. « Celui qui nous renverse est fort ; celui qui nous élève au sublime est divin ; celui qui nous donne des pressentiments est profond. » – Allons-y résolument, Messieurs les musiciens : nous voulons les renverser, nous voulons les élever au sublime, nous voulons leur donner des pressentiments. C'est encore notre rayon.

En ce qui concerne les pressentiments : c'est là que notre idée du « style » a son point de départ. Surtout pas de réflexion ! Rien de plus compromettant que la réflexion ! En revanche, l'état qui *précède* la réflexion, la pression des pensées encore à naître, la promesse de pensées futures, le monde tel qu'il était avant que Dieu le créât, – une recrudescence du chaos[93]... Le chaos donne des pressentiments...

Pour parler le langage du Maître : l'Infini, mais sans mélodie[94].

En ce qui concerne, secundo, l'art de renverser, il relève déjà en partie de la physiologie. Étudions d'abord surtout les instruments. Certains d'entre eux parlent même déjà aux tripes (– pour le dire avec Haendel, ils *ouvrent* les portes[95]), d'autres envoûtent la moelle épinière. Le timbre est ici décisif ; mais *ce que* l'on fait entendre est presque indifférent. C'est sur cet article-là qu'il faut raffiner ! Pourquoi nous dépenser ailleurs ? Soyons caractéristiques en matière de sonorité jusqu'au délire ! On portera au crédit de notre esprit tout ce que nous donnerons à deviner par la sonorité ! Agaçons les nerfs, assommons-les, manions l'éclair et le tonnerre, – voilà qui renverse...

Mais ce qui renverse, c'est surtout la *passion*. Entendons-nous sur la passion. Rien n'est meilleur marché que la passion ! On peut se passer de toutes les vertus du contrepoint, pas la peine d'avoir rien appris, – mais la passion, ça, on peut toujours ! La beauté est difficile : gardons-nous de la beauté... Et la *mélodie*, alors ! Calomnions, mes amis, calomnions, si nous croyons sérieusement à l'Idéal, calomnions la mélodie ! Rien de plus pernicieux qu'une belle mélodie ! Rien ne gâte plus sûrement le goût ! Nous sommes perdus, mes amis, si l'on se remet à aimer les belles mélodies !...

Principe : la mélodie est immorale. *Preuve* : Palestrina. *Application* : Parsifal. L'absence de mélodie, même, sanctifie...

Et c'est là la définition de la passion. La passion – ou la gymnastique du laid sur la corde de l'enharmonie[96]. – Osons, mes amis, osons être laids ! Wagner l'a osé[97] !

Vautrons-nous intrépidement dans la fange en poussant devant nous les harmonies les plus grinçantes ! N'ayons pas peur de mettre les mains dedans ! C'est le seul moyen de devenir *naturels*...

Encore un dernier conseil ! Peut-être les résume-t-il tous à lui seul. – *Soyons idéalistes* ! – Si ce n'est pas ce que nous pouvons faire de plus malin, c'est du moins le plus sage. Pour élever les hommes au sublime, il faut être soi-même sublime. Partons à l'errance dans les nuages, haranguons l'infini, ceignons-nous des grands symboles ! *Sursum*[98] ! Boum-boum ! – pas de meilleur conseil. Que la « poitrine gonflée » soit notre argument, les « beaux sentiments » nos interprètes. La vertu conserve tous ses droits même face au contrepoint. « Comment celui qui nous améliore pourrait-il ne pas être lui-même bon ? » C'est l'ancestrale déduction de l'humanité. Améliorons donc l'humanité[99] ! – C'est par ce moyen que l'on devient bon (c'est par là qu'on devient soi-même « classique » : Schiller est devenu « classique »[100]). La chasse aux basses excitations des sens, à la prétendue beauté a énervé les Italiens : restons allemands. Même la relation de Mozart avec la musique – Wagner l'a dit à *nous* pour nous consoler ! – était au fond frivole... Ne concédons jamais que la musique « serve de délassement »[101] ; qu'elle rende « de belle humeur » ; qu'elle « fasse plaisir ». *Ne faisons jamais plaisir !* – Nous sommes perdus si l'on se remet à penser l'art en termes hédonistes... C'est du mauvais dix-huitième siècle... En revanche, rien ne saurait être plus expédient, soit dit en aparté, qu'une dose... de *cagoterie, sit venia verbo*[102]. Cela confère de la dignité. – Et choisissons l'heure où il convient d'avoir des regards noirs, de soupirer en public, de soupirer chrétiennement, de sortir le grand jeu de la compassion chrétienne. « L'homme est corrompu : qui le sauvera ? *qu'est-ce* qui le sauvera ? » – Ne donnons pas de réponse. Restons prudents. Combattons notre ambition, qui voudrait fonder des religions. Mais personne ne saurait douter que c'est *nous* qui le sauverons, que c'est *notre* musique seule qui sauve... (Essai de Wagner sur *La Religion et l'Art*[103]).

7.

Assez ! Assez ! On n'aura, je le crains, que trop clairement reconnu la sinistre réalité, au milieu de mes traits de belle humeur – le tableau d'un déclin de l'art, et aussi d'un déclin de l'artiste. Ce dernier, un déclin de caractère, pourrait peut-être provisoirement s'exprimer par la formule suivante : le musicien vire désormais au comédien[104], son art évolue de plus en plus vers le talent de *mentir*. J'aurai l'occasion, dans un chapitre de mon ouvrage principal, intitulé *Contribution à la physiologie de l'art*[105], de montrer de plus près comment cette métamorphose générale de l'art en jeu de comédien[106] est tout aussi bien l'expression d'une dégénérescence physiologique[107] (plus exactement une forme d'hystérie) que chacune des corruptions et des infirmités de l'art inauguré avec Wagner : par exemple l'instabilité de son optique, qui à tout instant oblige à changer de position devant lui. On ne comprend rien à Wagner tant qu'on ne voit en lui qu'un jeu de la nature, un caprice au gré de l'arbitraire, un pur hasard. Il n'était pas un génie « lacunaire », « manqué » ou « contradictoire », comme on a tenu à le dire. Wagner était quelque chose de *complet*, un *décadent* * typique, absolument dépourvu de « liberté du vouloir », chez qui chaque trait revêt une nécessité. S'il y a bien quelque chose d'intéressant chez Wagner, c'est la logique avec laquelle une anomalie physiologique se métamorphose, degré par degré, pas à pas, en pratique et en procédure, en innovation dans les principes, en crise du goût.

Je m'arrête pour cette fois à la seule question du *style*[108]. – Comment se caractérise toute *décadence* * *littéraire* ? Par le fait que la vie ne réside plus dans le tout. Le mot devient souverain et saute hors de la phrase, la phrase obscurcit le sens de la page et empiète dessus, la page s'accapare la vie aux dépens du tout – le tout n'est plus un tout[109]. Mais cette comparaison vaut pour tous les styles de *décadence* * : chaque fois anarchie des atomes, désagrégation du vouloir, « liberté individuelle », pour parler en termes moraux[110], – ou, si l'on étend cela à une théorie politique, « *égalité* des droits pour tous »[111]. La vie, la vitalité répandue partout *d'une manière égale,* la vibration et l'exubérance de la vie reléguées dans les formes les plus minuscules, et tout le reste *dépourvu* de vie. Partout la paralysie, la fatigue, la torpeur, *ou alors* le conflit et le chaos : l'un et l'autre état sautant aux yeux de plus en plus à mesure que l'on s'élève dans la complexité des formes d'organisation. Le tout n'a plus du tout de vie : c'est un agglomérat, un objet de calcul, quelque chose de factice, un artefact. –

Chez Wagner, au commencement se trouve l'hallucination : non pas celle des sons, mais celle des attitudes. C'est en vue d'elles qu'il part à la recherche de la sémiotique du son. Si on veut se confondre en admiration, c'est là qu'il faut le voir à l'œuvre : sa façon de séparer, de découper en unités minuscules, de leur donner vie, de les mettre en relief, de les mettre en évidence. Mais sa force s'y épuise : le reste ne vaut rien. Qu'elle est misérable et embarrassée, qu'elle fait amateur, sa façon de « développer[112] », sa tentative pour entremêler à tout le moins les pousses qui n'ont pas achevé leur croissance ! Ses façons de faire en l'espèce rappellent les *frères* * de Goncourt[113], que l'on peut rapprocher par ailleurs de Wagner pour le style : on est prêt à s'apitoyer devant une situation aussi désespérée. Que Wagner ait déguisé en principe son incapacité à produire des formes organiques, qu'il institue un « style dramatique » là où, pour notre part, nous ne voyons instituée qu'une impuissance au style, cela correspond à une téméraire habitude qui a accompagné Wagner tout au long de sa vie : il établit un principe là où il lui manque une faculté (– en cela très différent, soit dit en passant, du vieux Kant, qui affectionnait une *autre* forme de témérité : à savoir, partout où il lui manquait un principe, d'établir dans l'homme une « faculté » correspondante [114]...). Répétons-le : admirable, aimable, Wagner ne l'est que dans l'invention du minuscule, dans la création imaginaire du *détail* *, – on a tout à fait raison de le proclamer sur ce point un maître de premier ordre, notre plus grand *miniaturiste* de la musique, capable de fourrer dans l'espace le plus réduit une infinité de significations et de suavités. Sa richesse en couleurs, en demi-teintes, en lueurs clandestines mourantes nous gâte tellement qu'à côté de lui, on trouve presque tous les autres musiciens trop robustes [115]. – Si l'on veut mon avis, l'idée la plus haute que l'on se fait de Wagner ne saurait être tirée de ce qui plaît chez lui aujourd'hui. Tout cela a été inventé pour persuader les masses, et nous autres, devant cela, nous reculons d'un bond comme devant une fresque un peu trop effrontée. Que nous importe, à *nous*, la brutalité *agaçante* * [116] de l'ouverture de *Tannhäuser* ? Ou le cirque de la *Walkyrie* ? Tout ce qui, dans la musique de Wagner est devenu populaire, même en dehors du théâtre, est d'un goût douteux et corrompt le goût. La marche de *Tannhäuser* me paraît suspecte de genre louis-philippard [117] ; l'ouverture du *Vaisseau fantôme* fait beaucoup de bruit pour rien [118] ; le Prélude de *Lohengrin* a fourni le premier exemple, simplement trop insidieux, simplement trop bien réussi, de la façon dont à son tour la musique peut hypnotiser (– je déteste toutes les musiques dont l'ambition se borne à agir sur les nerfs). Mais à part Wagner le magnétiseur et le peintre de fresques, il y a un autre Wagner, qui sème de petits joyaux : le plus grand mélancolique que nous ait offert la musique, plein d'œillades, de tendresses et de paroles de consolation, que personne avant lui n'avait proposées, le maître des notes exprimant un bonheur triste et ensommeillé... Un lexique des paroles les plus intimes de Wagner, rien que de brèves pièces de quinze mesures tout au plus, rien que de la musique pure, que *personne ne connaît*... Wagner avait la vertu des *décadents* *, la compassion. –

8.

« À la bonne heure ! Mais comment *peut-on*, au contact de ce *décadent* *, perdre tout sens du goût, s'il se trouve qu'on n'est pas musicien, s'il se trouve qu'on n'est pas soi-même *décadent* * ? » – Bien au contraire ! La question est : comment *ne pas* le perdre ? Essayez donc un peu ! – Vous ne savez pas qui est Wagner : un grand comédien ! Y a-t-il au monde un effet plus profond, *plus massif* dans tout le théâtre ? Voyez donc ces jeunes gens – figés, hâves, le souffle coupé ! Ce sont des wagnériens : ça ne comprend rien à la musique, – et pourtant Wagner les tient sous sa coupe… La pression qu'exerce l'art de Wagner est de cent atmosphères : inclinez-vous, nul ne peut faire autrement [119]… Le comédien Wagner est un tyran, son pathos [120] jette par-dessus bord toute espèce de goût, toute espèce de résistance. – Qui donc possède cette puissance de persuasion des attitudes, qui, aussi nettement, et avant tout, n'a en vue que les attitudes ? Ce pathos wagnérien qui fait qu'on retient son souffle, ces sentiments extrêmes qui ne veulent plus vous lâcher, ces *longueurs* terrifiantes dans des situations où déjà l'instant voudrait vous étrangler ! –

Wagner était-il finalement musicien ? En tout cas il était aussi quelque chose *de plus* : à savoir un incomparable histrion [121], le plus grand mime [122], le plus époustouflant génie du théâtre qu'aient connu les Allemands, notre *bête de scène* [123] *par excellence* *. Il relève de tout autre chose que de l'histoire de la musique : il ne faut pas le confondre avec les authentiques Grands qui la composent. Wagner *et* Beethoven – c'est là un blasphème [124] – et en fin de compte même une injustice envers Wagner… Même comme musicien, il n'était que ce qu'il était de toute façon : il *est devenu* musicien, il *est devenu* poète, parce que le tyran qui était en lui, son génie de comédien, l'y forçait. On ne devine rien de Wagner tant que l'on n'a pas deviné son instinct dominant.

Wagner n'était *nullement* musicien d'instinct. C'est ce qu'il a prouvé en sacrifiant toutes les lois ou, pour parler plus précisément, tout style dans la musique, pour faire d'elle ce dont il avait besoin, une rhétorique théâtrale, un moyen d'expression, de renforcement de la gestuelle, de suggestion, de pittoresque psychologique. Par là, Wagner pourrait être donné comme un inventeur et un novateur de premier ordre – *il a augmenté incommensurablement le pouvoir d'élocution*[125] *de la musique* – : il est le Victor Hugo[126] de la musique considérée comme langage. À condition de tenir toujours pour admis que la musique, dans certaines circonstances, pourrait ne pas être musique, mais langage, mais instrument, mais *ancilla dramaturgica*[127]. La musique de Wagner, si on lui *retire* la caution du goût théâtral, goût au demeurant tout à fait tolérant, est tout simplement de la mauvaise musique, voire la pire qu'on ait jamais pu faire. Quand un musicien ne comprend rien à rien[128], il devient « compositeur dramatique », il devient « wagnérien »...

C'est Wagner qui a sans doute été le premier à comprendre quelle magie l'on peut exercer au moyen d'une musique décomposée et pour ainsi dire *élémentaire*. La conscience qu'il en prend n'a rien de rassurant, pas plus que l'instinct qui lui souffle de négliger la loi suprême, le *style*. L'élémentaire *suffit bien* – du son, du mouvement, de la couleur, bref, l'aspect sensible de la musique. Wagner ne calcule jamais en musicien, en se fondant sur une quelconque conscience de musicien : ce qu'il veut, c'est l'effet, rien d'autre que l'effet[129]. Et il connaît fort bien la corde sensible à son effet ! – En cela il partage avec Schiller, avec tout homme de théâtre l'absence de scrupules, ainsi que le mépris du monde qu'il met à ses pieds !... On est comédien lorsqu'on a sur le reste des hommes cet avantage bien précis : avoir compris que ce qui doit passer pour vrai n'a pas besoin d'être vrai. Cette proposition a été formulée par Talma[130] : elle contient toute la psychologie du comédien, elle contient également – n'en doutons point ! – sa morale. La musique de Wagner n'est jamais vraie.

– Mais *on la tient pour telle* : donc tout va bien. –

Tant qu'on est encore naïf et au surplus wagnérien, on tient Wagner pour l'opulence même, pour un parangon de prodigalité, voire pour un grand propriétaire foncier au royaume des sons. On admire chez lui ce qu'admirent les jeunes Français chez Victor Hugo, la « munificence royale ». Ensuite on en vient à admirer l'un et l'autre pour des raisons contraires : comme maîtres et modèles d'économie, comme des hôtes astucieux. Nul ne les égale dans l'art de donner l'impression d'une table princière avec une dépense modique. – Le wagnérien, grâce à son estomac de croyant, se trouve même rassasié des nourritures que son maître l'illusionniste lui fait apparaître par magie. Nous autres qui, en matière de livres et de musique exigeons avant tout de la *substance,* et qui n'avons que faire des simples « impressions » de table, nous sommes en mauvaise posture. Traduction allemande : Wagner ne nous donne pas assez à nous mettre sous la dent[131]. Son récitatif[132] – guère de viande, une flopée d'os et énormément de bouillon –, je l'ai baptisé « *alla genovese* [133] » : en cela, mon intention n'était absolument pas de flatter les Génois, mais bien *l'ancien* récitatif, le *recitativo secco*[134]. Quant au « leitmotiv » wagnérien, c'est quelque chose qui dépasse tout mon savoir culinaire. Poussé dans mes retranchements, je dirais qu'il peut servir de cure-dent idéal, d'occcasion de se débarrasser des restes de repas. Restent les « airs » de Wagner –. Mais alors là, motus.

9.

Même quand il conçoit l'action, Wagner est avant tout comédien. La première chose à lui apparaître, c'est une scène produisant un effet absolument infaillible, une véritable *actio* [a] [135], avec un *haut-relief** des attitudes [136], une scène qui *renverse* – celle-là, il la pense en profondeur, c'est d'elle qu'il part pour concevoir les caractères [137]. Tout le reste en découle, selon une économie technique qui n'a aucune raison d'être subtile. Ce n'est *pas* le public de Corneille que Wagner doit ménager : mais simplement le dix-neuvième siècle. Wagner jugerait de « la seule chose nécessaire » [138] à peu près de la même manière qu'aujourd'hui le fait tout autre comédien : une série de scènes fortes chacune plus forte que les autres – et, interposées entre elles, quantité de stupidités fort astucieuses [139]. Il cherche pour commencer à se garantir à lui-même l'effet de son œuvre, il débute par le troisième acte, il fait la *preuve* de son œuvre au moyen de son effet final. Quand on se laisse conduire par une telle conception du théâtre, on ne risque pas de composer un drame à son insu. Le drame exige une logique *rigoureuse* : mais la logique était le dernier des soucis de Wagner ! Je le répète : ce n'est *pas* le public de Corneille qu'il devait ménager : rien que des Allemands ! L'on sait à quel problème technique le dramaturge consacre toute son énergie et souvent y sue sang et eau : conférer de la *nécessité* au nœud de l'intrigue ainsi qu'au dénouement, en sorte que tous deux ne soient possibles que d'une seule façon, que tous deux donnent une impression de liberté (principe de la plus petite dépense d'énergie). Eh bien, Wagner n'y sue sang et eau que fort parcimo-

a. [**Note de Nietzsche**.] Remarque. Ce fut un vrai malheur pour l'esthétique que l'on ait toujours traduit le mot *drama* par « action ». En cela, Wagner n'est pas le seul à se tromper ; tout le monde est dans l'erreur ; même les philologues, qui ne devraient pas tomber dans ce panneau. Le drame antique avait en vue de grandes scènes pathétiques – il excluait justement l'action (qu'il transportait *avant* le début ou *derrière* la scène). Le mot *drama* est d'origine dorienne : et, dans l'usage dorien, il signifie « événement », « histoire », ces deux mots étant entendus au sens hiératique. Le drame le plus ancien représentait la légende locale, l'« histoire sainte » sur laquelle reposait le fondement du culte (– donc pas d'action, mais un événement : δρᾶν en dorien ne signifie absolument pas « agir »).

nieusement ; ce qui est sûr, c'est que Wagner y dépense le minimum d'énergie. Qu'on examine au microscope n'importe quelle « intrigue » de Wagner – il y aura de quoi rire, je vous le promets. Rien de plus réjouissant que l'intrigue de *Tristan*, mis à part sans doute celle des *Maîtres chanteurs*. Wagner n'est *pas* dramaturge, qu'on ne s'en laisse pas accroire. Il aimait le « drame » : c'est tout – il a toujours aimé les mots qui sonnent bien. Le mot « drame » n'est pourtant dans ses écrits qu'un malentendu (– et *en outre* une astuce : Wagner a toujours pris de grands airs devant le mot « opéra » – [140]) ; à peu près comme le mot « esprit » dans le Nouveau Testament n'est qu'un malentendu [141]. – Il n'était pas suffisamment psychologue pour le drame ; il éludait instinctivement la motivation psychologique – comment ? en la remplaçant toujours par l'idiosyncrasie [142]... Très moderne, n'est-ce pas ? très parisien ! très *décadent* * !... Les *intrigues*, soit dit en passant, que Wagner tente effectivement de dénouer à l'aide de découvertes dramatiques, sont d'une tout autre espèce. J'en donne un exemple. Prenons le cas où Wagner a besoin d'une voix de femme. Un acte entier *sans* voix de femme – ça ne va pas du tout ! Mais les « héroïnes » sont toutes indisponibles pour l'instant. Que fait Wagner ? Il émancipe la plus vieille femme du monde, Erda : « En scène, vieille grand-mère ! Il faut chanter ! » Erda chante. L'objectif de Wagner est atteint. Et incontinent il se débarrasse de la vieille dame [143]. « Pourquoi donc êtes-vous venue ? Sortez ! Continuez s'il vous plaît à dormir ! » *In summa* [144] : une scène pleine de frissons mythologiques, qui donnent des pressentiments au *wagnérien*...

– « Mais le *contenu* des textes wagnériens ! leur contenu mythique, leur contenu éternel ! » – Comment analyser ce contenu, ce contenu éternel ? – Le chimiste répond : on traduit Wagner en langage de la réalité, en langage moderne, – soyons encore plus cruels ! en langage bourgeois ! Qu'advient-il alors de Wagner ? – Entre nous, j'ai essayé. Rien de plus divertissant, rien de plus recommandé pour les promenades que de se raconter

Wagner en proportions *rajeunies* : par exemple Parsifal en candidat en théologie, muni de ses études secondaires (– ces dernières étant indispensables pour la *pure nigauderie*[145]). On va aller de surprise en surprise ! Croiriez-vous que les héroïnes wagnériennes, toutes tant qu'elles sont, aussitôt qu'on les a dépouillées de leur défroque héroïque, ressemblent à s'y méprendre à Madame Bovary ! – de même qu'inversement Flaubert *aurait tout à fait pu* traduire son héroïne en scandinave ou en carthaginois et, une fois mythologisée, l'offrir ensuite à Wagner en guise de livret[146]. Oui, à tout prendre, Wagner ne paraît s'être intéressé à aucun autre problème qu'à ceux qui intéressent les petits *décadents* * parisiens. Toujours à deux pas de l'hôpital ! Purs problèmes modernes, purs problèmes de grandes métropoles ! aucun doute là-dessus !... Avez-vous remarqué (cela relève de la même association d'idées) que les héroïnes de Wagner n'ont pas d'enfants ? – C'est qu'elles ne *peuvent* pas en avoir[147]... Le désespoir avec lequel Wagner s'est attaqué au problème de faire naître Siegfried révèle *à quel point* il était moderne sur cet article. – Siegfried « émancipe la femme » – en revanche sans espoir de postérité. Pour finir, un fait qui nous laisse tout décontenancés : Parsifal est le père de Lohengrin ! Comment s'y est-il pris ? – Faut-il ici se souvenir que « la chasteté fait des *miracles*[148] » ?...

Wagnerus dixit princeps in castitate auctoritas[149].

10.

Encore un mot en passant sur les écrits de Wagner : ils sont, entre autres, une école d'*astuce*. Le système de procédés que manie Wagner peut être appliqué dans cent autres cas, – que celui qui a des oreilles entende[150]. Peut-être pourrai-je revendiquer un droit à la reconnaissance publique si je fournis une expression aux trois procédés les plus précieux.

Tout ce que Wagner *ne sait pas* faire est condamnable.

Wagner pourrait faire mille fois plus : mais il ne veut pas, – par rigueur de principe.

Tout ce que Wagner *sait* faire, personne ne le refera après lui, personne ne l'a fait avant lui, nul ne *doit* le refaire après lui… Wagner est divin…

Ces trois propositions sont la quintessence de la littérature de Wagner ; le reste est – « littérature »[151].

– Jusque-là, la musique n'a pas eu forcément toujours besoin de littérature : on fera bien de s'en demander ici la raison suffisante. Est-ce parce que la musique de Wagner est trop difficile à comprendre ? Ou craignait-il le contraire, c'est-à-dire qu'on la comprenne trop facilement, – que l'on n'ait *pas assez de difficulté* à la comprendre ? – En fait, toute sa vie il a répété à satiété une unique phrase : à savoir que sa musique ne signifiait pas seulement de la musique ! Mais bien davantage ! Mais infiniment davantage !… « Pas seulement de la musique » – parler ainsi n'est pas d'un musicien. Redisons-le, Wagner ne savait pas créer une totalité organique, il n'avait pas le choix, il était obligé de fabriquer des pièces et des morceaux, des « motifs », des attitudes, des formules, des redoublements et des multiplications à l'infini, il est resté rhéteur en tant que musicien – et pour cela il était *obligé* par principe de mettre son « cela signifie » sur le devant de la scène. « La musique n'est jamais qu'un moyen » : telle est sa théorie, c'était surtout pour lui la seule *pratique* possible. Mais cette façon de penser n'est pas d'un musicien. – Wagner avait besoin de la musique pour persuader tout le monde de prendre sa musique au sérieux, de la tenir pour profonde, « parce qu'elle *signifie* l'Infini » ; sa vie durant, il a été le commentateur de l'« Idée[152] ». Que signifie Elsa ? Mais aucun doute : Elsa, c'est « *l'esprit* inconscient du *Peuple* » (– « En reconnaissant cela, je ne pouvais manquer de devenir un parfait révolutionnaire[153] »).

Rappelons-nous qu'à l'époque où Hegel et Schelling égaraient les esprits, Wagner était jeune ; qu'il devina, qu'il empoigna quelque chose que l'Allemand est seul à prendre au sérieux – « l'Idée », entendez par là un quelque chose d'obscur, d'incertain, de truffé de pressentiments ; rappelons-nous que chez les Allemands la clarté est rédhibitoire, la logique une réfutation. Schopenhauer, non sans dureté, a accusé l'époque de Hegel et de Schelling d'improbité [154] – non sans dureté, ni non plus sans injustice ; lui-même, le vieux faux-monnayeur pessimiste, ne s'y est pris en rien avec « plus de probité » que ses contemporains plus illustres [155]. Laissons la morale de côté : Hegel, c'est un *goût*... Et un goût non seulement allemand, mais européen ! – Un goût que Wagner a bien saisi ! – un goût avec lequel il s'est senti de force à se mesurer ! qu'il a immortalisé ! – Il en a tout simplement fait l'application en musique – il s'est trouvé un style, qui « signifie l'Infini », – il est devenu l'héritier de Hegel... La musique comme « Idée » – –

Et comme Wagner a été compris ! – C'est la même espèce de gens qui se sont entichés de Hegel qui s'entichent aujourd'hui de Wagner ; dans son école, on *écrit* même en hégélien ! – C'est surtout par l'adolescent allemand qu'il a été compris. Les deux mots « Infini » et « Signification » ont d'emblée suffi : ils lui apportaient un incomparable bien-être. Ce n'est absolument *pas* grâce à la musique que Wagner a conquis les adolescents, c'est grâce à l'« Idée » : – c'est la pléthore d'énigmes de son art, c'est son jeu de cache-cache au milieu de centaines de symboles, la polychromie de son Idéal qui ont conduit ces adolescents à Wagner et les ont alléchés ; c'est le génie de Wagner pour la nébulosité, la façon qu'il a d'empoigner, de divaguer et de frôler [156] dans les airs, son Partout et son Nulle Part, exactement le même truc par lequel Hegel en son temps a séduit et alléché ! – Plongés dans la Pluralité, la Plénitude et l'Arbitraire de Wagner, ils sont justifiés comme par eux-mêmes – « sauvés » –. Ils écoutent, avec crainte et tremblement [157], comment dans son art les *majestueux symboles* sortant des nuées se font entendre avec un sourd grondement de tonnerre ; ils ne s'irritent pas quand cet art se fait gris, assommant et froid. Ne sont-ils pas tous, sans exception, à l'instar de

Wagner lui-même, de la *même famille* que le mauvais temps, le temps allemand ! Wotan est leur dieu : mais Wotan est le dieu du mauvais temps… Ils ont raison, ces adolescents allemands, puisqu'ils sont comme ça : comment *pourrait* donc leur manquer, à eux, ce qui nous manque chez Wagner, à *nous autres Alcyoniens*[158] – *la gaya scienza*[159], les pieds légers[160] ; l'esprit, le feu, la grâce ; la grande logique ; la danse des étoiles ; l'insolence intellectuelle ; le scintillement de la lumière du Midi ; la mer *lisse* – la perfection…

11.

J'ai expliqué dans quelle catégorie il faut ranger Wagner[161] – *certes pas* dans l'histoire de la musique. Quelle est malgré tout sa signification dans cette histoire ? *L'apparition du comédien dans la musique* : événement capital qui donne à penser, et peut-être aussi donne à craindre. D'une formule : « Wagner et Liszt. » – Jamais encore l'honnêteté des musiciens, leur « intégrité » ne fut aussi dangereusement mise à l'épreuve. Cela tombe sous le sens : le grand succès, le succès auprès des masses ne se trouve pas du côté des intègres, – il faut être comédien, pour l'obtenir ! – Victor Hugo et Wagner – ils signifient une seule et même chose : que, dans les cultures de décadence, partout où la décision est entre les mains des masses, l'intégrité est superflue, préjudiciable, désavantageuse. Il n'y a aujourd'hui que le comédien pour éveiller encore de *grands* enthousiasmes. – C'est ainsi l'avènement de l'*âge d'or* pour le comédien – pour lui et pour tout ce qui est du même acabit. C'est la marche de Wagner, au son des tambours et des fifres, à la tête de tous les artistes de la déclamation, de la représentation, de la virtuosité ; il a commencé par persuader les chefs d'orchestre, les machinistes et les chanteurs de théâtre. Sans oublier les musiciens d'orchestre : – il les a « sauvés » de l'ennui… Le mouvement qu'a créé Wagner empiète même sur le champ de la connaissance : des pans entiers de disciplines annexes émergent lentement d'une scolastique séculaire. Pour donner un exemple, je souligne avec une mention toute particulière les mérites de *Riemann*[162] en matière de rythmique : il a été le premier à donner toute son importance, en musique comme ailleurs, à la notion fondamentale de ponctuation (malheureusement en se servant d'un mot bien laid : il l'appelle « phrasé[163] »). – Tous ceux-là sont, je le dis avec gratitude, les meilleurs parmi les adorateurs de Wagner, les plus dignes de considération – ils ont tout simplement le droit d'adorer Wagner. Le même instinct les relie entre eux, ils voient en lui leur type suprême, ils se sentent métamorphosés en puissance, en grande puissance depuis qu'il les a enflammés de sa propre ardeur. C'est là, en effet, plus que nulle part ailleurs, que l'influence de Wagner a véritablement été *bienfaisante*. Jamais encore on n'a autant pensé, voulu, travaillé dans cette sphère. Wagner a donné à tous ces artistes une nouvelle conscience : ce qu'ils exigent désormais d'eux-mêmes, ce qu'ils *obtiennent* d'eux-mêmes, ils ne l'ont jamais exigé d'eux-mêmes avant Wagner – ils étaient auparavant trop modestes pour cela. Il règne au théâtre un autre esprit, depuis que l'esprit de Wagner y règne : on exige le plus difficile, on blâme rudement, on se répand rarement en éloges, – ce qui est bon, ce qui est remarquable est la règle. Avoir du goût n'est plus nécessaire, ni même de la voix. On ne chante Wagner qu'avec une voix abîmée : cela fait « dramatique ». Même le don naturel est exclu. L'*espressivo* à tout prix, tel que l'exige l'idéal wagnérien, l'idéal de la *décadence* * est difficilement conciliable avec le don naturel. Tout ce qu'il faut, c'est la *vertu* – entendez le dressage, l'automatisme, l'« abnégation ». Ni goût, ni voix, ni don naturel : la scène de Wagner n'a besoin que d'une chose[164] – des *Germains*[165] !... Définition du Germain : obéissance et longues jambes[166]... Il est profondément significatif que l'avènement de Wagner coïncide chronologiquement avec celui du « Reich » – ces deux faits ne prouvent qu'une seule et même chose – obéissance et longues jambes. – Jamais on n'a mieux obéi, jamais on n'a mieux commandé. Les chefs d'orchestre wagnériens en particulier sont dignes d'une époque que la postérité nommera un jour avec une vénération craintive *l'époque classique de la guerre.* Wagner s'y entendait à commander ; en cela aussi il fut un grand maître. Il commandait à la mesure de son implacable volonté sur soi, à la mesure de sa perpétuelle discipline envers soi : Wagner, qui offre peut-être le plus grand exemple de la violence envers soi qu'ait connu l'histoire de l'art (– même Alfieri, qui par ailleurs est son plus proche parent, est encore dépassé. Note d'un Turinois[167].)

12.

Comprendre que nos comédiens sont plus vénérables que jamais n'implique pas qu'on minimise le danger qu'ils représentent… Mais qui doute encore de ce que je veux, – de ce que sont les trois exigences que ma fureur rentrée, ma préoccupation, mon amour de l'art m'ont cette fois poussé à énoncer ?

Que le théâtre ne vienne pas exercer de domination sur les arts.

Que le comédien ne vienne pas pervertir les intègres.

Que la musique ne devienne pas un art de mentir.

Friedrich NIETZSCHE.

POST-SCRIPTUM

Le sérieux de ces dernières paroles m'autorise à ajouter ici des extraits d'un traité encore inédit qui à tout le moins ne laisse aucun doute sur mon sérieux dans cette affaire. Ledit traité est intitulé : *Ce que Wagner nous coûte*[168].

L'appartenance à Wagner, cela se paie cher. Aujourd'hui encore on le ressent obscurément. Même le succès de Wagner, sa *victoire* n'ont pas totalement éradiqué ce sentiment. Or autrefois il était fort, il était terrible, il avait quelque chose d'une sombre haine – durant presque les trois quarts de la vie de Wagner. Cette résistance qu'on trouva chez nous autres Allemands ne saurait être trop hautement appréciée ni trop mise en honneur. On se défendait contre lui comme on se défend contre une maladie – non pas avec des arguments – on ne réfute pas une maladie[169] –, mais avec des entraves, avec méfiance, mauvaise humeur, écœurement, avec un sérieux lugubre, comme si autour de lui rôdait un grand danger. Messieurs les esthéticiens ont jeté le masque lorsque, s'inspirant des trois écoles de la philosophie allemande, ils ont livré une guerre absurde de « si » et de « donc » aux principes de Wagner – que lui importaient les principes, même les siens ! – Les Allemands ont eu suffisamment de raison dans leur instinct pour s'interdire en l'occurrence tous les « si » et les « donc ». Un instinct est affaibli lorsqu'il se rationalise[170] : car, par *le fait même* de se rationaliser, il s'affaiblit. S'il y a des indices montrant que, en dépit du caractère général de la *décadence* * européenne, l'esprit allemand conserve un tant soit peu de santé, de flair instinctif pour ce qui est nuisible et lourd de dangers, je voudrais qu'entre tous ces indices, on évite le plus possible de sous-estimer cette *sourde* résistance. Elle nous fait honneur, elle nous permet même d'espérer. Les Allemands, *traînards* de l'histoire *par excellence* *, sont aujourd'hui le peuple civilisé le plus arriéré d'Europe : cela comporte un avantage, – du même coup ils sont relativement le peuple *le plus jeune*[171].

L'appartenance à Wagner, cela se paie cher. Les Allemands ne se sont défaits que très récemment d'une espèce de crainte devant lui, – l'envie de *s'en débarrasser* les prenait en toute occasion [a]. Se souvient-on encore d'une curieuse circonstance où, tout à fait à la fin, d'une manière tout à fait inattendue, ce sentiment ancien a refait son apparition ? Elle s'est produite lors des obsèques de Wagner[174], quand la première Société wagnérienne allemande, celle de Munich[175], fit déposer sur sa tombe une couronne avec une *inscription* qui devint aussitôt célèbre. « Salut pour le Sauveur ! » – pouvait-on y lire. Chacun tomba en admiration devant la sublime inspiration qui avait dicté cette inscription, chacun admira le bon goût dont les partisans de Wagner ont le privilège ; mais plusieurs aussi (fait

a [**Note de Nietzsche**] Remarque. – Wagner était-il allemand, après tout ? On a quelques raisons de poser la question. Il est difficile de dénicher chez lui un quelconque trait allemand. Acharné à apprendre comme il l'était, il a appris à imiter beaucoup de choses allemandes – voilà tout. Sa nature même est en contradiction avec tout ce qui était jusqu'à présent considéré comme allemand : sans parler du musicien allemand ! – Son père était un comédien du nom de Geyer[172]. Un Geyer (vautour) est déjà presque un aigle… Ce qui jusqu'ici a circulé sous l'appellation de « *Vie de Wagner* » est *fable convenue* *, si ce n'est pire[173]. Je confesse ma méfiance sur tous les points qui ne sont attestés que par Wagner. Il n'avait pas assez de fierté pour reconnaître une vérité le concernant, personne n'avait moins de fierté ; il est resté, tout à fait comme Victor Hugo, fidèle à lui-même jusqu'en matière de biographie, – il est resté comédien.

assez rare !) y apportèrent la même légère correction « Salut *pour se délivrer* du Sauveur »[176] ! – On respira. –

L'appartenance à Wagner, cela se paie cher. Mesurons-la à son effet sur la civilisation. Qui son agitation[177] a-t-elle propulsé au premier plan ? Qu'a-t-il cultivé sur une échelle de plus en plus grande ? – Avant tout, la prétention du profane, de l'idiot qui fait de l'art. On vous organise maintenant des Sociétés, on veut imposer son « goût », on voudrait même s'ériger en juge *in rebus musicis et musicantibus*[178]. En deuxième lieu : une indifférence de plus en plus grande à l'égard de la formation stricte, aristocratique et consciencieuse au service de l'art ; au lieu de cela, la foi dans le génie, traduction allemande : le dilettantisme effronté (– on en trouve la formule dans *Les Maîtres chanteurs*). En troisième lieu, et c'est le pire : *la théâtrocratie* –, la folie de la croyance en la *prééminence* du théâtre, en un droit à la suprématie du théâtre sur les arts, sur l'art... Mais il ne faut pas se lasser de dire en face aux wagnériens *ce qu'est* le théâtre : jamais rien de plus qu'un *bas degré* de l'art, jamais rien qu'une chose secondaire, de non raffiné, quelque chose qui a été tordu en forme de bobards[179] pour les masses ! En cela Wagner n'a absolument rien changé : Bayreuth, c'est du grand opéra, même pas du *bon* opéra... Le théâtre est une forme de la démolâtrie[180] en matière de goût, le théâtre est un soulèvement des masses, un plébiscite *contre* le bon goût... *Voilà justement ce que prouve le cas Wagner* : il s'est acquis les masses, il a corrompu le goût, il a même corrompu notre goût pour l'opéra ! –

L'appartenance à Wagner, cela se paie cher. Que fait-elle de l'esprit ? Wagner libère-t-il l'esprit ? – Son affaire à lui, c'est toutes les formes d'ambiguïté, d'équivoque, tout ce qui en général persuade les indécis, sans leur faire prendre conscience de *ce en vue de quoi* on les persuade. En cela, Wagner est un séducteur[181] de grand style. Il n'y a rien de fatigué, de décrépit, de dangereux pour la vie, aucune calomnie acharnée des choses de l'esprit que son art n'ait secrètement mis sous son égide – c'est le plus noir obscurantisme qu'il dissimule dans les manteaux de lumière de l'Idéal. Il flatte tous les instincts nihilistes (– bouddhistes) et les travestit en musique, il flatte tout ce qui est chrétien, toutes les formes d'expression religieuse de la *décadence* *. Qu'on ouvre les oreilles : tout ce qui a poussé sur le sol de la vie *appauvrie*, tout le faux-monnayage de la transcendance et de l'au-delà a trouvé son truchement le plus sublime dans l'art de Wagner – évidemment *pas* au moyen de formules : Wagner est trop astucieux pour user de formules – mais dans un art de circonvenir la sensualité, qui en retour rend l'esprit docile et épuisé. La musique comme Circé [182]… Sa dernière œuvre est en l'espèce son plus grand chef-d'œuvre. *Parsifal* gardera éternellement son rang dans l'art de la séduction, en tant que *coup de génie* de la séduction… J'admire cette œuvre, je voudrais l'avoir composée moi-même ; à défaut de l'avoir faite, *je la comprends*… Wagner n'a jamais été mieux inspiré que sur la fin. Le raffinement dans l'alliance de la beauté et de la maladie va cette fois si loin qu'il porte pour ainsi dire ombrage à l'art du premier Wagner : – celui-ci paraît alors trop limpide, trop sain. Comprenez-vous cela ? La santé, la limpidité faisant un effet d'ombre ? presque d'*objection rédhibitoire* ?… À ce stade, nous sommes déjà de *purs nigauds* [183]… Jamais il n'y eut plus grand maître en matière de senteurs lourdes et hiératiques – jamais on n'a vu un pareil connaisseur de tous les *petits* infinis, de tous les frissons et de toutes les exaltations, de tous les féminismes que contient le vade-mecum du bonheur ! – Buvez maintenant, mes amis, le philtre de cet art [184] ! Vous ne trouverez nulle part une manière plus agréable de vous énerver les esprits, d'oublier votre virilité sous un buisson de roses… Ah ! le vieil enchanteur [185] ! Ce Klingsor de tous les Klingsors [186] ! Comme il s'y entend ainsi à *nous* faire la guerre ! à nous les esprits libres [187] ! Comme il sait parler selon son bon plaisir à toutes les lâchetés de l'âme, à l'aide de ses chants de magicienne ! – Il n'y a jamais eu une telle *haine à mort* envers la connaissance ! Il faut être un cynique pour ne pas succomber en l'occurrence à la séduction, il faut savoir mordre, pour ne pas se mettre à faire ses dévotions. Allons, vieux séducteur ! Le cynique te met en garde – *cave canem*[188]…

L'appartenance à Wagner, cela se paie cher. J'observe les adolescents qui ont longtemps été exposés à son infection. L'effet le plus immédiat, relativement inoffensif, est la corruption du goût. Wagner a le même effet qu'une consommation régulière d'alcool[189]. Il rend hébété, il encombre l'estomac. Effet spécifique : dégénérescence du sens du rythme. Le wagnérien finit par appeler rythmique ce que j'appelle, pour ma part, en me servant d'un proverbe grec, « remuer le bourbier ». Encore bien plus dangereuse est la corruption des idées. L'adolescent vire au crétin, – à l'« idéaliste ». Il se trouve bien au-dessus de la science ; en quoi il se place au niveau du Maître. En revanche, il joue au philosophe ; il écrit dans les *Bayreuther Blätter*[190], il résout tous les problèmes au nom du Père, du Fils et du Saint-Maître[191]. À vrai dire, le plus inquiétant reste la corruption des nerfs. Qu'on se promène nuitamment dans une grande ville : partout on entend des instruments se faire violer avec une fureur solennelle – tout cela entremêlé de sauvages hurlements. Que se passe-t-il ? – Les adolescents sont en train de faire leurs dévotions à Wagner… Bayreuth, cela rime avec établissement hydrothérapique pour fous furieux[192]. Télégramme typique de Bayreuth : « *Regrette déjà*[193]. » – Wagner est pernicieux pour les adolescents ; il est funeste pour la Femme. En termes médicaux, qu'est-ce qu'une wagnérienne ? – Il me semble qu'un médecin ne saurait trop sérieusement mettre les jeunes femmes en face de ce cas de conscience : c'est l'un *ou* l'autre[194]. – Mais elles ont déjà fait leur choix. Nul ne saurait servir deux maîtres[195], surtout si l'un des deux s'appelle Wagner. Wagner a sauvé la Femme ; en contrepartie, la Femme lui a construit Bayreuth. Sacrifice total, dévouement total : on ne possède rien qu'on ne soit prêt à lui donner. La Femme s'appauvrit au profit du Maître, elle en devient touchante, elle se met toute nue devant lui. – La wagnérienne – la plus gracieuse équivoque qu'on puisse trouver aujourd'hui : elle *incarne* la cause de Wagner, – sous cet emblème *vaincra* sa cause[196]... Ah ! le vieux brigand ! Il enlève nos adolescents, il enlève même nos femmes et les traîne dans sa caverne... Ah ! le vieux Minotaure[197] ! Que nous a-t-il déjà coûté ! Tous les ans on lui amène des trains entiers de belles jeunes filles et de beaux adolescents dans son labyrinthe, pour qu'il les dévore, – tous les ans, l'Europe entière entonne ce mot d'ordre : « En route pour la Crète ! En route pour la Crète[198] ! »

SECOND POST-SCRIPTUM

Ma lettre[199], semble-t-il, s'expose à un malentendu. Sur certains visages s'esquissent les plis de la gratitude ; je perçois même une discrète allégresse. Je préférerais, ici comme dans beaucoup d'autres choses, être compris. – Mais depuis qu'une nouvelle bestiole s'est nichée dans les vignes de l'esprit allemand[200], le ver du *Reich*, le fameux *Rhinoxéra*[201], aucune de mes paroles ne pourra être comprise. La *Kreuzzeitung*[202] en fait foi pour moi, pour ne rien dire du *Centralblatt littéraire*[203]. – J'ai donné aux Allemands les livres les plus profonds qu'ils puissent posséder – raison suffisante pour que les Allemands n'en comprennent pas un mot... Si dans le *présent* écrit je fais la guerre à Wagner – et, soit dit en passant, à un « goût » allemand, si j'ai des mots durs pour le crétinisme de Bayreuth, ce n'est pas que je veuille le moins du monde célébrer d'*autres* musiciens. Face à Wagner, les *autres* musiciens n'entrent pas en ligne de compte[204]. Cela va mal de toute façon. Le déclin est général. La maladie est radicale. Si le nom de Wagner est associé à la *ruine de la musique*, comme celui du Bernin pour la ruine de la sculpture[205], il n'en est cependant pas la cause. Il n'a fait qu'en accélérer le tempo, – à vrai dire de telle manière que l'on se tient, horrifié, devant ce gouffre vertigineux, abyssal[206] surgi à l'improviste. Il avait la naïveté de la *décadence* * : c'était là sa supériorité. Il y croyait, aucune séquelle logique de la *décadence* * ne l'arrêtait. Les autres *hésitent* – c'est ce qui les distingue. Mais c'est bien tout !... Ce qu'il y a de commun entre Wagner et « les autres » – j'en dresse la liste : la décadence de la force organisatrice [207] ; l'abus des moyens traditionnels, sans la capacité qui les *justifie*, les fins poursuivies ; le faux-monnayage dans l'imitation des grandes formes, pour lesquelles personne aujourd'hui n'est suffisamment fort, outrecuidant, sûr de soi, *sain* ; l'excès de vitalité dans les détails ; l'affect à tout prix ; le raffinement comme expression de la vie *appauvrie* ; toujours plus de nerfs au détriment de la chair. – Je ne connais qu'un seul musicien qui soit aujourd'hui encore en mesure de sculpter une ouverture *en bois massif* : et personne ne le connaît [208]... Les gens aujourd'hui célèbres ne font pas, comparés à Wagner, de la « meilleure » musique, mais seulement de la musique plus indécise, de la musique plus indifférente : – plus indifférente, en ce que l'à-moitié-achevé est réduit à néant par le *totalement-achevé*. Mais Wagner avait quelque chose de total ; mais Wagner était la corruption totale ; mais Wagner était le courage, la volonté, la *conviction* dans la corruption – qu'importe à côté de cela Johannes Brahms [209] !... La chance qu'il a eue tient à un malentendu allemand : on l'a pris pour l'antagoniste de Wagner, – on avait *besoin* d'un antagoniste ! – Cela ne fait pas de musique *nécessaire*, cela fait surtout trop de musique ! Quand on n'est pas assez riche, on doit avoir le courage de sa pauvreté !... La sympathie qu'inspire indéniablement Brahms ici et là, abstraction faite des intérêts de partis, des malentendus de partis, a été longtemps une énigme pour moi : jusqu'à ce que, finalement, presque par hasard, j'évente la mèche, en découvrant qu'il agit sur un certain type d'homme. Il a la mélancolie de l'impuissance [210] ; il ne crée *pas* par plénitude, il a *soif* de plénitude. Si l'on ôte ce qu'il imite, ce qu'il emprunte aux grandes formes de style anciennes ou exotico-modernes – il est le champion de la contrefaçon –, ce qui lui reste en propre est la *nostalgie* [211]. C'est cela que devinent les nostalgiques, les insatisfaits de tout poil. Il manque trop de caractère, il est trop en dehors du coup… C'est ce que comprennent les « impersonnels », les périphériques, – c'est pour cela qu'ils l'aiment. En particulier, il est le musicien d'une catégorie de femmes frustrées[212]. Cinquante pas plus loin : on trouve la wagnérienne – tout à fait de même que cinquante pas au-delà de Brahms on trouve Wagner –, la wagnérienne, au type plus accusé, plus intéressant, et surtout *plus gracieux*. Brahms est touchant aussi longtemps qu'il se passionne secrètement ou qu'il pleure sur lui-même – c'est en cela qu'il est « moderne » – ; il devient froid, il ne nous concerne plus, dès qu'il se fait *l'héritier* des classiques… On se plaît à dénommer Brahms *l'héritier* de Beethoven : je ne sache pas d'euphémisme plus circonspect. Tout ce qui aujourd'hui prétend en musique au « grand style » est du même coup *ou bien* faux envers nous, *ou bien* faux envers soi. Cette alternative donne assez à réfléchir : elle implique en effet une casuistique touchant la valeur de ses deux termes. « Faux envers nous » : contre cela l'instinct du plus grand nombre proteste – on ne veut pas être trompé – ; moi-même, à dire vrai, je préférerais encore ce type à l'autre (« faux envers *soi-même* »). Tel est mon goût à *moi*. – D'une façon plus intelligible, à l'usage des « pauvres en esprit[213] » : Brahms – *ou bien* Wagner… Brahms, lui, n'est *pas* un comédien. – On peut subsumer une bonne partie des *autres* musiciens dans la catégorie Brahms. – Je ne dis absolument rien des astucieux singes de Wagner, par exemple Goldmark[214] : avec *La Reine de Saba*, on fait partie de la ménagerie, – on peut se montrer. – Ce que l'on peut faire aujourd'hui de bon, de magistral, c'est seulement la miniature. Il n'y a que là que la probité est possible. – Rien ne peut cependant, *sur le point essentiel*, guérir la musique *du* point essentiel, de la fatalité qui en fait l'expression de la contradiction physiologique, la rend *moderne*. Les meilleures leçons, la discipline la plus scrupuleuse, l'intimité la plus approfondie, voire l'isolement en compagnie des maîtres anciens – tout cela reste du palliatif ou, pour parler plus rigoureusement, illusoire, puisqu'on ne possède plus, dans ses fibres, les conditions pour y parvenir : qu'il s'agisse de la race forte d'un Händel ou de l'animalité exubérante d'un Rossini. – Le *droit* à n'importe quel maître n'est pas donné à n'importe qui : cela vaut pour des époques entières. – En soi la possibilité n'est pas exclue qu'il y ait quelque part en Europe des *restes* de races plus fortes, des hommes typiquement intempestifs : cela pourrait faire espérer pour la musique aussi une beauté et une perfection *tardives.* Ce que nous, au mieux, pouvons encore trouver, ce sont des exceptions. De la *règle* qui veut que la corruption l'emporte, que la corruption soit fatale[215], aucun dieu ne sauvera la musique.

ÉPILOGUE

– Pour finir, afin de reprendre souffle, retirons-nous un instant du monde étriqué auquel toutes les questions sur la valeur des *personnes* condamnent l'esprit. Un philosophe éprouve le besoin de se laver les mains [216] après s'être occupé si longuement du « Cas Wagner ». – Je vais donner ma conception du *moderne*. – Chaque époque a également, dans la mesure de force qui lui est allouée, un critère de mesure pour déterminer quelles vertus lui sont permises, et quelles vertus lui sont interdites. Ou bien elle a les vertus de la vie *ascendante* : en ce cas elle résiste, du tréfonds d'elle-même, aux vertus de la vie déclinante. Ou bien elle est elle-même une vie déclinante, – et en ce cas elle a également besoin des vertus du déclin, en ce cas elle prend en haine tout ce qui se justifie seulement par la plénitude, par la surabondance des forces. L'esthétique est indissolublement liée à ces conditions biologiques : il y a une esthétique de la *décadence* *, il y a une esthétique *classique*, – un « Beau en soi » est une billevesée, comme l'idéalisme tout entier [217]. – Dans la sphère étriquée de ce qu'on appelle les vertus morales, on ne saurait trouver plus forte antithèse que celle d'une *morale des maîtres* et de la morale des évaluations *chrétiennes* : cette dernière, qui a poussé sur un terrain de part en part morbide (– les Évangiles nous présentent exactement le même type physiologique que dépeignent les romans de

Dostoïevski), et d'autre part la morale des maîtres (« romaine », « païenne », « classique », « Renaissance »), qui est au contraire l'expression symbolique de tout ce qui est bien réussi, de la vie *ascendante*, de la volonté de puissance comme principe de vie. La morale des maîtres *affirme* aussi instinctivement que la morale chrétienne *nie* (« Dieu », « Au-delà », « abnégation », rien que des négations). La première répand sa plénitude sur les choses – elle transfigure, embellit, *rationalise* le monde –, la seconde appauvrit, rend blême, enlaidit la valeur des choses, elle *nie* le monde. « Monde », c'est un mot d'injure chrétien. – Ces formes antithétiques dans l'optique des valeurs sont *toutes deux* nécessaires : ce sont des façons de voir dont on ne vient pas à bout avec des raisons et des réfutations. On ne réfute pas le christianisme, on ne réfute pas une maladie des yeux [218]. Combattre le pessimisme comme une philosophie, ç'a été le comble de l'idiotie de savants. Les idées de « vrai » et de « faux » n'ont, que je sache, aucun sens en optique. – Les seules choses contre lesquelles il faut se défendre, c'est la fausseté [219], la duplicité instinctive qui *refuse* d'appréhender ces antithèses comme des antithèses : c'était l'attitude de Wagner, qui était un véritable virtuose dans ce genre de faussetés. Lorgner sur la morale des maîtres, la morale noble (– la saga islandaise en est presque le document le plus important –) et en même temps avoir à la bouche la doctrine contraire, celle de l'« Évangile des humbles [220] », celle du *besoin* de salut !... J'admire, soit dit en passant, la modestie des chrétiens qui se rendent à Bayreuth. Moi-même, je ne supporterais pas certains mots dans la bouche de Wagner. Il y a des idées qui n'ont *pas* leur place à Bayreuth... Eh quoi ? un christianisme arrangé pour des wagnériennes, voire peut-être *par* des wagnériennes – car Wagner était sur ses vieux jours complètement *feminini generis* [221] – ? Je le répète, les chrétiens d'aujourd'hui sont à mes yeux trop modestes... Si Wagner était chrétien, alors Liszt était peut-être Père de l'Église [222] ! – Le besoin de *salut*, quintessence de tous les besoins chrétiens, n'a rien à faire avec de tels bouffons : c'est la forme d'expression la plus intègre de la *décadence* *, c'est le Oui le plus convaincu, le plus douloureux à la décadence au moyen de symboles et de pratiques sublimes. Le chrétien veut se *débarrasser* de lui-même. *Le moi est toujours* haïssable * [223] – La morale noble, la morale des maîtres prend au contraire ses racines dans un Oui triomphant à *soi*, – elle est auto-approbation, autoglorification de la vie, elle a également besoin de symboles et de pratiques sublimes, mais seulement « parce que son cœur déborde [224] ». Tout le *beau* artistique, tout *grand* art relève de ce principe : leur essence à tous deux est la gratitude. Par ailleurs, on ne peut leur ôter la répugnance instinctive *contre* les *décadents* *, une raillerie, voire une horreur envers leur symbolique : de tels réflexes leur servent presque de preuve. Le noble Romain tenait le christianisme pour une *foeda superstitio* [225] : je me rappelle quels étaient les sentiments du dernier Allemand de goût noble, Goethe, devant la Croix [226]. On cherchera en vain des antinomies plus précieuses, plus *nécessaires* [a]…

Mais une fausseté comme celle des gens de Bayreuth n'est pas aujourd'hui exceptionnelle. Nous connaissons tous l'idée fort peu esthétique du hobereau prussien. Cette innocence au milieu des contradictions, cette « bonne conscience » dans le mensonge est bien plutôt *moderne par excellence* *, la modernité se définit presque par là. L'homme moderne représente, biologiquement, une *contradiction des valeurs*, il est assis entre deux chaises, il dit Oui et Non d'un seul et même souffle. Quoi d'étonnant justement qu'en notre temps la fausseté se soit faite chair [229] et même génie ? que

a. [**Note de Nietzsche.**] Remarque. Sur l'antithèse « morale noble » et « morale chrétienne », ma *Généalogie de la morale* a donné les premiers enseignements [227] : il n'y a peut-être pas de tournant plus décisif dans l'histoire de la connaissance religieuse et morale. Ce livre, ma pierre de touche pour déterminer qui se place à mes côtés, a la chance de n'être accessible qu'aux esprits les plus élevés et les plus rigoureux [228] : le *reste* n'a pas d'oreilles pour l'entendre. On doit mettre sa passion dans les choses là où personne ne va la mettre…

Wagner « habite parmi nous[230] » ? Ce n'est pas sans raison que j'ai appelé Wagner le Cagliostro de la modernité[231]… Mais nous avons tous en nous, à notre insu, contre notre gré, des valeurs, des mots, des formules, des morales d'origine *opposée*, – nous sommes, d'un point de vue physiologique, *faux*… Un *diagnostic de l'âme moderne* – par quoi pourrait-il commencer ? Par une incision résolue dans ce nœud de contradictions instinctives, par la dissolution de toutes ses valeurs antinomiques, par une vivisection opérée sur son cas le plus instructif. – Le cas Wagner est pour le philosophe un vrai *bonheur*[232], – le présent écrit, on l'entend, est inspiré par la gratitude…

LE *CRÉPUSCULE DES IDOLES*, PRÉLUDE AU RENVERSEMENT DES VALEURS

INTRODUCTION

« MA PHILOSOPHIE EN ABRÉGÉ »

> « Il est grand temps que je renaisse en France pour une autre vie. »
>
> Brouillon d'une lettre à J. Bourdeau, ca 17 décembre 1888 [1].

L'année 1888 devait être, de fait, la dernière de la vie intellectuelle de Nietzsche ; pour le philosophe toutefois, elle ne constituait nullement un aboutissement à quelque point de vue que ce soit, mais tout au contraire une pause précédant immédiatement la mise en œuvre d'une nouvelle phase de son entreprise. L'effet de distorsion qui résulte de l'interruption prématurée de son activité tend à brouiller la signification propre des dernières œuvres parues de la volonté de Nietzsche et sous son contrôle, *Le Cas Wagner* et le *Crépuscule des idoles*, exposées au risque d'être lues comme la récapitulation ultime de sa pensée, voire comme une sorte de testament légué aux générations futures, et dans lesquelles il conviendrait par conséquent d'aller chercher, sur la base d'un repérage des présences et des absences, la

1. *Briefwechsel. Kritische Gesamtausgabe*, Berlin-New York, Walter de Gruyter, 1975 sqq. (abréviation *KGB*), III, 5, p. 535 ; trad. R. Roos, in *Lectures de Nietzsche*, Paris, Le Livre de Poche, 2000, p. 69.

vérité de sa réflexion, la solution de tensions ou d'hésitations marquant les phases antérieures de son parcours, si ce n'est même la preuve de certains échecs et peut-être de quelques renoncements. Or, si Nietzsche décide de la publication du *Cas Wagner*, puis peu après du *Crépuscule des idoles*, ce n'est pas pour cette seule et triviale raison qu'il s'agirait là des derniers textes qu'il se trouve avoir rédigés, et dont le destin naturel serait par conséquent de prendre mécaniquement le chemin de l'imprimerie. *L'Antéchrist* est également terminé [1] au moment où Nietzsche envoie à l'éditeur les derniers feuillets du *Crépuscule des idoles*, et *Ecce homo*, bientôt composé de manière fulgurante, sera prêt pour l'impression à peine un mois plus tard [2]. Mais il n'entrait pas dans les intentions de Nietzsche de publier à court terme le premier de ces textes, tout achevé qu'il fût, alors qu'il considérait comme urgente la publication du second, bien avant que *L'Antéchrist* ne fasse son entrée sur la scène publique. Car les quatre textes originaux de l'automne 1888 [3], si proches par leur dimension restreinte, leur rapidité d'exécution, leur tonalité polémique et surtout par leur vivacité stylistique, ne possèdent pas le même statut. Et c'est bien pourquoi la distribution chronologique des parutions devient désormais un élément déterminant au sein du projet philosophique lui-même, et n'a plus rien à voir avec un simple processus extérieur à la vie propre de la pensée. La

1. Nietzsche date l'achèvement de ce texte du 30 septembre 1888, comme l'indique notamment la remarque finale de la préface du *Crépuscule des idoles*. Voir également la lettre à Malwida von Meysenbug du 4 octobre 1888, qui confirme cet achèvement (*KGB*, III, 5, p. 447).

2. Voir par exemple la lettre de Nietzsche à Peter Gast du 13 novembre 1888 : « Mon "Ecce homo. *Comment l'on devient ce que l'on est*" a jailli entre le 15 octobre, jour de mon anniversaire et de celui de mon très gracieux seigneur et le 4 novembre, avec une souveraineté antique et une allégresse telles qu'il m'a semblé trop réussi pour prêter au persiflage » (*Lettres à Peter Gast*, trad. Louise Servicen, rééd. Paris, Christian Bourgois, 1981, p. 554).

3. Auxquels s'ajoute, dans la production de cette époque, *Nietzsche contre Wagner*, qui rassemble, en les modifiant parfois, une série de textes empruntés aux œuvres antérieures.

politique suivie en la matière – car c'en est bien une – obéit à une tout autre préoccupation, une préoccupation de réception qui ne quitte plus l'esprit de Nietzsche en ces derniers mois de 1888, au point de devenir le problème central en fonction duquel s'organise à partir de ce moment l'ensemble de son activité.

C'est dans cette perspective stratégique qu'il convient de replacer les textes que Nietzsche prit la décision de rédiger et publia – choisit, pour l'un d'entre eux, de publier, laissa finalement publier sous l'incitation des circonstances pour l'autre – en cet automne. *Le Cas Wagner* parut à la mi-septembre 1888. Le *Loisir d'un psychologue*, selon le titre initialement choisi pour ce qui allait devenir le *Crépuscule des idoles*, fut envoyé à l'éditeur dès le 7 septembre. Le premier mouvement de Nietzsche fut donc de lancer une publication rapide [1], de manière à viser un effet d'accumulation favorisant l'attention du public. Peu après cependant, il se ravisa et tenta de revenir sur cette décision. Le 15 septembre 1888, il adresse en effet une lettre à son éditeur, Constantin Georg Naumann, pour lui demander de reporter de plusieurs mois, jusqu'à Pâques de l'année suivante, la publication du texte : une parution trop rapprochée risquerait de nuire à l'effet de ce texte, et plus encore de faire perdre de vue la nécessité de se reporter à ses écrits antérieurs, « nécessité très souhaitable [2] » précise Nietzsche. Ce souci de renforcer la relation aux textes des années précédentes est révélateur de l'objectif qu'il vise : les écrits de 1888, et particulièrement le *Crépuscule des idoles*, n'ont pas le moins du monde pour fonction de se substituer aux ouvrages antérieurs. Le revirement, toutefois, arrive trop tard : le report de parution n'était plus envisageable, le livre étant déjà en cours de composition. Et curieusement, Nietzsche semble finalement s'accommoder sans trop de difficultés de ce contretemps, indiquant à son éditeur qu'un délai d'un mois ou deux entre la publica-

1. Voir notamment la lettre à Peter Gast du 12 septembre 1888 (*KGB*, III, 5, pp. 417-418 ; *Lettres à Peter Gast*, p. 542).
2. *KGB*, III, 5, p. 437.

tion du *Cas Wagner* et du *Crépuscule des idoles* sera suffisant [1] – de fait Naumann en programmera la distribution pour janvier 1889, la période des fêtes de fin d'année lui semblant peu propice à la diffusion de ce type de livre [2]. Mais si ces contrariétés ne suscitent nulle crispation, c'est que la grande affaire est ailleurs. Ailleurs, c'est-à-dire dans ce texte d'une tout autre importance que Nietzsche désigne en ces semaines du titre de *Renversement de toutes les valeurs*. Et cette fois, les choix de calendrier sont aussi stricts qu'invariants : dès le 18 septembre 1888, avant même l'achèvement de la rédaction, Nietzsche fait savoir dans sa lettre à Naumann [3], qu'il ne peut être question de prévoir une parution rapide et qu'un intervalle d'un an au moins est indispensable avant la publication du *Renversement de toutes les valeurs*. Il le rappelle au même correspondant dans sa lettre du 6 novembre [4], et à son ami Franz Overbeck, une semaine plus tard, il indique encore le même délai tout en rappelant que le texte est bel et bien achevé [5]. On sait que les circonstances en décideront autrement : *L'Antéchrist*, titre sous lequel paraîtra finalement ce *Renversement de toutes les valeurs*, ne sera publié, sous une forme gravement mutilée, qu'en 1895, dans la première édition des œuvres dites (à tort) complètes [6]. Nietzsche n'aura pu en contrôler ni le délai de publication, ni surtout le contenu.

1. Lettre du 18 septembre 1888 à Naumann (*KGB*, III, 5, p. 441).
2. L'impression en est achevée, selon toute vraisemblance, début novembre. Voir la lettre à Franz Overbeck du 13 novembre 1888 à ce sujet (*KGB*, III, 5, p. 470).
3. *KGB*, III, 5, p. 441.
4. *KGB*, III, 5, p. 463.
5. Lettre à Franz Overbeck du 13 novembre 1888 (*KGB*, III, 5, p. 470). La lettre à Helen Zimmern du 8 décembre 1888 ira jusqu'à évoquer un intervalle de deux ans entre *Ecce homo* et *L'Antéchrist* (*KGB* III, 5, p. 512).
6. L'édition Colli-Montinari en a considérablement rectifié le texte sur la base des manuscrits conservés. Sur les mutilations infligées au texte de Nietzsche dans la première édition, on lira en particulier l'article de R. Roos « Les derniers textes de Nietzsche et leur publication » (in *Lectures de Nietzsche*, *op. cit.* ; voir notamment les p. 49 sqq.).

Mais quoi qu'il en soit des hasards de l'histoire, l'objectif n'en est pas moins fixé avec fermeté : si des ajustements sont envisageables pour trois des quatre écrits de l'automne 1888, c'est précisément parce que le quatrième constitue le véritable centre de gravité du dispositif. Les modifications de calendrier ne résulteront donc jamais d'autre chose que des incertitudes relatives à l'estimation de l'effet produit par telle ou telle variation dans les moyens. Car fondamentalement, la fonction essentielle de ces trois textes, *Le Cas Wagner*, *Crépuscule des idoles* et *Ecce homo*, est bien de préparer le terrain, c'est-à-dire d'optimiser les conditions de réception de l'œuvre décisive, et donc l'intensité de l'effet qui en résultera. Mais pourquoi, dès lors, ce privilège accordé à un texte particulier ? Et surtout quelle nécessité y a-t-il de l'entourer de textes qui lui soient subordonnés, comme si, par un étrange paradoxe, cette œuvre majeure ne suffisait pas à atteindre son objectif par ses seules forces ?

Le projet philosophique nietzschéen n'est pas de nature exclusivement théorique, et c'est là ce qu'il convient de rappeler pour être en mesure de saisir la signification de la démarche dont nous venons de rappeler quelques éléments. L'inflexion radicale que Nietzsche fait subir au questionnement philosophique tient très largement à la mise en évidence du statut dérivé de la notion de vérité, réaffirmé de la manière la plus vive et la plus détaillée dans *Par-delà bien et mal*, puis dans les *Éléments pour la généalogie de la morale* [1]. La vérité ne possède pas l'objectivité ni la neutralité que les philosophes lui ont accordées, et ne saurait donc fournir la loi véritable de l'activité philosophique. Elle relève elle aussi d'un choix interprétatif qui fait l'objet d'une préférence fondamentale, caractéristique du type de culture que s'est donnée l'Europe depuis le platonisme. Et cette préférence conditionne en parti-

1. Voir notamment le § 1 de *Par-delà bien et mal*, et plus largement l'ensemble de la première section, ainsi que le troisième traité des *Éléments pour la généalogie de la morale*, § 24.

culier la forme sous laquelle nous connaissons la philosophie depuis vingt-cinq siècles.

Une fois débusqué ce statut problématique du vrai, une fois reconnu le statut de conditions de vie des préférences infra-conscientes dont il est un exemple éminent, c'est-à-dire leur statut de valeurs, la compréhension de la philosophie se trouve inévitablement bouleversée. Il en résulte notamment cette conséquence que la distinction entre le théorique et le pratique, la connaissance et l'action, perd toute légitimité : le problème de la philosophie n'est pas un problème de savoir, mais un problème de valeurs. La question organisatrice est celle non de la recherche de la vérité, mais de la distribution des préférences et répulsions fondamentales, en tant qu'elles sont le terrain à partir duquel prennent forme les cultures dans leur diversité, c'est-à-dire se fixent les orientations directrices auxquelles obéissent, pour le meilleur ou pour le pire, les diverses formes de l'activité humaine, philosophie comprise. La vérité n'est que l'une de ces valeurs possibles, qui comme toute valeur donne lieu, lorsqu'elle acquiert une autorité régulatrice, à un type particulier de culture, et privilégie de la même manière l'apparition d'un type de vie humaine et de vivant.

On voit bien, sur cette base, comment peut passer au premier plan de l'activité philosophique le souci de comparaison et de hiérarchie, c'est-à-dire d'évaluation. Si nulle valeur n'est « vraie », et si l'idée d'une approche des cultures en termes de vérité est totalement dénuée de pertinence, en revanche l'étude des effets entraînés à longue échéance par les choix axiologiques sur les vivants qui y conforment leur existence offre bien une règle de discrimination efficace : toutes les valeurs ne se valent pas, sous ce rapport. Certains de ces choix fondamentaux, en effet, présentent cette particularité d'être en décalage sévère avec les exigences essentielles de toute vie, et, ordonnant par exemple le mépris pour le corps, prononçant la condamnation des sens et du sensible, imposent de ce fait des conditions d'existence qui ont pour effet à long terme de paralyser la vie, de bloquer son expansion et même d'interdire progressivement sa poursuite. C'est au dégoût pour l'existence qui se manifeste alors, au sentiment d'inhibition généralisé, et à la sourde conviction que la vie ne vaut pas d'être vécue que Nietzsche donne le nom de « nihilisme ». Ses textes antérieurs, et tout particulièrement *Par-delà bien et mal*, ont déjà présenté le diagnostic auquel il est parvenu au sujet de notre culture, de la culture européenne moderne : non seulement les valeurs du platonisme, que le christianisme n'aura fait que prolonger et sous l'autorité desquelles nous continuons de vivre, sont ascétiques et foncièrement nihilistes, mais ce nihilisme qui recouvre l'Europe de son ombre en est désormais arrivé à la phase ultime de son développement. Cette logique de lent suicide prête au néant les couleurs les plus séduisantes. Dans tous les champs de la culture européenne, politique, morale, religion, connaissance, et même art, se fait entendre la même protestation à l'égard des caractères propres de la vie, la même volonté d'en finir... La gravité de la situation implique donc la mise en œuvre d'une action réformatrice. Le philosophe, présenté comme un médecin dès les premiers textes de Nietzsche, doit travailler à guérir l'humanité du nihilisme radical qui la conduit à sa fin.

Et c'est ce qui explique qu'une ambition mobilise désormais toutes les forces de Nietzsche : « le plus grand événement philosophique de tous les temps, qui scinde en deux l'histoire de l'humanité [1] », le projet de mise en œuvre du renversement des valeurs, telle est désormais la tâche à laquelle doit faire face le philosophe. L'activité philosophique, illégitimement comprise jusqu'alors comme une élucidation de la réalité en termes de connaissance, est donc bien une *pratique* appliquée à modifier les conditions mêmes de la vie humaine, et c'est pourquoi *Par-delà bien et mal*, opposant la figure classique du philosophe à son incarnation

1. Lettre à Malwida von Meysenbug du 4 octobre 1888 (*KGB*, III, 5, p. 447 ; traduit par nous).

authentique, caractérisait sa mission propre comme la création de valeurs :

> « Cette tâche elle-même veut quelque chose d'autre, – elle exige qu'il *crée des valeurs* [...] *les philosophes véritables sont des hommes qui commandent et qui légifèrent* : ils disent "il en *sera* ainsi !", ils déterminent en premier lieu le vers où ? et le pour quoi faire ? de l'homme et disposent à cette occasion du travail préparatoire de tous les ouvriers philosophiques, de tous ceux se sont rendus maîtres du passé, – ils tendent une main créatrice pour s'emparer de l'avenir et tout ce qui est et fut devient pour eux, ce faisant, moyen, instrument, marteau [1]. »

On devine, à rapprocher la fin de ce texte du sous-titre du *Crépuscule des idoles*, en quoi l'ouvrage de 1888 s'inscrit dans la perspective du programme ainsi dessiné par Nietzsche. Et pour dire le caractère décisif d'une intervention réformatrice sur le terrain des valeurs, aux sources mêmes du conditionnement de la vie humaine, pour souligner la responsabilité qui est celle du philosophe médecin de la culture à cet égard, Nietzsche n'a pas de mot assez fort : « Un jour, mon nom sera associé au souvenir de quelque chose de prodigieux – à une crise comme il n'y en eut jamais sur terre, à la plus profonde collision de consciences, à un verdict inexorablement rendu *contre* tout ce qu'on avait jusqu'alors cru, réclamé, sanctifié. Je ne suis pas un être humain, je suis de la dynamite [2]. » À Georg Brandes, il déclare encore, en novembre : « je vous jure que dans deux ans, toute la terre sera en convulsions. Je suis une fatalité [3] ». Ce type de déclarations est si étroitement associé aujourd'hui à l'image de Nietzsche qu'il est d'autant plus difficile de les arracher au folk-

1. *Par-delà bien et mal*, § 211.

2. *Ecce homo*, « Pourquoi je suis un destin », § 1. Même image dans la lettre à Paul Deussen du 26 novembre 1888 (*KGB*, III, 5, p. 492).

3. Lettre à Georg Brandes du 20 novembre 1888 (*KGB*, III, 5, p. 482).

lore, d'y entendre autre chose que des slogans, et d'en saisir la signification exacte. On aurait tort de les réduire à un simple vernis rhétorique ; elles ont le mérite de bien indiquer en quoi la philosophie, si l'on en comprend la nature véritable, est effectivement en droit de revendiquer une radicalité qui échappe aux autres activités, en quoi elle touche aux fondements mêmes de nos possibilités de vie, en quoi aussi elle peut à cet égard constituer un jeu dangereux, selon la formule du paragraphe 205 de *Par-delà bien et mal.* Le renversement des valeurs reste une tentative, dont le succès n'est pas assuré par avance, et Nietzsche ne l'a jamais présenté autrement. Quelle que soit l'urgence du traitement, elle n'ôte rien au risque qu'il fera courir à l'humanité. C'est pourquoi ces formules font entendre autre chose que de l'orgueil ou de l'autosatisfaction. Si, comme la probité l'exige, Nietzsche ne cache pas le danger extrême de l'entreprise d'intervention sur les valeurs, c'est moins pour tirer gloire de la puissance qui lui revient que pour souligner le souci de venir en aide à l'humanité qui l'anime, comme l'indique par exemple cette autre déclaration, ordinairement moins citée : « Je suis de loin l'homme le plus redoutable qu'il y ait jamais eu ; cela n'exclut pas que je doive être à l'avenir le plus bienfaisant [1]. »

C'est donc par rapport à cet objectif de neutralisation des valeurs néfastes et de mise en place de valeurs nouvelles, porteuses de santé et d'intensification de la vie, que prend sens le *Crépuscule des idoles*, comme les autres textes de 1888. À cet ouvrage, que Nietzsche présente comme œuvre jumelle du *Cas Wagner* [2], il attache plusieurs types de justification. Une justification d'apparence fort subjective tout d'abord : ce travail d'écriture jouant le rôle de récréation, de divertissement salutaire, au moment où le philosophe se lance

1. *Ecce homo*, « Pourquoi je suis un destin », § 2.
2. Voir par exemple la lettre à Peter Gast du 12 septembre 1888 (*KGB*, III, 5, p. 417), ou encore la lettre à Naumann du 7 septembre 1888 (*KGB*, III, 5, p. 411).

dans la tâche écrasante du renversement. Il s'en explique par exemple dans sa lettre à Paul Deussen du 14 septembre 1888 :

> « Il y a déjà chez mon éditeur un autre manuscrit qui exprime toute mon *hétérodoxie philosophique*, sous un voile de grâce et de malice. Il s'intitule : *Loisir d'un psychologue*. En fin de compte *ces deux écrits* [1] ne sont vraiment que des distractions au sein d'une tâche incommensurablement lourde et décisive qui, *si on la comprend*, scindera en deux moitiés l'histoire de l'humanité. Sa portée consiste en trois mots : *Renversement de toutes les valeurs*. Après lui bien des choses loisibles aujourd'hui *ne* seront *plus loisibles* : des décisions axiologiques de premier ordre rabaissent le règne de la *tolérance* au rang d'une simple lâcheté et d'une faiblesse de caractère. Être *chrétien* – pour ne parler que d'un cas – sera désormais une chose *indécente* [2]. »

Le point n'a rien d'anecdotique : la préface du *Crépuscule des idoles* insistera particulièrement sur cette dimension de l'activité axiologique, il s'agit bien d'une « ténébreuse affaire », d'une entreprise dont les enjeux sont écrasants – le « bouleversement, le plus radical dont l'humanité aura jamais eu connaissance [3] » –, et donc d'une responsabilité à laquelle il est pénible de faire face [4]. La gravité de l'intervention appelle en quelque sorte un contrepoids : « encore une fois, j'ai besoin de toutes sortes de récréations et de digressions pour pouvoir pousser mon œuvre sans peine, comme un jeu, comme une "liberté de la volonté". Le premier

1. Le premier étant *Le Cas Wagner*.
2. Lettre à Paul Deussen du 14 septembre 1888 (*KGB*, III, 5, p. 426 ; *Lettres choisies*, pp. 293-294 ; trad. modifiée).
3. Lettre à Paul Deussen du 14 septembre 1888 (*KGB*, III, 5, p. 426 ; *Lettres choisies*, p. 294).
4. C'est par cette responsabilité sans équivalent que le paragraphe 61 de *Par-delà bien et mal* définissait déjà le philosophe véritable : « Le philosophe comme *nous* le comprenons, nous esprits libres –, comme l'homme à la plus vaste responsabilité, détenteur de la conscience soucieuse du développement de l'homme dans son ensemble […]. »

livre en est achevé pour moitié [1] ». Le *Crépuscule des idoles* doit donc d'abord constituer un tel contrepoids. Il faut ainsi voir dans cet ouvrage pourtant si critique une nouvelle manifestation de « gai savoir », de « gaieté d'esprit » – lesquels ne sont pas pour Nietzsche, on le sait, une parenthèse consacrant une suspension du travail sérieux, mais tout au contraire la condition même de l'exercice efficace de cette activité philosophique. C'est du reste cette indissociabilité de la rigueur de pensée (délivrée de la pesanteur morose qui l'affecte ordinairement) et de la légèreté féconde (dépassant la superficialité de la pratique idéaliste de la philosophie), qu'entendait souligner le premier titre retenu par Nietzsche pour cet ouvrage : *Loisir d'un psychologue*.

Seconde raison de la rédaction de cet ouvrage : la nécessité, avant le formidable défi que cette tâche lancera à l'humanité, de se présenter, de se faire connaître. Le sens exact de l'entreprise engagée, les enjeux qu'elle recouvre, et l'objectif qu'elle vise exigent à coup sûr quelques précautions pour pouvoir être compris par un public dont les habitudes de réflexion demeurent déterminées par les valeurs dont il s'agit de montrer la nocivité et d'instaurer le renversement. C'est un point qu'*Ecce homo* soulignera avec un soin particulier : « Prévoyant qu'il me faudra sous peu adresser à l'humanité le plus grave défi qu'elle ait jamais reçu, il me parait indispensable de dire *qui je suis*. On devrait, à vrai dire, le savoir, car je ne suis pas de ceux qui "n'ont pas laissé de témoignage". Mais la disproportion entre la grandeur de ma tâche et la *petitesse* de mes contemporains s'est manifestée en ce que l'on ne m'a ni entendu, ni même aperçu. Je vis du seul crédit que je m'accorde [2]. » Ces dernières remarques ne sont plus tout à fait exactes au moment où Nietzsche écrit ces lignes – ce qu'il sait fort bien. Il précisera dans les chapitres suivants que ces reproches s'adressent essentiel-

1. Lettre à Paul Deussen du 14 septembre 1888 (*KGB*, III, 5, p. 426 ; *Lettres choisies*, p. 294 ; trad. modifiée).
2. *Ecce homo*, Avant-propos, § 1.

lement à ses compatriotes, que leur cécité persistante à son égard singularise désormais.

Ajoutons que le souci d'étendre son audience, qui commence à s'étoffer, n'est pas absent de ce désir de se présenter. C'est à cette époque en effet que l'on note les premiers signes de reconnaissance internationale à l'égard du philosophe : le posthume est en passe de rejoindre le monde des vivants [1]. Et le pressentiment de cette prochaine sortie de l'ombre constitue un élément déterminant dans la stratégie à laquelle réfléchit le philosophe.

Ces premiers signes de reconnaissance jouent donc un rôle éminent dans les derniers mois de la vie consciente de Nietzsche. Les premières marques d'intérêt étaient venues de France ; d'autres témoignages proviennent à présent de Suisse et du Danemark. C'est Taine qui brise d'abord le silence par la lettre qu'il adresse à Nietzsche en réponse à l'envoi de *Par-delà bien et mal* [2]. Le début de l'année 1888 voit maintenant la parution d'un compte-rendu des œuvres de Nietzsche par Carl Spitteler, dans le *Bund* – Nietzsche s'en réjouit, quelles que soient les moqueries qu'il décoche à ce travail quelques mois plus tard dans *Ecce homo* [3] : les choses iront vite désormais, et une fois assuré le sentiment d'avoir enfin une audience, la satisfaction pourra s'estomper pour laisser s'exprimer la déception face aux lectures réductrices. Pour l'heure toutefois, la griserie suscitée par la multiplication des signes d'intérêt occupe le devant de la scène. Et à cet égard, le Danemark fut le théâtre d'un événement auquel l'auteur de *Par-delà bien et mal* devait accorder bien plus de poids : Georg Brandes, avec qui il était

1. Nietzsche s'est souvent caractérisé comme un posthume, un penseur qui n'avait pas à attendre de reconnaissance du temps présent et dont le triomphe appartenait à l'avenir. Voir par exemple l'avant-propos de *L'Antéchrist*, ou déjà le paragraphe 365 du *Gai savoir*.

2. Voir la lettre d'Hippolyte Taine à Nietzsche du 17 octobre 1886 (*KGB*, III, 4, p. 229), et la réponse que Nietzsche lui adresse le 4 juillet 1887 (*KGB*, III, 5, pp. 106-107 ; *Lettres choisies*, p. 252-254).

3. Voir la section « Pourquoi j'écris de si bons livres », § 2.

entré en contact à la fin de 1887, prononça une série de conférences sur la pensée du « philosophe allemand Friedrich Nietzsche » à l'université de Copenhague. Le retentissement de ces conférences fut certain, et contribua effectivement à diffuser l'intérêt pour Nietzsche ailleurs à l'étranger, notamment en Russie [1]. À la fin du printemps de la même année devait encore lui parvenir une lettre d'un admirateur américain, le professeur Paul Knortz [2]. De cette constitution d'un premier cercle de réception, Nietzsche se fait l'écho dans la lettre qu'il adresse à sa mère le 21 décembre 1888 :

> « Au fond ta vieille créature est maintenant un animal extraordinairement célèbre : pas précisément en Allemagne, – car les Allemands sont trop bêtes et trop vulgaires pour la hauteur de mon esprit et se sont toujours ridiculisés à mon propos, – mais partout ailleurs. Je ne compte dans ma cour que des natures d'élite, des gens hauts placés et influents, à St. Pétersbourg, à Paris, à Stockholm, à Vienne, à New York. Ah ! si tu savais en quels termes les plus grands personnages m'expriment leur respect, et les plus charmantes femmes aussi, sans excepter une "Madame la Princesse Tenicheff" ! J'ai de véritables génies parmi mes admirateurs, il n'est pas de nom aujourd'hui qui soit traité avec autant d'honneur et de respect que le mien [3]. »

Et *Ecce homo*, une nouvelle fois, ne manquera pas d'inclure ce constat à une place de choix dans les éléments décisifs de la présentation de soi. Car la caution intellectuelle qu'évoque Nietzsche dans ces déclarations doit asseoir la crédibilité du projet ambitieux de lutte contre le nihilisme : « Ce qui précède visait les

1. Voir par exemple la lettre à Peter Gast du 14 octobre 1888, ainsi que la lettre au même correspondant du 13 novembre 1888 à ce sujet.
2. Nietzsche lui répond le 21 juin. Voir *KGB*, III, 5, p. 339 sq.
3. *Lettres choisies*, p. 303-304. Voir aussi, en des termes quasi identiques, le brouillon de lettre à J. Bourdeau, environ 17 décembre 1888 (*KGB*, III, 5, p. 533), ou *Ecce homo*, « Pourquoi j'écris de si bons livres », § 2.

Allemands : car, partout ailleurs j'ai des lecteurs, – rien que des intelligences d'*élite,* rien que des caractères éprouvés, éduqués par de hautes positions et de hautes responsabilités : j'ai même de vrais génies parmi mes lecteurs. À Vienne, à Saint-Pétersbourg, à Stockholm, à Copenhague, à Paris et à New York, partout on m'a découvert : on ne l'a *pas* fait dans ce plat pays de l'Europe, l'Allemagne [1]... »

L'enthousiasme que révèlent ces textes témoigne de tout autre chose que du baume que constitue l'intérêt naissant. Il est indéniable que l'irruption de ce cercle d'interlocuteurs bouleverse totalement la situation philosophique : c'est vraisemblablement le facteur décisif qui entraîne en particulier la refonte du programme de publications ultérieures et incite le philosophe à arrêter sa stratégie pour les années à venir. L'abandon définitif du projet d'écrire un texte portant le titre *La Volonté de puissance* est consommé à l'été 1888 : Nietzsche se décide désormais, et la suite des événements ne fera que le conforter dans ce choix, pour un ouvrage, en quatre livres selon les plans initiaux, auquel il donnera le titre suivant, effectivement bien plus fidèle à l'orientation capitale de sa problématique philosophique : *Renversement de toutes les valeurs* – l'ouvrage majeur, ainsi que nous l'avons souligné, dont le *Crépuscule des idoles*, avec *Le Cas Wagner* et *Ecce homo*, sera l'antichambre. La seule modification qu'enregistrera désormais ce projet tiendra à l'assimilation du *Renversement de toutes les valeurs* à ce qui en était originellement le premier livre, *L'Antéchrist* [2].

Mais le point capital, qui place ce texte à part dans la tradition philosophique, tient à ce que l'écriture et la

1. *Ecce homo*, « Pourquoi j'écris de si bons livres », § 1.

2. Dans la lettre qu'il adresse à Georg Brandes le 20 novembre 1888 (*KGB*, III, 5, p. 482), Nietzsche semble en effet indiquer qu'il considère désormais ce qui deviendra *L'Antéchrist* comme étant la totalité du *Renversement de toutes les valeurs*, et non plus seulement le premier de ses quatre livres – ce que confirme sa lettre du 26 novembre 1888 à Paul Deussen : « Mon *Renversement de toutes les valeurs* avec pour titre principal "**L'antéchrist**" est prêt » (*KGB*, III, 5, p. 492).

publication jouent un rôle essentiel dans le combat que Nietzsche s'apprête à livrer : plus que des vitrines spéculatives, les textes deviennent dorénavant des instruments de la réalisation concrète de la réforme de la vie humaine. Et dans cette perspective, on comprend en quoi le *Crépuscule des idoles* doit préparer la bataille décisive. L'utilité de la préparation se fait sentir sur deux terrains : si l'objectif est pratique, la description théorique de sa nécessité n'en reste pas moins un préalable, auquel revient un rôle déterminant de persuasion. Il est indispensable tout d'abord de faire prendre conscience du caractère néfaste, destructeur, des valeurs ascétiques qui règnent sur la culture européenne, d'une part pour en accélérer la dévalorisation (qui est d'ores et déjà la logique à laquelle elles obéissent du fait de leur nature négatrice), mais aussi mobiliser les énergies susceptibles d'apporter leur concours à la tâche démesurée du renversement, et capables de conférer à terme de l'autorité aux appréciations qu'il s'agit de transformer en valeurs nouvelles.

Le premier objectif explique le ton polémique des œuvres de cette période, particulièrement accusé dans le texte que Nietzsche considère comme la pièce maîtresse de cette phase de l'entreprise, *L'Antéchrist*. Pour ce qui est du *Crépuscule des idoles*, dont les analyses présentent également une portée critique d'une grande radicalité, Nietzsche avait cependant choisi dans un premier temps d'en accentuer plutôt la gaieté d'esprit, dont témoignait le titre initial. L'inflexion dramatique de la présentation, que l'on observe dans le changement de titre et dans les modifications apportées à la préface définitive, tient à une suggestion de Peter Gast, qui, relisant les premières épreuves de l'ouvrage, s'étonna de la modestie de Nietzsche : « Le titre "Loisir d'un psychologue", si je me représente l'effet qu'il pourra produire sur ceux qui nous entourent, me semble trop anodin. Vous avez monté votre artillerie sur les plus hautes montagnes ; vous possédez des canons tels qu'il n'y en a encore jamais eu, et vous n'avez qu'à tirer au hasard pour plonger tous les environs dans l'effroi. La marche d'un géant qui fait trembler les montagnes sur leurs bases n'est déjà plus un simple *loisir*. En outre, à notre époque, le loisir vient ordinairement seulement *après* le travail, et le *Mü*[1] apparaît aussi dans *Müdigkeit* (fatigue). Ah, je vous en prie, si un incapable en a le droit : un titre plus brillant, plus resplendissant[2] ! » Nietzsche ne sera pas insensible à ces flatteries, et annoncera à Gast, quelques jours plus tard, le choix d'un titre et d'un sous-titre plus conformes à son souhait :

> « Pour le *titre*, votre objection *très humaine* est allée au-devant de mon propre scrupule : finalement, j'ai trouvé dans certains mots de l'Avant-Propos la formule qui peut-être vous satisfera aussi ; ce que vous m'écrivez de la "grosse artillerie", il me faut simplement l'admettre maintenant que je suis en train d'achever le livre *premier* ; ce sont vraiment d'horribles détonations ; je ne crois pas que dans toute la littérature on puisse rien trouver de comparable à ce *premier* volume, *in puncto* de sonorité orchestrale (jusqu'au grondement du canon). Le nouveau titre (qui entraînera de très modestes modifications en trois ou quatre passages) devra être le suivant : « *Le Crépuscule des Idoles*
>
> ou
>
> Comment philosopher avec le marteau
>
> de
>
> F.N.".
>
> La signification de ces mots, d'ailleurs facile à deviner par eux-mêmes, forme, je l'ai dit, le thème du *bref* Avant-Propos[3]. »

À la seconde visée se rattache le soudain souci qu'éprouve Nietzsche de faire traduire certains de ses textes, lequel est loin de témoigner d'une banale vanité d'auteur. Le moment semble d'autant plus propice que le frémissement de l'intérêt se confirme avec la récep-

1. Syllabe initiale de *Müßiggang*, « loisir », par laquelle commence également le terme désignant en allemand la « fatigue ».

2. Lettre à Friedrich Nietzsche du 20 septembre 1888 (traduite par nous).

3. Lettre à Peter Gast du 27 septembre 1888 (*op. cit.*, p. 545-546).

tion du *Cas Wagner*. Une nouvelle figure intellectuelle d'envergure vient bientôt ajouter son témoignage enthousiaste à celui des premiers admirateurs, l'écrivain suédois August Strindberg [1]. Or, eu égard à ce souci de traduction et de diffusion internationale, le *Crépuscule des idoles* occupe une position privilégiée. Le souvenir de l'échec d'*Ainsi parlait Zarathoustra* ne s'est pas estompé, et il nourrit de fait la réflexion de Nietzsche sur la stratégie à adopter relativement à la réception de ses œuvres. Créer une attente et une inquiétude lui paraît une nécessité. La formule qu'il emploie, en s'adressant à son éditeur, pour justifier l'ajout d'*Ecce homo* aux parutions de cet automne, est très éclairante à cet égard : « Je suis parvenu à l'entière conviction d'avoir encore besoin d'un écrit, d'un écrit *préparatoire* au plus haut point, pour pouvoir paraître avec le premier livre du *Renversement*. Il faut créer une véritable *tension* – sinon, il en ira comme du Zarathoustra [2]. » L'extension de la réception internationale devient pour Nietzsche un facteur essentiel dans l'instauration de cette tension. Et il se montre particulièrement attentif à l'accueil que rencontre sa pensée en France : adressant le *Crépuscule des idoles* à Taine, il accompagne son hommage d'une demande relative aux personnes susceptibles de traduire ce livre en français, « peut-être le livre le plus radical qui ait été écrit jusqu'à présent – et eu égard à ce qu'il *prépare*, quasiment un pan de destin [3] ». Sur la recommandation de Taine, qui lui répond presque instantanément, courant décembre [4], il entre en contact avec Jean Bourdeau, qui dirige le *Journal des débats* ainsi que la *Revue des Deux*

1. On sait que le *Crépuscule des idoles* exercera par la suite une grande influence sur Strindberg : quoique en total décalage, sur le fond, avec les positions de Nietzsche, son roman *Tschandala* s'inspire directement du chapitre « Ceux qui rendent l'humanité "meilleure" ».

2. Lettre à Naumann du 6 novembre 1888 (*KGB*, III, 5, pp. 463-464 ; traduit par nous).

3. Lettre à Hippolyte Taine du 8 décembre 1888 (*KGB*, III, 5, p. 511 ; traduit par nous).

4. Lettre d'Hippolyte Taine à Nietzsche du 14 décembre 1888 (*KGB*, III, 6, p. 386).

Mondes, et de nouveau recommande particulièrement de traduire en priorité le *Crépuscule des idoles* tout en insistant sur l'importance toute particulière qu'il attache à la réception de sa pensée en France [1]. Déjà pour *Le Cas Wagner*, Nietzsche s'était efforcé de trouver un traducteur français et avait pour cela demandé conseil à Malwida von Meysenbug en soulignant clairement le retentissement qu'il escomptait de cette diffusion : « Cet écrit, bien traduit en français, serait lu sur la moitié de la terre [2]. » Parallèlement sont formulées des demandes de traduction en anglais adressées à Helen Zimmern [3] (qui sera de fait, par la suite, l'une des premières à traduire Nietzsche en langue anglaise), en suédois à August Strindberg [4], qui, parfaitement bilingue et aussi critique envers ses compatriotes que Nietzsche à l'égard des siens, lui proposera de le traduire plutôt en français [5]. Et plus largement, pour ce qui est cette fois de l'œuvre décisive, le *Renversement de toutes les valeurs*, c'est une traduction en sept langues, avec parution simultanée [6], que s'efforce d'organiser Nietzsche, d'autant plus soucieux d'orchestrer la diffusion internationale qu'il est convaincu désormais que l'Allemagne réagira à la parution de cet ouvrage par la censure et les mesures policières.

1. Nietzsche évoque également d'autres ouvrages qu'il souhaite voir traduire dans un proche avenir, en particulier *Le Cas Wagner*, *Ecce homo* (qui n'est pas encore paru), et, parmi les textes antérieurs, *Par-delà bien et mal*. Voir la lettre à Jean Bourdeau, ca 17 décembre 1888 (*KGB*, III, 5, p. 534 ; trad. partielle, R. Roos, in *Lectures de Nietzsche*, *op. cit.*, p. 68).

2. Lettre à Malwida von Meysenbug du 4 octobre 1888 (*KGB*, III, 5, p. 447 ; traduit par nous).

3. Voir la lettre à Helen Zimmern du 8 décembre 1888 (*KGB*, III, 5, p. 512).

4. Voir la lettre à Naumann du 25 novembre (*KGB*, III, 5, p. 487) qui évoque cette question.

5. Voir sa lettre à Nietzsche de début décembre 1888 (*KGB*, III, 6, p. 376), ainsi que la lettre suivante de Strindberg, du 11 décembre (*KGB*, III, 6, p. 383).

6. La correspondance témoigne abondamment de cette ambition exaltée. Voir notamment la lettre à Naumann du 25 novembre 1888 (*KGB*, III, 5, p. 487), ou encore la lettre à Paul Deussen du 26 novembre de la même année (*KGB*, III, 5, p. 492).

Si la logique de l'entreprise nietzschéenne est soigneusement agencée, un doute peut toutefois subsister au sujet des choix de mise en œuvre de sa phase préparatoire. À travers l'évaluation de la révolution musicale contemporaine, *Le Cas Wagner* ne se limitait nullement à une réflexion esthétique : il entendait présenter un diagnostic de la modernité dans son ensemble, comme l'indique explicitement la préface de l'ouvrage. On comprend donc sans difficulté l'intérêt de cet ouvrage eu égard à la stratégie que suit Nietzsche désormais. Pourquoi en revanche le choix de livrer au public un texte d'apparence aussi disparate que le *Crépuscule des idoles* ?

La justification en est très probablement que ce texte, contrairement au *Cas Wagner*, qui privilégiait une unique ligne d'analyse, condense aux yeux de Nietzsche l'ensemble de son questionnement. Exposant de manière ramassée l'orientation fondamentale de sa problématique tout en en récapitulant les conclusions essentielles, il constitue donc une excellente introduction à sa réflexion. L'objectif auquel répond cette nouvelle entreprise est bien d'offrir au lecteur la possibilité d'un accès efficace, fût-il incomplet, à un univers de pensée dont Nietzsche sait mieux que quiconque qu'il est par nature déconcertant et brusque trop les habitudes de pensée pour ne pas décourager le lecteur. Les « hétérodoxies philosophiques [1] » qui commandent la compréhension du renversement des valeurs sont de fait suffisamment hétérodoxes pour qu'il soit nécessaire d'aplanir la voie au lecteur et de le guider vers l'étude des ouvrages antérieurs, plus développés – faute de quoi l'incompréhension risquerait fort d'anéantir la « tension » que souhaite créer Nietzsche. C'est donc bien comme voie d'accès privilégiée à l'ensemble de son œuvre que Nietzsche conçoit aussi le *Crépuscule des idoles*. En témoignent sans ambiguïté les propos qu'il tient à Carl Fuchs dans sa lettre du 9 septembre 1888, présentant ce nouveau livre comme « une parfaite introduction d'ensemble à ma philosophie [2] », ou

1. Lettre à Peter Gast du 12 septembre 1888 (*KGB*, III, 5, p. 417 ; *Lettres à Peter Gast*, p. 542).

2. *KGB*, III, 5, p. 414.

les lignes qu'il adresse à Jean Bourdeau : « Est-ce qu'à votre avis, cher Monsieur, le *Crépuscule des idoles*, un livre très radical par la pensée et osé dans sa forme, ne devrait pas être traduit ? […] Il serait l'introduction la plus rapide et la plus approfondie à ma philosophie. Je ne crois pas qu'il soit possible de donner plus de substance en un espace aussi réduit [1]. » À Gast, il précise encore, dans le même sens : « cet ouvrage peut servir à la fois d'*initiation* et d'*invite alléchante* à lire mon *Renversement des Valeurs* (dont le premier livre est déjà presque rédigé dans sa version définitive) [2] ».

Les premiers titres auxquels Nietzsche semble avoir songé présentaient tous, du reste, la particularité d'insister sur la fonction d'introduction, ou le statut de condensé de l'ensemble de sa réflexion qui caractérise ce livre. Au verso d'une feuille volante portant sur sa première face le titre « Renversement de toutes les valeurs », Nietzsche a rassemblé plusieurs essais de titres pour une autre œuvre dont la description détaillée des chapitres qu'elle rassemblera indique qu'il s'agit (avec quelques regroupements de sections) du futur *Crépuscule des idoles*. Les cinq titres tentés étaient les suivants [3] :

« *Pensées pour après-demain.*
Abrégé de ma philosophie

Sagesse pour après-demain.
Ma philosophie
en abrégé.

Magnum in parvo.
Une philosophie
en abrégé.

1. Lettre à Jean Bourdeau, ca 17 décembre 1888 (*KGB*, III, 5, p. 534 ; trad. R. Roos, in *Lectures de Nietzsche, op. cit.*, p. 68).

2. Lettre à Peter Gast du 12 septembre 1888 (*KGB*, III, 5, p. 417 ; *Lettres à Peter Gast*, p. 542 ; trad. modifiée).

3. Sur ce texte, voir l'édition de référence, *KGW*, VIII, 3, p. 344-345, partiellement restituée dans la notice de l'édition française (voir *Œuvres philosophiques complètes*, tome VIII*, p. 418-420), ainsi que l'étude de David S. Thatcher « A diagnosis of idols. Percussions and repercussions of a distant hammer », in *Nietzsche-Studien*, 1985.

Multum in parvo.
Ma philosophie
en abrégé.
de
Friedrich Nietzsche.
Loisir
d'un psychologue
de
Friedrich Nietzsche. »

« Beaucoup de substance en peu de volume » : les formules latines *multum in parvo*, *magnum in parvo* soulignent l'idée de la condensation de sa pensée qu'évoque aussi avec insistance la qualification d'« abrégé ». Ce livre bref en dit beaucoup : c'est dire que Nietzsche entend avec cet ouvrage mettre en pratique l'idéal de l'optimum stylistique qu'il présente dans le dernier paragraphe des « Incursions d'un inactuel » et dans le premier paragraphe de la dernière section, « Ce que je dois aux Anciens ». Mais, et c'est un fait remarquable, une inflexion assez nette se fait jour à cette occasion dans l'attitude à l'égard du lecteur. Nietzsche a fréquemment souligné dans ses textes antérieurs la difficulté de compréhension qui s'y attache, généralement pour s'en féliciter [1]. Il est donc incontestable que s'exprime, à la faveur des premiers indices de reconnaissance, un effort marqué d'explicitation, et dans une certaine mesure de simplification, d'analyses présentées de manière plus exigeante, moins abordable, dans les ouvrages antérieurs. Ce souci n'était guère présent dans les écrits des années précédentes de Nietzsche. La virtuosité d'écriture se trouve à présent mise au service d'une plus grande accessibilité, qui fait effectivement du *Crépuscule des idoles* l'une des meilleures introductions à la pensée de Nietzsche.

L'ambition est avant tout de faire comprendre la réforme imposée à la problématique philosophique, la nouveauté de l'orientation en fonction de laquelle

1. Voir par exemple *Le Gai Savoir*, 371, § 381, et *Par-delà bien et mal*, § 296.

s'organise l'ensemble de la réflexion. C'est la tâche à laquelle répondent le titre, le sous-titre et la préface de l'ouvrage dans leur version finale. Nous avons déjà évoqué les hésitations de Nietzsche à ce sujet. Les textes posthumes conservés, de même que la correspondance, témoignent des tours et détours de la recherche, mais aussi de ce que Nietzsche cherche à indiquer de manière privilégiée. C'est un fragment posthume rassemblant les ultimes candidats en lice pour la version finale qui offre à cet égard les aperçus les plus révélateurs :

« *Marteau des idoles.*
ou
récréations
d'un psychologue.

Marteau des idoles.
ou :
comment un psychologue pose des questions.
par
Friedrich Nietzsche.

Marteau des idoles.
Loisirs
d'un psychologue
par
Friedrich Nietzsche.

*Marteau des idole*s.
ou :
comment un psychologue pose des questions.
par
Friedrich Nietzsche
Leipzig,
C. G. Naumann, éditeur,
1889.

Crépuscule des idoles.
ou :
comment philosopher en maniant le marteau.
par
Friedrich Nietzsche [1]. »

1. *FP XIV*, 22 [6] (trad. modifiée).

Dans ces variations, trois images persistent : le marteau, les idoles, et la psychologie, finalement remplacée par une référence à la philosophie – hésitation qui suffit à suggérer le rôle éminent que joue la première activité au sein de la seconde.

Suivant de peu *Le Cas Wagner*, l'ouvrage ne pouvait manquer, du fait de son titre, de donner le sentiment d'une récidive, et son titre, de sonner comme une surenchère de plaisanterie dirigée contre l'auteur du *Crépuscule des dieux*. Ce qui n'était certes pas absent des intentions de Nietzsche, mais ne constituait pas non plus l'essentiel de ce qu'il donnait à penser. Au demeurant, Nietzsche n'a jamais envisagé de conserver ce titre pour les traductions qu'il appelle de ses vœux, penchant plutôt la formule synthétique de « Marteau des idoles [1] », qui gommerait la boutade, mais aurait de ce fait l'avantage d'éviter une lecture réductrice. On doit remarquer du reste que Wagner n'est nommé qu'à deux reprises dans l'ouvrage, et qu'il n'est fait qu'assez brièvement allusion à lui (essentiellement à travers la référence à la musique allemande dans le chapitre « Ce qui abandonne les Allemands »). Si Nietzsche n'a finalement pu résister à la tentation de la pique antiwagnérienne, il faut malgré tout souligner qu'elle n'apparaît qu'une fois dans les différents projets de titre envisagés, les quatre autres essais figurant dans le fragment 22 [6] de 1888 lui préférant systématiquement, déjà, la formule de « Marteau des idoles », précisée par une référence explicite à la psychologie. La parodie en revanche dit plus que l'allusion à Wagner. Les dieux sont remplacés par de faux dieux, ces idoles, et de ces dieux, dont la nature illusoire est dénoncée, on annonce la fin prochaine et inéluctable. Le crépuscule toutefois indique-t-il exclusivement une fin, ou est-il encore l'annonce d'une nouvelle aurore, image dont Nietzsche use tout aussi fréquemment ? La constatation nihiliste et désabusée d'une lente agonie, ou la promesse pleine de gaieté d'esprit d'une vie libérée enfin

1. Qu'il suggère par exemple à Jean Bourdeau pour la version française.

d'une imposture aux conséquences désastreuses ? Il faut comprendre ce que désigne l'image des idoles pour être en mesure de répondre à cette question.

On ne serait guère en peine de trouver, pour peu que l'on soit animé par un souci contextualiste, de possibles origines à cette image, depuis l'interdiction vétéro-testamentaire du culte des idoles jusqu'à, dans une veine plus philosophique, la pensée de Bacon, dont le *Novum organum* répertorie et dénonce les idoles qui font obstacle à la construction et à la progression du savoir [1]. Et l'on pensera peut-être toucher au but en découvrant que Schopenhauer utilisait lui aussi cette notion lorsqu'il dénonçait en Fichte, Schelling et Hegel « les trois idoles de la philosophie universitaire ». Que le souvenir biblique soit présent à l'esprit de Nietzsche, cela n'est guère contestable ; que la formule de Schopenhauer, à qui il emprunte de temps à autre quelques réussites stylistiques, ne soit pas ignorée de lui, c'est tout aussi certain. Quant à Bacon, bien que David S. Thatcher en minimise – à juste titre, nous semble-t-il – l'importance pour Nietzsche, on pourrait cependant avancer pour sa défense qu'en 1888 à tout le moins, il semble avoir les faveurs de celui-ci puisqu'il est évoqué en termes élogieux dans *Ecce homo.* Mais

1. Voir les aphorismes 38 et suivants du *Novum organum.* Bacon y expose, du plus intérieur au plus extérieur, les quatre groupes des idoles de la race, de la caverne, de la place publique et du théâtre : « Les idoles de la race ont leur fondement dans la nature humaine elle-même, dans la race, dans la souche des hommes » (§ 41). « Les idoles de la caverne sont celles de l'homme considéré individuellement » (§ 42). « Il y a aussi les idoles qui naissent, pour ainsi dire, du rapprochement et de l'association des hommes entre eux ; et, à cause de ce commerce et de cet échange, nous les nommons les idoles de la place publique. Car les hommes s'associent par les discours ; mais les mots qu'ils imposent se règlent sur l'appréhension du commun. De là, ces dénominations pernicieuses et impropres, qui assiègent l'entendement humain de manière si surprenante » (§ 43). « Il y a enfin des idoles qui, propagées par les systèmes des philosophies et aussi par les règles défectueuses des démonstrations, sont venues s'implanter dans l'esprit des hommes. Nous les appelons les idoles du théâtre. Car autant de philosophies reçues ou inventées, autant, à nos yeux, de fables mises en scène et jouées, qui ont créé des mondes fictifs et théâtraux » (§ 44) (trad. M. Malherbe, Paris, PUF, 1986).

pour intéressante qu'elle soit, la recherche de sources ne peut que rater la spécificité d'un usage original, et Nietzsche ne vise plus simplement la croyance religieuse en une déité extérieure, ni un penseur ou une doctrine philosophique spécifique, si prestigieuse qu'elle ait pu être, ni même une série d'obstacles épistémologiques, mais quelque chose de bien plus radical, dont ces trois exemples manifestent extérieurement un aspect : l'image de l'idole cherche à dire, ou à suggérer, une *modalité affective* – l'idée d'attachement et de respect, mieux encore de vénération – plutôt que le *contenu* d'un attachement. Divinité, philosophe ou manière de penser ne sont que quelques occasions de fixation d'un besoin de vénération qui paralyse l'esprit critique et exprime un trait fondamental de la réalité et du perspectivisme auquel elle obéit : la nécessité pour tout vivant d'organiser son existence à partir de préférences premières, infraconscientes, qui définissent ce qui doit être recherché, ce qui doit être fui, et traduisent ces choix sous forme affective, à travers un réseau d'attirances et de répulsions. On comprend alors que la spécificité de l'utilisation nietzschéenne de la notion d'« idole » – absente des sources envisageables – tient à cette identification du conditionnement de toute vie et de toute interprétation de la réalité par une série de valeurs fondamentales. L'image a le mérite de bien souligner le respect qui s'y attache : l'autorité impérative est en effet une caractéristique essentielle qui fait qu'une valeur est une valeur et non pas une simple représentation ou une simple croyance subjective susceptible de variations d'intensité et d'autorité sur une faible durée. Ce sont donc bien ces valeurs que Nietzsche met en jeu, en soulignant la logique affective selon laquelle elles agissent, lorsqu'il parle de « vénérations ». C'est ce dont témoigne de manière exemplaire le paragraphe 346 du *Gai savoir*, en présentant la notion de nihilisme, et en en soulignant, sur un mode quelque peu énigmatique il est vrai, les deux significations, désignées parfois comme nihilisme actif et nihilisme passif :

> « Ne sommes-nous pas en cela justement tombés dans le soupçon d'une contradiction, d'une contradiction entre le monde dans lequel nous étions jusqu'à présent chez nous avec nos vénérations – grâce auxquelles, peut-être, nous *supportions* de vivre –, et un autre monde *que nous sommes nous-mêmes* : soupçon implacable, radical, extrême envers nous-mêmes, qui s'empare de plus en plus, de plus en plus durement de nous, Européens, et pourrait aisément placer les générations à venir face à ce terrible ou bien-ou bien : "supprimez ou bien vos vénérations, ou bien – *vous-mêmes* !". Cette dernière situation serait le nihilisme ; mais la première ne serait-elle pas également – le nihilisme ? – Voilà notre point d'interrogation. »

S'il n'y a pas de vie sans position de valeurs, certaines de ces valeurs se révèlent, à la faveur de l'évolution historique qu'elles imposent, être des idoles – des valeurs de peu de valeur, des valeurs sans valeur, voire des valeurs franchement nocives, sapant toute possibilité d'intensification, et à terme de maintien, de la vie humaine. Il convient donc pour le philosophe de mener une expertise des différents types de valeurs expérimentées par les communautés humaines au cours de leur histoire [1], et tout particulièrement de celles sur lesquelles repose notre culture européenne. Tel est, on le sait, le sens de l'entreprise d'évaluation que Nietzsche nomme « généalogie » en 1887, et dont la préface des *Éléments pour la généalogie de la morale* (§ 6) présente la double orientation à propos du cas particulier des valeurs morales de notre culture :

> « à celui qui séjournera ici, qui *apprendra* ici à poser des questions, il arrivera ce qui m'est arrivé – il verra s'ouvrir

1. C'est bien cette logique de développement propre aux valeurs d'inspiration platonicienne de notre culture qu'expose la section intitulée « Comment le "vrai monde" finit par tourner à la fable ». Nietzsche y indique le trajet qui conduit de l'instauration glorieuse de ces valeurs à leur dévalorisation progressive, ce qui est très exactement la logique du nihilisme : non pas une perte d'autorité due à des facteurs extérieurs, mais une logique d'autosuppression progressive, ou si l'on veut d'autodépassement, qui rend désormais concevable le projet de renversement.

> une formidable perspective nouvelle, une possibilité s'emparera de lui comme un vertige, toutes sortes de méfiance, de soupçon, de peur surgiront brusquement, la croyance à la morale, à toute morale, vacillera – enfin, une exigence nouvelle se fera entendre. Formulons-la, cette *exigence nouvelle* : nous avons besoin d'une *critique* des valeurs morales, il faut *remettre une bonne fois en question la valeur de ces valeurs elle-même* – et pour ce, il faut avoir connaissance des conditions et des circonstances dans lesquelles elles ont poussé, à la faveur desquelles elles se sont développées et déplacées […], une connaissance comme il n'en a pas existé jusqu'à aujourd'hui, et comme on n'en a même pas désiré ».

C'est bien là en effet que se trouve la nouveauté radicale de la tâche propre au philosophe à l'esprit libre, au philosophe médecin de la culture :

> « On considérait la *valeur* de ces "valeurs" comme donnée, comme un fait, comme au-delà de toute mise en question ; jusqu'à présent, on a même posé, sans le moindre doute ni la moindre hésitation, que "le bon" possède une valeur plus haute que "le méchant", une valeur plus haute au sens de l'avancement, de l'utilité, de la possibilité d'épanouissement s'agissant de l'homme en général (y compris de l'avenir de l'homme). Comment ? et si l'inverse constituait la vérité ? Comment ? et si le "bon" renfermait un symptôme de régression, de même un danger, une séduction trompeuse, un poison, un narcotique au moyen duquel le présent vivrait en quelque sorte *aux dépens de l'avenir* ? Peut-être de manière plus confortable, moins dangereuse, mais également dans un style plus étriqué, plus bas ?… Si bien que ce serait justement la faute de la morale si l'on n'atteignait jamais une *puissance* et une *splendeur suprêmes*, en soi possibles, du type homme ? Si bien que c'est justement la morale qui serait le danger des dangers ?… »

Insistons sur le fait que ce que Nietzsche nomme encore « psychologie » ne constitue rien d'autre qu'une variation métaphorique désignant à partir d'un angle différent l'entreprise généalogique – ce qui explique

que la psychologie soit si fréquemment relayée à son tour, dans le texte nietzschéen, par une référence à la physiologie ou plus largement à la médecine. La préface du *Crépuscule des idoles* fournit un exemple typique de ces déplacements métaphoriques. L'essai de renversement des valeurs suppose une évaluation préalable des valeurs, un diagnostic qui devra opérer un tri entre ce qui inhibe et ce qui favorise l'épanouissement, entre les idoles et les valeurs affirmatrices. Le psychologue donc interroge le sens et la valeur des valeurs, en débusquant pour ce faire les pulsions qui sont à l'œuvre dans la construction des interprétations de la réalité auxquelles poussent les valeurs en question – dût-il se servir pour cela d'instruments inattendus. L'idole désigne ainsi la valeur en décalage avec la réalité et hostile à celle-ci, l'autorité usurpée – c'est en ce sens que Nietzsche dénonçait déjà les « idoles du jour » dans la troisième *Considération inactuelle*[1], et les « idoles de la culture moderne » dans la quatrième *Considération*[2] –, ce que les textes de 1888 qualifient le plus fréquemment en faisant usage du lexique de l'« idéal » et de l'« idéalisme[3] ». Rendre ses droits à la réalité, et accorder ainsi la vie à ses conditions élémentaires, voilà donc la tâche qui incombe au philosophe, exigeant de lui probité et courage :

1. « Car on en est là : la fondation du nouvel Empire allemand serait le coup décisif et destructeur de toute espèce de philosophie "pessimiste" – il n'y a pas à en démordre. Celui qui maintenant veut répondre à la question : que signifie à notre époque le philosophe comme éducateur ? doit répondre à cette question très répandue et surtout très prisée au sein des universités, et le faire ainsi : c'est une honte, une abjection qu'une flatterie aussi répugnante au service des idoles du jour puisse être prononcée et répétée par des hommes réputés pensants et honorables » (§ 4).

2. « Quant à nous, disciples de l'art ressuscité, nous aurons le temps et la volonté du sérieux, du sérieux profond et sacré. Tous les discours et tout le tapage dont la culture a jusqu'à présent entouré l'art ne peuvent apparaître aujourd'hui que comme une familiarité éhontée ; tout nous prescrit le silence, un silence pythagoricien de cinq ans. Qui de nous n'a pas souillé ses mains et son cœur au service répugnant des idoles de la culture moderne ! » (§ 1).

3. Notion qui n'a donc, on le voit, plus grand rapport avec le sens que lui donne la tradition philosophique antérieure.

> « Ce n'est pas moi qui dresserai jamais aucune idole nouvelle : les anciennes puissent-elles apprendre ce qu'il en coûte d'avoir des pieds d'argile. *Renverser les idoles* (et par "idoles", j'entends tout "idéal"), telle est plutôt mon affaire. Dans la mesure où l'on *forgeait de toutes pièces* un mensonger "monde idéal", c'est autant de sa valeur, de son sens, de sa véracité que l'on ôtait à la réalité… [1] »

Lisant le sous-titre comme une explicitation du titre, on serait tenté d'interpréter la référence au marteau comme métaphore de la destruction. Et une nouvelle fois, on pourrait invoquer à cet égard quelques précédents culturels fameux dans lesquels on serait alors peut-être porté à voir la source nécessaire de l'allusion nietzschéenne, et donc la clé de sa signification profonde. La tradition hébraïque s'imposera d'elle-même, en particulier l'épisode de la destruction du Veau d'or par Moïse ; mais peut-être songera-t-on secrètement aussi à Mjöllnir, le marteau magique constituant l'arme de Thor dans la mythologie scandinave, que Nietzsche connaît, et ce pas uniquement à travers la version édulcorée de la Tétralogie wagnérienne, ainsi qu'en témoignent notamment ses textes de jeunesse [2]. Si l'Ancien Testament ignore bien évidemment ce thème, l'idée du crépuscule des dieux, le Ragnarök de l'*Edda* [3], est un motif capital du paganisme scandinave. Nietzsche nouveau Thor ? ou nouveau Moïse ? Et pourquoi ne pas ajouter une nouvelle suggestion ? Peut-être y a-t-il

1. *Ecce homo*, Avant-propos, § 2.

2. Voir à ce sujet l'article précité de D.S. Thatcher qui rappelle notamment que les différentes versions de son Ermanaric montrent sa familiarité à l'égard de la mythologie nordique et du personnage de Thor. On trouvera la traduction des textes du cycle d'Ermanaric dans l'édition de Jean-Louis Backès : Friedrich Nietzsche, *Premiers écrits*, trad. J.-L. Backès, éd. du Cherche-midi, 1994 ; rééd. Le Livre de Poche, 2002.

3. Sur le Ragnarök, voir en particulier le chapitre 51 de la *Gylfaginning* (« La mystification de Gylfi »), première partie de l'*Edda en prose* de Snorri Sturluson. Deux traductions de ce texte sont disponibles en français : celle de Régis Boyer dans *L'Edda poétique* (Fayard, rééd. 1992, p. 501-503), et celle de François-Xavier Dillmann, *L'Edda. Récits de mythologie nordique* (Gallimard, 1991, p. 95-99).

dans ce sous-titre une réminiscence exploitée sur le mode parodique du *Malleus maleficiarum*, *Le Marteau des sorcières*, sorte de manuel de l'inquisiteur dû aux dominicains Jacob Sprenger et Henri Krammer, à qui le pape Innocent III confia pour mission, en 1484, de lutter contre la sorcellerie en Allemagne [1]. Il s'agit bien dans tous les cas de combattre une puissance maléfique, une calamité, ainsi que le soulignait avec plus de netteté encore l'un des autres titres envisagés, celui dont nous avons vu que Nietzsche l'avait retenu pour la traduction française de son texte : *Le Marteau des idoles* – si ce n'est que la calamité qui ensorcelle l'Europe est notamment incarnée par le christianisme. Nietzsche nouvel inquisiteur ?

Or le sous-titre ne constitue pas une simple variation rhétorique, sur le fond redondante, par rapport au titre. Il explicite certes, mais en prolongeant et en infléchissant les suggestions de l'image initiale, et ce en un sens positif [2]. Comme toutes les grandes métaphores que privilégie Nietzsche, celle du marteau se révèle fortement synthétique – c'est précisément l'un des intérêts de la métaphore que de permettre de rassembler des déterminations que l'usage linguistique ordinaire ne peut que distribuer successivement. La préface du *Crépuscule des idoles* indique sur un mode inattendu la manière d'utiliser le marteau en question et les performances que le philosophe peut en attendre : il sert avant tout à interroger, et non à détruire (fonction qui, pour les raisons que l'on a vues, ne peut intervenir qu'en second lieu). Et pour préciser le protocole d'utilisation, Nietzsche se réfère en outre à la pratique médicale de la percussion comme technique d'identification des symptômes – l'auscultation de l'abdomen (les « entrailles » évoquées

1. Le *Malleus maleficiarum* fut publié à Cologne en 1489, et connut de nombreuses rééditions jusqu'au XVIIe siècle.

2. Pour une analyse détaillée des implications que rassemble Nietzsche dans l'image synthétique du marteau, nous renvoyons aux études d'Éric Blondel, *Nietzsche. Le corps et la culture*, Paris, PUF, 1986 (chap. I, p. 25-26, ainsi que chap. VII, p. 155-159), et de David S. Thatcher « A diagnosis of idols. Percussions and repercussions of a distant hammer », *op. cit.*

par la préface du *Crépuscule des idoles*) ou de la cage thoracique. La première phase de l'investigation généalogique joue sur le réseau métaphorique de l'écoute, récusant le privilège traditionnellement accordé au modèle de la vue en philosophie pour mieux dire la complexité des signes et la nécessité d'une interprétation du type de résonance enregistrée (le son creux, caverneux, gras, étouffé, etc.) : les signes ne sont pas spontanés, leur manifestation doit être provoquée par l'intervention du philosophe. Sur ce chapitre, qui révélera leur état de santé, les idoles aimeraient bien se taire, et c'est pourquoi ausculter (*abhorchen*, en allemand) revient du même coup à « cuisiner » (*aushorchen*, selon le jeu verbal que Nietzsche utilise dans la préface pour désigner la nature de son intervention), à pousser à parler celui qui a quelque chose à cacher [1], à l'inciter à se trahir quand il s'efforce d'éluder les questions susceptibles d'entamer sa dignité et son autorité [2]. On voit que les implications de l'image nietzschéenne nous éloignent de la seule destruction pour nous rapporter à l'idée du philosophe médecin de la culture [3].

1. Sur ce thème, voir déjà *Humain, trop humain* II, « Opinions et sentences mêlées », § 210 : « Délieurs de langue ».

2. Si les idoles s'efforcent de garder le silence, le marteau, lui, n'hésite pas à prendre la parole, comme l'indique la dernière page de l'ouvrage. La lettre à Peter Gast du 30 octobre 1888 insiste sur l'importance que Nietzsche attachait à cet appendice : « En manière de conclusion, le discours-marteau du Zarathoustra – peut-être *après* ce livre pourra-t-on l'*entendre*… moi-même je ne l'entends pas sans qu'une épouvante glacée me parcoure le corps… »

3. C'est ici l'occasion de souligner une nouvelle fois la logique de relais qui structure constamment l'écriture métaphorique de Nietzsche et interdit d'absolutiser l'une des images mises en réseau, quelle qu'elle soit (physiologie, médecine, psychologie, philologie, physique, etc.). On remarquera en effet que dans le cas présent, la présentation physiologique et médicale – l'identification des symptômes – est immédiatement relayée par l'interprétation psychologique : c'est bien un « vieux psychologue » – et non un médecin – qui travaille au déchiffrage des symptômes. L'association de la physiologie et de la psychologie est aussi fréquente que difficile à lire ; nous renvoyons sur cette question à notre étude *La Pensée du sous-sol*, Allia, 1999, en particulier p. 42 sqq.

Mais le maniement du marteau désigne une activité positive en un autre sens encore : le marteau comme élément de l'outillage du sculpteur, mis en relation avec l'imposition d'une forme nouvelle à une matière, en l'occurrence la création de nouvelles valeurs, mais plus encore la création d'un type d'homme nouveau, que la mise en place de ces valeurs doit rendre possible. Le lien entre le marteau et l'élevage du type surhumain était explicitement établi dans *Ainsi parlait Zarathoustra* :

> « Même dans l'accès à la connaissance, je sens le plaisir qu'a ma volonté d'engendrer et de devenir ; et s'il y a de l'innocence dans mon accès à la connaissance, alors c'est parce qu'en elle il y a de la volonté d'engendrer.
>
> Cette volonté m'attira loin de Dieu et des dieux ; qu'y aurait-il donc à créer s'il y avait des dieux ?
>
> Mais mon ardente volonté de création me ramène sans cesse à l'homme ; de la même façon le marteau se trouve entraîné vers la pierre.
>
> Ah ! vous les hommes, je trouve qu'une image dort dans la pierre, l'image de mes images ! Ah ! pourquoi faut-il qu'elle dorme dans la pierre dure, dans la pierre la plus laide !
>
> Or, voici que mon marteau frappe cruellement aux murs de sa prison. Des éclats de pierre s'envolent, que m'importe ?
>
> Je veux achever l'image : car une ombre est venue jusqu'à moi – ce qu'il y a en toutes choses de plus léger et de plus silencieux m'a un jour visité !
>
> La beauté du surhumain est venue à moi comme une ombre. Ah ! mes frères ! Que peuvent bien m'importer encore les dieux [1] ! »

1. *Ainsi parlait Zarathoustra*, « Sur les îles bienheureuses », trad. G.-A. Goldschmidt, Paris, Le Livre de Poche 1972, p. 109. Voir aussi dans *Ecce homo*, le paragraphe 8 de la section consacrée à *Ainsi parlait Zarathoustra*, qui revient sur ce texte.

L'image renvoie donc à la pratique artistique, dont Nietzsche fait, comme on le sait, l'activité suprêmement affirmatrice, mais surtout la nature même de la réalité. Non seulement le marteau n'est pas fondamentalement destructeur, mais on voit cette fois qu'il sert à dire oui. Si l'on s'étonne de l'union de déterminations qui semblent inconciliables, il faut se rappeler que c'est précisément ainsi que Nietzsche a toujours caractérisé, depuis *La Naissance de la tragédie*, la logique dionysiaque, solidarité de la création et de la destruction, que nous trouvons ici à l'œuvre : « j'obéis à une nature dionysienne qui ne sépare pas le "faire" négateur du "dire" affirmatif [1] ». Le recours à la métaphore du marteau indique ainsi le déplacement radical que Nietzsche fait subir à la compréhension de la philosophie, la substitution de ce qu'il nomme encore « la philosophie de Dionysos » à la prétendue recherche désintéressée de la vérité. Il s'agit en cela de prendre conscience de l'orientation pratique qui gouverne inévitablement l'activité philosophique, et dont la tradition – Platon mis à part – n'a pas su saisir le sens, hypnotisée qu'elle était par les prestiges du théorique. Se faisant l'avocate de valeurs particulières, qu'elle en soit consciente ou non, toute philosophie travaille en effet à sélectionner un type d'homme particulier, caractérisé par une certaine hiérarchie pulsionnelle, et donc à privilégier une forme de vie spécifique. Mais depuis le triomphe du platonisme, et surtout celui de christianisme, cette transformation de l'homme s'est effectuée de manière aveugle, irresponsable, aboutissant à la promotion d'une vie déprimée. La philosophie de Dionysos est

1. *Ecce homo*, « Pourquoi je suis un destin », § 2. Voir également les *Éléments pour la généalogie de la morale*, II, § 24 : « "Érige-t-on ici un idéal, ou en abat-on un, au juste ?", me demandera-t-on peut-être… Mais vous êtes-vous jamais suffisamment interrogé sur le prix qu'il a fallu payer sur terre pour ériger *tout* idéal ? Sur ce qu'il a toujours fallu calomnier et méconnaître de réalité pour cela, ce qu'il a fallu sanctifier de mensonge, ce qu'il a fallu troubler de conscience, ce qu'il a, à chaque fois, fallu sacrifier de "dieu" ? Pour pouvoir ériger un sanctuaire, *il faut jeter à bas un sanctuaire* : c'est la loi – que l'on me montre le cas où elle n'est pas vérifiée ! »

celle qui refuse d'abandonner cette tâche au hasard, qui assume désormais consciemment l'extraordinaire responsabilité qu'elle implique [1], et de ce fait commence par reconnaître tout à la fois la noblesse de la matière sur laquelle elle travaille, et le caractère « divin » du marteau qu'elle manie pour lui donner forme, comme y insistait déjà *Par-delà bien et mal* :

> « ne dirait-on pas que l'Europe a été dominée pendant dix-huit siècles par une volonté de transformer l'homme en *avorton sublime* ? Mais celui qui, avec des besoins inverses, non plus en épicurien, mais au contraire avec à la main quelque marteau divin, s'approcherait de cette dégénérescence et cet étiolement presque volontaires que constitue l'Européen chrétien (Pascal par exemple), ne devrait-il pas, à ce spectacle, s'écrier, de colère, de pitié, d'effroi : "Oh, balourds que vous êtes, balourds présomptueux et compatissants, qu'avez-vous donc fait ! Était-ce là un travail pour vos mains ? Comme vous avez défiguré et gâché ma plus belle pierre ! Que vous êtes-*vous* permis !" – Je voulais dire : le christianisme a été jusqu'à présent le genre le plus funeste de présomption. Des hommes ni assez élevés ni assez durs pour avoir le droit de donner forme à l'*homme* en artistes [2] ».

À ces déterminations connotées par la référence au marteau, Nietzsche ajoute enfin une caractéristique plus étonnante, qui, incontestablement malmène quelque peu la logique métaphorique, mais n'en pos-

1. Sur la philosophie de Dionysos, voir notamment le posthume suivant : « Préparer un renversement des valeurs chez un certain type fort d'hommes et déchaîner en eux une foule d'instincts tenus en bride et calomniés : en réfléchissant là-dessus j'ai examiné quel type d'homme a déjà travaillé jusqu'ici involontairement et de toute façon à la tâche ainsi définie. […] Pour ma part, j'ai appelé toute cette façon de penser la philosophie de Dionysos : une réflexion qui reconnaît dans la création et la transformation de l'homme aussi bien que des choses la jouissance suprême de l'existence et dans la "morale" seulement un moyen pour donner à la volonté dominatrice une force et une souplesse capables de s'imposer à l'humanité » (*FP XI*, 34 [176]).

2. *Par-delà bien et mal*, § 62.

cède pas moins une valeur capitale pour la compréhension de son entreprise : plusieurs textes attestent en effet que l'image veut suggérer tout autant l'idée de législation, entendue en un sens axiologique – l'imposition de valeurs nouvelles [1] – que celle de création artistique – l'élevage d'un type humain plus noble, d'une « plante homme » plus vigoureuse [2]. C'est de fait un trait remarquable du *Crépuscule des idoles* que Nietzsche ne s'y tienne pas, en dépit du caractère préparatoire de l'ouvrage, à une description abstraite des seules orientations générales qu'implique l'idée du renversement de toutes les valeurs. Nous avons longuement insisté sur le fait qu'avec l'ouvrage de 1888, un pas supplémentaire est franchi : qu'il ne s'agit plus seulement de diagnostiquer – sur ce plan, le *Crépuscule des idoles* n'ajoute d'ailleurs quasiment rien aux analyses très poussées que détaillait déjà *Par-delà bien et mal* –, ni d'exposer la nécessité d'une intervention réformatrice de nature *pratique*, mais bien de l'engager. Ce qui ne modifie nullement du reste la conviction fondamentale de Nietzsche, qu'une telle entreprise, du fait de la nature même des valeurs, exigera d'être menée sur une très longue durée, et dépasse par nature les forces d'un seul homme, fût-il dynamite [3]. Nietzsche n'a jamais en effet ni pensé ni affirmé qu'il accomplirait un tel renversement des valeurs ; encore moins qu'il l'accomplirait seul. Nietzsche, donc, en dit plus dans cette perspective. À travers le *Crépuscule des idoles* se trouve distribuée une série d'indices relatifs au détail

1. Voir par exemple *FP XI*, 34 [199] : « *les législateurs suprêmes. ayant le marteau* ».

2. Sur l'image de la plante homme, voir par exemple *FP XI*, 34 [176] ou encore, notamment *Par-delà bien et mal*, § 44 : « Nous, qui incarnons l'inverse, et qui avons ouvert l'*œil* et la conscience *pour voir* où et comment jusqu'à présent la plante "homme" a poussé et s'est élevée le plus vigoureusement, [...]. » Pour une étude du sens de cette image empruntée à Vittorio Alfieri via Stendhal, nous renvoyons à notre étude *Nietzsche et le problème de la civilisation*, PUF, 1995, rééd. 1999, p. 277 sqq.

3. Voir ci-dessus p. 84.

technique de la mise en œuvre, et aux instruments précis qu'utilisera le philosophe, et c'est à cela aussi que fait référence l'image du marteau.

L'indication la plus appuyée concerne le contenu de cette législation axiologique. Car de fait, si le renversement des valeurs n'est pas seulement la destruction des valeurs du platonisme et du christianisme, on peut légitimement se demander quelles sont les valeurs que Nietzsche entend leur substituer, ces valeurs qui exerceront à terme, comme c'est le propre de toute valeur, une action formatrice et transformatrice sur l'homme. On remarquera que les sections « Incursions d'un inactuel » et « Ce que je dois aux Anciens » se referment toutes deux sur une référence à l'éternité ; cette référence explicite la mise en œuvre de la philosophie de Dionysos, et à cet égard, la dernière section du *Crépuscule des idoles* possède une importance particulière. Alors que les neuf premières sections privilégient l'exposition critique, cette dernière, insérée à la suite de la section la plus spécifiquement consacrée à l'expertise de la modernité et à la disqualification des « idées modernes », est de fait comme le répondant de ce texte : Nietzsche y présente un autre état de culture – le monde grec tragique, préplatonicien –, un autre type d'homme, élevé par un autre type de valeurs, affirmatrices – un type d'homme de valeur supérieure à celui qu'incarne l'Européen contemporain : un type apte à vivre et affronter la vie sans la nier ni la fuir, à faire face à ses aspects douloureux ou terribles, à séduire au profit de la vie. Élaboré à partir de matériaux initialement destinés à un autre ouvrage, le dernier chapitre du *Crépuscule des idoles* présente la « morale de Dionysos », selon les termes qu'il utilise dans sa lettre à Peter Gast du 30 octobre 1888 : « Êtes-vous satisfait que j'aie fini sur la *morale dionysienne ?* Je me suis avisé que cet ordre de notion ne devait à aucun prix être exclu de ma philosophie. Avec mes quelques phrases sur les Grecs, il m'est permis de lancer un défi à tout ce qui a été dit sur eux[1]. » Les philosophes en effet se sont trompés de Grecs. La section consacrée au « Problème de Socrate », qui s'en prenait à l'« idole » de la tradition philosophique par excellence, à la figure emblématique du sage, unanimement vénérée depuis l'Antiquité jusqu'à l'époque contemporaine, indiquait en effet que les philosophes grecs ne représentent pas la nature authentique de l'hellénisme, mais au contraire le moment de la décadence de la vie grecque, touchée déjà par le nihilisme, aspirant à échapper à la réalité et cherchant désespérément dans la raison un refuge face à l'effondrement de sa force passée. Le facteur déterminant qui a conféré sa valeur à la culture grecque tragique réside tout au contraire dans le poids accordé à l'idée d'éternité de la vie, ainsi qu'à la reconnaissance de la solidarité profonde de tous ses aspects, y compris ses aspects accablants, générateurs de souffrance – ceux que cherche à nier l'interprétation idéaliste de la réalité, platonicienne ou chrétienne, en créant un illusoire « vrai monde »[2]. On

1. *Op. cit.*, p. 552. Ce dernier chapitre insiste en outre, et c'est un fait digne d'être médité, sur l'unité de la réflexion nietzschéenne en identifiant l'objectif du premier ouvrage, *La Naissance de la tragédie*, et le projet d'inversion des valeurs, formule qui n'apparaît explicitement que plus tard.

2. Sur ce point fréquemment exposé par Nietzsche, voir en particulier *Ecce homo* : « Je fus le premier à voir la véritable opposition qui existe entre, d'une part l'instinct en voie de dégénérescence qui se dresse contre la vie dans une rancune souterraine (le christianisme, la philosophie de Schopenhauer, et, en un sens, déjà celle de Platon, l'idéalisme tout entier en sont des formes typiques), et, d'autre part, une formule d'*acquiescement supérieur*, née de la plénitude et de la surabondance, un *oui* dit sans réserve à la vie, et même à la douleur, et même à la faute, à tout ce qu'il y a de déroutant et de problématique dans la vie… Cet ultime oui, le plus joyeux, le plus exalté, le plus exubérant, traduit non seulement la compréhension la plus haute, mais aussi la plus *profonde*, celle qui est le plus rigoureusement confirmée et soutenue par la vérité et la science. – De tout ce qui est, il n'y a rien que l'on puisse retrancher, rien dont on puisse se passer – les aspects de l'existence rejetés par les chrétiens et autres nihilistes occupent même un rang beaucoup plus élevé dans la hiérarchie des valeurs que tout ce que l'instinct de *décadence** a jamais trouvé *bon*, et trouvé bon d'approuver… » (« La naissance de la tragédie », § 2).

voit alors se révéler l'importance du rôle joué par la pensée de l'éternel retour, à laquelle Nietzsche fait allusion à plusieurs reprises dans l'ouvrage [1]. Conférer à cette doctrine, qui n'est encore que doctrine, le statut de valeur, c'est-à-dire de préférence fondamentale régulatrice de l'ensemble de la vie humaine, et en faire de la sorte le véritable marteau dont joue le philosophe dans son entreprise de renversement des valeurs idéalistes, telle doit être l'opération décisive de la législation du philosophe. Le lien entre la philosophie de Dionysos, le marteau et la doctrine de l'éternel retour apparaît d'ailleurs de la manière la plus claire dans plusieurs textes, en particulier dans un posthume de 1885 indiquant le plan d'un ouvrage projeté que Nietzsche entendait consacrer à sa pensée de l'éternel retour :

« *Midi et éternité.*
Une philosophie de l'éternel retour.
Par
Friedrich Nietzsche.

Préface : de la hiérarchie humaine.

Première partie : Science et Conscience. Deuxième partie : Par-delà bien et mal. Troisième partie : Les artistes cachés. Quatrième partie : haute politique. Cinquième partie : le marteau (ou Dionysos) [2]. »

De la Préface à la dernière section, Nietzsche, toujours si soucieux de la rigueur de ses constructions, nous fait passer d'une question posée aux idoles à la réponse apportée par le philosophe. Mais quel philosophe en fin de compte ? Un penseur qui réforme en profondeur sa discipline et en accomplit enfin la mission évaluatrice et créatrice, en la délivrant des préjugés dont les philosophes ont toujours été victimes jusqu'à présent ; un représentant de « ce nouveau parti de la vie qui prendra en main la plus haute de toutes les

1. C'est un aspect du *Crépuscule des idoles* qu'a par exemple souligné Mazzino Montinari dans la partie finale de son article « Nietzsche lesen : die Götzen-Dämmerung », *Nietzsche-Studien*, 1984.

2. *FP XI*, 34 [191].

tâches, l'éducation d'une humanité supérieure [1] » ; mais comment ne pas préférer une autre formule, qui réponde synthétiquement en livrant la raison essentielle qui fonde la réponse, en condensant tout le cheminement argumentatif de l'ouvrage, un *magnum in parvo* qui dise en une phrase ce que le commentateur ne peut dire qu'en dix pages : « moi, l'ultime disciple du philosophe Dionysos, – moi qui enseigne l'éternel retour… ».

Patrick WOTLING.

1. *Ecce homo*, « La naissance de la tragédie », § 4.

NOTE SUR CETTE ÉDITION

Le texte que nous traduisons est celui de l'édition originale du *Crépuscule des idoles*, rédigé par Nietzsche à l'automne 1888, et paru en janvier 1889. Le texte de cette édition est celui qui a été repris par l'édition Colli-Montinari : Friedrich Nietzsche, *Sämtliche Werke. Kritische Gesamtausgabe*, Berlin-New York, Walter de Gruyter, 1967 sqq.

L'astérique (*) placé à la suite d'italiques signale les termes et formules cités par Nietzsche en français.

CRÉPUSCULE DES IDOLES

OU

COMMENT PHILOSOPHER EN MANIANT LE MARTEAU

PRÉFACE

Conserver sa gaieté d'esprit[1] au beau milieu d'une ténébreuse affaire[2], à la responsabilité écrasante[3], ce n'est pas un mince tour de force : et que pourrait-il pourtant y avoir de plus nécessaire que la gaieté d'esprit ? Nulle chose ne réussit si l'exubérance n'y participe[4]. L'excès de force prouve seul la force. – Un *renversement de toutes les valeurs*, ce point d'interrogation si noir, si formidable[5] qu'il étend son ombre sur celui qui le pose – une tâche qui est un tel destin contraint à chaque instant à se précipiter au soleil, à se délester d'un sérieux devenu pesant, trop pesant[6]. Tout moyen est bon à cet effet, tout « cas » est un cadeau de la fortune[7]. Et d'abord la *guerre*. La guerre fut toujours la grande sagesse de tous les esprits devenus trop intérieurs, trop profonds ; même la blessure recèle encore un pouvoir curatif. Une maxime dont je dissimulerai la provenance à la curiosité érudite fut de longue date ma maxime de prédilection :

increscunt animi, virescit volnere virtus[8].

Une autre guérison, plus conforme à mes vœux en certaines circonstances, est d'*ausculter*[9] *des idoles*… Il y a plus d'idoles que de réalités dans le monde : tel est le « mauvais œil » que *je* jette sur ce monde, telle est aussi ma « mauvaise *oreille* » [10]… Lui poser ici, pour une fois, des questions en usant du *marteau* et, peut-être, entendre en guise de réponse ce célèbre son creux qui parle d'entrailles flatulentes – quel ravissement pour qui a encore des oreilles derrière les oreilles – pour moi vieux psychologue [11] et ensorceleur [12], en présence de qui *se trouve contraint de parler* ce qui justement aimerait bien garder le silence...

Cet écrit aussi – le titre le trahit – est avant tout un divertissement, un petit coin de soleil, une petite aventure du côté du loisir d'un psychologue [13]. Peut-être aussi une nouvelle guerre ? Et l'on ausculte de nouvelles idoles ?... Ce petit écrit est une *grande déclaration de guerre* [14] ; et pour ce qui est d'ausculter des idoles, ce ne sont pas cette fois des idoles du moment [15], mais au contraire des idoles *éternelles* que l'on frappe ici du marteau comme d'un diapason, – on ne saurait trouver d'idoles plus anciennes, plus convaincues, plus boursouflées... Pas non plus de plus creuses... Cela n'empêche pas qu'elles soient celles *auxquelles on croit le plus* ; aussi bien ne dit-on certes pas, surtout dans le cas le plus éminent, idole...

Turin, le 30 septembre 1888,

jour de l'achèvement du premier livre du *Renversement de toutes les valeurs* [16].

Friedrich NIETZSCHE.

MAXIMES ET FLÈCHES.

1.

L'oisiveté est mère de toute psychologie [17]. Comment ? La psychologie serait-elle un – vice [18] ?

2.

Même le plus courageux d'entre nous n'a que rarement le courage de ce qu'il *sait* vraiment…

3.

Pour vivre seul, il faut être une bête ou un dieu – dit Aristote [19]. Manque le troisième cas : il faut être les deux – *philosophe*…

4.

« Toute vérité est simple. » – N'est-ce pas doublement un mensonge [20] ? –

5.

Il y a bien des choses qu'une bonne fois pour toutes je *ne* veux *pas* savoir. – La sagesse impose aussi des limites à la connaissance.

6.

C'est dans sa nature sauvage que l'on se repose le mieux de sa non-nature, de sa spiritualité…

7.

Comment ? L'homme n'est-il qu'une bourde de Dieu ? Ou Dieu qu'une bourde de l'homme ? –

8.

Tiré de l'école de guerre de la vie. – Tout ce qui ne me tue pas me rend plus fort.

9.

Aide-toi, tout le monde t'aidera. Principe de l'amour du prochain.

10.

Qu'on ne commette pas de lâcheté à l'égard de ses actions ! que l'on ne les laisse pas tomber après coup ! – Le remords est inconvenant [21].

11.

Un *âne* peut-il être tragique ? – Périr sous une charge qu'on ne peut ni porter, ni rejeter ?... Le cas du philosophe.

12.

Si l'on a son *pourquoi ?* relativement à la vie, on s'entend avec presque tous les *comment ?* – L'homme *n'*aspire *pas* au bonheur ; l'Anglais seul le fait.

13.

L'homme a créé la femme – à partir de quoi donc ? D'une côte de son Dieu – de son « Idéal »...

14.

Quoi ? tu cherches ? tu aimerais te décupler, te centupler ? tu cherches des partisans qui s'accrochent à toi ? – Cherche des *zéros* [22] ! –

15.

Les posthumes – moi par exemple – sont plus mal compris que les actuels, mais mieux *entendus*. Plus précisément : nous ne sommes jamais compris – *d'où* notre autorité [23]...

16.

Entre femmes. – « La vérité ? Oh, vous ne connaissez pas la vérité ! N'est-ce pas un attentat à toutes nos *pudeurs* * ? » –

17.

C'est un artiste comme je les aime, modeste dans ses besoins : il ne veut que deux choses, son pain et son art, – *panem et* Circen[24]…

18.

Qui ne sait mettre sa volonté dans les choses y insère à tout le moins un *sens* : à savoir, il croit qu'elles contiennent déjà une volonté (principe de la « foi »).

19.

Comment ? Vous avez choisi la vertu et le sein gonflé, et vous lorgnez en même temps sur les avantages des sans-scrupules ? – Mais avec la vertu, on *renonce* aux « avantages »… (sur le portail d'un antisémite[25]).

20.

La femme parfaite commet de la littérature comme elle commet un petit péché : pour faire l'expérience, en passant, en vérifiant d'un coup d'œil si elle se fait remarquer et *qu*'elle se fait remarquer…

21.

Ne se placer que dans des situations où l'on ne peut se permettre d'avoir des apparences de vertu, où tout au contraire, tel le danseur de corde sur son filin, on s'écrase ou l'on tient – ou bien on quitte la partie…

22.

« Les méchants n'ont pas de chants. » – Comment se fait-il que les Russes aient des chants[26] ?

23.

« Esprit allemand » : depuis dix-huit ans une *contradictio in adjecto*[27].

24.

À chercher les commencements, on devient crabe. L'historien voit à reculons ; il finit aussi par *croire* à reculons.

25.

La satisfaction protège même des coups de froid. Une femme qui se savait bien habillée a-t-elle jamais pris un coup de froid ? – Dans le cas où elle était à peine habillée, veux-je dire.

26.

Je me défie de tous les systématiques et les évite. La volonté de système est un manque d'intégrité[28].

27.

On tient la femme pour profonde – pourquoi ? Parce que chez elle on n'arrive jamais à y voir clair à fond[29]. La femme n'est même pas superficielle.

28.

Quand la femme a des vertus viriles, elle vous donne envie de la planter là ; et quand elle n'a pas de vertus viriles, c'est elle qui vous plante là.

29.

« Combien de choses la conscience avait-elle à mordre autrefois[30] ? qu'elle avait de bonnes dents ? – Et aujourd'hui ? que lui manque-t-il ? » – Question de dentiste.

30.

On commet rarement une action inconsidérée seule. Dans la première, on en fait toujours trop. C'est bien pour cela que l'on en commet ordinairement une seconde – et cette fois on en fait trop peu…

31.

Le ver piétiné se recroqueville. Ce qui est sage. Il restreint ainsi la vraisemblance d'être de nouveau piétiné. Dans la langue de la morale : *humilité.*[31] –

32.

Il y a une haine du mensonge et de l'hypocrisie qui vient d'une idée chatouilleuse de l'honneur ; il en existe aussi une qui vient de la lâcheté, du fait que le mensonge est *interdit* par un commandement divin. Trop lâche pour mentir…

33.

Qu'il faut peu de chose pour être heureux[32] ! Le son d'une cornemuse. – Sans musique, la vie serait une erreur[33]. L'Allemand se représente Dieu lui-même en train de chanter.

34.

On ne peut penser et écrire qu'assis * (G. Flaubert). – Ton compte est bon, nihiliste ! Rester vissé à sa chaise, voilà justement le *péché* contre le saint esprit[34]. Seules ont de la valeur les pensées venues en marchant[35].

35.

Il y a des cas où nous sommes comme les chevaux, nous psychologues, et où nous nous affolons : nous voyons notre ombre virevolter devant nous[36]. Le psychologue doit détourner le regard de *lui-même* pour simplement voir[37].

36.

Est-ce que nous, immoralistes, causons des *dommages* à la vertu ? – Aussi peu que les anarchistes aux princes. C'est seulement depuis qu'on leur tire dessus qu'ils sont de nouveau fermement installés sur leur trône. Moralité : *on doit tirer sur la morale.*

37.

Tu cours *en tête* ? – Le fais-tu en tant que berger ? ou qu'exception ? Une troisième éventualité serait l'évadé… *Premier* cas de conscience.

38.

Es-tu authentique ? ou simplement comédien ? Un représentant ? ou bien le représenté lui-même ? – Enfin, tu n'es en tout et pour tout qu'une copie d'acteur… *Second* cas de conscience.

39.

Le *déçu parle.* – Je cherchais de grands hommes, je n'ai jamais trouvé que les *singes* de leur idéal.

40.

Es-tu quelqu'un qui regarde ? ou qui met la main à la pâte ? – ou qui détourne le regard et s'écarte ?… *Troisième* cas de conscience.

41.

Veux-tu accompagner ? ou marcher en tête ? ou aller ton propre chemin ?… On doit savoir *ce que* l'on veut et *que* l'on veut. *Quatrième* cas de conscience.

42.

C'étaient pour moi des marches, je les ai gravies, – pour ce, il m'a fallu les dépasser. Mais ils pensaient que je voulais m'installer sur eux pour prendre ma retraite… [38]

43.

Qu'importe que *je* fasse triompher mes raisons ! Je n'*ai* que trop raison [39]. – Et qui rit bien aujourd'hui rira aussi le dernier.

44.

Formule de mon bonheur : un oui, un non, une ligne droite, un *but*…

LE PROBLÈME DE SOCRATE.

1.

De tout temps, les plus sages ont porté le même jugement sur la vie : *elle ne vaut rien*... Toujours et partout, on a entendu les mêmes accents sortir de leur bouche, – des accents chargés de doute, chargés de mélancolie, chargés de lassitude à l'égard de la vie, chargés de résistance envers la vie. Même Socrate dit en mourant : « vivre – cela veut dire être longtemps malade : je dois un coq à Asclépios le Sauveur. » Même Socrate en avait assez. – Que *démontre* cela ? Que *montre* cela [40] ? – Autrefois, on aurait dit (– oh, on l'a dit, et bien assez haut, et nos pessimistes en tête !) : « Il faut bien qu'il y ait quelque chose de vrai là-dedans. Le *consensus sapientium* [41] prouve la vérité. » – Tiendrons-nous encore ce discours aujourd'hui ? En *avons*-nous *le droit* ? « Il faut bien qu'il y ait quelque chose de *malade* là-dedans. » – voilà ce que *nous* donnons pour réponse : ces plus sages de tous les temps, il faudrait commencer par les considérer de près ! Peut-être ne tenaient-ils plus très bien debout, tous autant qu'ils sont ? étaient-ils tardifs ? bancals ? *décadents* * ? Se pourrait-il que la sagesse apparaisse sur terre en prenant la forme d'un corbeau exalté par un léger fumet de charogne ?...

2.

Quant à moi, c'est d'abord dans un cas où le préjugé lettré et illettré s'y oppose précisément de la manière la plus vive que s'est fait jour ce sentiment désobligeant que les grands sages sont *des types de déclin* : j'ai reconnu en Socrate et Platon des symptômes de déchéance, des instruments de la désagrégation grecque, des pseudo-Grecs, des anti-Grecs (« Naissance de la tragédie » 1872). Ce *consensus sapientium* – voilà ce que je saisis de mieux en mieux – démontre aussi peu que possible qu'ils avaient raison au sujet de ce sur quoi ils s'accordaient : il démontre bien davantage qu'eux-mêmes, ces plus sages, s'accordaient *physiologiquement* en quelque manière pour avoir pareillement une attitude négative à l'égard de la vie, – pour l'avoir *de toute nécessité*. Des jugements, des jugements de valeur sur la vie, pour ou contre, ne peuvent au bout du compte jamais être vrais : ils n'ont de valeur que comme symptômes, ils n'entrent en ligne de compte que comme symptômes, – en soi, ces jugements ne sont que des âneries. On doit absolument étendre la main pour faire la tentative de saisir cette *finesse* * étonnante *que la valeur de la vie ne peut être appréciée*. Pas par un vivant, parce qu'il est partie, et même objet du litige et non pas juge ; pas par un mort, pour une autre raison. – De la part d'un philosophe, voir dans la *valeur* de la vie un problème demeure même pour cette raison une objection à son endroit, un point d'interrogation placé sur sa sagesse, une non-sagesse. – Comment ? et tous ces grands sages – ils n'auraient pas été simplement *décadents* *, ils n'auraient même pas été sages ? – Mais j'en reviens au problème de Socrate.

3.

Quant à sa provenance, Socrate appartenait au plus bas peuple : Socrate était plèbe. On sait, on le voit même encore, à quel point il était laid. Mais la laideur, en soi une objection, est presque une réfutation chez les Grecs [42]. Socrate était-il seulement un Grec ? La laideur est assez fréquemment l'expression d'un développement métissé, entravé par le métissage. Dans l'autre cas, il apparaît comme un développement déclinant. Les criminologistes qui sont anthropologues nous disent que le criminel typique est laid : *monstrum in fronte, monstrum in animo* [43]. Mais le criminel est un *décadent* *. Socrate était-il un criminel typique ? – C'est du moins ce que ne contredirait pas le célèbre jugement d'un physiognomoniste qui offusqua tant les amis de Socrate. Un étranger qui s'y connaissait en visages, de passage à Athènes, déclara en face à Socrate qu'il *était* un *monstrum* [44], – qu'il hébergeait tous les vices et les désirs ignobles. Et Socrate se contenta de répondre : « Vous me connaissez, cher Monsieur [45] ! » –

4.

Ce ne sont pas seulement cette sauvagerie et cette anarchie avouées dans les instincts qui indiquent chez Socrate la *décadence* * : l'indiquent aussi la superfétation du logique et cette *méchanceté de rachitique* qui le caractérise. N'oublions pas non plus ces hallucinations auditives qui ont été interprétées en termes religieux comme « démon de Socrate ». Tout en lui est exagéré, *buffo*, caricature, tout est en même temps caché, en arrière-pensée, souterrain. – Je chercher à saisir de quelle idiosyncrasie provient cette identification socratique raison = vertu = bonheur : cette identification la plus bizarre qui soit et qui, particulièrement, a contre elle tous les instincts de l'ancien Hellène.

5.

Avec Socrate, le goût grec [46] connaît un revirement au profit de la dialectique : que se passe-t-il là au juste ? Avant tout, c'est un goût *noble* qui est ainsi vaincu ; avec la dialectique, la plèbe prend le dessus. Avant Socrate, dans la bonne société, on réprouvait les manières dialectiques : on les tenait pour de mauvaises manières, elles compromettaient. On mettait en garde la jeunesse à leur encontre. On se défiait aussi de toute cette façon de présenter ses raisons. Les choses honnêtes, comme les gens honnêtes, n'exhibent pas ainsi leurs raisons [47]. Il est mal élevé de faire voir les cinq doigts en même temps. Ce qui doit d'abord être démontré ne vaut pas grand-chose. Partout où l'autorité fait toujours partie des bonnes manières, où l'on ne « fonde pas en raison », mais ordonne, le dialecticien est une sorte de pitre : on s'en moque, on ne le prend pas au sérieux. – Socrate fut le pitre qui se *fit prendre au sérieux* : que s'est-il passé là au juste ? –

6.

On ne choisit la dialectique que lorsque l'on n'a pas d'autres moyens. On sait qu'avec elle, on suscite la méfiance, qu'elle convainc peu. Rien n'est plus aisé à balayer qu'un effet de dialecticien : l'expérience de toute assemblée où l'on débat le prouve. Elle ne peut être que *légitime défense* entre les mains de ceux qui n'ont plus d'autres armes. Il faut que l'on ait à *arracher* son droit *par la force* : avant d'en être là, on n'en fait pas usage. C'est pour cela que les Juifs furent dialecticiens ; Maître Renart l'était : comment ? et Socrate l'était aussi ? –

7.

– L'ironie de Socrate est-elle une expression de révolte ? du *ressentiment* * de la plèbe ? jouit-il en opprimé de sa propre férocité à travers les coups de poignard du syllogisme [48] ? se *venge*-t-il des nobles qu'il fascine ? – Dialecticien, on a en main un instrument sans merci ; grâce à lui, on peut jouer au tyran[49] ; on compromet en l'emportant. Le dialecticien abandonne à son adversaire la charge de prouver qu'il n'est pas un idiot : il fait entrer en fureur, et en même temps laisse désemparé. Le dialecticien *neutralise*[50] l'intellect de son adversaire. – Comment ? La dialectique n'est-elle chez Socrate qu'une forme de *vengeance* ?

8.

J'ai fait comprendre en quoi Socrate repoussait : il n'en reste que davantage à expliquer *qu*'il fascinait[51]. – Qu'il ait découvert une nouvelle espèce d'*agon*[52], qu'il en ait été le premier maître d'armes pour les cercles nobles d'Athènes, c'est le premier point. Il fascinait en ce qu'il faisait vibrer l'instinct agonal des Hellènes[53], – il apportait une variante à la lutte entre les hommes jeunes et les éphèbes. Socrate fut aussi un grand *érotique.*

9.

Mais Socrate devina plus encore. Il vit *clair* dans ses Athéniens nobles ; il saisit que son cas[54], l'idiosyncrasie[55] de son cas n'était déjà plus une exception. La même espèce de dégénérescence se préparait partout en silence : la vieille Athènes était en train de périr[56]. – Et Socrate comprit que tout le monde avait *besoin* de lui[57], – de son moyen, de son traitement, de son astuce personnelle d'autoconservation… Partout les instincts étaient dans l'anarchie ; partout, on était à deux doigts de l'excès : le *monstrum in animo*[58] était le danger général. « Les pulsions veulent jouer les tyrans ; il faut inventer un *contre-tyran* qui soit plus fort »… Quand ce physiognomoniste eut dévoilé à Socrate qui il était, un antre recelant tous les désirs ignobles, le grand ironique laissa encore filtrer une parole qui livre la clé de sa personne. « C'est vrai, dit-il, mais je me suis rendu maître de tous. » *Comment* Socrate *se* rendit-il maître de *lui-même* ? – Son cas n'était en fin de compte que le cas extrême, simplement le plus aveuglant de ce qui commençait alors à devenir la misère générale : à savoir que plus personne n'était maître de soi, que les instincts se retournaient les uns *contre* les autres[59]. Il fascinait pour être ce cas extrême – sa laideur terrifiante l'exprimait aux yeux de tous : il fascinait plus vivement encore, comme cela va de soi, en tant que réponse, en tant que solution, en tant qu'apparence de *traitement* de ce cas. –

10.

Quand on a besoin de transformer la *raison* en tyran, comme le fit Socrate, il faut que le danger ne soit pas mince que quelque chose d'autre joue les tyrans. Dans la rationalité, on devina alors l'*instance salvatrice*, ni Socrate ni ses « malades » ne furent libres d'être rationnels, – c'était *de rigueur* *, c'était leur *ultime* moyen. Le fanatisme avec lequel toute la réflexion grecque se jette sur la rationalité trahit une situation d'urgence : on était en danger, on n'avait qu'un seul choix : périr ou – être *rationnel jusqu'à l'absurdité*… Le moralisme des philosophes grecs à partir de Platon est conditionné pathologiquement ; de même leur appréciation de la dialectique. raison = vertu = bonheur veut dire en tout et pour tout : il faut copier Socrate et, contre les sombres désirs, instaurer en permanence un *grand jour* – le grand jour de la raison. On doit être sage, clair, lumineux à tout prix : toute concession aux instincts, à l'inconscient, fait *sombrer*…

11.

J'ai fait comprendre en quoi Socrate fascinait : il semblait être un médecin, un sauveur[60]. Est-il encore besoin de démontrer l'erreur sur laquelle reposait sa croyance à la « rationalité à tout prix » ? – C'est une tromperie de soi[61], de la part des philosophes et des moralistes, que d'échapper à la décadence en lui faisant la guerre. En sortir est au-delà de leurs forces : ce qu'ils choisissent comme moyen, comme recours salvateur, n'est à son tour de nouveau qu'une expression de la *décadence* * – ils en altèrent l'expression, ils ne s'en débarrassent pas. Socrate fut un malentendu ; *toute la morale de l'amélioration, la chrétienne aussi*[62], *fut un malentendu*... Le jour le plus éblouissant, la rationalité à tout prix, la vie claire, froide, prudente, consciente, sans instinct, en résistance contre les instincts, cela même ne fut qu'une maladie, une autre maladie – et nullement un retour à la « vertu », à la « santé », au bonheur... *Devoir* combattre les instincts – c'est la formule de la *décadence* * : tant que la vie est *ascendante*, le bonheur est la même chose que l'instinct. –

12.

– A-t-il encore saisi cela, ce plus intelligent de tous les trompeurs de soi-même[63] ? Finit-il par se le dire, dans la *sagesse* de son courage à mourir ?... Socrate *voulut* mourir : – ce n'est pas Athènes, c'est *lui* qui se donna la coupe empoisonnée, il contraignit Athènes à la coupe empoisonnée[64]... « Socrate n'est pas médecin, se dit-il à mi-voix : seule la mort est ici médecin... Quant à Socrate, il ne fut que longtemps malade... »

LA « RAISON » EN PHILOSOPHIE.

1.

Vous me demandez tout ce qui chez les philosophes est idiosyncrasie[65] ?… Par exemple leur manque de sens historique[66], leur haine de l'idée même de devenir, leur égypticisme. Ils croient *faire honneur* à une chose en la déshistorisant, *sub specie aeterni*[67], – en la transformant en momie. Tout ce que les philosophes ont manipulé depuis des millénaires, ce furent des momies conceptuelles ; rien de réel n'est sorti vivant de leur mains. Ils tuent, ils empaillent, ces messieurs les idolâtres du concept, lorsqu'ils adorent, – ils exposent tout à un péril mortel lorsqu'ils adorent. La mort, le changement, l'âge tout comme la procréation et la croissance sont pour eux des objections, – même des réfutations. Ce qui est ne *devient* pas ; ce qui devient n'*est* pas… Et ils croient tous, jusqu'au désespoir, à l'étant. Mais ne parvenant à s'en saisir, ils recherchent des raisons expliquant pourquoi on le leur cache. « Il doit y avoir une illusion, une tromperie[68] dans le fait que nous ne percevions pas l'étant : où se trouve le trompeur ? » – « Nous le tenons, s'écrient-ils, aux anges, c'est la sensibilité ! Ces sens *qui par-dessus le marché sont si immoraux*[69], ils nous trompent au sujet du *vrai* monde. Moralité : se débarrasser de la tromperie des sens, du devenir, de l'histoire, du mensonge, – l'histoire n'est que croyance aux sens, croyance au mensonge. Moralité : dire non à tout ce qui accorde foi aux sens, au reste de l'humanité tout entière : tout cela est "peuple". Être philosophe, être momie, représenter le monotono-théisme en mimant les fossoyeurs ! – Et avant tout, au diable le *corps*, cette pitoyable *idée fixe* * des sens ! affecté de toutes les fautes de logique possibles, réfuté, impossible même, bien qu'il ait l'impudence de se comporter comme s'il était réel[70] ! »…

2.

Je mets à part, avec un grand respect, le nom d'*Héraclite*. Quand l'autre peuple de philosophes[71] rejetait le témoignage des sens parce que ceux-ci montraient multiplicité et changement, lui rejeta leur témoignage parce qu'ils montraient les choses comme si elles possédaient durée et unité. Héraclite aussi commit une injustice envers les sens. Ceux-ci ne mentent ni comme le croient les Éléates[72], ni comme lui le crut, – ils ne mentent pas du tout. Ce que nous *faisons* de leur témoignage, voilà ce qui commence à introduire le mensonge, par exemple le mensonge de l'unité, le mensonge de la choséité, de la substance, de la durée… La « raison » est cause de notre falsification du témoignage des sens. Dans la mesure où les sens montrent le devenir, l'écoulement, le changement, ils ne mentent pas… Mais Héraclite conservera éternellement raison sur ce point que l'être est une fiction vide[73]. Le monde « apparent » est le seul[74] : le « vrai monde » n'est qu'*ajouté par mensonge*…

3.

– Et quels subtils outils d'observation nous avons dans ces sens ! Ce nez par exemple, dont nul philosophe n'a encore parlé avec respect et reconnaissance, est même jusqu'à nouvel ordre l'instrument le plus délicat que nous ayons à notre disposition : il est en mesure de constater des différences minimes de mouvement que même le spectroscope ne constate pas[75]. Nous possédons aujourd'hui une science jusqu'au point précis où nous nous sommes décidés à *accepter* le témoignage des sens, – où nous continuons à les aiguiser, à les armer, où nous avons appris à les penser à fond. Le reste est avorté et pas-encore-science : je veux dire métaphysique, théologie, psychologie, théorie de la connaissance. *Ou bien* science formelle, symbolique : comme la logique et cette logique appliquée, les mathématiques. On n'y rencontre pas la réalité, pas même comme problème ; et pas davantage l'interrogation sur la valeur que possède de manière générale une convention symbolique comme la logique. –

4.

L'*autre* idiosyncrasie des philosophes n'est pas moins dangereuse : elle tient à la confusion du dernier et du premier[76]. Ils posent ce qui vient à la fin – malheureusement ! car cela devrait ne pas venir du tout ! –, les « concepts les plus hauts », c'est-à-dire les concepts les plus généraux, les plus vides, la dernière fumée de la réalité en train de s'évaporer, au commencement, *comme* commencement. Une nouvelle fois, ceci n'est que l'expression de leur manière de vénérer : le plus haut ne *peut* absolument pas être issu du plus bas, ne *peut* être issu tout court… Moralité : tout ce qui est de premier ordre doit nécessairement être *causa sui*[77]. Provenir de quelque chose d'autre est tenu pour une objection, une mise en doute affectant la valeur. Toutes les valeurs suprêmes sont de premier ordre, tous les concepts les plus hauts, l'étant, l'inconditionné, le bien, le vrai, le parfait – tout ceci ne peut avoir eu un devenir, par conséquent *doit de toute nécessité* être *causa sui*. Mais tout cela ne peut pas non plus être mutuellement discordant, ne peut pas être en contradiction avec soi-même… C'est ainsi qu'ils arrivent à leur effarant concept de « Dieu »[78]... Le dernier, le plus maigre, le plus vide est posé comme premier, comme cause en soi, comme *ens realissimum*[79]... Et dire qu'il a fallu que l'humanité prenne au sérieux les déraillements mentaux de malades tissant leurs toiles d'araignée ! – Et elle l'a payé cher !...

5.

– Opposons enfin la manière différente dont *nous* (– je dis nous par politesse) concevons le problème de l'erreur et de l'apparence. Autrefois, on tenait la modification, le changement, le devenir pour une preuve d'apparence, pour signe qu'il devait exister quelque chose qui nous induisait en erreur. Aujourd'hui à l'inverse, c'est précisément dans la mesure où le préjugé de la raison nous contraint à poser l'unité, l'identité, la durée, la substance, la cause, la choséité que nous nous voyons en quelque sorte empêtrés dans l'erreur, *nécessités* à l'erreur ; certains que nous sommes, sur la base d'une rigoureuse vérification sur nous-mêmes, *que* c'est ici que se trouve l'erreur. Il n'en va pas autrement en cela qu'avec les mouvements du grand astre : dans leur cas l'erreur a pour avocat permanent notre œil, ici, notre *langage*. De par sa naissance, le langage appartient à l'époque de la forme la plus rudimentaire de psychologie[80] : nous pénétrons dans un grossier fétichisme lorsque nous prenons conscience des présupposés fondamentaux de la métaphysique du langage, en allemand : de la *raison*. Il voit partout des agents et de l'agir : il croit à la volonté comme cause en général ; il croit au « moi », au moi comme être, au moi comme substance et *projette* la croyance au moi-substance sur toutes les choses – c'est seulement ainsi qu'il *crée* le concept de « chose »... Partout l'être est ajouté par la pensée, *glissé comme soubassement* en tant que cause ; c'est seulement de la conception du « moi » que découle, à titre dérivé, le concept d'« être »... Au commencement se trouve la grande erreur fatale, à savoir que la volonté est quelque chose qui *exerce des effets*, – que la volonté est une *faculté*… Nous savons aujourd'hui qu'elle n'est qu'un mot… Beaucoup plus tard, dans un monde mille fois plus éclairé, les philosophes prirent conscience avec ébahissement de l'*assurance*, de la *certitude* subjective présidant à la manipulation des catégories de la raison : ils en conclurent que celles-ci ne pouvaient provenir de l'empirie, – toute l'empirie était en totale contradiction avec elles. *D'où proviennent-elles donc* ? – Et en Inde comme en Grèce, on a commis la même bourde : « nous avons dû habiter autrefois un monde supérieur (– *au lieu d'un monde tout ce qu'il y a de plus inférieur* : ce qui eût été la vérité !), nous avons dû être divins, *car* nous avons la raison ! »… De fait, rien n'a eu jusqu'à présent une force de persuasion plus naïve que l'erreur de l'être telle que la formulèrent par exemple les Éléates : c'est qu'elle a pour elle chaque mot, qu'elle a pour elle chaque phrase que nous prononçons ! Même les adversaires des Éléates succombèrent encore à la séduction de leur concept d'être : Démocrite entre autres, lorsqu'il inventa son *atome*[81]… La « raison » dans le langage : oh, quelle vieille trompeuse ! J'ai bien peur que nous ne nous débarrassions pas de Dieu parce que nous croyons encore à la grammaire…

6.

On me sera reconnaissant de condenser une conception si essentielle, si neuve, en quatre thèses : je facilite ainsi la compréhension, je provoque ainsi la contradiction.

Première proposition. Les raisons sur la base desquelles « ce » monde a été qualifié d'apparent fondent tout au contraire sa réalité, – une *autre* espèce de réalité est absolument indémontrable.

Seconde proposition. Les caractéristiques que l'on a données à l'« être vrai » des choses sont les caractéristiques du non-être, du *néant*, – on a édifié le « vrai monde » à partir de la contradiction à l'égard du monde réel : un monde apparent, de fait, en ce qu'il est une pure illusion *d'optique morale*.

Troisième proposition. Inventer des fables au sujet d'un monde « autre » que celui-ci n'a pas le moindre sens sauf à supposer que nous sommes gouvernés par un instinct de calomnie, de rapetissement, de soupçon à l'égard de la vie : dans ce dernier cas, la fantasmagorie d'une vie « autre », « meilleure », nous sert à nous *venger* de la vie.

Quatrième proposition. Scinder le monde en un « vrai » monde et un « apparent », que ce soit à la manière du christianisme, ou que ce soit à la manière de Kant (un chrétien sournois, au bout du compte), n'est qu'une suggestion de la décadence, – un symptôme de vie *déclinante*… Que l'artiste place l'apparence plus haut que la réalité n'est pas une objection contre cette proposition. Car « l'apparence » signifie ici la réalité *encore une fois*[82], simplement sous une forme choisie, renforcée, corrigée… L'artiste tragique *n'*est *pas* un pessimiste, – il dit justement *oui* à tout ce qui est problématique et même terrible, il est *dionysiaque*…

COMMENT LE « VRAI MONDE » FINIT PAR TOURNER À LA FABLE.

Histoire d'une erreur

1. Le vrai monde accessible au sage, au pieux, au vertueux, – il y vit, *il l'est.*

(Forme la plus ancienne de l'idée, relativement intelligente, simple, convaincante. Formule détournée pour la thèse « Moi, Platon, je *suis* la vérité ».)

2. Le vrai monde, inaccessible pour l'heure, mais promis au sage, au pieux, au vertueux (« au pécheur qui fait pénitence »).

(Progrès de l'idée : elle se fait plus subtile, plus insidieuse, plus insaisissable, – *elle se fait femme*, elle se fait chrétienne…)

3. Le vrai monde inaccessible, indémontrable, impromettable, mais déjà, en tant que pensé, une consolation, une obligation, un impératif.

(L'ancien soleil au fond, mais à travers brouillard et scepticisme : l'idée devenue sublime[83], blême, nordique, königsbergienne[84].)

4. Le vrai monde – inaccessible ? En tout cas pas atteint. Et, n'étant pas atteint, également *inconnu*. Par conséquent dénué aussi de consolation, de salut, d'obligation : à quoi quelque chose d'inconnu pourrait-il nous obliger ?…

(Petit matin gris. Premier bâillement de la raison. Chant du coq du positivisme.)

5. Le « vrai monde » – une idée qui ne sert plus à rien, ne fait même plus obligation, – une idée devenue inutile, superflue, *par conséquent* une idée réfutée[85] : supprimons-la !

(Jour radieux ; petit-déjeuner ; retour du *bon sens* * et de la gaieté d'esprit[86] ; Platon rouge de honte ; tapage monstre de tous les esprits libres.)

6. Nous avons supprimé le vrai monde : quel monde resta-t-il ? l'apparent, peut-être ?... Mais non ! *avec le vrai monde, nous avons supprimé aussi le monde apparent* !

(Midi ; moment de l'ombre la plus courte ; fin de la plus longue erreur ; apogée de l'humanité ; INCIPIT ZARATHOUSTRA[87].)

LA MORALE COMME CONTRE-NATURE

1.

Toutes les passions[88] ont une époque où elles sont simplement funestes, où elles entraînent leur victime vers le fond de tout le poids de la bêtise – et une plus tardive, infiniment plus tardive, où elles épousent l'esprit, se « spiritualisent ». Autrefois, à cause de la bêtise dont est porteuse la passion, on faisait la guerre à la passion elle-même : on se conjurait pour l'anéantir, – tous les anciens monstres de la morale sont unanimes sur ce point « *il faut tuer les passions* *. » La formule la plus célèbre à cet égard figure dans le Nouveau Testament, dans ce Sermon sur la montagne où, pour le dire en passant, les choses ne sont absolument pas vues *depuis les hauteurs.* C'est à cet endroit que l'on dit par exemple, en appliquant ceci à la sexualité, « si ton œil t'agace, arrache-le[89] » : par chance, nul chrétien n'agit conformément à cette prescription. *Anéantir* les passions[90] et les désirs, dans le seul but de prévenir leur bêtise et les conséquences désagréables de leur bêtise, nous paraît même aujourd'hui purement et simplement une forme aiguë de bêtise. Nous ne sommes plus en admiration devant les dentistes qui *arrachent* les dents pour qu'elles cessent de faire mal… Avouons par ailleurs, pour être équitable, que sur le sol où a poussé le christianisme, le concept de « *spiritualisation* de la passion » ne pouvait absolument pas être conçu. C'est que la première Église combattait, comme on le sait, les « intelligents » au profit des « pauvres en esprit » : comment pourrait-on en attendre une guerre intelligente[91] contre la passion ? – L'Église combat la passion par l'ablation à tous les sens du terme : sa pratique, son « traitement », c'est le *castratisme*. Elle ne pose jamais la question : « comment spiritualise-t-on, embellit-on, divinise-t-on un désir ? » – de tout temps, elle a mis l'accent dans sa discipline sur l'extirpation (de la sensualité, de l'orgueil, du despotisme[92], de la convoitise, de la soif de vengeance). – Mais attaquer les passions à la racine signifie attaquer la vie à la racine : la pratique de l'Église est *hostile à la vie*...

2.

Dans le combat contre un désir, c'est le même moyen, sectionner, extirper, qui est choisi d'instinct[93] par ceux qui sont trop faibles de volonté[94], trop dégénérés, pour s'imposer de la mesure à son égard : par ces natures qui ont besoin de la Trappe, pour parler par image (et sans image –), de quelque déclaration d'hostilité définitive, d'un *clivage* entre eux et la passion. Les moyens radicaux ne sont indispensables qu'aux dégénérés[95] : la faiblesse de volonté, pour parler plus précisément l'incapacité à *ne pas* réagir à une excitation n'est elle-même purement et simplement qu'une autre forme de dégénérescence. L'hostilité radicale, l'hostilité à mort envers la sensualité demeure un symptôme qui fait réfléchir : on est de ce fait en droit de se livrer à des conjectures sur l'état d'ensemble d'un être qui est excessif de cette manière. – Cette hostilité, cette haine n'atteint du reste son sommet que lorsque de telles natures n'ont même plus assez de fermeté pour le traitement radical, pour renier leur « diable ». Que l'on embrasse du regard toute l'histoire des prêtres et des philosophes, en y ajoutant les artistes : ce *ne* sont *pas* les impuissants qui ont tenu les propos les plus venimeux envers les sens, *pas* non plus les ascètes, mais tout au contraire les ascètes impossibles, le genre d'êtres qui auraient eu besoin d'être ascètes…

3.

La spiritualisation de la sensualité a pour nom *amour* : c'est un grand triomphe sur le christianisme. Un autre triomphe est notre spiritualisation de l'*hostilité.* Elle consiste à comprendre profondément la valeur que possède le fait d'avoir des ennemis : bref, d'agir et de raisonner exactement à l'inverse de la manière dont on agissait et raisonnait autrefois. L'Église voulut de tout temps l'anéantissement de ses ennemis : nous, les immoralistes et antichrétiens, voyons notre avantage dans le fait que l'Église existe… En politique aussi, l'hostilité s'est faite désormais plus spirituelle, – bien plus intelligente, bien plus réfléchie, bien plus *précautionneuse.* Presque chaque parti saisit qu'il est dans l'intérêt de sa propre conservation que le parti adverse ne s'effondre pas[96] ; la même chose vaut pour la grande politique. Une création nouvelle surtout, par exemple le nouveau *Reich*[97] a plus besoin d'ennemis que d'amis : c'est seulement dans l'opposition qu'il se sent nécessaire, c'est seulement dans l'opposition qu'il *devient* nécessaire… Notre attitude n'est pas différente a l'égard de l'« ennemi intérieur » : là aussi, nous avons spiritualisé l'hostilité, là aussi nous avons saisi sa *valeur.* On n'est *fécond* qu'à ce prix : être riche en oppositions ; on ne demeure jeune que sous la présupposition que l'âme ne se vautre pas, ne désire pas la paix… Rien ne nous est devenu plus étranger que cette aspiration d'autrefois, celle de la « paix de l'âme », l'aspiration *chrétienne* ; rien ne nous fait moins envie que la vache de la morale et le bonheur obèse de la bonne conscience. On a renoncé à la vie *dans sa grandeur* quand on a renoncé à la guerre… Il est vrai que dans de nombreux cas, la « paix de l'âme » est purement et simplement un malentendu, – quelque chose d'*autre*, qui ne sait simplement pas se désigner d'un nom plus honnête. Sans détour ni préjugé, quelques cas [98]. La « paix de l'âme » peut être par exemple le doux rayonnement d'une riche animalité pénétrant dans le champ moral (ou religieux). Ou le début de la lassitude, la première ombre que projette le soir, tout genre de soir. Ou le signe que l'air est humide, qu'approchent des vents du sud. Ou la reconnaissance qui s'ignore envers une bonne digestion (parfois nommée « amour de l'humanité »). Ou l'apaisement de l'homme qui guérit, qui trouve une saveur nouvelle à toutes choses et qui attend… Ou l'état qui résulte d'une vive satisfaction de notre passion dominante, le bien-être d'une satiété hors du commun. Ou la faiblesse sénile de notre volonté, de nos désirs, de nos vices. Ou la paresse, convaincue par la vanité de se mettre sur son trente et un moral. Ou l'irruption d'une certitude, même d'une certitude terrible, après une longue tension et un long martyre infligés par l'incertitude. Ou l'expression de la maturité et de la maîtrise dans le feu du faire, du créer, de l'agir, du vouloir, la respiration calme, l'*accession* à la « liberté de la volonté »… *Crépuscule des idoles* : qui sait ? peut-être aussi un simple genre de « paix de l'âme » [99]…

4.

– Je réduis un principe en formule. Tout naturalisme en morale, c'est-à-dire toute morale *saine* [100] est dominée par un instinct de vie, – quelque commandement de la vie est exécuté au moyen d'un canon déterminé ne « doit » et « ne doit pas », quelque inhibition et hostilité sur le chemin de la vie se trouve ainsi écartée. La morale *contre-nature*, c'est-à-dire presque toute morale que l'on a jusqu'à présent enseignée, vénérée et prêchée se tourne tout à l'inverse *contre* les instincts de la vie, elle est une *condamnation* de ces instincts, tantôt secrète, tantôt ouverte et impudente. En disant « Dieu considère le cœur[101] », elle dit non aux désirs les plus bas et les plus hauts de la vie et fait de Dieu l'*ennemi de la vie*... Le saint en qui Dieu trouve satisfaction est le castrat idéal... C'en est fini de la vie là où *commence* le « royaume de Dieu »...

5.

À supposer que l'on ait saisi ce qu'il y a de sacrilège dans une telle révolte contre la vie, qui est devenue quasiment sacro-sainte dans la morale chrétienne, on aura aussi eu la chance de saisir autre chose : le caractère inutile, illusoire, absurde, *mensonger* d'une telle révolte. Une condamnation de la vie émanant du vivant reste simplement au bout du compte le symptôme d'une espèce déterminée de vie : la question de sa légitimité, de son illégitimité, n'est même pas soulevée de la sorte. Il faudrait occuper une position *extérieure* à la vie, et d'autre part la connaître aussi bien qu'un être, que nombre d'êtres, que tous les êtres qui l'ont vécue pour être simplement en droit d'aborder le problème de la *valeur* de la vie : raisons suffisantes pour saisir que ce problème est pour nous un problème inaccessible[102]. Quand nous parlons de valeurs, nous parlons sous l'inspiration, conformément à l'optique de la vie : c'est la vie elle-même qui nous contraint à poser des valeurs, c'est la vie elle-même qui évalue[103] à travers nous *quand* nous posons des valeurs... Il en résulte que cette *contre-nature qu'est la morale* qui conçoit Dieu comme contre-concept et condamnation de la vie n'est qu'un jugement de valeur de la vie[104] – *de quelle* vie ? *de quelle* espèce de vie ? – Mais j'ai déjà donné la réponse : de la vie déclinante, affaiblie, fatiguée, condamnée. La morale telle qu'on l'a comprise jusqu'à présent[105] – telle que Schopenhauer en tout dernier lieu encore l'a formulée : « négation de la volonté de vie[106] » – est l'*instinct de décadence* * lui-même qui se fait impératif. Elle dit : « *péris* ! » – elle est le jugement de condamnés[107]...

6.

Considérons encore, pour finir, quelle naïveté constitue le fait de dire : « l'homme *doit* être comme ceci et comme cela ! » La réalité nous montre une richesse de types qui provoque le ravissement, la luxuriance d'un jeu et d'un tourbillon de formes prodigues : et un misérable oisif de moraliste vient déclarer : « non ! l'homme devrait être *autrement* » ?… Il sait même comment il faut qu'il soit, ce pauvre type, ce pharisien grincheux [108], il peint son portrait sur le mur [109] et déclare alors « *ecce homo* [110] *!* »… Mais même si c'est simplement vers l'individu que se tourne le moraliste pour lui dire : « tu dois être comme ceci et comme cela ! », il ne s'en rend pas moins ridicule. L'individu est un pan de *fatum* [111], intégralement, une loi de plus, une nécessité de plus pour tout ce qui arrive et sera. Lui dire « change » signifie exiger que tout change, même en arrière [112]… Et de fait, il y eut des moralistes conséquents, ils voulurent que l'homme soit autre, à savoir vertueux, ils le voulurent conforme à leur image, à savoir pharisien grincheux : et pour ce, ils *nièrent* le monde ! Un sommet de folie ! Une forme peu modeste d'immodestie… La morale, dans la mesure où elle *condamne* en soi, *non pas* eu égard à des points de vue, des considérations, des intentions [113] de la vie, est une erreur spécifique pour laquelle on ne doit avoir aucune pitié, une *idiosyncrasie de dégénérés* qui a provoqué des dommages indicibles !… Nous autres, nous immoralistes, nous avons à l'inverse largement ouvert notre cœur à toute espèce de compréhension, de saisie, d'*approbation*. Nous ne nions pas à la légère, nous mettons justement notre point d'honneur à être des *affirmateurs*. Notre œil n'a cessé de s'ouvrir à cette économie qui a besoin et sait user de tout ce que la sainte nullité intellectuelle du prêtre, de la raison *malade* du prêtre rejette, cette économie [114] dans la loi de la vie qui tire avantage même de l'espèce [115] repoussante du pharisien grincheux, du prêtre, du vertueux, – *quel* avantage ? – Mais c'est nous-mêmes, nous immoralistes, qui sommes ici la réponse…

LES QUATRE GRANDES ERREURS.

1.

Erreur de la confusion entre la cause et la conséquence[116]. – Il n'y a pas d'erreur plus dangereuse que de *confondre la conséquence avec la cause* : c'est là ce que j'appelle la véritable corruption de la raison[117]. Cette erreur n'en fait pas moins partie des habitudes les plus anciennes et les plus récentes de l'humanité : parmi nous elle est même sanctifiée, elle porte le nom de « religion », de « morale »[118]. Elle est contenue dans *toute* proposition formulée par la religion et la morale ; les prêtres et les législateurs moraux sont les instigateurs de cette corruption de la raison. – Je prends un exemple : tout le monde connaît le livre du célèbre Cornaro[119], dans lequel celui-ci conseille son régime frugal comme recette pour une vie longue et heureuse – ainsi que vertueuse. Peu de livres ont été autant lus, aujourd'hui encore, en Angleterre, on l'imprime chaque année à des milliers d'exemplaires. Il ne fait aucun doute à mes yeux que rarement livre (la Bible exceptée, cela va de soi) a provoqué autant de dégâts, a *abrégé* autant de vies que ce *curiosum*[120] si bien intentionné. Raison : la confusion de la conséquence avec la cause. Ce brave Italien voyait dans son régime la *cause* de sa longue vie : alors que la condition préalable de la longue vie, l'extraordinaire lenteur du métabolisme, l'économie dans la consommation, était la cause de son régime frugal. Il ne lui appartenait pas en toute liberté de manger peu *ou bien* beaucoup, sa frugalité *n*'était *pas* une « volonté libre » : il tombait malade lorsqu'il mangeait davantage. Mais qui n'est pas une carpe non seulement fait bien, mais a besoin de manger *convenablement*. En suivant le régime de Cornaro, un savant d'*aujourd'hui*, avec sa consommation rapide de force nerveuse, irait à sa perte. *Crede experto*[121]. –

2.

La formule la plus générale sur laquelle se fonde toute religion et toute morale est : « Fais ceci et cela, abstiens-toi de ceci et de cela – et tu seras heureux ! Dans le cas contraire... » Toute morale, toute religion *est* cet impératif, – c'est lui que je qualifie de grand péché originel de la raison, de *déraison immortelle*. Dans ma bouche, cette formule se renverse en son contraire – *premier* exemple de mon « renversement de toutes les valeurs » : un homme réussi, « heureux », *doit de toute nécessité* accomplir certaines actions, et se détourne instinctivement d'autres actions, il transporte l'ordre qu'il représente physiologiquement dans ses relations avec les hommes et les choses. Mis en formule : sa vertu est la *conséquence* de son bonheur... Une vie longue, une descendance abondante *ne* sont *pas* le salaire de la vertu, la vertu est tout au contraire ce ralentissement du métabolisme qui a aussi pour conséquence, entre autres choses, une vie longue, une descendance abondante, bref, le *cornarisme*. – L'Église et la morale disent : « une génération, un peuple va à sa perte par ses vices et son luxe. » Ma raison *restaurée* dit : lorsqu'un peuple périt, dégénère physiologiquement, cela a pour *conséquences* des vices et le luxe (c'est-à-dire le besoin d'excitations toujours plus fortes et plus fréquentes, comme en connaît toute nature épuisée). Ce jeune homme pâlit et s'étiole prématurément. Ses amis disent : la faute en est à telle ou telle maladie. Je dis : *qu*'il soit tombé malade, *qu*'il n'ait pas résisté à la maladie, c'était déjà la conséquence d'une vie appauvrie, d'un épuisement héréditaire. Le lecteur de journaux dit : en commettant une telle faute, ce parti va à sa perte. Ma politique *supérieure* dit : un parti qui commet une telle faute est fini – il n'a plus sa sûreté d'instinct[122]. Toute faute, à tous les sens du terme, est la conséquence d'une dégénérescence de l'instinct, de la désagrégation de la volonté : voilà qui est presque une définition de ce qui est *mauvais*. Tout ce qui est *bon* est instinct – et par conséquent léger, nécessaire, libre. Peiner est une objection, le dieu est typiquement distinct du héros (dans mon langage[123] : les pieds *légers*, premier attribut de la divinité).

3.

Erreur d'une fausse causalité. – De tout temps, on a cru savoir ce qu'est une cause : mais d'où tirions-nous notre savoir, plus précisément, notre croyance au fait de posséder ici un savoir[124] ? Du domaine des célèbres « faits intérieurs », dont nul jusqu'à présent ne s'est avéré être un fait[125]. Nous croyions être nous-mêmes cause dans l'acte de volonté ; là, à tout le moins, nous pensions prendre la causalité la main dans le sac. On ne doutait pas davantage que tous les *antecedentia*[126] d'une action, leurs causes, ne soient à chercher dans la conscience et qu'on ne les y retrouve pourvu qu'on les cherche – sous forme de « motifs » : faute de quoi on n'aurait pas été libre *à l'égard de* cette action, pas responsable *de* cette action. Enfin, qui eût contesté qu'une pensée soit causée ? que le moi ne cause la pensée ?... De ces trois « faits intérieurs » grâce auxquels la causalité semblait se garantir, le premier et le plus convaincant est celui de la *volonté comme cause* ; la conception d'une conscience (« esprit ») comme cause et plus tard encore du moi (du « sujet ») comme cause sont simplement des rejetons tardifs, après que, à partir de la volonté, la causalité fut fermement reçue comme donnée, comme *donnée d'expérience*... Depuis, nous nous sommes ravisés. Aujourd'hui, nous ne croyons plus un traître mot de tout cela. Le « monde intérieur[127] » est pavé de mirages et de feux follets : la volonté en est un. La volonté ne met plus rien en mouvement, par conséquent elle n'explique plus rien non plus – elle se contente d'accompagner des processus, elle peut aussi être absente. Le soi-disant « motif » : autre erreur. Rien qu'un phénomène de conscience superficiel, qu'un à-côté de l'acte qui cache les *antecedentia*[128] d'un acte bien plutôt qu'il ne les représente. Et que dire du moi ! Il a tourné à la fable, à la fiction, au jeu de mots : il a carrément cessé de penser, de sentir et de vouloir !... Qu'en résulte-t-il ? Il n'y a pas de faits intellectuels du tout ! Toutes les prétendues données d'expérience les attestant sont parties en fumée[129] ! *Voilà* ce qui en résulte ! – Et nous avions commis un bel abus avec ces « données d'expérience », nous avions, sur cette base, *créé* le monde en lui donnant la forme d'un monde de causes, d'un monde de volonté, d'un monde d'esprits. C'est la plus ancienne et la plus durable psychologie qui était ici à l'œuvre[130], elle n'a absolument rien fait d'autre : tout ce qui arrive était considéré par elle comme un agir, tout agir comme conséquence d'une volonté, le monde était considéré par elle comme une multiplicité d'agents, un agent (un « sujet ») se glissait sous tout ce qui se produit. L'homme a projeté à partir de lui-même ses trois « faits intérieurs », ce à quoi il croyait le plus fermement, la volonté, l'esprit, le moi – il commença par tirer le concept d'être du concept de moi[131], il a posé les « choses[132] » comme « étant », à son image, conformément à son concept du moi comme cause. Quoi d'étonnant qu'il n'ait jamais fait ensuite que retrouver dans les choses *ce qu'il y avait mis*[133] ? – La chose elle-même, pour le dire une fois encore, le concept de chose, un pur et simple réflexe de la croyance au moi comme cause... Et même encore votre atome, messieurs les mécanistes et les physiciens, que d'erreur, que de psychologie rudimentaire traîne encore votre atome[134] ! – Pour ne rien dire de la « chose en soi », de l'« *horrendum pudendum*[135] » des métaphysiciens ! L'erreur de l'esprit comme cause confondue avec la réalité ! Et prise pour mesure de la réalité ! Et dénommée *Dieu* ! –

4.

Erreur des causes imaginaires. – Pour partir du rêve : on glisse après coup une cause (souvent tout un petit roman dans lequel c'est justement le rêveur qui est le personnage principal) sous une sensation déterminée, consécutive par exemple à un coup de canon au loin. Pendant ce temps, la sensation perdure, en une espèce de résonance : elle attend, en quelque sorte, jusqu'à ce que la pulsion causale lui permette d'occuper le devant de la scène, – non plus désormais à titre de hasard, mais à titre de « sens ». Le coup de canon entre en jeu sur un mode *causal*, en un apparent renversement du temps. L'élément le plus tardif, la motivation, est vécu en premier, souvent avec cent détails qui défilent comme à la vitesse de l'éclair, le coup de feu suit... Que s'est-il passé ? Les représentations qu'a *produites* un certain état ont été confondues avec sa cause[136]. – De fait, c'est aussi ce que nous faisons à l'état de veille. La plupart de nos sentiments généraux – toute espèce d'inhibition, de pression, de tension, d'explosion dans le jeu et le contre-jeu des organes, comme l'état du *nervus sympathicus*[137] en particulier – excitent notre pulsion causale : nous voulons avoir une *raison* de nous sentir *de telle ou telle manière,* – de nous sentir mal ou de nous sentir bien. Il ne nous suffit jamais de constater tout simplement *le fait que* nous nous sentons de telle ou telle manière : nous n'agréons ce fait – n'en prenons *conscience* – que *lorsque* nous lui avons attribué une espèce de motivation[138]. – Le souvenir, qui dans un tel cas entre en action sans que nous le sachions, fait surgir des états antérieurs de même espèce, ainsi que les interprétations causales qui y sont enchevêtrées, – *non pas* leur causalité. Bien entendu, la croyance que les représentations, les processus de conscience concomitants sont les causes est également suscitée par la mémoire. C'est ainsi que naît une *habitude* relative à une interprétation causale déterminée, qui en vérité entrave et même exclut une *investigation* au sujet de la cause [139].

5.

Explication psychologique de tout ceci. – Ramener quelque chose d'inconnu à quelque chose de bien connu [140] soulage, rassure, procure en outre un sentiment de puissance [141]. L'inconnu suscite le danger, l'inquiétude, le souci, – le premier instinct vise à *éliminer* ces états désagréables. Premier principe : n'importe quelle explication vaut mieux que pas d'explication. Puisqu'il ne s'agit au fond que d'évacuer des représentations oppressantes, on n'est guère regardant sur les moyens de les évacuer : la première représentation par laquelle l'inconnu s'élucide sous la forme du bien connu [142] fait tellement de bien qu'on la « tient pour vraie ». Preuve par le *plaisir* (« par la force ») comme critère de vérité. – La pulsion causale est donc conditionnée et excitée par le sentiment de peur. Le « pourquoi ? » ne doit, autant que possible, pas fournir la cause pour elle-même, mais bien plutôt une *certaine espèce de cause* – une cause qui rassure, qui libère, qui soulage. Assigner pour cause quelque chose de déjà *bien connu*, de vécu, d'inscrit dans la mémoire, est la première conséquence de ce besoin. Le nouveau, le non-vécu, l'étranger est exclu du rôle de cause. – On ne cherche donc pas seulement pour cause une espèce d'explication, mais au contraire une espèce d'explication sélectionnée entre toutes et privilégiée, celle par laquelle le sentiment de l'étranger, de nouveau, du non-vécu a été éliminé le plus vite, le plus fréquemment, – l'explication *la plus habituelle*. – Conséquence : une espèce d'assignation causale est toujours plus prépondérante, se concentre jusqu'à faire système et finit par ressortir *de manière dominante*, c'est-à-dire par simplement exclure d'*autres* causes et explications. – Le banquier pense immédiatement à ses « affaires », le chrétien au « péché », la jeune fille à son amour.

6.

Tout le domaine de la morale et de la religion relève de ce concept de causes imaginaires. – « Explication » des sentiments généraux *désagréables*. Ils sont conditionnés par des êtres qui nous sont hostiles (esprits maléfiques : cas le plus célèbre – méprise à propos des hystériques considérées comme sorcières). Ils sont conditionnés par des actions que l'on ne peut approuver (le sentiment du « péché », de la « peccabilité » glissé sous un malaise physiologique – on trouve toujours des raisons d'être mécontent de soi). Ils sont conditionnés en tant que châtiments, qu'acquittement pour quelque chose que nous n'aurions pas dû faire, que nous n'aurions pas dû *être* (impudemment généralisé par Schopenhauer qui en fait un principe dans lequel la morale apparaît pour ce qu'elle est, pour une véritable empoisonneuse et diffamatrice de la vie : « toute grande douleur, qu'elle soit corporelle, qu'elle soit intellectuelle énonce ce que nous méritons ; car elle ne pourrait nous atteindre si nous ne la méritions pas. » *Monde comme volonté et comme représentation*, 2, 666). Ils sont conditionnés comme conséquences d'actions inconsidérées qui tournent mal (– les affects, les sens posés comme cause, comme « fautifs » ; des états physiologiques de détresse interprétés comme « mérités » à l'aide d'*autres* états de détresse). – « Explication » des sentiments généraux *agréables*. Ils sont conditionnés par la confiance en Dieu. Ils sont conditionnés par la conscience[143] d'actions bonnes (la soi-disant « bonne conscience », un état physiologique qui ressemble parfois à s'y tromper à une digestion heureuse). Ils sont conditionnés par l'issue heureuse de nos entreprises (– conclusion erronée naïve : l'issue heureuse d'une entreprise ne suscite absolument aucun sentiment général agréable chez un hypocondriaque ou chez un Pascal). Ils sont conditionnés par la foi, l'amour, l'espérance – les vertus chrétiennes. – En vérité, toutes ces prétendues explications sont des états *consécutifs* et comme des traductions de sentiments de plaisir ou de déplaisir dans un dialecte faux : on est en état d'espérer *parce que* le sentiment physiologique fondamental a retrouvé force et richesse ; on a confiance en Dieu *parce que* le sentiment de plénitude et de force procure le calme. – La morale et la religion relèvent de fond en comble de la *psychologie de l'erreur* : dans chaque cas particulier, on confond l'effet et la cause ; ou on confond la vérité avec l'effet de ce qui est *cru* vrai ; ou on confond un état de conscience avec la causalité de cet état.

7.

Erreur de la volonté libre. – Nous n'avons aujourd'hui plus aucune pitié pour le concept de « volonté libre » : nous ne savons que trop ce qu'il est – le tour de passe-passe de théologiens le plus louche qui soit, visant à rendre l'humanité « responsable » au sens où ils l'entendent, c'est-à-dire à *la placer dans leur dépendance*… Je ne fais ici que donner la psychologie de toute imputation de responsabilité. – Partout où l'on recherche des responsabilités, c'est d'ordinaire l'instinct du *vouloir-châtier et -juger* qui est en quête. On a dépouillé le devenir de son innocence chaque fois que le fait d'être comme ceci ou comme cela est ramené à la volonté, à des intentions, à des actes de responsabilité : la doctrine de la volonté a été inventée essentiellement dans le but de châtier, c'est-à-dire de *vouloir-trouver coupable*. Toute la psychologie ancienne, la psychologie de la volonté, a pour présupposé le fait que ses instigateurs, les prêtres se trouvant à la tête des communautés anciennes voulurent se procurer un *droit* d'infliger des châtiments – ou voulurent procurer ce droit à Dieu... Les hommes furent pensés comme « libres » pour pouvoir être jugés et châtiés, – pour pouvoir être *coupables* : il *fallait* par conséquent que toute action soit pensée comme voulue, que l'origine [144] de toute action soit pensée comme résidant dans la conscience [145] (– moyennant quoi le faux-monnayage *le plus radical in psychologicis* [146] fut érigé en principe même de la psychologie...) Aujourd'hui, où nous sommes entrés dans le mouvement *inverse*, où particulièrement nous, immoralistes, cherchons de toutes nos forces à extirper à nouveau du monde le concept de faute et le concept de châtiment, et à en laver la psychologie, l'histoire, la nature, les institutions et les sanctions sociales, il n'y a pas à nos yeux d'opposition plus radicale que celle des théologiens qui continuent, avec le concept d'« ordre moral du monde », à infecter l'innocence du devenir au moyen du « châtiment » et de la « faute ». Le christianisme est une métaphysique de bourreau...

8.

Quelle peut être la seule chose que *nous* professions ? – Que nul ne *donne* à l'homme ses qualités, ni Dieu, ni la société, ni ses parents et ses ancêtres, ni *lui-même* (– l'absurdité de l'idée qui a été enfin rejetée ici fut enseignée par Kant sous la forme de la « liberté intelligible », peut-être aussi déjà par Platon). *Nul* n'est responsable d'exister de manière générale, d'être comme ceci ou comme cela, de se trouver dans ces conditions, dans cet environnement. On ne peut démêler la fatalité de son essence de la fatalité de tout ce qui fut et sera. Il *n*'est *pas* la conséquence d'une intention propre, d'une volonté, d'un but, à travers lui ne s'effectue *pas* la tentative d'atteindre un « idéal d'homme », ou un « idéal de bonheur », ou un « idéal de moralité », – il est absurde de vouloir *faire retomber* son essence sur un but quel qu'il soit. C'est *nous* qui avons inventé le concept de « but » : dans la réalité, le but *est absent*... On est nécessaire, on est un pan de fatalité, on appartient au tout, on *est* dans le tout, – il n'y a rien qui puisse juger, mesurer, comparer, condamner notre être car cela signifierait juger, mesurer, comparer, condamner le tout... *Mais il n'y a rien en dehors du tout* [147] ! – Que nul ne soit plus rendu responsable, que l'on n'ait plus le droit de ramener le mode d'être à une *causa prima* [148], que le monde ne soit plus une unité ni comme *sensorium* [149], ni comme « esprit », *c'est cela seul qui est la grande libération*, – c'est par cela seul qu'est restaurée l'*innocence* du devenir... Le concept de « Dieu » fut jusqu'à présent la plus grande *objection* contre l'existence... Nous nions Dieu, nous nions la responsabilité en Dieu : *c'est par cela* seul que nous rachetons [150] le monde. –

CEUX QUI RENDENT L'HUMANITÉ « MEILLEURE ».

1.

On connaît mon exigence à l'égard du philosophe : se placer *par-delà* bien et mal, – s'être élevé *au-dessus* de l'illusion du jugement moral. Cette exigence découle d'une conception que j'ai été le premier à formuler : *qu'il n'y a pas de faits moraux du tout.* Le jugement moral a en commun avec le jugement religieux de croire à des réalités qui n'en sont pas. La morale n'est qu'une interprétation[151] de certains phénomènes, pour le dire plus précisément, une *més*interprétation. Le jugement moral relève, tout comme le jugement religieux, d'un stade d'ignorance auquel même le concept de réel, la distinction du réel et de l'imaginaire fait encore défaut : de sorte qu'à un tel stade, « vérité » désigne purement et simplement des choses que nous qualifions aujourd'hui de « fantasmagories »[152]. Dans cette mesure, le jugement moral ne doit jamais être pris à la lettre : sous cette forme, il ne contient jamais que de l'absurdité. Mais il demeure inappréciable en tant que *sémiotique* : il révèle, du moins pour celui qui sait, les réalités les plus précieuses de cultures et d'intériorités qui n'en *savaient* pas assez pour se « comprendre » elles-mêmes. La morale est pur discours figuré[153], pure symptomatologie : on doit déjà savoir *de quoi* il est question pour en tirer profit.

2.

Un premier exemple, à simple titre d'entrée en matière. De tout temps, on a voulu rendre les hommes « meilleurs » : c'est avant tout cela que l'on désignait par morale. Mais sous le même mot se cachent des tendances qui diffèrent du tout au tout. On a nommé « amélioration [154] » aussi bien le *dressage* de la bête homme [155] que l'*élevage* d'une certaine espèce d'homme : seuls ces termes zoologiques expriment des réalités – des réalités, certes, dont le type même de celui qui « rend meilleur », le prêtre, ne sait rien – ne *veut* rien savoir… Désigner le dressage d'un animal comme son « amélioration » sonne presque comme une plaisanterie à nos oreilles. Celui qui sait ce qui se passe dans une ménagerie doutera que l'on y rende la bête « meilleure ». On l'affaiblit, on la rend moins nuisible, on en fait une bête *maladive* au moyen de l'affect dépressif de la peur, au moyen de la douleur, des blessures, de la faim [156]. – Il n'en va pas autrement avec l'homme dressé que le prêtre a « rendu meilleur ». Dans le haut Moyen Âge, où de fait l'Église était avant tout une ménagerie, on faisait partout la chasse aux plus beaux exemplaires de la « bête blonde [157] », – on « rendait meilleurs », par exemple, les Germains nobles. Mais à quoi ressemblait après coup un tel Germain « rendu meilleur », poussé au cloître par séduction ? À une caricature d'homme, à un avorton : il s'était transformé en « pécheur », il était fourré dans sa cage, on l'avait incarcéré entre des concepts absolument terrifiants… Et c'est là qu'il était à présent, malade, chétif, animé de malveillance envers lui-même ; plein de haine envers toutes les pulsions de vie, plein de soupçon envers tout ce qui était encore fort et heureux. Bref, un « chrétien »… Pour le dire en termes physiologiques [158] : dans la lutte contre la bête, la rendre malade *pourrait bien* être le seul moyen de la rendre faible. C'est ce que comprit l'Église : elle *ruina* l'homme, elle l'affaiblit, – mais elle prétendit l'avoir « rendu meilleur » [159]…

3.

Prenons l'autre cas de la soi-disant morale, le cas de l'*élevage* d'une race et d'une espèce déterminée. L'exemple le plus grandiose en est donné par la morale indienne, instituée en religion sous le nom de « Lois de Manou [160] ». On y fixe pour tâche d'élever ensemble pas moins de quatre races : une race de prêtres, une de guerriers, une de commerçants et d'agriculteurs, enfin une de serviteurs, les sudras [161]. Manifestement, nous ne sommes plus ici chez les dompteurs de fauves : concevoir simplement le plan d'un tel élevage présuppose une espèce d'hommes cent fois plus douce et plus rationnelle. On respire, en quittant l'atmosphère chrétienne de malades et de cachots pour entrer dans ce monde plus sain, plus élevé, *plus large*. Qu'il est misérable, le Nouveau Testament, face à Manou, qu'il sent mauvais [162] ! – Mais cette organisation aussi eut besoin d'être *terrible*, – non pas cette fois pour lutter contre la bête, mais contre la notion contraire *à celle-ci*, le non-homme-d'élevage [163], l'abâtardi, le tschandala [164]. Et une fois encore, elle n'eut d'autre moyen, pour le rendre inoffensif, faible, que de le rendre *malade*, – ce fut le combat contre le « grand nombre ». Peut-être n'y a-t-il rien qui répugne davantage à notre sentiment que *ces* mesures de protection-*là* de la morale indienne. Le troisième édit par exemple (Avadana-Sastra I), celui « des légumes impurs », prescrit que la seule nourriture qui soit permise aux tschandalas sera l'ail et l'oignon, en considération du fait que l'Écriture sainte interdit de leur donner des graines ou des fruits portant des graines, de l'*eau* ou du feu. Le même édit établit que l'eau dont ils ont besoin ne pourra être puisée ni dans les fleuves, ni dans les sources, ni dans les étangs, mais seulement aux abords des marécages et dans les trous formés par les empreintes de pas des animaux. On leur interdit également de laver leur linge et *de se laver eux-mêmes*, puisque l'eau qui leur est octroyée par grâce ne peut être utilisée que pour étancher la soif. Enfin, une interdiction aux femmes sudras, celle de prêter assistance aux femmes tschandalas lors de l'accouchement, et de même une autre pour ces dernières, *de se prêter assistance mutuellement à cette occasion...* – Le succès d'une telle politique de santé fut au rendez-vous : épidémies meurtrières, maladies vénériennes effroyables, et pour couronner le tout « la loi du couteau » ordonnant la circoncision pour les enfants de sexe mâle, l'ablation des petites lèvres pour ceux de sexe féminin. – Manou dit en personne : « Les tschandalas sont le fruit de l'adultère, de l'inceste et du crime (– ceci est la conséquence *nécessaire* du concept d'élevage). Ils ne doivent avoir pour vêtements que les haillons provenant des cadavres, pour vaisselle que des récipients cassés, pour bijoux que du fer usagé, pour culte divin que les esprits maléfiques ; ils doivent errer sans trêve d'un lieu à un autre. Il leur est interdit d'écrire de gauche à droite et de se servir de la main droite pour écrire ; l'usage de la main droite et du sens de gauche à droite est absolument réservé aux *vertueux*, aux gens de *race*[165]. » –

4.

Ces dispositions sont plus qu'instructives : nous y trouvons pour une fois l'humanité *aryenne* sous forme parfaitement pure, parfaitement originaire, – nous apprenons que le concept de « sang pur » est le contraire d'un concept inoffensif. On voit clairement, d'autre part, chez *quel* peuple s'est immortalisée la haine, la haine de tschandala envers cette « humanité », où elle s'est faite religion, où elle s'est faite génie... De ce point de vue, les Évangiles sont un document de premier ordre ; le livre d'Hénoch plus encore. – Le christianisme, sorti de racines juives et compréhensible uniquement comme plante issue de ce sol, représente le *mouvement antagoniste* à l'égard de cette morale de l'élevage, de la race, du privilège : – c'est la religion *anti-aryenne par excellence* * : le christianisme, le renversement de toutes les valeurs aryennes, la victoire des valeurs tschandalas, l'Évangile prêché aux pauvres, aux humbles, le soulèvement général de tout ce qui est opprimé, misérable, raté, déshérité contre la « race », – l'immortelle vengeance de tschandala sous forme de *religion de l'amour*[166]…

5.

La morale de l'*élevage* et la morale du *dressage* se valent parfaitement quant aux moyens qu'elles emploient pour s'imposer : nous sommes en droit de poser en principe suprême que pour *fabriquer* de la morale, on doit vouloir inconditionnellement son contraire. Tel est le grand, l'*inquiétant* problème auquel je me suis le plus longtemps consacré : la psychologie de ceux qui rendent l'humanité « meilleure ». Un petit fait, au fond modeste, celui qui concerne ce que l'on appelle la *pia fraus*[167], m'a le premier mis sur la voie de ce problème : la *pia fraus*, possession héréditaire de tous les philosophes et prêtres qui ont rendu l'humanité « meilleure ». Ni Manou, ni Platon, ni Confucius, ni les docteurs juifs et chrétiens n'ont jamais douté de leur *droit* au mensonge. Ils n'ont pas douté *de tout autres droits*… D'une formule, on pourrait dire : *tous* les moyens grâce auxquels on devait jusqu'à présent rendre l'humanité morale furent radicalement *immoraux*. –

CE QUI ABANDONNE LES ALLEMANDS.

1.

Entre Allemands, aujourd'hui, avoir de l'esprit ne suffit plus : il faut encore s'en attribuer, *s'arroger* de l'esprit.

Il se pourrait que je connaisse les Allemands, il se pourrait même que j'aie le droit de leur dire quelques vérités. La nouvelle Allemagne représente une grande quantité d'aptitudes héritées et acquises par éducation, de sorte qu'elle peut même, pour un temps, dépenser avec prodigalité son trésor accumulé de force. Ce *n'*est *pas* une haute culture qui s'est imposée avec elle, encore moins un goût délicat, une noble « beauté » des instincts ; mais des vertus *plus viriles* que ne peut en montrer aucun autre pays d'Europe. Beaucoup de cœur à l'ouvrage et de respect de soi, beaucoup de sûreté dans les relations, dans la réciprocité des devoirs, beaucoup d'ardeur au travail, beaucoup de ténacité – et une modération héritée qui a davantage besoin de l'aiguillon que du frein. J'ajoute que l'on y obéit encore sans que l'obéissance humilie… Et nul ne méprise son adversaire…

On le voit, je souhaite être juste envers les Allemands : je ne voudrais pas ici manquer de loyauté envers moi-même, – je dois donc aussi leur adresser mon objection. Parvenir à la puissance se paie cher : la puissance *abêtit*[168]... Les Allemands – il fut un temps où on les qualifiait de peuple des penseurs : pensent-ils encore aujourd'hui ? Aujourd'hui, l'esprit ennuie les Allemands, aujourd'hui les Allemands se méfient de l'esprit, la politique engloutit tout le sérieux dévolu aux véritables choses de l'esprit – « L'Allemagne, l'Allemagne par-dessus tout », cela, je le crains, a sonné le glas de la philosophie allemande... « Y a-t-il des philosophes allemands ? y a-t-il des poètes allemands ? y a-t-il de *bons* livres allemands ? » me demande-t-on à l'étranger. Je rougis, mais avec la bravoure qui m'est propre jusque dans les cas désespérés, je réponds : « Oui, *Bismarck* ! » – Me serait-il donc permis d'avouer quels livres on lit aujourd'hui ?... Maudit instinct de médiocrité[169] ! –

2.

– Ce que *pourrait* être l'esprit allemand, qui n'aura déjà agité des pensées mélancoliques à ce sujet ! Mais ce peuple s'est volontairement abêti, depuis pratiquement un millénaire : nulle part on n'a abusé avec plus de vice des deux grands narcotiques européens, l'alcool et le christianisme[170]. Récemment s'y est ajouté un troisième, qui suffirait à donner le coup de grâce à toute vivacité subtile et audacieuse de l'esprit, la musique, notre musique allemande constipée et constipante. – Que de lourdeur maussade, de paralysie, de moiteur, de robe de chambre, que de *bière* il y a dans l'intelligence allemande ! Comment diable est-il possible que de jeunes gens qui vouent leur existence aux objectifs les plus spirituels n'éprouvent pas le premier instinct de la vie spirituelle, *l'instinct de conservation de soi de l'esprit* – et boivent de la bière ?... L'alcoolisme de la jeunesse savante n'est peut-être pas encore un point d'interrogation eu égard à son vaste savoir – on peut même être un grand savant sans esprit –, mais à tout autre égard, cela demeure un problème. – Où ne trouvera-t-on la douce dégénérescence que la bière produit dans l'esprit ! J'ai naguère, dans un cas devenu presque illustre, mis le doigt sur une telle dégénérescence – la dégénérescence de notre premier esprit libre allemand, l'*intelligent* David Strauss, déchu au rang d'auteur d'un Évangile de café du commerce [171] et d'une « nouvelle foi »... Ce n'est pas à la légère qu'il avait, en vers, adressé sa promesse à la « charmante brune » – fidélité jusqu'à la mort...

3.

– J'ai parlé de l'esprit allemand : du fait qu'il devient plus grossier, qu'il devient plat. Est-ce suffisant ? – Au fond, c'est quelque chose de tout autre qui m'effraie : à quel point le sérieux allemand, la profondeur allemande, la *passion* allemande dans les choses de l'esprit régresse. Le sentiment [172] s'est modifié, pas simplement l'intellectualité. – Il m'arrive d'être en contact avec des universités allemandes : quelle atmosphère règne parmi ses savants, quelle vie spirituelle désolée, satisfaite de peu et attiédie ! Ce serait un profond contresens que de vouloir m'objecter ici la science allemande – et en outre la preuve que l'on n'a pas lu un mot de moi. Voilà dix-sept ans que je mets infatigablement en lumière l'influence *déspiritualisante* de notre activité scientifique d'aujourd'hui. Le sévère hilotisme [173] auquel la formidable étendue des sciences condamne aujourd'hui tout individu est une raison fondamentale expliquant que des natures aux dispositions plus pleines, plus riches, plus *profondes* ne trouvent plus d'éducation *ni d'éducateurs* à leur mesure [174]. Notre culture ne souffre de rien *davantage* que de la surabondance d'oisifs présomptueux et de fragments d'humanité ; nos universités sont, à leur corps *défendant*, les véritables serres propices à cette espèce d'atrophie instinctive de l'esprit. Et toute l'Europe s'en rend déjà compte – la grande politique n'abuse personne [175]... L'Allemagne est de plus en plus tenue pour le *plat pays* de l'Europe. Je *cherche* encore un Allemand avec qui *je* pourrais être sérieux à ma manière, – et combien davantage un avec qui je pourrais faire preuve de gaieté d'esprit[176] ! *Crépuscule des idoles* : ah, qui comprendrait *de quel genre de sérieux* un ermite se délasse ici ! La gaieté d'esprit est ce qu'il y a chez nous de plus incompréhensible…

4.

Que l'on dresse un bilan approximatif : non seulement il saute aux yeux que la culture allemande est en déclin, mais il ne manque pas non plus à cela de raison suffisante. Nul ne peut en fin de compte dépenser plus qu'il ne possède – cela vaut pour les individus, cela vaut pour les peuples. Si l'on se dépense pour la puissance, pour la grande politique, pour l'économie, le commerce mondial, le parlementarisme, les intérêts militaires, – si l'on dissipe de *ce* côté la quantité d'intellect, de sérieux, de volonté, de dépassement de soi que l'on est, elle fait défaut de l'autre côté. La culture et l'État – il ne faut pas se faire illusion sur ce point – sont antagonistes : « l'État-culture » n'est qu'une idée moderne. L'une de ces choses vit de l'autre, l'une prospère aux dépens de l'autre. Toutes les grandes époques de la culture sont des époques de déclin politique[177] : ce qui est grand au sens de la culture fut apolitique, même *antipolitique*. – Goethe ouvrit son cœur au phénomène Napoléon, – il le ferma aux « guerres pour la liberté[178] »… Au moment même où l'Allemagne émerge comme grande puissance, la France acquiert en tant que *puissance culturelle* une importance renouvelée. À ce jour déjà, beaucoup de sérieux nouveau, beaucoup de *passion* nouvelle de l'esprit s'est installée à Paris ; la question du pessimisme, par exemple, la question Wagner, presque toutes les questions psychologiques et artistiques y sont pesées de manière incomparablement plus subtile et plus radicale qu'en Allemagne, – les Allemands sont même *inaptes* à ce genre de sérieux. – Dans l'histoire de la culture européenne, l'émergence de l'« Empire » signifie surtout une chose : un *déplacement du centre de gravité.* On le sait déjà partout : s'agissant de la question fondamentale – et cela reste la culture –, les Allemands n'entrent plus en ligne de compte. On demande : Avez-vous à montrer fût-ce un esprit qui compte pour l'Europe ? comme comptèrent votre Goethe, votre Hegel, votre Heinrich Heine, votre Schopenhauer ? – Qu'il n'y ait plus un seul philosophe allemand, on ne finit pas de s'en étonner. –

5.

Tout l'enseignement supérieur en Allemagne a perdu ce qui est fondamental : le *but* tout comme le *moyen* d'atteindre ce but. Que l'éducation, la *formation* elles-mêmes soient le but – et *non pas* l'« Empire » –, que pour ce but on ait besoin d'*éducateurs* – et *non* de professeurs de lycée et d'universitaires savants – on l'a oublié... On a besoin d'éducateurs *qui* soient *eux-mêmes éduqués,* d'esprits supérieurs, nobles, qui fassent leurs preuves à chaque instant, qui fassent leurs preuves par la parole et le silence, des cultures mûries, devenues *suaves,* – *non pas* ces malappris savants que le lycée et l'Université proposent aujourd'hui à la jeunesse pour faire office de « nourrices supérieures ». Les éducateurs *font défaut,* si on laisse de côté les exceptions des exceptions, cette *première* condition préalable à toute éducation : *d'où* le déclin de la culture allemande. – L'une de ces exceptions souverainement rares est mon vénérable ami Jakob Burckhardt de Bâle : c'est d'abord à lui que Bâle doit sa première place en matière humaniste. – Ce qu'obtiennent réellement les « instituts d'enseignement supérieur » d'Allemagne, c'est un dressage brutal visant à rendre, avec la perte de temps la plus restreinte possible, une masse de jeunes gens utilisables, *exploitables* pour le service de l'État. « Éducation supérieure » et *masse* – cela entre d'emblée en contradiction. Toute éducation supérieure n'appartient qu'à l'exception : on doit être privilégié pour avoir croit à un privilège aussi haut. Nulle des grandes, des belles choses ne peut jamais être un bien commun : *pulchrum est paucorum hominum*[179]. – Qu'est-ce qui *conditionne* le déclin de la culture allemande ? Le fait que l'« éducation supérieure » n'est plus un *privilège*. – le démocratisme de la formation « générale », de la culture devenue *commune*[180]... Sans oublier le fait que les privilèges militaires provoquent franchement l'*engorgement* des instituts d'enseignement supérieur, c'est-à-dire leur déclin. – Dans l'Allemagne d'aujourd'hui, il n'est plus loisible à personne de donner à ses enfants une éducation noble : nos instituts d'enseignement « supérieurs » sont tous autant qu'ils sont agencés en vue de la médiocrité la plus douteuse, qu'il s'agisse de leurs professeurs, de leurs programmes, de leurs objectifs éducatifs. Et partout règne une hâte inconvenante, comme si quelque chose était raté lorsque le jeune homme de vingt-trois ans n'est pas encore « prêt », n'a pas encore de réponse à la « question fondamentale » : *quelle* profession ? – Une espèce supérieure d'homme, qu'on me permette de le dire, n'aime pas les « professions », pour cette raison précise qu'elle sait avoir une vocation[181]... Elle a le temps, elle prend son temps, elle ne se soucie pas d'en avoir fini et d'être « prête[182] », – à trente ans, au sens de la haute culture, on est un débutant, un enfant. – Nos lycées surchargés, nos professeurs de lycée accablés, rendus stupides, sont un scandale : pour défendre cette situation, ainsi que viennent de le faire les professeurs de Heidelberg, on peut être conduit par des *causes* – mais les raisons n'existent pas.

6.

Pour ne pas faire d'entorse à ma manière d'être, qui est de *dire oui* et ne s'occupe de contradiction et de critique qu'indirectement, qu'avec réticence[183], j'indique d'emblée les trois tâches pour lesquelles on a besoin d'éducateurs. On doit apprendre à *voir*, on doit apprendre à *penser*, on doit apprendre à *parler* et à *écrire* : le but en ces trois choses est une culture noble. – Apprendre à *voir* – habituer l'œil au calme, à la patience, au laisser-venir-à-soi ; différer le jugement, apprendre à faire le tour du cas particulier et à le saisir de tous les côtés. Telle est la *première* préparation à la vie de l'esprit : *ne pas* réagir d'emblée à une excitation, mais au contraire contrôler les instincts qui entravent, qui isolent. Apprendre à *voir*, comme je l'entends, est presque ce que la manière non philosophique de parler appelle la volonté forte : son trait essentiel est justement de *ne pas* vouloir, de *pouvoir* suspendre la décision. Toute absence d'esprit, tout ce qui est commun [184] repose sur l'inaptitude à opposer une résistance à une excitation – on *doit* réagir *de toute nécessité*, on suit chaque impulsion. Dans bien des cas, une telle nécessité est déjà disposition maladive, déclin, symptôme d'épuisement, – presque tout ce que la grossièreté non philosophique désigne du nom de « vice » est purement et simplement cette inaptitude physiologique à *ne pas* réagir. – Application du fait d'avoir appris à voir : quand il s'agira d'apprendre en général, on sera devenu lent, méfiant, récalcitrant. On laissera tout d'abord s'approcher l'inconnu, le *nouveau* de toute sorte en observant un calme hostile, – on retirera la main à son approche. Laisser toutes ses portes grandes ouvertes, se prosterner servilement devant chaque petit fait, être toujours prêt, d'un bond, à se glisser, à *se précipiter* dans les autres hommes et les autres choses, bref la célèbre « objectivité » moderne relève du mauvais goût, est *non noble par excellence* *. –

7.

Apprendre à *penser* : dans nos écoles, on n'en a plus l'idée. Dans les Universités aussi, jusque chez les véritables experts en philosophie, la logique comme théorie, comme pratique, comme métier commence à s'éteindre. Qu'on lise des livres allemands : perdu, même le plus lointain souvenir du fait que pour penser, il faut une technique, un programme, une volonté de maîtrise, – que la pensée s'apprend, comme la danse s'apprend, *en tant que* manière de danser… Qui, parmi les Allemands, connaît d'expérience ce délicat frisson que les *pieds légers* en matière spirituelle répandent dans tous les muscles ! – La balourdise rigide du geste spirituel, la main qui saisit *gauchement* – ceci est à tel point allemand qu'à l'étranger, on le prend pour la germanité en général. L'Allemand n'a pas de *doigté* pour les *nuances* *… Que les Allemands aient pu simplement supporter leurs philosophes, et avant tout le plus contrefait des estropiés du concept qui ait jamais existé, le *grand* Kant, cela ne donne pas une petite idée de la grâce allemande. – Car on ne peut pas écarter la *danse* sous toutes ses formes de l'*éducation noble*, le fait de savoir danser avec les pieds, avec des concepts, avec des mots ; faut-il que j'ajoute que l'on doit aussi savoir le faire avec la *plume*, – que l'on doit apprendre à *écrire* ? – Mais à ce point, je deviendrais pour des lecteurs allemands une parfaite énigme…

INCURSIONS[185] D'UN INACTUEL[186].

1.

Mes impossibles. – *Sénèque* : ou le toréador de la vertu[187]. – *Rousseau* : ou le retour à la nature *in impuris naturalibus*[188]. – *Schiller* : ou le clairon de Säckingen de la morale[189]. – *Dante* : ou la hyène qui *fait des vers* dans les tombes. – *Kant* : ou le *cant*[190] comme caractère intelligible. – *Victor Hugo* : ou le phare sur la mer de l'ineptie. – *Liszt* : ou l'école qui enseigne l'art de courir – les jupons[191]. – *George Sand* : ou *lactea ubertas*[192], en allemand la vache à lait au « beau style ». – *Michelet* : ou l'enthousiasme qui se met à l'aise[193]... – *Carlyle* : ou le pessimisme comme déjeuner qui ne veut pas passer. – *John Stuart Mill* : ou la clarté qui offusque[194]. – *Les frères de Goncourt*[195] : ou les deux Ajax luttant contre Homère. Musique d'Offenbach. – *Zola* : ou « la joie d'empester » [196]. –

2.

Renan. – La théologie, ou la corruption de la raison par le « péché originel » (le christianisme). Témoin Renan, qui, dès qu'il risque un oui ou un non de caractère général, rate son coup avec une régularité pénible. Il aimerait par exemple unifier *la science* * et *la* *noblesse* * : mais *la science* * relève de la démocratie, cela crève les yeux[197]. Il souhaite, ce qui n'est pas une mince ambition, représenter un aristocratisme de l'esprit ; mais simultanément il s'agenouille devant la doctrine antagoniste, l'*évangile des humbles* *, et ne se contente pas de s'agenouiller… À quoi sert toute la liberté d'esprit, la modernité, la railllerie, la souplesse de girouette[198], si l'on est demeuré par ses entrailles chrétien, catholique, et même prêtre ! Renan met son inventivité, exactement comme un jésuite et confesseur, dans la séduction ; son intellectualité n'est pas dénuée de ce sourire entendu et épanoui de prêtre, – il ne devient dangereux, comme tous les prêtres, que lorsqu'il aime. Il n'a pas son pareil pour ce qui est d'adorer de manière mortellement dangereuse… Cet esprit de Renan, un esprit qui *épuise nerveusement*, est une fatalité de plus pour la pauvre France malade, à la volonté malade[199]. –

3.

Sainte-Beuve. – Nulle virilité ; envahi d'une rage froide et mesquine à l'égard de tous les esprits virils. Furette, subtil, curieux, ennuyé, aux aguets[200], – une femelle en fin de compte, animé d'une soif de vengeance féminine et d'une sensualité féminine. Comme psychologue, un génie de la *médisance* * ; d'une richesse de moyens inépuisable à cet égard ; nul ne s'entend mieux que lui à mêler du poison à un éloge. Plébéien dans ses plus profonds instincts et apparenté au ressentiment de Rousseau : *par conséquent* romantique – car sous tout *romantisme* * grogne l'instinct ivre de vengeance de Rousseau. Révolutionnaire, mais encore assez bien tenu en bride par la peur. Dénué de liberté devant tout ce qui possède de la vigueur[201] (opinion publique, Académie, cour, même Port-Royal). Aigri envers tout ce qui est grand en l'homme et dans les choses, envers tout ce qui croit en soi. Suffisamment poète et demi-femme pour ressentir encore la grandeur comme puissance ; constamment recroquevillé, tel le célèbre ver, parce qu'il se sent constamment piétiné. Comme critique, dénué de critère, d'assise, d'épine dorsale, ayant la langue du *libertin* * cosmopolite goûtant toute sorte de choses, mais dénué aussi du courage d'avouer son *libertinage* *. Comme historien, dénué de philosophie, dénué de la puissance du regard philosophique, – et pour ce rejetant la tâche de juger dans toutes les affaires importantes, tenant l'« objectivité » devant lui comme un masque. Il se comporte autrement à l'égard de toutes les choses pour lesquelles un goût raffiné, blasé, est l'autorité suprême : là, il a vraiment le courage d'être lui-même, le plaisir d'être lui-même, – là, il est *maître*. – À certains égards, une préforme de Baudelaire[202]. –

4.

L'*imitatio Christi*[203] fait partie des livres que je ne tiens pas en main sans une résistance physiologique ; elle[204] exhale un *parfum* * d'éternel féminin[205] pour lequel il faut déjà être Français – ou wagnérien… Ce saint a une manière de parler de l'amour qui suscite même la curiosité des Parisiennes. – On me dit que ce jésuite *suprêmement intelligent*, A. Comte, qui voulut mener ses Français à Rome en empruntant le *détour* de la science, s'est inspiré de ce livre. Je le crois : « la religion du cœur » [206]…

5.

G. Eliot. – Ils sont débarrassés du dieu chrétien et n'en croient que plus devoir se cramponner à la morale chrétienne : c'est une cohérence *anglaise*, nous n'irons pas en faire grief aux petites bonnes femmes de la morale *à la* * Eliot. En Angleterre, pour toute petite émancipation à l'égard de la théologie, on doit se réhabiliter en se montrant fanatique de la morale dans des proportions terrifiantes. Telle est la *pénitence* dont on s'acquitte là-bas. – Pour nous autres, il en va autrement. En renonçant à la foi chrétienne, on se dépouille du *droit* à la morale chrétienne. Celle-ci *ne* va absolument *pas* de soi : nonobstant les esprits plats anglais, on doit constamment remettre ce point en lumière. Le christianisme est un système, une vision des choses *totale* et où tout se tient. Si l'on en soustrait un concept fondamental, la foi en Dieu, on brise également le tout du même coup : il ne vous reste plus rien qui ait de la nécessité. Le christianisme présuppose que l'homme ne sait pas, ne *peut* savoir ce qui est bien, ce qui est mal pour lui : il croit en Dieu, qui seul le sait. La morale chrétienne est un ordre ; son origine est transcendante ; elle est au-delà de toute critique et de tout droit à la critique ; elle n'a de vérité que dans le cas où Dieu est la vérité, – elle tient et s'effondre avec la foi en Dieu. – Lorsque les Anglais croient effectivement savoir par eux-mêmes, « intuitivement », ce qui est bien et mal, lorsqu'ils s'imaginent par conséquent ne plus avoir besoin du christianisme comme garantie de la morale, c'est là purement et simplement la *conséquence* de la domination du jugement de valeur chrétien et une expression de la *vigueur* et de la *profondeur* de cette domination : de sorte que l'origine de la morale anglaise a été oubliée, de sorte que le caractère très conditionné de son droit à l'existence n'est plus perçu. Pour l'Anglais, la morale n'est pas encore un problème[207]...

6.

George Sand. – J'ai lu les premières *Lettres d'un voyageur* : comme tout ce qui est issu de Rousseau[208], faux, construit, baudruche[209], outré. Je ne supporte pas ce style bariolé de papier peint ; tout aussi peu que l'ambition plébéienne en quête de sentiments généreux. Le pire demeure à coup sûr la coquetterie féminine assortie de traits masculins, de manières d'adolescents mal élevés. – Qu'elle a dû être froide en dépit de tout cela, cette artiste insupportable ! Elle se remontait comme une horloge – et écrivait… Froide, comme Hugo, comme Balzac, comme tous les romantiques dès qu'ils composaient ! Et avec quelle suffisance elle a pu rester étendue là, cette vache à écrire productive, qui avait quelque chose d'allemand au mauvais sens du terme, comme Rousseau lui-même, son maître, et ne fut possible en tout cas qu'avec le déclin du goût français ! – Mais Renan la vénère…

7.

Morale pour psychologues. – Ne pas se livrer à de la psychologie de colportage ! Ne jamais observer pour observer ! Cela induit une optique faussée, un regard qui louche, quelque chose de forcé et d'outré. Vivre une expérience parce qu'on *veut* la vivre – cela ne mène nulle part. Dans l'expérience vécue, on n'a pas *le droit* de jeter un coup d'œil vers soi, tout coup d'œil vire alors au « mauvais œil ». Un psychologue-né se garde d'instinct de voir pour voir ; il en va de même du peintre-né. Il ne travaille pas « d'après nature », – il abandonne à son instinct, à sa *camera obscura*[210], le soin de passer au tamis et d'exprimer le « cas », la « nature », le « vécu »… C'est seulement du *général* qu'il prend conscience, de la conclusion, du résultat : il ne connaît pas cette abstraction arbitraire à partir du cas particulier. – Qu'est-ce que cela donne quand on s'y prend autrement ? Par exemple que l'on se livre, à grande échelle et dans le détail, à de la psychologie de colportage à la manière des *romanciers* * parisiens ? *Cela* épie en quelque sorte la réalité, *cela* rapporte chez soi chaque soir une poignée de curiosités… Mais qu'on regarde donc ce qui finit par en sortir – un empilement de taches, une mosaïque dans le meilleur des cas, de toute façon quelque chose d'hétéroclite, d'instable, qui jure. Ce sont les Goncourt qui atteignent le pire en la matière : ils n'alignent pas trois phrases qui ne fassent tout simplement mal à l'œil, à l'œil du *psychologue*. – La nature, appréciée de manière artistique, n'est pas un modèle. Elle exagère, elle déforme, elle laisse des lacunes. La nature, c'est le *hasard*. L'étude « d'après nature » me semble mauvais signe ; cela trahit soumission, faiblesse, fatalisme, – se prosterner bien bas de la sorte devant des *petits faits* * est indigne d'un artiste *complet*. Voir *ce qui est* – cela appartient à une autre espèce d'esprits, aux *anti-artistiques*, aux factuels. On doit savoir *qui* l'on est…

8.

Éléments pour la psychologie de l'artiste. – Pour qu'il y ait art, pour qu'il y ait un acte et une vision artistiques, une condition physiologique préalable est de rigueur : l'*ivresse*. Il faut que l'ivresse ait commencé par intensifier l'excitabilité de toute la machine : avant cela, nul art n'apparaît. Toutes les espèces d'ivresse, quelle que soit la diversité de ce qui les conditionne, en ont la force : surtout l'ivresse de l'excitation sexuelle, la forme d'ivresse la plus ancienne et la plus originelle. De même l'ivresse qui vient à la suite de tous les grands désirs, de tous les affects forts ; l'ivresse de la fête, de la joute, du fait de bravoure, de la victoire, de tout mouvement extrême ; l'ivresse de la cruauté ; l'ivresse de la destruction ; l'ivresse éprouvée sous certaines influences météorologiques, par exemple l'ivresse printanière ; ou sous l'influence des narcotiques [211] ; enfin l'ivresse de la volonté, l'ivresse d'une volonté surchargée et dilatée. – Ce qui est essentiel dans l'ivresse, c'est le sentiment d'intensification de force et de plénitude. À la faveur de ce sentiment, on donne aux choses, on les *force* à recevoir ce qui vient de nous, on les violente, – on appelle ce processus *idéaliser*. Débarrassons-nous ici d'un préjugé : l'idéalisation *ne* consiste *pas*, comme on le croit communément, à retrancher ou décompter du petit, de l'accessoire. L'élément décisif est bien plutôt une formidable *mise en relief* des traits principaux, de sorte que les autres disparaissent à cette occasion.

9.

Dans cet état, on enrichit tout à partir de sa propre plénitude : ce que l'on voit, ce que l'on veut, on le voit dilaté, tendu, fort, surchargé de force. L'homme de cet état métamorphose les choses jusqu'à ce qu'elles réfléchissent sa puissance, – qu'elles soient des reflets de sa perfection. Cette *nécessité* de métamorphoser en parfait est – l'art. Même tout ce qu'il n'est pas devient malgré tout pour lui plaisir pris à soi-même ; dans l'art, l'homme jouit de lui-même comme perfection. – Il serait permis d'imaginer un état antagoniste, une anti-artisticité spécifique de l'instinct, – une manière d'être qui appauvrirait, amincirait toutes choses, les rendrait phtisiques. Et de fait, l'histoire est riche en anti-artistes de ce genre, en faméliques de la vie de ce genre : lesquels, de toute nécessité, doivent continuer de s'emparer des choses, de les vider de leur substance, de les rendre plus *maigres*. Tel est par exemple le cas du chrétien authentique, de Pascal par exemple : un chrétien qui serait simultanément artiste *ne se rencontre pas*... Que l'on n'ait pas la puérilité de m'opposer Raphaël ou des chrétiens homéopathiques du dix-neuvième siècle : Raphaël disait oui, Raphaël *faisait* oui, donc Raphaël n'était pas chrétien...

10.

Que signifie l'opposition conceptuelle d'*apollinien* et de *dionysiaque* que j'ai introduite en esthétique, entendus tous deux comme espèces d'ivresse[212] ? – L'ivresse apollinienne entretient avant tout l'excitation de l'œil, de sorte qu'il acquiert la force de vision. Le peintre, le sculpteur, le poète épique sont des visionnaires *par excellence* *. Dans l'état dionysiaque au contraire, c'est l'ensemble du système d'affects qui est excité et intensifié : de sorte qu'il décharge tous ses moyens d'expression d'un seul coup et fait ressortir simultanément la force de représenter, d'imiter, de transfigurer, de métamorphoser, toute espèce de mimique et de jeu d'acteur. Le trait essentiel demeure l'aisance de la métamorphose, l'incapacité à *ne pas* réagir (– de même que chez certains hystériques, qui, au premier signe, entrent dans *tout* rôle). Il est impossible à l'homme dionysiaque de ne pas comprendre une suggestion, il ne laisse échapper aucun signe de l'affect, il détient l'instinct de comprendre et de deviner à son plus haut degré, tout comme il possède le plus haut degré de l'art de communiquer. Il entre dans toute peau, dans tout affect : il se métamorphose constamment. – La musique, telle que nous la comprenons aujourd'hui, est de même une excitation et une décharge d'ensemble des affects, tout en n'étant cependant que le vestige d'un monde d'expression de l'affect beaucoup plus plein, un simple *résidu*[213] de l'histrionisme dionysiaque. Pour rendre la musique possible comme art séparé, on a fait taire nombre de sens, surtout le sens musculaire (de manière relative du moins : car à un certain degré, tout rythme parle encore à nos muscles) : de sorte que l'homme n'imite plus et ne représente plus instantanément de manière corporelle tout ce qu'il ressent. Ce n'en est pas moins *cela* qui est à proprement parler l'état dionysiaque normal, en tout cas l'état originaire ; la musique est la spécialisation lentement atteinte de celui-ci, aux dépens des facultés étroitement apparentées.

11.

Le comédien, le mime, le danseur, le musicien, le poète lyrique[214] sont fondamentalement apparentés par leurs instincts et en soi ne font qu'un, mais progressivement spécialisés et séparés les uns des autres – jusqu'à la contradiction, même. Le poète lyrique est demeuré le plus longtemps uni au musicien ; le comédien au danseur. – L'*architecte* ne représente ni un état dionysiaque, ni un état apollinien : c'est ici le grand acte de volonté, la volonté qui déplace les montagnes[215], l'ivresse de la grande volonté qui aspire à l'art. Les hommes les plus puissants ont toujours inspiré les architectes ; l'architecte fut toujours en proie à la suggestion de la puissance. Dans l'édifice, l'orgueil, la victoire sur la pesanteur, la volonté de puissance doit se rendre visible ; l'architecture est une espèce d'éloquence de la puissance en formes, qui tantôt convainc, et même flatte, tantôt se contente d'ordonner. Le suprême sentiment de puissance et de sûreté s'exprime dans ce qui possède du *grand style.* La puissance qui n'a plus besoin de preuves[216] ; qui dédaigne de plaire ; qui n'est pas portée à répondre ; qui ne sent aucun témoin autour d'elle ; qui vit sans prendre conscience qu'on s'oppose à elle ; qui repose en *elle-même*, fataliste, loi parmi les lois : c'est *cela* qui parle de soi sous forme de grand style. –

12.

J'ai lu la vie de *Thomas Carlyle*, cette *farce* * inconsciente et involontaire, cette interprétation[217] héroïco-morale d'états dyspeptiques. – Carlyle, un homme aux paroles et aux attitudes fortes, un rhéteur par *indigence*, qu'agace constamment l'aspiration à une foi forte *et* le sentiment de son incapacité à l'avoir (– en cela, un romantique typique[218] !). L'aspiration à une foi forte *n*'est *pas* la preuve d'une foi forte, bien plutôt le contraire. *Si on l'a*, on peut s'accorder le beau luxe du scepticisme : on est assez sûr, assez ferme, assez lié pour cela. Carlyle engourdit quelque chose en lui au moyen du *fortissimo* de sa vénération pour les hommes à la foi forte et au moyen de sa rage à l'égard des moins simplistes : il *a besoin* de vacarme. Une constante *improbité* passionnée envers lui-même – tel est son *proprium*[219], c'est en cela qu'il est et demeure intéressant. – Certes, en Angleterre, c'est précisément pour sa probité qu'on l'admire… C'est bien anglais ; et eu égard au fait que les Anglais sont le peuple du *cant*[220] accompli, c'est même dans l'ordre des choses, et pas seulement compréhensible. Dans le fond, Carlyle est un athée anglais qui met son point d'honneur à *ne pas* l'être.

13.

Emerson[221]. – Bien plus éclairé, vagabondant, multiple, raffiné que Carlyle, et surtout plus heureux… Un homme qui, instinctivement, se nourrit seulement d'ambroisie, qui abandonne ce que les choses ont d'indigeste. Comparé à Carlyle, un homme de goût. – Carlyle, qui l'aimait beaucoup, en disait tout de même : « Il ne *nous* donne pas assez à mastiquer » : ce que l'on peut dire à bon droit, mais pas au détriment d'Emerson. – Emerson possède cette gaieté d'esprit[222] obligeante et pétillante[223] qui décourage tout sérieux ; il ne sait absolument pas à quel point il est déjà vieux et à quel point il restera jeune, – il pourrait s'appliquer un mot de Lope de Vega[224] : « *yo me sucedo a mi mismo*[225]. » Son esprit trouve toujours des raisons d'être satisfait et même reconnaissant ; et il lui arrive de frôler la transcendance pleine de gaieté d'esprit de ce bon bougre qui s'en revenait d'un rendez-vous galant *tamquam re bene gesta*[226]. « *Ut desint vires*, disait-il avec reconnaissance, *tamen est laudanda voluptas*[227]. » –

14.

Anti-Darwin. – S'agissant de la célèbre lutte pour la *vie*, elle me semble pour l'instant plus affirmée que démontrée. Elle se produit, mais comme exception ; l'aspect d'ensemble de la vie *n*'est *pas* la détresse, la disette, mais bien plutôt la richesse, l'opulence, même l'absurde prodigalité, – là où on lutte, on lutte pour la *puissance*... On ne doit pas confondre Malthus et la nature [228]. – Mais à supposer que cette lutte existe – et de fait elle se produit –, elle aboutit malheureusement à l'inverse de ce que souhaite l'école de Darwin, de ce que l'on *pourrait* peut-être souhaiter avec elle : à savoir au détriment des forts, des privilégiés, des exceptions heureuses. Les espèces *ne* croissent *pas* en perfection : les faibles ne cessent de l'emporter sur les forts, – pour cette raison qu'ils sont le grand nombre, qu'ils sont aussi plus *intelligents* [229]... Darwin a oublié l'esprit (– ce qui est bien anglais !), *les faibles ont plus d'esprit*... On doit avoir besoin d'esprit pour acquérir de l'esprit, – on le perd quand on n'en n'a plus besoin. Qui a la force se dispense de l'esprit (– « laisse courir ! pense-t-on aujourd'hui en Allemagne, l'*Empire* nous restera nécessairement [230] »...). Je comprends par esprit, comme on le voit, la prudence, la patience, la ruse, la dissimulation, la grande maîtrise de soi et tout ce qui est *mimicry* * [231] (chose dont relève une grande part de ce que l'on appelle vertu) [232].

15.

Casuistique de psychologues. – Voilà un connaisseur d'hommes [233] : dans quel but étudie-t-il les hommes au juste ? Il veut mettre la main sur de petits avantages à leur encontre, ou même de grands, – c'est un politique !... Celui-ci est également un connaisseur d'hommes : et vous dites qu'en cela il ne veut rien pour lui-même, que c'est un grand « impersonnel ». Regardez de plus près ! Peut-être veut-il même un avantage encore *pire* : se sentir supérieur aux hommes, pouvoir les regarder de haut, ne plus se confondre avec eux. Cet « impersonnel » est un *contempteur* d'hommes : et le premier est l'espèce la plus humaine, quoi qu'en disent les apparences. À tout le moins, il se place sur le même plan, il se place *parmi eux*...

16.

Le doigté psychologique des Allemands me semble mis en cause par toute une série de cas dont ma modestie m'empêche de présenter le relevé. Dans un seul et unique cas, je ne raterai pas une belle occasion de fonder ma thèse : je tiens rigueur aux Allemands de s'être mépris sur *Kant* et sa « philosophie de dérobades[234] », ainsi que je la qualifie, – ce *n*'était *pas* le type de l'intégrité intellectuelle. – L'autre chose que je ne tolère pas d'entendre, c'est un « et » douteux[235] : les Allemands disent « Goethe *et* Schiller », – j'ai bien peur qu'ils ne disent « Schiller et Goethe »… Continue-t-on d'*ignorer* qui était ce Schiller[236] ? – Il y a des « et » pires encore ; j'ai entendu de mes propres oreilles, uniquement il est vrai parmi des professeurs d'université, « Schopenhauer *et* Hartmann[237] »…

17.

Les hommes de plus d'esprit, en supposant qu'ils sont les plus courageux, sont aussi de très loin ceux qui vivent les tragédies les plus douloureuses : mais c'est précisément parce qu'elle leur oppose son plus grand antagonisme qu'ils honorent la vie.

18.

Éléments pour la « conscience en matière intellectuelle[238]*. »* – Rien ne me semble aujourd'hui plus rare que l'authentique hypocrisie. Je soupçonne fortement l'air doux de notre culture de ne pas être salutaire à ce végétal[239]. L'hypocrisie appartient à une époque de foi forte : où même *contraint* de faire montre d'une autre foi, on n'abandonnait pas la foi que l'on possédait. De nos jours, on l'abandonne ; ou, chose plus courante, on s'adjoint une seconde foi, – en demeurant *sincère* dans l'un et l'autre cas. Il ne fait pas de doute qu'aujourd'hui, un nombre de convictions bien plus grand qu'autrefois est possible : possible, cela veut dire permis, cela veut dire *inoffensif*. C'est de là que vient la tolérance envers soi-même. – La tolérance envers soi permet plusieurs convictions : celles-ci coexistent en bonne entente, – elles se gardent, comme tout le monde aujourd'hui, de se compromettre. Comment se compromet-on aujourd'hui ? En faisant preuve de cohérence. En suivant une ligne droite. En montrant moins que de la quintuplicité [240]. En étant authentique… Je crains fort que l'homme moderne ne soit simplement trop pantouflard pour certains vices : de sorte que ceux-ci disparaissent pour de bon. Tout mal qui est conditionné par la volonté forte – et peut-être n'y a-t-il nul mal sans force de volonté [241] – dégénère en vertu dans notre air tiède… Les quelques hypocrites que j'ai connus copiaient l'hypocrisie : ils étaient, comme pratiquement un homme sur dix de nos jours, des comédiens. –

19.

Beau et laid. – Rien n'est plus conditionné, disons *limité*, que notre sentiment du beau. Qui voudrait le penser en l'isolant du plaisir que l'homme prend à l'homme verrait se dérober le sol sous ses pieds. Le « beau en soi » n'est qu'un mot, pas même un concept. Dans le beau, l'homme se pose en mesure de la perfection ; dans des cas exceptionnels, il s'y adore lui-même. Une espèce ne *peut* absolument pas faire autrement que se dire ainsi oui à elle-même. Son instinct *le plus profond*, celui d'autoconservation et d'autoexpansion, projette encore ses rayons dans de telles sublimités. L'homme croit que le monde regorge de beauté, – il *oublie* qu'il en est la cause [242]. C'est lui seul qui lui a fait présent de la beauté, ah ! rien que d'une beauté humaine, trop humaine… En fin de compte, l'homme se mire dans les choses, il considère comme beau tout ce qui lui renvoie son image : le jugement

« beau » est sa *vanité d'espèce*... Un léger soupçon peut en effet chuchoter cette question à l'oreille du sceptique : le monde est-il vraiment embelli de ce seul fait que l'homme le considère comme beau ? Il l'a *humanisé* : voilà tout. Mais rien, absolument rien ne nous garantit que ce soit justement l'homme qui offre le modèle du beau. Qui sait comment il apparaît aux yeux d'un arbitre du goût supérieur ? Peut-être hasardeux ? peut-être même divertissant ? peut-être un rien arbitraire ?... « Oh, Dionysos, le divin, pourquoi me tires-tu les oreilles ? » demanda Ariane à son amant philosophe au cours de l'un de ces célèbres dialogues de Naxos. « Je trouve quelque chose d'humoristique à tes oreilles, Ariane : pourquoi ne les as-tu pas plus longues encore ? »

20.

Rien n'est beau, seul l'homme est beau : c'est sur cette naïveté que repose toute esthétique, elle en est la *première* vérité. Ajoutons-y d'emblée la seconde : rien n'est laid sinon l'homme *qui dégénère*, – voilà qui circonscrit l'empire du jugement esthétique. – Comme la physiologie le vérifie, tout ce qui est laid affaiblit et afflige l'homme. Cela lui rappelle la décadence, le danger, l'impuissance ; cela occasionne de fait en lui une perte de force. On peut mesurer l'effet du laid au dynamomètre. Là où l'homme est déprimé en général, il flaire la proximité de quelque chose de « laid ». Son sentiment de puissance, sa volonté de puissance, son courage, son orgueil – cela baisse avec le laid, cela augmente avec le beau... Dans l'un comme dans l'autre cas, *nous tirons une conclusion* : les prémisses en sont accumulées dans l'instinct en quantité formidable. Le laid est compris comme un indicateur et un symptôme de dégénérescence : le plus lointain rappel de la dégénérescence produit pour effet en nous le jugement « laid ». Tout signe d'épuisement, de pesanteur, d'âge, de lassitude, toute espèce d'absence de liberté, se manifestant comme crampe, comme paralysie, avant tout l'odeur, la couleur, la forme de la dissolution, de la décomposition, fût-ce sous la forme diluée à l'extrême du symbole – tout cela suscite la même réaction, le jugement de valeur « laid ». Il y a là irruption d'une *haine* : qui l'homme prend-il en haine ici ? Mais cela ne fait aucun doute : le *déclin de son type.* Il hait depuis l'instinct le plus profond de l'espèce ; cette haine contient de l'horreur, de la prudence, de la profondeur, de l'anticipation, – c'est la haine la plus profonde qui soit. C'est grâce à elle que l'art est *profond*...

21.

Schopenhauer. – Schopenhauer, le dernier Allemand qui entre en ligne de compte (– qui soit un événement *européen*, comme Goethe, comme Hegel, comme Heinrich Heine, et *non pas* un *simple* événement local, « national »), est pour un psychologue un cas de premier ordre : en tant que tentative géniale de malveillance d'invoquer, au profit d'une dépréciation nihiliste de la vie dans son ensemble, précisément les contre-autorités, les grandes auto-affirmations de la « volonté de vie », les formes d'exubérance de la vie. Il a interprété [243] tour à tour l'*art*, l'héroïsme, le génie, la beauté, la grande compassion, la connaissance, la volonté de vérité, la tragédie, comme conséquences de la « négation » ou du besoin de négation de la « volonté » – le plus grand faux-monnayage psychologique que connaisse l'histoire, le christianisme mis à part. À y regarder de plus près, il est en cela le simple héritier de l'interprétation [244] chrétienne : à ceci près qu'il sut *approuver* aussi, en un sens toujours chrétien, c'est-à-dire nihiliste, ce que le christianisme avait *rejeté*, les grands faits de culture de l'humanité (– à savoir comme voies conduisant à la « rédemption », comme pré-formes de la « rédemption », comme stimulants [245] du besoin de « rédemption »...)

22.

Je prends un cas particulier. Schopenhauer parle de la *beauté* avec une ardeur mélancolique[246], – pourquoi, en fin de compte ? Parce qu'il y voit un *pont* menant plus loin, ou donnant soif d'aller plus loin… C'est pour lui la rédemption offerte pour quelques instants à l'égard de la « volonté » – elle séduit au profit de la rédemption pour toujours… Il la célèbre en particulier en tant que rédemptrice délivrant du « foyer de la volonté[247] », de la sexualité, – dans la beauté, il voit la pulsion de procréation *niée*[248]… Drôle de saint ! Quelqu'un te contredit, j'en ai peur, c'est la nature. *Dans quel but* y a-t-il donc une beauté du son, de la couleur, du parfum, des mouvements rythmiques au sein de la nature ? qu'est-ce que la beauté *met en relief* ? Heureusement, un philosophe aussi le contredit. Rien de moins que l'autorité du divin Platon (– c'est ainsi que Schopenhauer le qualifie lui-même[249]) soutient une autre thèse : que la beauté excite à la procréation[250], – que c'est justement là le *proprium*[251] de l'effet qu'elle exerce, depuis le terrain plus sensible jusque, tout en haut, au plus spirituel…

23.

Platon va plus loin. Il dit, avec une innocence pour laquelle il faut être Grec, et non pas « chrétien », qu'il n'y aurait pas de philosophie platonicienne du tout s'il n'y avait à Athènes de si beaux jeunes gens : que c'est seulement leur vue qui plonge l'âme du philosophe dans un vertige érotique et ne lui laisse nul repos qu'elle n'ait planté dans un si beau sol la semence de toutes les choses élevées. Un drôle de saint, lui aussi ! – on n'en croit pas ses oreilles, même en supposant qu'on en croie Platon. On devinera à tout le moins qu'à Athènes, on pratiquait la philosophie *autrement*, avant tout en public. Rien n'est moins grec que cette toile d'araignée conceptuelle qu'on tisse en ermite, l'*amor intellectualis dei*[252] à la manière de Spinoza[253]. La philosophie à la manière de Platon se définirait plutôt comme une joute érotique, comme un perfectionnement et une intérorisation de l'ancienne gymnastique agonale et de ses *présupposés*[254]… Qu'a fini par faire éclore cette érotique philosophique de Platon ? Une nouvelle forme artistique de l'*agon* grec, la dialectique[255]. – Je rappelle encore, *contre* Schopenhauer et à l'honneur de Platon, que toute la culture et la littérature supérieures de la France *classique* aussi ont poussé sur le terrain de l'intérêt sexuel. On est en droit d'y chercher partout la galanterie, les sens, la joute des sexes, la « femme », – on ne cherchera jamais en vain…

24.

L'art pour l'art *. – Le combat contre le but en art est toujours le combat contre la tendance *moralisante* en art, contre sa subordination à la morale. *L'art pour l'art* * veut dire : « Au diable la morale ! » – Mais même cette hostilité traduit encore la suprématie du préjugé. Quand on a exclu de l'art le but consistant à prêcher la morale et à rendre l'homme meilleur[256], il ne s'ensuit encore nullement que l'art soit sans but, sans fin, sans sens, bref *l'art pour l'art* * – un ver qui se mord la queue. « Pas de but du tout plutôt qu'un but moral ! » – c'est ainsi que parle la pure passion. Un psychologue demande en revanche : que fait tout art ? Ne loue-t-il pas ? Ne glorifie-t-il pas ? Ne choisit-il pas ? Ne met-il pas en relief ? Ce faisant, il *renforce* ou *affaiblit* certaines appréciations de valeur… Cela n'est-il qu'un à-côté ? un hasard ? Quelque chose à quoi l'instinct de l'artiste n'aurait pas part ? Ou au contraire : n'est-ce pas le présupposé en fonction duquel l'artiste *peut*… ? Son instinct le plus profond tend-il à l'art, ou n'est-ce pas plutôt au sens de l'art, à la *vie* ? à une *vie objet de désir* ? – L'art est le grand stimulant[257] de la vie : comment pourrait-on le comprendre comme dénué de but, comme dénué de fin, comme *l'art pour l'art* * ? – Une question reste en suspens : l'art fait apparaître aussi bien des aspects laids, durs, problématiques de la vie, – ne semble-t-il pas par là faire prendre la vie en aversion[258] ? – Et de fait, il y eut des philosophes pour lui prêter ce sens : Schopenhauer professa que l'« affranchissement de la volonté » était la visée globale de l'art, il vénéra dans le fait de « disposer à la résignation » la grande utilité de la tragédie[259]. – Mais c'est là – je l'ai déjà laissé entendre – optique de pessimiste et « mauvais œil[260] » – : on doit en appeler aux artistes – eux-mêmes. Que communique l'artiste tragique de lui-même ? N'est-ce pas précisément l'état *dénué* de peur face au terrifiant[261] et au problématique qu'il montre ? – Cet état lui-même est une chose hautement désirable ; qui le connaît l'honore des plus grands honneurs. Il le communique, il *doit* le communiquer, à supposer qu'il soit artiste, génie de la communication. La vaillance et la liberté de sentiment face à un ennemi puissant, face à une adversité sublime, face à un problème qui suscite l'épouvante – c'est cet état *victorieux* que l'artiste tragique choisit, qu'il glorifie. Face à la tragédie, ce que notre âme comporte de guerrier fête ses saturnales[262] ; qui est habitué à la souffrance, qui recherche la souffrance, l'homme *héroïque* célèbre son existence dans la tragédie, – c'est à lui seul que le poète tragique présente en offrande le breuvage de cette cruauté à la suprême douceur. –

25.

S'accommoder des hommes, faire de son cœur une maison ouverte, cela est libéral, mais ce n'est que libéral. On reconnaît les cœurs qui sont aptes à l'hospitalité *noble* aux nombreuses fenêtres portant rideaux tirés et volets clos : ils gardent vides leurs meilleures chambres. Pourquoi donc ? – Parce qu'ils attendent des hôtes dont on *ne* s'« accommode » *pas*…

26.

Nous ne nous estimons plus assez lorsque nous nous communiquons. Nos expériences personnelles ne sont pas le moins du monde volubiles. Elles ne pourraient se communiquer elles-mêmes si elles le voulaient. C'est que la parole leur manque. Ce pour quoi nous avons des paroles[263], c'est aussi ce que nous avons déjà dépassé. Tout discours comporte un rien de mépris[264]. Le langage, semble-t-il, n'a été inventé que pour le médiocre, le moyen, le communicable[265]. Avec le langage[266], celui qui parle se *vulgarise* déjà. – Tiré d'une morale pour sourds-muets et autres philosophes.

27.

« Ce portrait est d'une beauté envoûtante[267] ! »... La femme de lettres, frustrée, excitée, désolée de cœur et d'entrailles, prêtant constamment l'oreille[268], avec une curiosité douloureuse, à l'impératif qui du plus profond de son organisation lui susurre « *aut liberi, aut libri*[269] » : la femme de lettres, assez éduquée pour entendre la voix de la nature, même quand elle parle latin, et d'autre part assez vaniteuse et oie pour se parler secrètement en français « *je me verrai, je me lirai, je m'extasierai et je dirai : Possible, que j'aie eu tant d'esprit* * [270] *?* »...

28.

Les « impersonnels » prennent la parole. – « Rien de plus facile pour nous que d'être sages, patients, supérieurs. Nous suintons l'huile de l'indulgence et de la compassion, nous sommes absurdement justes, nous pardonnons tout. C'est précisément pour cela que nous devrions nous comporter avec un peu plus de sévérité ; c'est précisément pour cela que nous devrions, de temps en temps, *élever* un petit affect, un petit vice d'affect.

Cela peut bien nous laisser un goût amer ; et entre nous, il se peut que nous riions de l'aspect que nous offrirons de la sorte. Mais que peut-on y faire ! Il ne nous reste plus d'autre manière de nous dépasser : c'est là *notre* ascétisme *à nous*, *notre* pénitence *à nous* »... *Se faire personnel* – la vertu de l'« impersonnel »...

29.

Tiré d'une soutenance de doctorat. – « Quelle est la mission de tout enseignement supérieur ? » – Transformer l'homme en machine. – « Quel en est le moyen ? » – Il faut apprendre à s'ennuyer. – « Comment y parvient-on ? » – Grâce au concept de devoir. – « Qui constituera en cela son modèle ? » – Le philologue : il apprend à *bûcher*. – « Qui est l'homme accompli ? » – Le fonctionnaire. – « Quelle est la philosophie qui offre la suprême formule du fonctionnaire ? » – Celle de Kant : le fonctionnaire comme chose en soi instauré juge au-dessus du fonctionnaire phénoménal. –

30.

Le droit à la bêtise. – L'ouvrier exténué, au souffle lent, au regard bonasse, qui laisse les choses aller comme elles vont : cette figure typique que l'on rencontre désormais, à l'époque du travail (*et* de l'« Empire » ! –), dans toutes les classes sociales[271], revendique aujourd'hui à son profit rien de moins que l'art, y compris le livre, avant tout le journal, – et bien davantage encore la belle nature, l'Italie... Cet homme du soir, aux « instincts sauvages assoupis » dont parle Faust[272], a besoin de villégiature, de bains de mer, de glaciers, de Bayreuth... À de telles époques, l'art a droit à la *pure sottise*[273], – sorte de vacances de l'esprit, de la finesse et de l'âme[274]. C'est ce qu'a compris Wagner. La *pure sottise* requinque...

31.

Encore un problème de régime. – Les moyens par lesquels Jules César se protégeait des états maladifs et des migraines : des marches formidables, le mode de vie le plus simple, le séjour continu au grand air, des fatigues constantes – ce sont, dans les grandes lignes, les mesures de conservation et de protection contre l'extrême vulnérabilité de cette machine subtile fonctionnant sous une pression maximale qui s'appelle génie.

32.

L'immoraliste parle. – Rien ne heurte plus le goût d'un philosophe que l'homme *sitôt qu'il désire*... S'il ne voit l'homme que dans son agir, s'il voit cet animal suprêmement vaillant, suprêmement rusé, suprêmement endurant égaré dans un labyrinthe de situations désespérées, que l'homme lui apparaît admirable ! Il va jusqu'à l'exhorter... Mais le philosophe méprise l'homme qui désire, l'homme « que l'on désire » aussi – et de manière générale, tous les objets de désirs, tous les *idéaux* de l'homme. Si un philosophe pouvait être nihiliste, il le serait parce qu'il trouve le néant derrière tous les idéaux de l'homme. Ou même pas le néant, – mais simplement l'abject, l'absurde, le malade, le lâche, le fatigué, la lie en tout genre déposée dans la coupe *vidée jusqu'à la dernière goutte* de sa vie... L'homme, qui comme réalité est si digne de vénération, comment se fait-il qu'il ne mérite nul respect sitôt qu'il désire ? Doit-il expier d'être si doué en tant que réalité ? Doit-il compenser son agir, la tension de tête et de volonté de tout agir, en se vautrant de tout son long dans l'imaginaire et l'absurde ? – L'histoire de ses désirs fut jusqu'à présent la *partie honteuse* * de l'homme : on doit se garder de lire trop longtemps en elle. Ce qui justifie l'homme, c'est sa réalité, – elle le justifiera pour l'éternité. Dans quelle proportion l'homme réel est-il supérieur en valeur, comparé à un homme simplement désiré, rêvé, cousu de mensonge ? à un homme *idéal* ?... Et seul l'homme idéal heurte le goût du philosophe.

33.

Valeur naturelle de l'égoïsme. – L'égoïsme[275] vaut autant que vaut celui qui physiologiquement le possède : il peut valoir énormément, il peut être abject et méprisable[276]. On est en droit de considérer tout individu en se demandant s'il représente la ligne ascendante ou déclinante de la vie. Avec une décision à ce sujet, on détient aussi un canon pour juger de ce que vaut son égoïsme. S'il représente la ligne ascendante, sa valeur est de fait extraordinaire, – et par amour pour la vie dans son ensemble, qui fait avec lui un pas *en avant*, le souci de conservation, de création de son *optimum*[277] de conditions peut même légitimement être extrême. L'être singulier, l'« individu », tel que le peuple et le philosophe l'ont compris jusqu'à présent, est une pure erreur : il n'est rien par lui-même, pas un atome, pas un « maillon de la chaîne », rien qui soit simplement hérité d'autrefois, – il est toute la ligne homme dans son unité jusqu'à lui-même inclus... S'il représente le développement déclinant, la décadence, la dégénérescence chronique, la maladie (– les maladies sont, dans l'ensemble, déjà des conséquences de la décadence, *non pas* ses causes), il est de peu de valeur, et la première des équités veut qu'il *dérobe* aussi peu que possible à ceux qui sont réussis. Il n'est jamais que leur parasite...

34.

Chrétien et anarchiste. – Lorsque l'anarchiste, en tant que porte-voix de couches *déclinantes* de la société, exige avec une belle indignation « droit », « justice »,

« droits égaux », il ne fait en cela que subir la pression de son acculturation qui n'arrive pas à saisir *pourquoi* au juste il souffre, – *de quoi* il est pauvre, de vie… Il est au pouvoir d'une pulsion causale : ce doit être la faute de quelqu'un s'il se sent mal… Pareillement, la « belle indignation » elle-même lui fait déjà du bien, pour tous les pauvres diables, c'est un plaisir de fulminer, – cela procure une petite ivresse de puissance. La plainte, le fait de se plaindre peut déjà fournir à la vie un attrait pour l'amour duquel on la supporte : toute plainte contient un soupçon de vengeance, on reproche son état de malaise, éventuellement même sa méchanceté, à ceux qui sont différents, comme une injustice, un privilège *indu*[278]. « Si je suis une *canaille* *, tu dois l'être aussi » : c'est suivant cette logique que l'on fait la révolution. – Se plaindre n'est jamais bon à rien : cela provient de la faiblesse. Que l'on impute son état de malaise à autrui ou *à soi-même* – la première attitude est celle du socialiste, la seconde par exemple celle du chrétien –, ne fait pas véritablement de différence. Ce qu'il y a de commun à ces attitudes, et ajoutons d'*indigne*, c'est que ce doive être la *faute* de quelqu'un si l'on souffre – bref, que le souffrant se prescrive contre sa souffrance le miel de la vengeance[279]. Les objets de ce besoin de vengeance, en tant qu'il est besoin de *plaisir*, sont des causes occasionnelles[280] : le souffrant trouve partout des causes propres à assouvir sa petite vengeance, – s'il est chrétien, pour le dire une fois encore, il les trouve en *lui*… Le chrétien et l'anarchiste – tous deux sont des *décadents* *. – Mais lorsque le chrétien condamne, calomnie, souille le « *monde* », il le fait aussi en suivant le même instinct que celui qui incite l'ouvrier socialiste à condamner, à calomnier, à souiller la *société* : le « Jugement dernier » lui-même est encore la douce consolation de la vengeance – la révolution, telle que l'attend aussi l'ouvrier socialiste, simplement reportée à un peu plus tard par la pensée… L'« au-delà » lui-même – pour quoi faire un au-delà si ce n'était un moyen de souiller l'ici-bas ?…

35.

Critique de la morale de décadence. – Une morale « altruiste », une morale sous laquelle l'égoïsme *s'étiole* –, demeure mauvais signe en toutes circonstances. Ceci vaut pour les individus, ceci vaut particulièrement pour les peuples. Ce qu'il y a de meilleur manque lorsque vient à manquer l'égoïsme. Choisir d'instinct ce qui *vous* nuit, être *séduit* par des motifs « désintéressés », cela fournit presque la formule de la *décadence* * : « Ne pas chercher *son* avantage » – c'est en tout et pour tout la feuille de vigne morale substituée à un état de fait tout autre, à savoir physiologique : « je ne sais plus *trouver* mon avantage »... Désagrégation des instincts ! – C'en est fait de l'homme lorsqu'il devient altruiste. – Au lieu de dire naïvement, « *je* ne vaux plus rien », le mensonge de la morale affirme par la bouche du *décadent* * : « Rien ne vaut rien, – la *vie* ne vaut rien »... Un tel jugement demeure en fin de compte un grand danger, il produit un effet de contagion, – sur l'ensemble du terrain morbide de la société, il ne tarde pas à proliférer pour donner une végétation tropicale de concepts, tantôt sous forme de religion (christianisme), tantot sous forme de philosophie (schopenhauerisme). Il arrive qu'une telle végétation vénéneuse née de la putréfaction empoisonne *la vie* de ses vapeurs des millénaires durant...

36.

Morale pour médecins. – Le malade est un parasite de la société. Dans un certain état, il est inconvenant de vivre plus longtemps. Continuer de végéter en dépendant lâchement des médecins et de leurs stratagèmes après que le sens de la vie, le *droit* à la vie s'est perdu devrait susciter dans la société un profond mépris. Les médecins de leur côté devraient être les relais de ce mépris, – pas d'ordonnances, mais chaque jour, une nouvelle dose de *dégoût* pour leur patient... Créer une nouvelle responsabilité, celle du médecin, pour tous les cas où l'intérêt suprême de la vie, de la vie *ascendante* exige la plus impitoyable répression et mise à l'écart de la vie *qui dégénère* – par exemple pour le droit à la procréation, pour le droit de naître, pour le droit de vivre… Mourir avec orgueil, quand il n'est plus possible de vivre avec orgueil. La mort choisie de plein gré, la mort au bon moment, dans l'éclat et dans la joie, accomplie parmi enfants et témoins : de sorte qu'un véritable adieu soit encore possible, là où *est encore présent celui* qui fait ses adieux, et de même une véritable estimation de ce que l'on a atteint et voulu, une *récapitulation* de sa vie – tout à l'opposé de la comédie lamentable et horrible en laquelle le christianisme a transformé l'heure de la mort. Le christianisme, on ne doit jamais l'oublier, a profité de la faiblesse du mourant pour violer sa conscience, de la manière de mourir elle-même pour émettre des jugements de valeur sur l'homme et le passé ! – Il importe ici avant tout d'établir, en dépit de toutes les lâchetés du préjugé, l'appréciation juste, c'est-à-dire physiologique de ce qu'on appelle la mort *naturelle* : qui n'est elle non plus, en fin de compte, rien d'autre qu'une mort « non naturelle », qu'un suicide. On ne périt jamais d'un autre que soi-même. Seulement, c'est la mort dans les conditions les plus méprisables, une mort dénuée de liberté, une mort au *mauvais* moment, une mort de lâche. On doit, par amour pour la *vie* –, vouloir la mort autrement, libre, consciente, sans hasard, sans agression qui vous prend au dépourvu [281]… Un conseil enfin à l'intention de messieurs les pessimistes et autres *décadents* *. Il n'est pas en notre pouvoir de nous empêcher de naître : mais nous pouvons rectifier cette erreur – car il arrive que ce soit une erreur –. En se *supprimant*, on fait la chose la plus digne de respect qui soit : de ce fait, on mérite presque de vivre… La société, que dis-je ! la vie elle-même en tire davantage profit que d'une « vie » de renoncement, d'anémie et autre vertu – on a libéré autrui de la vision qu'on lui offre, on a libéré la vie d'une *objection*… Le pessimisme, *pur* *, *vert* * [282], *ne se* *démontre que* par l'autoréfutation de messieurs les pessimistes : on doit faire un pas de plus en suivant sa logique, ne pas simplement nier la vie par « la volonté et la représentation », comme le faisait Schopenhauer –, on doit *commencer par nier Schopenhauer*... Le pessimisme, au passage, si contagieux qu'il soit, n'augmente pas pour autant la disposition maladive d'une époque, d'une génération dans son ensemble : il l'exprime. On y succombe comme on succombe au choléra : on doit déjà être d'une constitution suffisamment morbide pour cela. Par lui-même, le pessimisme ne fait pas un *décadent* * de plus ; je rappelle ce résultat établi par les statistiques, les années où le choléra fait rage ne se distinguent pas des autres années par le nombre global des décès.

37.

Si nous sommes devenus plus moraux. – Comme il fallait s'y attendre, toute la *férocité* de l'abêtissement moral, qui, c'est bien connu, passe en Allemagne pour la morale elle-même –, s'est démenée contre mon concept de « par-delà bien et mal » : je pourrais raconter à ce propos des histoires édifiantes. Avant toute chose, on me recommanda de bien me pénétrer de l'« indéniable supériorité » de notre époque en matière de jugement moral, du *progrès* que nous avons véritablement accompli sur ce plan : comparé à *nous*, un César Borgia[283] ne pourrait absolument pas être érigé en « homme supérieur », en une sorte de *surhumain*[284], ainsi que je le fais... Un journaliste suisse du *Bund*[285] alla jusqu'à « comprendre » le sens de mon œuvre, non sans exprimer son respect pour le courage d'une entreprise si audacieuse, en ce que je requérais à travers elle la suppression de tous les sentiments convenables. Très obligé ! – À titre de réponse, je m'autorise à soulever la question de savoir *si nous sommes véritablement devenus plus moraux*. Que tout le monde le croie constitue déjà une objection... Nous, modernes, très délicats, très vulnérables, usant et bénéficiant d'égards sans nombre[286], nous nous imaginons en fait que cette humanité douillette que nous représentons, que cette unanimité que nous avons *atteinte*[287] dans le ménagement, dans la serviabilité, dans la confiance mutuelle, est un progrès positif, que nous avons de ce fait largement dépassé les hommes de la Renaissance. Mais c'est ce que pense toute époque, ce qu'elle *doit nécessairement* penser. Il est certain que nous ne pourrions nous permettre de nous transporter dans les conditions[288] de la Renaissance, pas même nous y transporter en pensée : nos nerfs ne supporteraient pas cette réalité, pour ne pas parler de nos muscles. Seulement, cette inaptitude ne prouve pas un progrès, mais simplement une autre constitution, plus tardive, plus faible, plus douillette, plus vulnérable, qui engendre nécessairement une morale *plus pénétrée d'égards*. Supprimons par la pensée notre délicatesse et notre caractère tardif, notre sénescence physiologique, et notre morale de l'« humanisation » perdrait instantanément sa valeur – en soi, nulle morale n'a de valeur – : elle susciterait même notre propre mépris. Ne doutons pas d'autre part que nous, modernes, avec notre humanité[289] enfouie dans l'ouate qui refuse absolument de se cogner au moindre caillou, offririons aux contemporains de César Borgia une comédie à mourir de rire. De fait, nous atteignons des sommets de comique involontaire avec nos « vertus » modernes… L'amenuisement des instincts hostiles, inspirant la méfiance – et tel serait bien notre « progrès » – ne représente que l'une des conséquences de l'amenuisement général de la *vitalité* : faire prévaloir une existence aussi conditionnée, aussi tardive coûte cent fois plus de peine, de précautions. On s'y entraide, chacun y est dans une certaine mesure malade et simultanément garde-malade. Cela s'appelle alors « vertu » – : parmi des hommes qui connaissaient encore la vie sous une autre forme, plus pleine, plus prodigue, plus débordante, on l'aurait nommée autrement, peut-être « lâcheté », « misère », « morale de mémés »… Notre adoucissement de mœurs – telle est ma thèse, telle est, si l'on veut, mon *innovation* – est une conséquence du déclin ; la dureté, le caractère terrible de l'usage[290] peut à l'inverse être une conséquence de la surabondance de vie : car on peut alors se permettre de beaucoup risquer, de beaucoup exiger, de beaucoup *dilapider*. Ce qui épiçait autrefois la vie serait pour nous *poison*... Être indifférent – cela aussi est une forme de force – pour cela également, nous sommes trop vieux, trop tardifs : notre morale de la compassion, contre laquelle j'ai été le premier à mettre en garde, ce qu'on pourrait appeller *l'impressionnisme morale* *[291], est une expression de plus de l'hyperexcitabilité qui est propre à tout ce qui est *décadent* *. Le mouvement qui a tenté, avec la morale de la pitié de Schopenhauer, de se donner une allure scientifique – tentative fort malheureuse ! – est le véritable mouvement de *décadence* * en morale, en tant que tel, il est profondément apparenté à la morale chrétienne. Les époques fortes, les cultures[292] *nobles* voient dans la pitié, dans l'« amour du prochain », dans la carence de soi et de sentiment de soi quelque chose de méprisable. – On doit mesurer les époques à leurs *forces positives* – et à cet égard, cette époque si prodigue et si funeste[293] que fut la Renaissance s'avère être la dernière *grande* époque, et nous, nous modernes, avec notre sollicitude pour nous-mêmes et notre amour du prochain craintifs, avec nos vertus de travail, d'absence d'exigence, de l'égalité, de scientificité – thésauriseurs, économes, machinaux – une époque *faible*... Nos vertus sont conditionnées, sont *provoquées* par notre faiblesse... L'« égalité », un certain accroissement réel de similitude dont la théorie des « droits égaux » n'est que l'expression[294], est un trait essentiel du déclin : le clivage séparant homme et homme, classe et classe, la mutliplicité des types, la volonté d'être soi-même, de sortir du lot, ce que j'appelle *pathos de la distance*[295], est propre à toute époque *forte*. Aujourd'hui, la force de tension, l'ampleur de tension entre les extrêmes ne cesse de se réduire, – les extrêmes eux-mêmes finissent par s'estomper jusqu'à devenir similaires... Toutes nos théories politiques et nos constitutions, l'« Empire allemand » n'y faisant nullement exception, sont des conséquences, des nécessités résultant à titre de conséquence du déclin ; l'effet inconscient de la *décadence* * a fini par l'emporter jusque dans les idéaux de quelques sciences [296]. Mon objection à l'égard de toute la sociologie d'Angleterre et de France demeure qu'elle ne connaît d'expérience que les *configurations de décadence* de la société, et prend, avec une parfaite innocence, les instincts propres à la décadence pour *norme* du jugement de valeur sociologique. La vie *déclinante*, l'amenuisement de toute force organisatrice, c'est-à-dire qui sépare, qui instaure des clivages, qui subordonne et surordonne [297], trouve dans la sociologie d'aujourd'hui une formulation qui en fait un *idéal*... Nos socialistes sont des *décadents* *, mais monsieur Herbert Spencer [298] est aussi un *décadent* *, – il voit dans la victoire de l'altruisme quelque chose de désirable !...

38.

Mon concept de liberté. – La valeur d'une chose, parfois, ne tient pas à ce que l'on peut atteindre grâce à elle, mais au contraire à ce que l'on paie pour elle, – à ce qu'elle nous *coûte*. Je prends un exemple. Les institutions libérales cessent d'être libérales aussitôt qu'elles sont atteintes : il n'y a par la suite pas de pire ni de plus radicale nuisance pour la liberté que des institutions libérales. On sait bien *ce qu*'elles entraînent : elles sapent la volonté de puissance, elles sont le nivellement de la montagne et de la vallée élevé au rang de morale, elles rendent petit, lâche et jouisseur, – elles font toujours triompher l'animal de troupeau. Libéralisme : en allemand, *métamorphose en animal de troupeau* [299]... Tant que l'on continue à se battre pour elles, ces mêmes institutions produisent de tout autres effets ; alors, elles sont de fait un puissant promoteur de la liberté. À y regarder de plus près, c'est la guerre qui produit ces effets, la guerre *pour* des institutions libérales, qui, en tant que guerre, fait perdurer les instincts *alibéraux*. Et la guerre éduque à la liberté. Car qu'est-ce que la liberté ! Le fait d'avoir la volonté de répondre de soi. Le fait de maintenir la distance qui nous met à part. Le fait de devenir plus indifférent à l'égard des peines, de la dureté, de la privation, même à l'égard de la vie. Le fait d'être prêt à sacrifier des hommes à sa cause, sans s'excepter soi-même. Liberté signifie que les instincts virils qui s'épanouissent dans la guerre et la victoire prédominent sur d'autres instincts, par exemple ceux de « bonheur ». L'homme *qui a acquis la liberté*, bien plus encore l'*esprit* qui a acquis la liberté, foule aux pieds l'espèce méprisable de bien-être, dont rêvent les épiciers, les chrétiens, les vaches, les femmes, les Anglais et autres démocrates. L'homme libre est *guerrier*. – À quoi la liberté se mesure-t-elle, chez les individus comme chez les peuples ? À la résistance qui doit être surmontée, à la peine que cela coûte de rester *en haut*. Il faudrait chercher le type suprême des hommes libres là où la résistance suprême est constamment surmontée : à deux doigts[300] de la tyrannie, au seuil même du danger d'asservissement. Cela est vrai psychologiquement si l'on entend ici par ces « tyrans » des instincts[301] implacables et terribles qui poussent au maximum d'autorité et de discipline à leur encontre – type le plus beau, Jules César – ; cela est aussi vrai politiquement, il n'y a qu'à parcourir l'histoire. Les peuples qui avaient de la valeur, *acquirent* de la valeur, ne l'acquirent jamais à la faveur d'institutions libérales : c'est le *pire danger* qui en fit quelque chose qui mérite le respect, le danger qui seul nous fait connaître nos ressources, nos vertus, nos défenses et nos armes, notre *esprit*, – qui nous *contraint* à être fort… *Premier* principe : il faut avoir besoin d'être fort : faute de quoi on ne le devient jamais. – Ces grandes serres pour l'espèce d'homme forte, la plus forte qui ait existé jusqu'à présent, les communautés aristocratiques à la manière de Rome et de Venise, comprenaient la liberté exactement au sens où je comprends le mot de liberté : comme quelque chose que l'on a et *n*'a *pas*, que l'on *veut*, que l'on *conquiert*...

39.

Critique de la modernité. – Nos institutions ne valent plus rien : on en convient unanimement. Seulement, cela ne tient pas à elles, mais au contraire à *nous*. Après que nous avons perdu tous les instincts dont sortent les institutions, nous perdons les institutions tout court parce que *nous* ne les valons plus. Le démocratisme fut de tout temps la forme de déclin de la force organisatrice[302] : dans « Humain, trop humain », I, 318[303], j'ai déjà caractérisé la démocratie moderne, y compris ses demi-mesures, tel l'« Empire allemand », comme *forme de décadence de l'État*. Pour qu'il y ait des institutions, il doit y avoir une espèce de volonté, d'instinct, d'impératif, alibéraux jusqu'à la méchanceté : la volonté de tradition, d'autorité, de responsabilité s'étendant sur des siècles, de *solidarité* des chaînes de générations, vers l'avant et vers l'arrière *in infinitum*[304]. Si cette volonté est présente, alors est fondé quelque chose comme l'*imperium romanum*[305] : ou comme la Russie, l'*unique* puissance qui ait aujourd'hui la durée dans le corps, qui puisse attendre, qui puisse encore promettre quelque chose[306], – la Russie, l'idée opposée à la pitoyable division de l'Europe en petits États[307] et nervosité européenne qui, avec la fondation de l'empire allemand, est parvenue à un point critique... L'Occident tout entier n'a plus ces instincts à partir desquels se développent les institutions, à partir desquels se développe l'*avenir* : il n'y a peut-être rien qui révulse davantage son « esprit moderne ». On vit pour aujourd'hui, on vit à toute allure, – on vit de manière très irresponsable[308] : c'est précisément cela que l'on appelle « liberté ». Ce qui *fait* d'institutions des institutions se voit méprisé, haï, rejeté : on se croit exposé au danger d'un nouvel esclavage là où l'on prononce simplement le mot d'« autorité ». C'est à ce point que la *décadence* * s'insinue dans l'instinct de valeur de nos hommes politiques, de nos partis politiques : *ils préfèrent instinctivement* ce qui provoque une dissolution, ce qui précipite la fin… Témoin le *mariage moderne.* Le mariage moderne a manifestement perdu toute rationalité : cela ne constitue toutefois pas une objection contre le mariage, mais bien contre la modernité. La rationalité du mariage – elle résidait dans la responsabilité juridique exclusive du mari : le mariage avait ainsi un centre de gravité alors qu'aujourd'hui, il est boiteux des deux jambes. La rationalité du mariage – elle résidait dans son indissolubilité de principe : cela lui donnait un accent qui savait *se faire entendre* face au hasard du sentiment, de la passion et de l'instant. Elle résidait de même dans la responsabilité des familles dans le choix des époux. Avec l'indulgence croissante pour l'union d'amour, on a justement sapé l'assise du mariage, ce qui seul en *fait* une institution. On ne fonde absolument jamais une institution sur une idiosyncrasie, on *ne* fonde *pas* le mariage, ainsi qu'on l'a dit, sur l'« amour », – on le fonde sur la pulsion sexuelle, sur la pulsion de propriété (femme et enfant comme propriété), sur la *pulsion de domination* qui organise constamment pour lui la plus petite configuration de domination, la famille, qui *a besoin* d'enfants et d'héritiers pour maintenir, physiologiquement aussi, une mesure qui a été atteinte de puissance, d'influence, de richesse, pour préparer des tâches à long terme, une solidarité d'instinct entre les siècles. Le mariage comme institution comprend d'emblée en lui l'affirmation de la forme d'organisation la plus grande et la plus durable : lorsque la société ne peut plus *répondre* d'elle-même comme totalité jusque dans les générations les plus éloignées, le mariage n'a plus aucun sens. – Le mariage moderne *a perdu* son sens, – par conséquent, on le met au rebut.

40.

La question ouvrière. – La bêtise, en fin de compte la dégénérescence de l'instinct qui est aujourd'hui la cause de *toutes* les manifestations de bêtise, habite le fait qu'existe une question ouvrière. Il y a des choses à propos desquelles *on ne pose pas de questions* : premier impératif de l'instinct. – Je ne vois absolument pas ce que l'on veut faire de l'ouvrier européen une fois qu'on l'a transformé en question. Il est en bien trop bonne position pour ne pas, petit à petit, en demander[309] davantage, demander avec moins de modération. Il a en fin de compte le grand nombre pour lui. Tout espoir est perdu qu'une espèce d'homme modeste et satisfaite de peu, un type de Chinois[310] se constitue ici en classe : et cela aurait possédé de la rationalité, cela aurait été pour ainsi dire une nécessité. Qu'a-t-on fait ? – Tout pour étouffer dans l'œuf ce qui en est le présupposé, – par une irréflexion suprêmement irresponsable, on a détruit de fond en comble les instincts grâce auxquels un ouvrier devient possible comme classe, possible *pour lui-même*. On a rendu l'ouvrier apte à porter les armes, on lui a donné le droit d'association, le droit de vote sur le plan politique : quoi d'étonnant qu'aujourd'hui, l'ouvrier ressente déjà son existence comme un état misérable (en termes moraux, comme *injustice* –) ? Mais que *veut*-on ? pour le demander une fois encore. Si l'on veut une fin, il faut aussi vouloir les moyens : si l'on veut des esclaves, on est fou de les élever en en faisant des maîtres. –

41.

« La liberté comme je *ne* la comprends *pas*[311]… » – Être abandonné à ses instincts, en des temps comme les nôtres, est une calamité de plus. Ces instincts se contredisent, se gênent, se détruisent[312] mutuellement ; j'ai déjà défini la *modernité* comme l'auto-contradiction physiologique[313]. La rationalité de l'éducation voudrait qu'à tout le moins l'un de ces systèmes d'instincts soit *paralysé* sous une pression de fer pour permettre à un autre de gagner en forces, de devenir fort, de l'emporter. Aujourd'hui, on ne devrait rendre l'individu possible qu'en l'*amputant* : possible, cela signifie *entier*… C'est l'inverse qui se produit : ce sont ceux pour qui il *ne saurait y avoir* de frein *trop solide* qui revendiquent avec le plus de feu l'indépendance, le libre développement, le *laisser-aller* * – cela vaut *in politicis* [314], cela vaut en art. Mais c'est là un symptôme de *décadence* * : notre concept moderne de « liberté » est une preuve de plus de la dégénérescence de l'instinct. –

42.

Où la foi est nécessaire. – Rien n'est plus rare, chez les moralistes et les saints, que l'intégrité [315] ; il se peut qu'ils prétendent le contraire, il se peut même qu'ils le *croient*. En effet lorsqu'une foi est plus utile, plus efficace, plus convaincante que l'hypocrisie *consciente*, d'instinct, l'hypocrisie tourne aussitôt, à l'*innocence* : premier principe pour comprendre les grands saints. Chez les philosophes également, autre espèce de saints, tout le métier suppose de ne tolérer que certaines vérités : à savoir celles pour lesquelles leur métier reçoit l'approbation *publique*, – pour parler kantien, les vérités de la raison *pratique* [316]. Ils savent ce qu'ils *doivent* démontrer, c'est en cela qu'ils sont pratiques, – ils se reconnaissent mutuellement à leur accord au sujet « des vérités » [317]. – « Tu ne mentiras point » – en allemand : *gardez-vous*, Monsieur le philosophe, de dire la vérité…

43.

Aux conservateurs, à voix basse [318]. – Ce que l'on ne savait pas auparavant, que l'on sait, devrait savoir aujourd'hui, – une *régression*, un demi-tour en quelque sens et dans quelque mesure que ce soit, est absolument impossible. Nous, physiologistes, savons cela à tout le moins. Mais tous les prêtres et moralistes y ont cru, – ils voulurent ramener, *visser* l'humanité à rebours jusqu'à une mesure *antérieure* de vertu. La morale fut toujours un lit de Procuste [319]. Même les hommes politiques ont copié en cela les prédicateurs de vertu : il existe aujourd'hui encore des partis qui rêvent comme d'un but que toutes choses adoptent la *démarche du crabe*. Mais nul n'est libre d'être crabe. Il n'y a rien à y faire : il faut avancer, je veux dire *continuer pas à pas dans la décadence* * (– telle est *ma* définition du « progrès » moderne...). On peut *entraver* ce développement, et en l'entravant, endiguer la dégénérescence elle-même, l'*accumuler*, lui faire gagner en véhémence et en *brusquerie* : on ne peut faire plus [320]. –

44.

Mon concept du génie [321]. – Les grands hommes sont, comme les grandes époques, des explosifs dans lesquels est accumulée une force formidable ; ils présupposent toujours, historiquement et psychologiquement, que l'on a longtemps thésaurisé, accumulé, économisé et conservé en vue de ceux-ci, – que pendant longtemps, nulle explosion ne s'est produite. Si la tension dans la masse est devenue trop grande, il suffit de l'excitation la plus fortuite pour faire venir au monde le « génie », l'« exploit », le grand destin. Qu'importent alors l'environnement, l'époque, l'« esprit du temps », l'« opinion publique » ! – Que l'on prenne le cas de Napoléon. La France de la Révolution, et plus encore celle d'avant la Révolution, aurait produit le type opposé à celui de Napoléon : elle l'*a* produit du reste. Et du fait que Napoléon était *autre*, héritier d'une civilisation [322] plus forte, plus longue, plus ancienne que celle qui en France partait en fumée et se désagrégeait, il devint ici le *maître*, il *était* ici le seul maître. Les grands hommes sont nécessaires, l'époque à laquelle ils apparaissent est fortuite ; qu'ils l'emportent presque toujours sur elle tient seulement au fait qu'ils sont plus forts, qu'ils sont plus anciens, que l'on a thésaurisé pendant plus longtemps en vue de ces hommes. Il existe le même rapport entre un génie et son époque qu'entre fort et faible, et aussi qu'entre ancien et jeune ; par comparaison, l'époque est toujours bien plus jeune, plus mince, plus mineure, plus incertaine, plus puérile. – Que l'on soit d'un avis *tout différent* aujourd'hui en France (en Allemagne aussi : mais cela ne compte pas), que la théorie du milieu, une vraie théorie de névrosés, y soit devenue sacro-sainte et presque scientifique, et qu'on lui prête foi jusque chez les physiologistes, cela « ne sent pas bon », cela suscite de tristes pensées. – En Angleterre non plus, on ne comprend pas les choses d'une autre manière, mais nul ne s'en attristera. Il n'y a que deux voies qui s'offrent à l'Anglais pour s'accommoder du génie et du « grand homme » : soit la voie *démocratique* à la manière de Buckle[323], soit la voie *religieuse* à la manière de Carlyle. – Le danger que portent les grands hommes et les grandes époques est extraordinaire ; l'épuisement en tout genre, la stérilité, les suit de près. Le grand homme est un terme ; la grande époque, la Renaissance par exemple, est un terme. Le génie – au travail, dans l'action – est nécessairement prodigue : *qu'il se dépense lui-même*, c'est sa grandeur… L'instinct d'autoconservation est comme suspendu ; la pression surpuissante du déferlement des forces lui interdit cette protection et cette prudence. On qualifie cela de « sacrifice » ; on vante en cela son « héroïsme », son indifférence pour son bien personnel, son dévouement à une idée, une grande cause, une patrie : en tout cela, on comprend de travers… Il déferle, il déborde, il se consomme, il ne s'épargne pas, – avec fatalité, inéluctablement, involontairement, comme est involontaire la crue du fleuve qui sort de son lit. Mais du fait que l'on est largement redevable à de tels explosifs, on leur a également beaucoup offert en retour, par exemple une espèce de *moralité supérieure*... Telle est bien la manière humaine d'être reconnaissant : elle *comprend* ses bienfaiteurs *de travers*. –

45.

Le criminel et ce qui lui est apparenté[324]. – Le type du criminel, c'est le type de l'homme fort dans des conditions défavorables, un homme fort rendu malade. Il lui manque l'étendue sauvage, une certaine nature et forme d'existence plus libre et plus dangereuse dans laquelle tout ce qui est arme et défense[325] dans l'instinct de l'homme fort *est dans son bon droit*. Ses *vertus* sont mises au ban de la société ; les pulsions les plus vives qu'il porte en lui poussent en s'enchevêtrant aussitôt aux affects déprimants, au soupçon, à la peur, au déshonneur. Mais c'est là quasiment la *recette* pour produire la dégénérescence physiologique. Qui doit faire en secret, en proie à une longue tension, prudence, ruse, ce qu'il sait le mieux faire, ce qu'il aimerait le plus faire, devient anémique ; et du fait que ses instincts ne lui font jamais récolter que danger, persécution, calamité, son sentiment à l'égard de ces instincts se renverse également – il les ressent sur un mode fataliste. C'est dans la société, notre société apprivoisée, médiocre, châtrée, qu'un homme issu de la nature, venu des montagnes ou des aventures vécues sur les mers, dégénère nécessairement en criminel. Ou presque nécessairement : car il y a des cas où un tel homme s'avère plus fort que la société : le Corse Napoléon en est le cas le plus célèbre. Pour le présent problème, le témoignage de Dostoïevski est d'importance – Dostoïevski, le seul psychologue, pour le dire en passant, qui ait eu quelque chose à m'apprendre : il fait partie des plus beaux coups de chance de ma vie, plus encore que la découverte de Stendhal[326]. Cet homme *profond*, qui avait mille fois raison de mépriser les superficiels Allemands[327], a éprouvé un sentiment tout à fait autre que celui auquel il s'attendait face aux bagnards de Sibérie, parmi lesquels il a longtemps vécu[328], tous criminels endurcis pour lesquels il n'y avait plus de retour à la société – à peu près le sentiment qu'ils étaient taillés dans le bois le meilleur, le plus dur et le plus précieux poussant sur la terre russe en général[329]. Généralisons le cas du criminel : imaginons des natures qui, pour une raison ou une autre, soient privées de l'assentiment public, qui savent qu'on ne les ressent ni comme bienveillantes, ni comme utiles, – ce sentiment de tschandala, ne pas être tenu pour égal mais pour banni, indigne, pestiféré[330]. Les pensées et les actes de toutes les natures de ce genre auront la couleur du sous-sol[331] ; tout chez eux se fera plus blême que chez ceux dont l'existence est baignée par la lumière du jour. Mais presque toutes les formes d'existence auxquelles nous accordons aujourd'hui de la distinction ont vécu autrefois dans cette atmosphère de tombeau : le caractère scientifique, l'artiste, le génie, l'esprit libre, le comédien, le marchand, le grand découvreur[332]... Tant que le *prêtre* fut considéré comme type le plus haut, *tout* genre d'homme possédant de la valeur fut dévalué[333]... Le temps est proche – j'en fais la promesse[334] – où il sera considéré comme le *plus bas*, comme *notre* tschandala, comme le genre d'homme le plus menteur, le plus inconvenant... Je ferai remarquer à quel point, aujourd'hui encore, sous l'empire de l'usage[335] le plus doux qui ait régné sur terre, du moins en Europe, toute position marginale, tout long, trop long séjour *en bas*, toute forme d'existence inhabituelle, opaque, rapproche du type dont le criminel est l'accomplissement. Tous les innovateurs de l'esprit portent un temps au front le signe blafard et fatal du tschandala : *non pas* parce que l'on éprouve ce sentiment à leur égard, mais parce que eux-mêmes sentent le clivage terrifiant qui les sépare de tout ce qui est traditionnel et honoré. Presque tout génie connaît comme l'une de ses évolutions l'« existence catilinaire », un sentiment de haine, de vengeance et de soulèvement à l'égard de tout ce qui *est* déjà, de ce qui ne *devient* plus… Catilina – la forme sous laquelle préexiste *tout* César. –

46.

Ici, la perspective est dégagée[336]. – Ce peut être par élévation d'âme qu'un philosophe se tait ; ce peut être par amour qu'il se contredit ; il peut y avoir une politesse de l'homme de connaissance qui le fait mentir. On a dit non sans finesse : *il est indigne des grands cœurs de répandre le trouble qu'ils ressentent* * : il faut seulement ajouter que ne pas avoir peur *de ce qu'il y a de plus indigne* peut tout autant être grandeur d'âme. Une femme qui aime sacrifie son honneur ; un homme de connaissance qui « aime » sacrifiera peut-être son humanité ; un dieu qui aimait devint juif…

47.

La beauté nul hasard. – La beauté d'une race ou d'une famille aussi, sa grâce et sa qualité dans toutes ses manières de se comporter, s'acquiert à force de travail : elle est, comme le génie, le produit final du travail accumulé des générations. Il faut avoir fait de grands sacrifices au bon goût, il faut avoir fait bien des choses, s'être abstenu de faire bien des choses par amour pour lui – le dix-septième siècle français est admirable à ces deux égards –, il faut en avoir fait un principe de choix quant à la société, au lieu, au vêtement, à la satisfaction sexuelle, il faut avoir préféré la beauté à l'avantage, à l'habitude, à l'opinion, à la paresse. Ligne de conduite suprême : il ne faut jamais se « laisser aller » même à ses propres yeux. – Les bonnes choses n'ont pas de prix : et c'est une loi toujours valide que celui qui les *détient* est un autre que celui qui les *acquiert.* Tout ce qui est bon est héritage : ce qui n'est pas hérité est imparfait, est commencement… À Athènes, à l'époque de Cicéron, qui exprime son étonnement à ce sujet, les hommes et les adolescents dépassaient de loin les femmes en beauté : mais quel travail et quels efforts au service de la beauté le sexe masculin n'y avait-il exigé de lui-même depuis des siècles ! – Car on ne doit pas commettre ici de méprise au sujet de la méthode : une simple discipline des sentiments et des pensées est presque néant (– c'est à cela que tient le grand contresens de l'éducation[337] en Allemagne, laquelle est totalement illusoire) : il faut commencer par convaincre le *corps.* S'imposer avec persistance des manières de se comporter remarquables et choisies, se faire obligation de ne vivre qu'avec des hommes qui ne se « laissent pas aller », suffit parfaitement à devenir remarquable et choisi : en deux, trois générations, tout est déjà *intériorisé*[338]. Ce qui décide du sort du peuple et de l'humanité, c'est que la culture[339] commence là où il *faut – pas* par l'« âme » (ce qui fut la funeste superstition des prêtres et demi-prêtres) : là où il faut, c'est le corps, la manière de se comporter, le régime alimentaire, la physiologie, le *reste* s'ensuit… Les Grecs demeurent pour cette raison le *premier événement* de l'histoire *en matière de culture* – ils savaient, ils *faisaient* ce qui était nécessaire ; le christianisme, qui méprisa le corps, fut jusqu'à présent le plus grand malheur de l'humanité. –

48.

Progrès au sens qui est le mien. – Moi aussi, je parle de « retour à la nature », bien que ce ne soit certes pas une régression mais au contraire une *montée* – jusqu'à la haute, libre, et même terrible nature et naturalité, une montée qui joue, *est en droit de* jouer avec de grandes tâches… Pour le dire *de manière imagée* : Napoléon était un pan de « retour à la nature » tel que je le comprends (par exemple *in rebus tacticis*[340], plus encore, ainsi que le savent les militaires, en matière stratégique). – Mais Rousseau – où *lui* voulait-il revenir au juste ? Rousseau, ce premier moderne, idéaliste et *canaille* * en une seule personne ; qui avait besoin de la « dignité » morale pour supporter son propre aspect ; malade de vanité furibonde et de mépris de soi furibond. Cet avorton qui s'est installé sur le seuil de l'époque nouvelle, voulait lui aussi le « retour à la nature » – où, pour le demander une fois encore, Rousseau voulait-il retourner ? – Je hais encore Rousseau dans la Révolution : elle est l'expression historique de cette double nature d'idéaliste et de *canaille* *. La farce sanglante à laquelle donna lieu cette Révolution, son « immoralité », m'importe peu : ce que je hais, c'est sa *moralité* rousseauiste – les soi-disant « vérités » de la Révolution, par lesquelles elle continue d'exercer ses effets et convainc à son profit tout ce qui est plat et médiocre. La doctrine de l'égalité !... Mais il n'y a pas de poison plus empoisonné : car elle *semble* prêchée par la justice elle-même alors qu'elle est la *fin* de la justice... « Aux égaux l'égal, aux inégaux l'inégal – *voilà ce qui* serait le véritable discours de la justice : et ce qui s'ensuit, ne jamais rendre égal ce qui est inégal. » – Que cette doctrine de l'égalité ait été entourée de tant d'horreur et de sang a conféré à cette « idée moderne [341] » *par excellence* * une espèce de gloire et de flamboiement si bien que la Révolution comme *spectacle* a séduit jusqu'aux esprits les plus nobles [342]. Ce n'est en fin de compte pas une raison pour la respecter davantage. – Je ne vois qu'un homme qui l'ait ressentie comme on doit la ressentir, avec *dégoût* – Goethe...

49.

Goethe – Un événement non pas allemand, mais européen [343] : une tentative [344] grandiose de dépasser le dix-huitième siècle par un retour à la nature [345], par une *montée* à la naturalité de la Renaissance, une espèce d'autodépassement effectué par ce siècle. – Il en portait en lui-même les instincts les plus forts : la sentimentalité, l'idolâtrie de la nature, l'élément antihistorique, l'idéaliste, l'irréel et le révolutionnaire (– ce dernier n'est qu'une forme de l'irréel). Il s'aida de l'histoire, de la physique, de l'Antiquité, tout comme de Spinoza, avant tout de l'activité pratique[346] ; il s'entoura exclusivement d'horizons clos ; il ne se détacha pas de la vie, il s'installa au beau milieu de celle-ci ; il ne fut pas timoré et il recueillit, prit en charge, intégra tout ce qu'il put[347]. Ce qu'il voulait, c'était la *totalité* ; il combattit la dissociation de la raison, de la sensibilité, du sentiment, de la volonté (– prêchée par *Kant*, l'antipode de Goethe, en une scolastique qui révulse au plus haut point), il se disciplina jusqu'à faire de lui un *tout*[348], il se *créa*… Goethe fut, plongé dans une époque marquée par l'irréel, un réaliste convaincu : il dit *oui* à tout ce qui lui était apparenté en cela, – il ne connut pas de plus grande expérience que cet *ens realissimum*[349] nommé Napoléon[350]. Goethe conçut un homme fort, hautement cultivé[351], doué pour toutes les activités impliquant le corps, se tenant en bride, ayant du respect pour lui-même[352], qui peut risquer de s'accorder toute l'étendue et la richesse de la naturalité, qui est assez fort pour cette liberté ; l'homme de la tolérance, non par faiblesse mais par force, parce qu'il sait utiliser à son avantage ce qui ferait périr la nature moyenne ; l'homme à qui rien n'est plus interdit, si ce n'est la *faiblesse*, qu'elle s'appelle vice ou vertu… Un tel esprit *devenu libre* se tient au beau milieu du tout avec un fatalisme joyeux et confiant, plein de la *croyance* que seul est condamnable ce qui est séparé, que dans la totalité, tout est sauvé[353] et affirmé – *il ne nie plus*… Mais une telle croyance est la plus haute de toutes les croyances possibles : je l'ai baptisée du nom de *Dionysos*. –

50.

On pourrait dire qu'en un certain sens, le dix-huitième siècle *aussi* a aspiré à ce à quoi Goethe en tant que personne a aspiré : une universalité de la compréhension, de l'approbation, un laisser-venir-à-soi toutes choses, un réalisme audacieux, un respect de tout ce qui est de l'ordre du fait. Comment se fait-il que le résultat global ne soit pas un Goethe mais un chaos, un soupir nihiliste, une perte des repères généralisée, un instinct de lassitude qui pousse constamment, *in praxi*[354], *à se raccrocher au dix-huitième siècle* ? (– par exemple comme romantisme du sentiment, comme altruisme et hypersentimentalité, comme féminisme en matière de goût, comme socialisme en matière politique). Le dix-neuvième siècle n'est-il pas, particulièrement dans sa conclusion, simplement un dix-huitième siècle renforcé, *tourné à la grossièreté*, c'est-à-dire un siècle de *décadence* * ? De sorte que Goethe aurait été, non seulement pour l'Allemagne, mais pour toute l'Europe, un simple incident, un bel en vain ? – Mais on comprend les grands hommes de travers si on les considère dans la perspective indigente d'une utilité publique. Que l'on ne parvienne pas à en tirer une utilité, *cela fait peut-être même partie de la grandeur*…

51.

Goethe est le dernier Allemand pour qui j'éprouve du respect : il y a trois choses qu'il aurait ressenties comme je les ressens, – nous nous entendons aussi au sujet de la « croix[355] »… On me demande assez souvent dans quel but au juste j'écris *en allemand* : nulle part je ne serais plus mal lu que dans ma patrie. Mais qui sait en fin de compte si je *souhaite* seulement être lu aujourd'hui ? Créer des choses que le temps essaie en vain de ronger[356] ; dans la forme, dans la *substance*, s'appliquer à atteindre une petite immortalité – je n'ai encore jamais été assez modeste pour exiger moins de moi. L'aphorisme, la sentence dans lesquels, le premier parmi les Allemands, je suis maître, sont les formes de l'« éternité » ; mon ambition est de dire en dix phrases ce que tout autre dit en un livre, – ce que tout autre *ne* dit *pas* en un livre…

J'ai donné à l'humanité le livre le plus profond qu'elle possède, mon *Zarathoustra* : sous peu, je lui donnerai le plus indépendant[357]. –

CE QUE JE DOIS AUX ANCIENS.

1.

Un mot, pour conclure, sur ce monde auquel j'ai cherché des voies d'accès, auquel j'ai peut-être trouvé une voie d'accès nouvelle – le monde antique. Mon goût, qui pourrait bien être le contraire d'un goût tolérant, est loin, là encore, de dire oui en bloc : de manière générale, il n'est pas enclin à dire oui, aime encore mieux dire non, et préfère absolument ne rien dire du tout… Cela vaut pour des cultures entières, cela vaut pour des livres, – cela vaut aussi pour des lieux et des paysages. Au fond, c'est un tout petit nombre de livres antiques qui comptent dans ma vie ; les plus célèbres n'en sont pas. Mon sens du style, de l'épigramme comme style s'éveilla presque instantanément au contact de Salluste. Je n'ai pas oublié l'étonnement de mon maître vénéré, Corssen[358], lorsqu'il dut donner la toute première note à son pire latiniste –, j'en étais venu à bout en un clin d'œil. Compact, rigoureux, avec autant de substance que possible quant au fond, une méchanceté froide envers la « belle parole », et aussi le « beau sentiment » – en cela, je me devinai. On reconnaîtra chez moi jusque dans mon Zarathoustra une ambition très sérieuse tendant au style *romain*, à l'« *aere perennius*[359] » du style. – Il n'en alla pas autrement pour mon premier contact avec Horace. Jusqu'à aujourd'hui, je n'ai reçu d'aucun autre poète le même ravissement artistique que celui que me procura d'emblée une ode d'Horace. Dans certaines langues, on ne peut même pas *vouloir* ce qui est atteint ici. Cette mosaïque de mots où chaque mot, en tant que son, que position, que concept, fait déferler sa force à droite, à gauche, et sur le tout, ce minimum dans l'étendue et le nombre des signes, ce maximum obtenu par là même dans l'énergie des signes [360] – tout cela est romain et, si l'on veut m'en croire, *noble par excellence* *. Tout le reste de la poésie devient par comparaison quelque chose de trop populaire, – une simple volubilité du sentiment...

2.

Aux Grecs, je ne dois pas la moindre impression de force apparentée ; et, pour le déclarer tout net, ils ne *peuvent* pas être pour nous ce que sont les Romains. On n'*apprend* pas des Grecs – leur manière est trop étrangère, elle est aussi trop fluide pour produire un effet impératif, « classique ». Qui eût jamais appris d'un Grec à écrire ! Qui l'eût jamais appris sans les Romains !... Que l'on ne m'oppose pas Platon. Pour ce qui est de Platon, je suis un sceptique radical et j'ai toujours été hors d'état de m'associer à l'admiration pour l'*artiste* Platon qui est de tradition chez les savants. En fin de compte, j'ai même pour moi les arbitres du goût les plus raffinés parmi les Anciens eux-mêmes. Platon, me semble-t-il, emmêle toutes les formes du style, il est en cela un *premier décadent* * du style : il a sur la conscience quelque chose de semblable aux cyniques qui inventèrent la satyre ménippée [361]. Pour que le dialogue platonicien, cette espèce effroyablement suffisante et puérile de dialectique [362], puisse agir comme un charme, il faut n'avoir jamais lu de bons Français, – Fontenelle par exemple [363]. Platon est ennuyeux. – En fin de compte, ma méfiance à l'égard de Platon est radicale : je trouve qu'il dévie tellement de tous les instincts fondamentaux des Hellènes, qu'il est si moralisé, si chrétien avant l'heure – il a déjà pour concept suprême le concept de « bien »[364] –, qu'à propos du phénomène Platon tout entier, je préférerais utiliser, plutôt que tout autre, le mot sévère d'« escroquerie supérieure » ou, si on préfère l'entendre dire ainsi, d'idéalisme. On a dû payer cher le fait que cet Athénien ait suivi l'enseignement des Égyptiens (– ou des Juifs d'Égypte[365] ?...). Dans cette grande calamité qu'est le christianisme, Platon est cette ambiguïté et cette fascination dénommée « idéal » qui a permis aux natures plus nobles de l'Antiquité de se comprendre elles-mêmes de travers et de s'engager sur le *pont* qui menait à la « croix »... Et que de Platon il reste dans le concept d'« Église », dans la structure, le système, la *praxis*[366] de l'Église[367] ! – Ma détente, ma prédilection, mon *traitement* contre tout platonisme fut toujours *Thucydide*. Thucydide et, peut-être, le *principe*[368] de Machiavel me sont suprêmement apparentés par la volonté inconditionnée[369] de ne pas s'en laisser conter et de voir la raison dans la réalité, – *non pas* dans la « raison », encore moins dans la « morale »... Rien ne guérit si radicalement que Thucydide de la lamentable idéalisation des Grecs à grand renfort de belles couleurs, que le jeune homme « ayant reçu une formation classique » emporte dans la vie à titre de récompense pour le dressage dispensé au Lycée. Il faut le tourner et le retourner ligne après ligne et déchiffrer ses arrière-pensées aussi clairement que ses paroles : il y a peu de penseurs aussi abondamment pourvus d'arrière-pensées. En lui, la *culture des sophistes*, je veux dire la *culture des réalistes* parvient à son expression la plus accomplie : ce mouvement inestimable au beau milieu de l'escroquerie morale et idéaliste des écoles socratiques qui se déchaînait de toute part. La philosophie grecque comme la *décadence* * de l'instinct grec ; Thucydide comme la grande somme, l'ultime révélation de cette forte, rigoureuse, dure factualité qui habitait l'instinct des anciens Hellènes. Le *courage* face à la réalité est finalement ce qui fait la distinction entre des natures comme Thucydide et Platon : face à la réalité,

Platon est un lâche, – *par conséquent*, il s'enfuit dans l'idéal ; Thucydide *se* maîtrise, par conséquent, il maîtrise également les choses…

3.

Flairer dans les Grecs de « belles âmes », « des miracles d'équilibre [370] » et autres perfections, admirer par exemple en eux le calme dans la grandeur, l'idéalité, la haute simplicité [371] – de cette « haute simplicité », une *niaiserie allemande* * [372] en fin de compte, je fus préservé par le psychologue que je portais en moi. Je vis leur instinct le plus fort, la volonté de puissance, je les vis trembler face à la violence effrénée de cette pulsion [373], – je vis toutes leurs institutions se développer à partir de mesures préventives visant à se protéger réciproquement de leurs *explosifs* intérieurs. Cette formidable tension à l'intérieur d'eux-mêmes se déchargea alors en une hostilité terrifiante et impitoyable dirigée vers l'extérieur : les cités se mirent en pièces mutuellement pour que les citoyens de chacune trouvent la paix avec eux-mêmes. On avait besoin d'être fort : le danger était proche –, il rôdait partout. La splendide aisance corporelle, le réalisme et immoralisme audacieux qui est propre aux Hellènes a été une *nécessité*, non pas une « nature ». Il ne fit que s'ensuivre, il n'était pas là d'emblée. Et par les fêtes et les arts, on ne voulait rien d'autre non plus que se sentir *tout en haut*, se *montrer* tout en haut : ce sont des moyens de se glorifier soi-même, en certaines circonstances d'inspirer la peur… Juger les Grecs à la mode allemande, d'après leurs philosophes, utiliser par exemple la mentalité de bien-pensant des écoles socratiques pour apporter des éclaircissements sur *ce qui* serait fondamentalement hellénique !… Les philosophes sont bien les *décadents* * de l'hellénité, le contre-mouvement s'opposant au goût ancien, au goût noble (– à l'instinct agonal, à la polis, à la valeur de la race, à l'autorité de la tradition). Les vertus socratiques furent prêchées *parce* *que* les Grecs les avaient perdues : excitables, craintifs, instables, comédiens tous autant qu'ils sont, ils ne manquaient pas de raisons de se faire prêcher la morale. Non pas que cela eût été de quelque secours que ce soit : mais les grands mots et les grandes attitudes vont si bien aux *décadents* *…

4.

Je fus le premier qui, pour comprendre cet instinct hellénique plus ancien, encore riche et même débordant, ai pris au sérieux ce phénomène prodigieux qui porte le nom de Dionysos : il est explicable exclusivement à partir d'un *excès* de force. Qui se consacre à l'étude des Grecs, comme le plus profond connaisseur de leur culture aujourd'hui vivant, comme Jakob Burckhardt de Bâle, aura saisi d'emblée que cela a joué un grand rôle : Burckhardt incorpora à sa *Culture des Grecs* une section spéciale sur le phénomène que j'ai nommé[374]. Si l'on veut l'opposé, qu'on regarde la pauvreté d'instinct presque distrayante des philologues allemands lorsqu'ils s'approchent du dionysiaque. Le célèbre Lobeck[375] surtout, qui pénétra en rampant dans ce monde d'états mystérieux avec l'assurance vénérable d'un rat de bibliothèque[376] desséché, et se persuada de faire œuvre scientifique en étant d'une légèreté et d'une puérilité à écœurer, – Lobeck a donné à entendre, avec une véritable débauche d'érudition, que toutes ces curiosités ne rimaient absolument à rien. Les prêtres pouvaient bien, de fait, avoir communiqué à ceux qui participaient à ces orgies quelques éléments non dénués de valeur, par exemple que le vin incite à la joie, que le cas échéant, l'homme vit de fruits, que les plantes fleurissent au printemps, se fanent en automne. Quant à cette profusion si déconcertante de rites, de symboles et de mythes d'origine orgiastique dont regorge littéralement le monde antique, Lobeck y trouve une occasion de se faire un peu plus spirituel encore. « Les Grecs, dit-il, Aglaophamus I, 672, s'ils n'avaient rien d'autre à faire, riaient, bondissaient, galopaient en tous sens, ou bien, l'homme en éprouvant parfois aussi l'envie, ils s'asseyaient, fondaient en larmes et gémissaient. *D'autres* arrivèrent ensuite et cherchèrent une raison à ce comportement étonnant ; et c'est ainsi que prirent naissance, pour expliquer ces usages, ces légendes liées aux fêtes et ces mythes innombrables. On crut en outre que cette *agitation bouffonne* qui après tout se produisait les jours de fête, faisait aussi nécessairement partie de la célébration des fêtes, et on le maintint comme une part indispensable du culte divin. » – C'est là un bavardage méprisable, on ne prendra pas un Lobeck au sérieux une seconde[377]. Nous sommes affectés d'une tout autre manière quand nous examinons le concept de « grec » que se sont formé Winckelmann et Goethe, et le trouvons incompatible avec l'élément à partir duquel se développe l'art dionysiaque, – avec l'orgiasme. Je ne doute pas, de fait, que Goethe n'eût par principe exclu quelque chose de ce genre des possibilités de l'âme grecque. *Par conséquent, Goethe ne comprenait pas les Grecs*[378]. Car c'est uniquement dans les mystères dionysiaques, dans la psychologie de l'état dionysiaque que s'exprime le *fait fondamental* de l'instinct hellénique – sa « volonté de vie ». Que se garantissait l'Hellène au moyen de ces mystères ? La vie *éternelle*, l'éternel retour de la vie ; l'avenir promis et consacré dans le passé ; le oui triomphant à la vie dépassant la mort et le changement ; la *vraie* vie comme la poursuite de la vie dans son ensemble par la procréation, par les mystères de la sexualité. C'est pourquoi le symbole *sexuel* était pour les Grecs le symbole vénérable en soi, la véritable pensée profonde de toute la piété antique. Tout détail de l'acte de procréation, de grossesse, de naissance éveillait les sentiments les plus élevés et les plus solennels. Dans la doctrine des mystères, la *douleur* est déclarée sainte : les « douleurs de la parturiente » sanctifient la douleur en général, – tout devenir et croissance, tout ce qui garantit l'avenir présuppose la douleur… Pour qu'existe le plaisir de créer, pour que la volonté de vie s'acquiesce éternellement elle-même, il faut qu'existe éternellement aussi le « tourment de la parturiente »... C'est tout cela que signifie le mot Dionysos : je ne connais pas de symbolique plus élevée que cette symbolique *grecque*, celle des Dionysies. En elle, l'instinct le plus profond de la vie, celui de l'avenir de la vie, de l'éternité de la vie, donne lieu à un sentiment religieux, – la voie même qui conduit à la vie, la procréation, est ressentie comme la voie *sacrée*... C'est seulement le christianisme, avec son ressentiment viscéral envers la vie qui a fait de la sexualité quelque chose d'impur : il a recouvert d'*ordure* le commencement, le présupposé de notre vie...

5.

La psychologie de l'orgiasme comme sentiment débordant de vie et de force au sein duquel même la couleur produit encore l'effet d'un stimulant[379] me fournit la clé du concept de sentiment *tragique*, qu'aussi bien Aristote que nos pessimistes, notamment, ont compris de travers. La tragédie est si loin de prouver quoi que ce soit en faveur du pessimisme des Hellènes au sens que lui donne Schopenhauer, qu'il faut la considérer au contraire comme le rejet entier de celui-ci et sa *contre-autorité*. Le dire oui à la vie jusque dans ses problèmes les plus singuliers et les plus durs ; la volonté de vie se réjouissant en *sacrifiant* ses types suprêmes à sa propre inépuisabilité[380] – c'est *cela* que j'ai appelé dionysiaque, c'est en *cela* que j'ai deviné un pont conduisant à la psychologie du poète tragique. *Non pas* pour se libérer de la terreur et de la pitié, non pas pour se purger[381] d'un affect dangereux en le faisant se décharger violemment – ainsi que le comprenait Aristote[382] – : mais pour au contraire, dépassant la terreur et la pitié, *être soi-même* le plaisir éternel du devenir, – ce plaisir qui englobe encore le *plaisir pris à détruire*... Et par là, j'en reviens au point dont je partis naguère – la « Naissance de la tragédie » fut ma première inversion de toutes les valeurs[383] : je me replace par là sur le terrain d'où sont issus ce que je veux, ce que je *peux*[384] – moi, l'ultime disciple du philosophe Dionysos, – moi qui enseigne l'éternel retour…

LE MARTEAU PARLE.

Ainsi parlait Zarathoustra. 3, 90[385].

« *Pourquoi cette dureté !* – dit autrefois le charbon de cuisine au diamant : *ne sommes-nous pas proches parents ?* »

Pourquoi cette mollesse ? Oh mes frères, voilà ce que moi je vous demande : n'êtes-vous donc pas – mes frères ?

Pourquoi cette mollesse, cet amollissement, ce fléchissement ? Pourquoi votre cœur est-il si plein de négation, de dénégation ? Votre regard si pauvre en destin ?

Et si vous ne voulez pas être des destins et des inexorables : comment pourriez-vous un jour avec moi – vaincre ?

Et si votre dureté ne veut pas lancer des éclairs, couper et sectionner : comment pourriez-vous un jour avec moi – créer ?

Car tous les créateurs sont durs. Et ce doit être pour vous félicité qu'imprimer votre main sur des millénaires comme sur de la cire, –

– félicité qu'écrire sur la volonté de millénaires comme sur de l'airain, – plus durs que l'airain, plus nobles que l'airain. Tout dureté, seul l'est ce qu'il y a de plus noble.

Au-dessus de vous, mes frères, je place cette table nouvelle : faites-vous durs ! » – –

LISTE DES ABRÉVIATIONS

Nous utilisons pour désigner les *Fragments posthumes* l'abréviation *FP*, suivie soit du numéro du tome dans l'édition Gallimard (de IX à XIV) s'il s'agit de volumes constitués exclusivement de posthumes, soit dans le cas contraire du titre de l'œuvre qu'ils accompagnent, et enfin du numéro du fragment dans le tome cité.

L'abréviation *KGW* désigne l'édition Colli-Montinari des œuvres de Nietzsche : Friedrich Nietzsche *Sämtliche Werke. Kritische Gesamtausgabe*, Berlin-New York, Walter de Gruyter, 1967 sqq.

L'abréviation *KSA* désigne la reprise de cette édition en format de poche avec un apparat critique simplifié : Friedrich Nietzsche *Sämtliche Werke, kritische Studienausgabe*, Munich-Berlin-New York, DTV-Walter de Gruyter, 1980, rééd. 1999.

L'abréviation *KGB* désigne l'édition Colli-Montinari de la correspondance de Nietzsche : Friedrich Nietzsche *Briefwechsel. Kritische Gesamtausgabe*, Berlin-New York, Walter de Gruyter, 1975 sqq. (pour ces trois éditions, voir la bibliographie en fin de volume).

Sauf mention contraire, nous citons les textes de Nietzsche d'après la version française de l'édition Colli-Montinari : Friedrich Nietzsche, *Œuvres philosophiques complètes* (Gallimard, 1968-1997), à l'exception toutefois des textes suivants : *Ainsi parlait Zarathoustra*, pour lequel nous utilisons la traduction de G.-A. Goldschmidt (LGF, 1972). *Le Gai Savoir*, *Par-delà bien et mal*, et les *Éléments pour la généalogie de la morale*, que nous citons dans notre propre traduction (respectivement GF-Flammarion, 1997 ; GF-Flammarion, 2000 ; LGF, Le Livre de Poche, 2000).

Conformément à l'édition Colli-Montinari, l'emploi de – – – signale un texte interrompu.

NOTES

LE CAS WAGNER

1. Cette entrée en matière apparemment désinvolte et facétieuse n'est pas sans importance. Nietzsche prend d'emblée la parole à la première personne, et une fois de plus, comme dans la préface du *Crépuscule des idoles*, s'assigne pour but la belle humeur (*Heiterkeit* : *cf. infra* n. 27), une sorte de divertissement, sous la forme, comme souvent, d'une charge polémique. L'expression allemande ici utilisée est forgée sur la formule courante signifiant : « Je m'en fais un plaisir. » Mais, au lieu du plaisir, c'est un mot un peu équivoque que Nietzsche met sous les yeux du lecteur (et qu'il reprendra à propos de Wagner dans *Nietzsche contre Wagner*, Où je fais des objections et Comment je me suis défait de Wagner, § 2, *in fine*) : *Erleichterung*, qui signifie « allégement », « divertissement », « facilités », mais aussi « soulagement », au sens intestinal (omniprésent chez Nietzsche) du verbe « se soulager ». Flaubert écrivait semblablement que la vie « n'est pas supportable sans de grands allégements ».

2. Le mot allemand « *Schicksal* » est fréquemment utilisé par Nietzsche pour présenter sa personne ou son entreprise philosophique : par exemple, dans le titre de la quatrième partie d'*Ecce homo*, Pourquoi je suis une fatalité. « Destin », « fatalité », « sort fatal », autant de traductions possibles et inadéquates pour rendre ce que Nietzsche veut dire, à savoir que sa pensée marque un tournant considérable, historique (ou, pour le dire en termes heideggériens, historial), un événement dans la culture universelle et notamment occidentale qui n'a pas son pareil, à la fois énorme, nécessaire (fatidique) et qui bouleverse le sort de l'humanité et de la pensée dans des proportions incommensurables et pas forcément dans le sens du bien ou du bonheur (fatal), à l'instar par exemple du destin qu'a suscité la pensée des grands fondateurs de religion tels que Moïse, Zarathoustra, Jésus ou Mahomet.

3. Nietzsche, comme souvent, forge un mot, en ajoutant un suffixe péjoratif (*-rei,* sur le modèle de « *Lügnerei* », utilisé par ailleurs pour signifier un ramassis de mensonges particulièrement odieux) au nom de Wagner : « *Wagnerei* » désigne ce que Nietzsche considère tout à la fois comme une supercherie, une clique, une affaire louche, un ramassis de coquins et d'illuminés, bref ce qu'il va définir ci-après comme un « danger ». *Cf.* les chapitres de *Nietzsche contre Wagner*, Wagner, danger et Comment je me suis défait de Wagner.

4. Sous la plume de Nietzsche, le mot « *Moralist* » ne sert pas à désigner, comme dans notre langue, les grands moralistes français tels que Montaigne, Pascal, La Rochefoucauld, Chamfort ou encore Stendhal, mais revêt presque toujours un sens péjoratif : moralisateur, moralisant, adepte de la morale qui consiste plus en paroles qu'en actes – ce qu'on appelle en français le « moralisme », revendication d'une « vertu » qui consiste essentiellement dans la prétention d'« avoir des principes » (mais seulement des principes)…

5. « *Selbstüberwindung* ». Ce mot, ici, prend une valeur ambiguë, comme, ci-dessus, « *Moralist* ». Le moraliste-moralisateur l'entend comme la capacité de se dominer, comprenons de *refouler* ses instincts, ses désirs et sa nature instinctuelle. Dans la plupart de ses écrits, Nietzsche reprend ce terme à son compte, mais d'une manière positive, pour caractériser la volonté de puissance forte, celle qui va au-delà, au-dessus de ce qu'elle est, celle qui a la force de se surmonter, d'acquérir plus de force, plus de puissance, cette volonté qui *va vers plus* (*zur*) de puissance (la volonté *de* puissance, *der Wille ZUR Macht*).

6. Allemand « *zeitlos* ». Il serait plus exact (mais trop lourd) de traduire par « hors époque » (« étranger à son époque », « libéré de son époque »). Nietzsche, pour rendre cette idée, utilise la plupart du temps l'adjectif « *unzeitgemäss* » (*Cf. Considérations inactuelles – ou intempestives*), qui signifie à peu près la même chose, mais d'une façon plus explicite et univoque. Les deux épithètes ne signifient pas « intemporel ». C'est là en effet une notion que Nietzsche récuserait, considérant que le refuge dans l'éternité est une faiblesse, un stratagème métaphysique bon pour les décadents incapables d'affronter le devenir et hostiles au changement. Freud va dans le même sens, lorsqu'il décrit l'inconscient comme « *zeitlos* », hors du temps, inaccessible à toute évolution dans le cours du devenir et imperméable à la réalité temporelle. Il faut donc comprendre « *zeitlos* » et « *unzeitgemäss* » au sens de « détaché de son époque », « pas au goût du jour », « en dehors de l'actualité ». Nietzsche explicite souvent cette position en marquant son refus de ce qu'il appelle « les idées modernes, donc fausses », qui, à ses yeux, ne sont que des avatars des idéaux et du Dieu de la morale platonico-chrétienne en une époque nihiliste qui veut ainsi pallier la mort de Dieu en lui substituant ses « ombres ».

7. Le mot « décadent », repris par Nietzsche à Paul Bourget dans ses *Essais de psychologie contemporaine* (1883, rééd. Gallimard, coll. Tel, 1993), caractérisait chez l'écrivain français la modernité d'alors,

représentée entre autres par Baudelaire, Stendhal, les Goncourt, Flaubert, etc. C'est un des mots-clés de la pensée de Nietzsche, qui l'élargit à l'ensemble des tenants de la culture occidentale qui sont selon lui au principe de la morale platonico-chrétienne, de Socrate et Jésus à Schopenhauer et D.F. Strauss. (À ce propos, il y a sans doute une allusion personnelle discrète de Nietzsche à sa *Première considération intempestive*, sur D.F. Strauss, quand il parle un peu plus haut de « combat » à livrer contre son époque : le mot employé pour combat est « Strauss »...)

8. Cette fois, c'est l'équivalent allemand (*Niedergang*) du mot français « décadence » que Nietzsche utilise.

9. Formule maintes fois répétée par Nietzsche, dans ses textes publiés et dans ses écrits posthumes, sous une forme ou sous une autre. On pourrait expliciter en traduisant : la morale est la négation de la vie, la morale dit non à la vie (Nietzsche écrit parfois « *sagt Nein* »), la morale renie ou dénie ses droits à la vie. De nos jours, après Freud, on pourrait traduire d'une façon plus parlante : la morale refoule (au sens psychanalytique du mot) la vie, c'est-à-dire les affects, les désirs et leurs manifestations illogiques, irrationnelles ou tragiques. Cette « négation » implique tous les sentiments négatifs et les réactions de rejet : calomnie, refus, condamnation, déni, rancune, volonté de vengeance, bref tout ce que Nietzsche englobe dans la notion de *ressentiment**.

10. Nietzsche ne cite pas *Le Tartuffe* : par « *Menschlichkeit* », il désigne tout le galimatias sentimental de l'« humanité » au sens de l'humanitarisme et de l'« amour de l'humanité ».

11. Voir *supra* note 6. Au terme allemand « *zeitlos* » utilisé ci-dessus, Nietzsche oppose ici « *zeitlich* » (de cette époque, actuel, dans le vent de l'époque) et « *zeitgemäss* » (au goût du jour, à la page). Le premier adjectif comporte une forte connotation religieuse (séculier, terrestre, de ce monde) et le second (moderne, actuel, à la page, pour ne pas dire : branché !) est marqué par l'usage que Nietzsche a fait de son contraire (*Unzeigemässe Betrachtungen* : *Considérations inactuelles* ou *intempestives*, voire plutôt contraires ou étrangères au goût du jour, démodées, pas dans le vent. Il faudrait pouvoir traduire : *Considérations ringardes*, hors du coup !).

12. Jeu de mots entre « *übersieht* » (littéralement : voit par-dessus, parcourt du regard) et « unter *sich sieht* » (voit *en dessous* de soi).

13. « Démesuré » : Nietzsche reprend l'adjectif « *gemäss* » utilisé plus haut pour « à la mesure du temps ».

14. « *Selbstüberwindung* » : terme-clé de la doctrine de Nietzsche, et concept central de la notion de volonté de puissance. C'est la capacité de se surmonter (*überwinden*) soi-même. C'est le titre d'un des chapitres d'*Ainsi parlait Zarathoustra* (deuxième partie), cf. *supra* note 5.

15. Voir la préface de la deuxième édition du *Gai Savoir*, § 1, trad. P. Wotling, GF-Flammarion, 1997, p. 25, avec l'allusion au mouvement lent du 15e quatuor à cordes en *la* mineur op. 132 de Beethoven, « Molto adagio, Cantique de reconnaissance d'un convalescent à la divinité, dans le mode lydien ».

16. Jeu de mots entre *Gewissen* (conscience) et *wissen* (savoir)

17. « Dire des choses *sérieuses* (ou *sévères*) en riant » : Horace, *Satires*, I, 1, 24. L'original latin dit exactement : « *ridentem dicere* verum », dire le vrai, des vérités (et non le sérieux, ou des sévérités) en riant. Rabelais aurait pu dire, par « équivoque », qu'il faut prendre les choses en riant. Dans *Ecce homo*, Pourquoi j'écris de si bons livres, Le Cas Wagner, § 1, Nietzsche revient sur cette épigraphe en évoquant une fois de plus la finalité de sa réflexion philosophique, la « belle humeur » (*Heiterkeit*).

18. Nietzsche avait entendu *Carmen*, qui date, rappelons-le, de 1875, pour la première fois à Gênes le 27 novembre 1881, c'est-à-dire sept ans avant la rédaction du *Cas Wagner*. La représentation ici mentionnée par Nietzsche se donnait à Turin. Nietzsche en avait parlé à son ami Peter Gast (Heinrich Köselitz) le 28 novembre 1881 et le 20 avril 1888. Sur la carte rapportant la première représentation, Nietzsche parlait d'« un opéra de François [*sic* !] *Bizet* (qui est-ce ?) : *Carmén* » [*sic* !].

19. Nietzsche fait référence à l'hindouisme, remis à l'honneur notamment par Schopenhauer, et tout spécialement à la notion clé de nirvâna, d'extinction (ou négation) du vouloir-vivre (sous forme d'impatience, par exemple).

20. Comme dans le mot français, l'image ici évoquée par la racine étymologique est celle du siège, de rester assis, voire « rassis », de rester en place. Nietzsche va filer la métaphore implicite.

21. Nietzsche joue sur le mot « *unschuldig* » (innocent, pur, candide, naïf) et fait sans doute déjà allusion à Parsifal, « *der reine Tor* », le « pur innocent » ou, comme il se plaira à l'insinuer tout au long de ses écrits sur Wagner, « le parfait idiot ». La musique de Wagner, qui se veut naïve (comme on parle de peintres naïfs), pure, ingénue, sans affèterie, inoffensive, est en réalité une musique faussement pudique, maléfique et rouée.

22. Réminiscence homérique du professeur de philologie grecque Nietzsche : allusion aux « pieds légers » du « divin » Achille (*Iliade*).

23. Terme utilisé par Wagner pour désigner un aspect caractéristique de son art de la composition. Nietzsche insinue à plusieurs reprises que l'on pourrait comprendre l'adjectif *unendlich* dans un sens plus péjoratif : mélodie interminable, qui n'en finit pas – donc musique ennuyeuse, aux longueurs non pas célestes (comme on l'a dit des sonates pour piano de Schubert), mais insupportables.

24. En allemand : « *das philosophische Pathos* ». Le mot français « pathos » ne convient pas, car Nietzsche prend le mot allemand dans son sens original grec : situation où l'on se trouve, état émotionnel, sensibilité.

25. Nietzsche joue et va à plusieurs reprises jouer sur le verbe « *erlösen* » et ses dérivés : « rédemption », « salut », « rachat », afin de dénoncer les arrière-pensées religieuses du « wagnérisme ». La traduction ne peut pas toujours suivre cette exploitation polysémique des diverses acceptions d'un même terme.

26. La nouvelle de Mérimée qui sert de point de départ au livret de l'opéra de Bizet date de 1845. Nietzsche cite toujours Mérimée avec éloge et voit en lui un classique, aux antipodes du romantisme, entendons aussi un cynique et non pas un sentimental larmoyant. De même pour Maupassant et quelques autres. *Cf. Ecce homo,* Pourquoi je suis avisé, § 3, trad. Éric Blondel, GF-Flammarion, 1992, p. 78-79 : « Des psychologues aussi curieux que délicats ».

27. Comme on l'a déjà vu à plusieurs reprises, la belle humeur (*Heiterkeit*) est l'emblème et la fin ultime de la réflexion philosophique de Nietzsche : « Je compte la belle humeur au nombre des *preuves* de ma philosophie » (lettre à Jean Bourdeau, vers le 17 décembre 1888). Dans *Ecce homo,* Pourquoi je suis si avisé, § 7, trad. É. Blondel, GF-Flammarion, 1992, p. 84, Nietzsche écrira : « Je voudrais dire encore un mot à l'adresse des oreilles exquises : ce que, *quant à moi,* je demande véritablement à la musique. Qu'elle soit de belle humeur et profonde comme un après-midi d'octobre, qu'elle soit désinvolte, tendre, une douce petite femme pleine d'abjection et de grâce. Quant à moi, je suis encore assez polonais pour donner, pour Chopin, tout le reste de la musique : j'en excepte, pour trois raisons, *Siegfried-Idyll* de Wagner… » Lire, sur ce thème fondamental, nos remarques dans l'Introduction à *Ecce homo,* trad. É. Blondel, GF-Flammarion, 1992, p. 17-19.

28. Calembour sur le nom de l'héroïne du *Vaisseau fantôme* de Wagner.

29. Nietzsche reprendra cette formule de définition telle quelle dans *Ecce homo,* Pourquoi j'écris de si bons livres, § 5, trad. citée, p. 99.

30. Phrase également reprise dans le passage d'*Ecce homo* cité *supra.*

31. Citation de Goethe, *Wilhelm Meister, Années d'apprentissage,* IV, 9, et également *Poésie et Vérité,* III, 14.

32. Citation (en français, et légèrement modifiée) du roman *Adolphe* (1816), chapitre VI, de Benjamin Constant (1767-1830), éd. Gilles Ernst, Le Livre de Poche, UGE, 1995, p. 160.

Nietzsche, suivant en cela les moralistes, notamment les Français, qu'il admire et imite, ne s'est jamais départi de ce point de vue qu'il appelle « médecynique » (*Ecce homo, loc. cit., cf.* note 29 ci-dessus), en opposition au sentimentalisme idéaliste (et pseudo-féministe) de son temps sur cet article.

33. Il s'agit du § 255 de cet ouvrage (Nietzsche se réfère à la pagination de l'édition originale, parue en août 1886, donc deux ans plus tôt que *Le Cas Wagner*), qui préfigure et explique cette formule. Nietzsche écrit entre autres : « Un homme [du Sud] apprendra quelque peu à se tenir sur ses gardes face à la musique allemande, parce que en détériorant et en faisant régresser son goût, elle détériore et fait régresser sa santé. Un tel homme du Sud […] rêvera nécessairement aussi à une rédemption de la musique du Nord et aura nécessairement dans l'oreille le prélude à une musique plus profonde, plus puissante, peut-être plus méchante et plus mysté-

rieuse, à une musique supra-allemande, qui ne s'éteigne pas, ne jaunisse pas, ne se fane pas au spectacle de la mer bleue, voluptueuse et de la clarté du ciel méditerranéen, comme c'est le cas aujourd'hui pour toute musique allemande, qui l'emporte même sur les couchers de soleil fauves (*braunen*) du désert […] » (trad. Patrick Wotling, GF-Flammarion, 2000, p. 239). Voir également la fin du § 254 : « Ces méditerranéens-nés, les "bons Européens". – C'est pour eux que Bizet a composé sa musique, lui, le dernier génie qui ait vu une beauté et une séduction nouvelles, – qui ait découvert un fragment *de Sud en musique* » (*ibid.*). À noter que le § 256 suivant est entièrement consacré à Wagner.

34. Nietzsche aime à utiliser cette formule, en reprenant à son compte et en un sens qui lui est propre cette maxime abusivement attribuée à Rousseau. *Cf. Crépuscule des idoles*, « Raids d'un intempestif », § 48.

35. Jeu de mots par assonance sur « *Jugend* » et « *Tugend* », inspiré du dicton allemand « *Jugend hat keine Tugend* » (littéralement : « Jeunesse n'a pas de vertu »).

36. Le mot allemand « *Zauber* » (et son dérivé « *Zauberer* ») est plus fortement ambivalent et ambigu que ses équivalents français (« charme », « magie », « enchantement »). On le voit aux composés célèbres comme *Die Zauberflöte* (*La Flûte enchantée*, que les Anglais rendent par *The Magic Flute*), *Der Zauberberg* (*La Montagne magique*, qu'il faudrait également appeler enchantée, c'est-à-dire maléfique). Le « vieil enchanteur » est donc aussi un vieux magicien, un vieux charmeur, un vieux jeteur de sorts, un vieux sorcier.

37. En allemand, la « sonnette » du crotale (« serpent à sonnettes », que certains dictionnaires de la langue française écrivent par erreur au singulier) désigne également la crécelle (ou clochette) par laquelle s'annonçaient autrefois les lépreux. Pour le serpent comme pour les lépreux, il s'agit d'insinuer que le tintement, le sifflement ou la « musique » annoncent l'approche de quelque mal dangereux et contagieux, ce qui renforce la symbolique tentatrice, perfide et maléfique du serpent.

38. Allusion à la dernière œuvre de Wagner, *Parsifal*, sur laquelle Nietzsche ne cesse pas de dauber, déjà dans la *Généalogie de la morale* (Troisième traité, § 2 à 5, et § 3 en particulier : « cet échantillon masculin (hélas ! si peu masculin) d'"innocence du village", ce pauvre diable, cet ingénu de Parsifal ».

39. Cf. *supra* note 25. Il s'agit évidemment du salut au sens religieux et en particulier chrétien. Nous utilisons indifféremment le mot « salut » (et le verbe « sauver ») et le mot « rédemption » (mais le verbe « rédimer » est quasi inusité, ce qui rend son emploi difficile).

40. Ce mot, qui signifie « motif (ou thème) conducteur » (sur le modèle du *Leitfaden*, fil conducteur), a été consacré pour caractériser la technique de composition de Wagner, et a été adopté tel quel en français. Un thème ou motif déterminé, repris, modulé, modifié au long de l'œuvre, sert à caractériser un personnage et constitue ainsi l'unité thématique (ou mélodique) du drame.

41. Coup de patte probable en forme d'équivoque sémantique, le vocable allemand traduit par « digression » (dans l'ordre du discours musical) signifiant surtout « esquive », « dérobade », « échappatoire ».

42. Tannhäuser, poète allemand, est présenté par Wagner dans le drame qui porte son nom (1845 à 1875, selon les versions qui se sont succédé) comme déchiré entre deux images féminines : la reine de volupté Vénus et la chaste Élisabeth de Thuringe. Lors du tournoi des chanteurs de la Wartburg, il trahit sa passion pour la déesse de la Montagne de Vénus (Venusberg). Condamné par le pape, il est sauvé par le charme rédempteur d'Élisabeth.

43. Wagner joue en effet sur les deux thèmes. Le rapprochement est encore plus évident si on utilise le titre allemand : *Le Hollandais volant*.

44. Personnage *féminin* de Parsifal. Une ancienne version comportait cette phrase rayée finalement par Nietzsche (ou interpolation apocryphe), mais qu'on peut lire encore dans l'ancienne traduction d'Henri Albert : « Ou bien encore que de jeunes hystériques adorent se faire sauver par leur médecin (c'est le cas dans *Lohengrin*). »

45. Drame de 1867 où Eva, fille de Maître Pogner, aime Walther von Stolzing, poète et chanteur génial : l'allusion est limpide !

46. *Tristan et Isolde*, 1859.

47. Les wagnériens français disent aussi comme les Allemands « Le Ring ». Dans la Tétralogie (*L'Anneau du Nibelung*, 1853-1872), Siegfried est l'artisan de la déchéance de Wotan et autres dieux (le « crépuscule des dieux »).

48. Allusion à la seconde partie de l'ouverture de *Tannhäuser*, musique de ballet érotique se référant à la « Montagne de Vénus ».

49. Voir ci-après la note 51.

50. Réponse de Tristan au roi Marke, à la fin du deuxième acte.

51. Lohengrin (personnage principal du drame du même nom de 1846-1847) épouse Elsa de Brabant en lui faisant promettre de ne pas lui poser de questions sur sa naissance (il est en réalité le fils de Parsifal, mais c'est un secret). Le jour de son mariage, il est poussé par son épouse à trahir son secret, ce qui l'oblige à la quitter. Nietzsche se fait une joie maligne de faire une perfide allusion *ad hominem* au même tabou concernant Wagner : voir la Remarque du Post-Scriptum *supra* p. 62.

52. La foi, la croyance chrétienne définie comme invention de notions imaginaires (« le mensonge sacré ») : c'est un thème favori de Nietzsche, développé à l'envi tout au long notamment de *L'Antéchrist*, en particulier dans les § 15 et 50-56.

53. Littéralement : « Il cesse d'être éternel ». En effet, « le Juif errant » se dit en allemand « le Juif éternel ».

54. « L'hôte » est évidemment pris aussi au sens qu'a ce mot en parasitologie. Toutes ces considérations sur les « génies » et la femme sont autant d'allusions perfides, au deuxième degré, à Cosima Wagner, que Nietzsche appréciait beaucoup, mais qu'il a ensuite rejetée comme trop inconditionnellement attachée à son mari et aux valeurs qu'il représentait. Thomas Bernhard a repris cette idée d'une

façon grinçante dans *Béton* : « Les femmes rappliquent, elles s'accrochent à vous et elles vous détruisent »…

55. Forgeant un mot avec le suffixe « -ine » qui sert à désigner les poisons et toxines, Nietzsche utilisera encore ce vocable dans *L'Antéchrist* (§ 2) pour stigmatiser le « poison moral ».

56. C'est un lieu commun, en Allemagne, d'opposer les deux poètes Schiller et Goethe comme le révolutionnaire et idéaliste moral (nommé citoyen français par l'Assemblée législative en 1792) et l'olympien réaliste et aristocrate conservateur, qu'une célèbre anecdote représente saluant humblement chapeau bas les têtes couronnées tandis que son compagnon de promenade Beethoven passe à travers le groupe en renfonçant son chapeau. Dans cette antithèse traditionnelle et convenue, Nietzsche a toujours pris le parti de Goethe et accablé Schiller de ses brocards. *Cf.* par exemple *Crépuscule des idoles*, Raids d'un intempestif, § 16 : « L'autre chose que je ne puis entendre, c'est un "et" mal famé : les Allemands disent "Goethe *et* Schiller", je crains qu'ils ne disent "Schiller et Goethe". »

57. La « Montagne de Vénus » (Venusberg) est une allusion au chant de Tannhäuser dédié à Vénus – divinité à laquelle Goethe a beaucoup sacrifié, dans sa vie et dans ses écrits. Voir ci-dessus les notes 42 et 48. Faut-il préciser aux chastes que, si les livrets traduisent pudiquement l'allemand « Venusberg » par « Montagne de Vénus », site géographique, symbolique et mythique, il s'agit en fait d'une allusion limpide au « mont de Vénus », désignation métaphorique du pubis féminin ? Wagner, qui souhaitait donner ce titre à son drame *Tannhäuser*, y a renoncé quand on lui a représenté les rires homériques et les sous-entendus graveleux que ce titre susciterait chez les carabins…

58. Nietzsche a bien écrit *Épigrammes vénitiennes* (texte datant de 1786-1788) qui, selon lui, avaient encore plus choqué le public que les *Élégies romaines* (1790), également de réputation sulfureuse.

59. 1724-1803, contemporain de Kant et donc plus âgé que les deux susnommés, lui aussi citoyen d'honneur de la République française (1792), rangé par Nietzsche dans la catégorie des poètes épiques chrétiens, piétistes et nationalistes.

60. 1744-1803.

61. Divinité grecque, fils de Dionysos et d'Aphrodite, symbolisant la sexualité et pourvu d'un majestueux phallus en érection (divinité « ithyphallique ») : de là le terme médical de priapisme.

62. Historien, ambassadeur de Prusse au Vatican. Nietzsche recopie des propos contenus dans l'ouvrage de Viktor Hehn, *Pensées sur Goethe*, paru en 1887.

63. Adversaire de Tannhäuser dans la joute précédemment mentionnée (*Cf. supra*, note 42).

64. La Wartburg est un lieu symbolique pour les Allemands. Luther s'y réfugia en 1521, et y traduisit le Nouveau Testament. On y célébra en 1817 une bataille décisive (de 1813) contre Napoléon. Mais ici, Nietzsche songe en particulier à ce château comme lieu de la joute des chanteurs où W. von Eschenbach l'emporta contre

Klingsor. Voir *supra* note 42. Nietzsche mélange tout cela en une unité syncrétique symbolisant toutes les coteries luthériennes et nationalistes allemandes que compte l'Allemagne, regroupées sous la bannière du wagnérisme – un peu comme chez nous les ligues, les clubs, les fans, depuis le salon Verdurin jusqu'à la rue de Valois.

65. Expression biblique passée en expression courante : Marc, 1 : 23, l'homme possédé d'un « esprit impur ».

66. Parodie du dernier vers du *Second Faust* de Goethe, resté célèbre, et que Nietzsche aime souvent pasticher : « L'éternel féminin nous attire vers le haut. »

67. La formule se trouve dans une lettre de Goethe à Zelter du 20 octobre 1831 (source : V. Hehn, *op. cit.*).

68. Formule de Renan, *Vie de Jésus*.

69. Wagner a en effet dû s'exiler, poursuivi pour sa participation à l'insurrection révolutionnaire de 1849 à Dresde. Son idéologie révolutionnaire se bornait à quelques lectures comme Feuerbach, Proudhon… De là à faire de lui un révolutionnaire, il y a un grand pas, que Nietzsche pourrait envier à la police de Metternich !

70. Nietzsche, avec une expression courante, s'offre une de ces assonances dont regorgent les livrets des drames de Wagner (Schiff/Riff).

71. Nietzsche utilise l'adjectif d'origine latine (*conträr*), assez rare en allemand, comme s'il s'agissait d'insister sur la comparaison maritime : un navire drossé sur des récifs, où il reste encalminé à cause de vents *contraires*…

72. Nietzsche fait référence à une phrase de la fin du chapitre 59 de la quatrième partie du *Monde comme volonté et comme représentation* : « L'optimisme, quand il n'est pas un pur verbiage dénué de sens […], est une opinion réellement infâme, une odieuse moquerie, en face des inexprimables douleurs de l'humanité » (trad. Burdeau revue par R. Roos, PUF, 1966, p. 411).

73. Parole prêtée par Diogène Laërce à Zénon de Citium, fondateur du stoïcisme, arrivé à Athènes à la suite d'un naufrage au large du Pirée. Littéralement : « J'ai bien navigué quand j'ai fait naufrage », c'est-à-dire : « En vérité, ce naufrage m'a conduit à bon port » (Diogène Laërce, *Vies et doctrines des philosophes illustres*, livre VII, I (Zénon), 4, trad. R. Goulet, Le Livre de Poche, La Pochothèque, 1999, p. 792). Nietzsche utilise la traduction latine faite par Schopenhauer de l'original grec. Le doxographe Diogène Laërce (première moitié du IIIe siècle) avait fait l'objet des premiers travaux philologiques du jeune Nietzsche.

74. Raccourci très allusif : le nirvâna, le néant, négation du désir et du vouloir-vivre inspiré de l'hindouisme, est un des mots-clés de la pensée pessimiste de Schopenhauer ; c'est la tentation de l'anéantissement et la séduction du nihilisme, que Nietzsche compare aux appâs et aux manœuvres séductrices de la magicienne Circé dans *L'Odyssée* (chant X), qui transforme les compagnons d'Ulysse en pourceaux (il s'ajoute à cela des allusions à la féroce misogynie de Schopenhauer). Nietzsche utilise fréquemment cette comparaison,

comme celle du chant séducteur des Sirènes, contre lequel Ulysse se prémunit en se faisant ligoter à son mât et boucher les oreilles (chant XII). *Cf.* par exemple *Crépuscule des idoles*, Maximes et pointes, § 17 ; *Le Gai Savoir*, § 372 ; *Par-delà bien et mal*, § 229 et § 230 ; *Ecce homo*, « Pourquoi je suis sage », § 6 ; « Pourquoi je suis une fatalité », § 6. Voir surtout ci-dessus, *Le Cas Wagner*, Post-Scriptum, p. 64.

75. Celui qui concerne la négation du vouloir-vivre : « La volonté s'affirme, puis se nie. »

76. Citation parodique d'un verset très connu des Béatitudes (Sermon sur la montagne, Matthieu, 5 : 3). Nietzsche affectionne ce genre de référence parodique et, comme souvent dans ses écrits, feint de croire (ou croit vraiment) que l'expression de « pauvres en esprit » est synonyme de « pauvres d'esprit », c'est-à-dire de « débiles mentaux » (*Cf.* quelques lignes plus bas, le terme d'« idiotie »), alors que l'Évangile désigne par là les « pauvres de cœur », ceux dont le cœur est brisé par la vie. À la différence de Schopenhauer, athée qui se réclamait de l'hindouisme, Wagner se revendique de culture chrétienne en expliquant, dans son livre *Religion et Art* (1880), que le message évangélique est accessible aux pauvres en esprit, c'est-à-dire en l'occurrence aux âmes simples.

77. « *Luft ! Mehr Luft !* » : sans doute rappel par assonance de la formule du même type prêtée à Goethe sur son lit de mort : « *Licht ! Mehr Licht !* » (« De la lumière ! Plus de lumière ! ») Comparaison déjà utilisée dans la *Généalogie de la morale*, 1er traité, § 14, trad. citée p. 59.

78. Nietzsche ne manque jamais une occasion de rendre hommage (*Cf.* par exemple *L'Antéchrist*, § 31) à ce qu'il appelle la « profondeur psychologique » de Dostoïevski, ici désigné par allusion. Ainsi dans le *Crépuscule des idoles*, Raids d'un intempestif, § 45 : « Dostoïevski, le seul psychologue, soit dit en passant, dont j'aie eu quelque chose à apprendre ; il fait partie des plus belles chances de mon existence, plus encore que la découverte de Stendhal. Cet homme *profond*, qui avait cent fois raison de dédaigner les Allemands… » Quant aux psychologues français, parmi lesquels il privilégie justement avant tout Stendhal, Nietzsche leur rend hommage notamment dans *Ecce homo*, Pourquoi je suis si avisé, § 3, d'une façon qui peut nous surprendre quelque peu aujourd'hui, comme à « des psychologues aussi curieux que délicats : je nomme à titre d'essai [..] messieurs Paul Bourget, Pierre Loti, Gyp, Meilhac, Anatole France, Jules Lemaitre ou […] un vrai Latin auquel je suis particulièrement attaché, Guy de Maupassant ». Et il ajoute, reprenant sa propre formule : « Stendhal, l'un des plus beaux hasards de ma vie […] est absolument inappréciable avec son œil de psychologue précurseur. […] Peut-être même suis-je jaloux de Stendhal. »

79. Nietzsche prend ce mot au sens fort de l'étymologie et de l'analyse littéraire : personnage principal. On dirait maintenant « superstar », « prima donna » ou « diva »…

80. Ici, par le mot « instinct », fréquent dans son vocabulaire, Nietzsche désigne la mécanique du corps, les ressources préréflexives (ou inconscientes) du corps et du psychisme, les défenses physiologiques et psychologiques qui appartiennent en propre aux forces vives et réflexes vitaux d'un être. La décadence est une maladie des « instincts ». L'instinct s'oppose aux ressources conscientes, morales et rationnelles.

81. Terme médical ancien : « qui donne des forces » (*Cf.* Molière, *Le Malade imaginaire*, acte I, sc. 1). Nous dirions maintenant : « fortifiant », « reconstituant ». Voir la reprise de la même idée dans le *Crépuscule des idoles*, Les quatre grandes erreurs.

82. Toutes ces remarques apparemment paradoxales ou plaisantes relèvent du cœur même de la conception nietzschéenne de la santé et de la maladie, telle qu'exprimée par exemple dans *Ecce homo*, « Pourquoi je suis si sage », § 2 : « D'instinct j'ai toujours choisi les remèdes adéquats aux mauvais états de santé : tandis que le *décadent* * en soi choisit toujours les remèdes qui lui font du tort. » *Cf.* encore *L'Antéchrist*, § 6 : « J'appelle corrompu un animal, une espèce, un individu quand il perd ses instincts, quand il choisit, quand il *préfère* ce qui lui est préjudiciable. » L'idée, apparemment fantaisiste, de Nietzsche, est que la santé, plus qu'un état d'*immunité* par rapport au milieu, est un état intérieur d'équilibre des forces qui gouvernent le corps-esprit, équilibre réglé par les instincts qui fonctionnent selon un principe d'autorégulation. Dès lors, être malade ne signifie pas seulement être perturbé par des agressions extérieures (microbes, virus, infections, accidents...), c'est perdre l'équilibre spontané de ses instincts, s'écarter non seulement des réactions habituelles, mais perdre aussi les moyens de se guérir, bloquer ses défenses. Autrement dit, être malade, ce n'est pas subir un accident, *tomber* malade, mais c'est être cause de sa pathologie, *se* nuire à soi-même, se porter tort de l'intérieur, gâcher ses moyens, ne plus être capable de *se guérir* ou de se défendre. En termes psychanalytiques, la névrose, c'est quand les mécanismes de défense internes sont plus coûteux en énergie psychique et causent plus de tort (le surmoi) que la réalisation des désirs ou la levée des inhibitions, quand l'intérieur est plus préjudiciable que l'extérieur, c'est se détruire soi-même pour maintenir le refoulement des désirs infantiles. En ce cas-là, les mécanismes de défense, les « remèdes » (par exemple la morale) sont au sens propre des actes *manqués*.

83. Encore une allusion à la Bible (Matthieu, 19 : 14). Le ressort comique, parodique ou blasphématoire est non seulement que Wagner peut apparaître comme un pervers pédophile (*Cf. infra*, « Post-Scriptum », dernières lignes), mais que son art et sa doctrine esthétique et philosophique visent un public immature d'innocents, de femmes, d'enfants, de débiles légers ou profonds.

84. Nietzsche reprend une expression du Dr Moreau de Tours trouvée dans le *Journal* des Goncourt en date du 2 septembre 1866 : « Le génie est une névrose » (Jacques-Joseph Moreau, *Psychologie morbide*, 1869, 2e partie, chap. 3).

85. On note ici l'acception médicale du mot « *Fall* » (cas) du titre de l'ouvrage.

86. En allemand, *Spätheit*, caractère de ce qui est tardif, fin de race ou fin de siècle : synonyme du mot le plus couramment employé (en français) par Nietzsche : « décadence ».

87. Le comte de Cagliostro (1743-1795) : aventurier italien (condamné comme franc-maçon en Italie) qui se rendit célèbre à Paris pour ses talents de guérisseur et ses pratiques de sciences occultes. En vérité, ce sobriquet était une trouvaille, non de Nietzsche, mais d'un certain Gutzkow. Nietzsche parle souvent de Wagner comme d'un hypnotiseur ou d'un charlatan spécialiste des narcotiques. Nous dirions aujourd'hui « gourou ». *Cf. Fragments posthumes*, automne 1887, 10 (155), texte cité dans notre Introduction.

88. Comme souvent dans les textes de Nietzsche de cette époque, ce mot (qui à l'époque avait valeur technique psychiatrique) est utilisé en référence à Dostoïevski et à son roman *L'Idiot* (1868). *Cf. L'Antéchrist*, § 29 (éd. Colli-Montinari), où le mot « idiot », appliqué par Nietzsche à Jésus, avait été rayé par des « éditeurs » trop zélés.

89. Ce mot courant revêt ici la valeur d'un mot-clé : « *Es ist mein Verderb* » signifie « C'est ma perte ». Cela désigne l'élément corrupteur, ce qui vicie, gâche, pervertit, empoisonne, cause la dépravation et la mort. C'est ce thème (on n'ose dire ce *Leitmotiv*) que Nietzsche va maintenant développer : en quoi, pour une civilisation, tel ou tel phénomène (art, morale, mœurs, pensée philosophique, institution, etc.) est-il favorable ou préjudiciable à la croissance d'une vie féconde et forte, est-il un symptôme morbide (dégénérescence, décadence, déclin) ou le signe d'une volonté de puissance ascendante ?

90. Rappel de l'incipit de la Préface, avec une légère modification : « récréation » (*Erheiterung*) au lieu d'« allégement » (*Erleichterung*). Dans le mot « *Erheiterung* », il y a les mots « *heiter* », « *Heiterkeit* », qui désignent la « belle humeur », notion cardinale de la pensée de Nietzsche (*Cf. supra* note 1 – Préface – et note 27 – § 2).

91. Horace, *Satires*, I, 9, v. 44. « Le beau est pour le petit nombre » : idée chère à Nietzsche comme à Stendhal (les « *happy few* » de *La Chartreuse de Parme*), vers souvent cité en adage. Nietzsche le reprend également dans le *Crépuscule des idoles*, Ce qui échappe aux Allemands, § 5.

92. Déjà Nietzsche, dans la *Première Considération intempestive*, § 2, avait forgé l'alliance de mots, restée célèbre, de *Bildungsphilister*, de philistins cultivés (soit : de béotiens – ou bourgeois, au sens flaubertien du mot – cultivés, ou, en argot moderne, de nuls branchés). *Cf.* également, dans la même *Considération*, § 8, l'expression de *Philister-Kultur* (la civilisation des philistins).

93. Référence au « tohu-bohu », au chaos informe et vide de la terre avant la création divine : *Genèse*, 1 : 1-2.

94. Reprise du sarcasme contre l'expression de « mélodie infinie » (adjectif qui, en allemand, signifie aussi « interminable », c'est-à-dire lassant et informe) utilisée par Wagner pour désigner sa technique de composition : *cf. supra*, § 1 et note 7, et *Nietzsche contre Wagner*,

Wagner, danger, trad. É. Blondel, GF-Flammarion, 1992, p. 186-187.

95. S'agit-il d'un de ces sous-entendus physiologiques, c'est-à-dire scatologiques, dont Nietzsche est coutumier, surtout en ce qui concerne le tractus digestif ? Il est friand des expressions équivoques que contiennent les formulations sérieuses, par exemple une ouverture musicale qui desserre les sphincters… Händel (1685-1759), que Nietzsche admirait beaucoup, est peut-être ici évoqué par Nietzsche comme épine dans le pied des Allemands : d'origine allemande, il s'était fait naturaliser Anglais.

96. La formule est assez elliptique, pour ne pas dire énigmatique. On dit « enharmoniques » deux notes différentes, à un comma près, jouées dans deux tonalités distinctes (par exemple do dièse et ré bémol), mais qui se confondent sur les touches d'un instrument à clavier comme le piano par exemple. C'est sur cette différence d'intervalles non perçue par l'oreille que repose la question du tempérament, problème traité par J.S. Bach dans le *Clavier bien tempéré*. Nietzsche en remet un peu dans la technicité pour stigmatiser tout simplement l'usage wagnérien de la dissonance.

97. Calembour : *Wagner hat es gewagt* (*wagen* : « oser »).

98. L'expression complète, en latin, est « *Sursum corda !* » (« Haut les cœurs ! »). Ce sont les paroles que le prêtre prononce au début de la préface de la messe en rite latin. « Boum-boum » désigne aussi les flonflons du style musical pompier : *cf.* aussi *Nietzsche contre Wagner*, Wagner, danger. Sur les beaux sentiments, l'idéalisme et leur complicité avec la tricherie morale et intellectuelle, *cf. Généalogie de la morale*, « Troisième traité », § 26 sq.

99. C'est, on le sait, le titre d'une des parties du *Crépuscule des idoles*. Le verbe « *verbesserm* », « améliorer » (ainsi que le déverbal « *Verbesserer* », « amélioreur »), recouvre plusieurs acceptions : « améliorer », « corriger », « rendre meilleur » (*besser*), « redresser ». Nietzsche, ici comme dans le cas cité, songe à l'expression allemande « *Weltverbesserer* », « redresseur de torts », « père-la-morale », qui convient bien selon lui au gourou et faux dévot Wagner.

100. On sait que Nietzsche est de ceux qui tiennent Schiller pour un idéaliste et un moralisateur. En arrière-plan, le sous-entendu est que ce grand poète et dramaturge allemand fut un sympathisant de la Révolution française, ce qui n'a pas l'heur de plaire aux conservateurs et nationalistes allemands : ceux-ci se cramponnent au cliché simpliste que la Révolution, réduite sans plus de façons à la Terreur – 1792-1794 – est un idéalisme criminel, qu'il faut combattre par tous les moyens, y compris et surtout la Realpolitik. Cette simplification abusive permet de forger une antithèse commode, qui oppose l'idéaliste politique Schiller au réaliste (ou cynique) Goethe, lequel ne péchait pas, lui, par idéalisme moral ni par esprit démocratique et révolutionnaire… Voir le *Crépuscule des idoles*, Raids d'un intempestif, § 16 et *supra*, § 3, note 56.

101. Référence cultivée à l'*Art poétique* d'Horace, v. 333-334 : « *Aut prodesse volunt, aut delectare poetae/Aut simul et jucunda et idonea*

dicere vitae », « Les poètes veulent ou bien être utiles ou bien plaire/ Ou bien encore dire des choses à la fois agréables et appropriées à la vie. »

102. En latin : « Pardonnez-moi l'expression. »

103. Ouvrage écrit par Wagner en 1880, pendant le travail de composition de *Parsifal*, et qui en reflète les préoccupations : il s'agit ni plus ni moins que de sauver… la religion par l'art. Rappelons que presque tout ce paragraphe 6 est censé consister en un discours didactique et initiatique de Wagner à un groupe de disciples, et que Nietzsche ne répète pas ses propos, mais se livre à un de ses exercices favoris, le persiflage parodique.

104. Comme le mot français équivalent de « comédien », *Schauspieler* désigne le cabotin, l'histrion. Sur le comédien, voir en particulier le § 361 du *Gai Savoir* ; *Nietzsche contre Wagner*, Où je fais des objections ; et ci-dessus, § 8, note 122.

105. Cet ouvrage ne verra jamais le jour. Nietzsche y travaillait cependant, dans le prolongement de ses réflexions de premiers paragraphes du Troisième traité de la *Généalogie de la morale*, prévoyant de l'inclure dans une œuvre qui constituerait la somme de sa pensée, *La Volonté de puissance. Essai d'une transvaluation de toutes les valeurs.* Il y renoncera en été 1888.

106. Voir ci-dessus note 104 : ici, on pourrait traduire par « cabotinage » ou « histrionisme ».

107. Sur cette problématique, que Nietzsche va développer, voir l'article de Wolfgang Müller-Lauter, « Décadence artistique et décadence physiologique. Les dernières critiques de Nietzsche contre Richard Wagner », trad. É. Blondel, O. Hansen-Løve, Th. Leydenbach, dans *Revue philosophique de la France et de l'Étranger*, PUF, n° 3, juillet-septembre 1998, p. 275-292.

108. Tout le paragraphe qui va suivre est une reprise, souvent littérale, par Nietzsche, des thèses de l'écrivain français Paul Bourget, dont Nietzsche avait lu et hautement apprécié les considérations sur certains auteurs contemporains, Baudelaire, Stendhal, Flaubert, Renan, les Goncourt, etc., au point de lui emprunter le terme de *décadence* que Bourget appliquait notamment à Baudelaire. On comparera le passage qui suit avec une page consacrée à Baudelaire dans les *Essais de psychologie contemporaine* (1883), rééd. Gallimard, coll. Tel, 1993, p. 14, et avec l'argumentation d'Adorno sur Malher comparé à Beethoven.

109. Bourget écrivait (*loc. cit.*) : « Un style de décadence est celui où l'unité du livre se décompose pour laisser la place à l'indépendance de la page, où la page se décompose pour laisser la place à l'indépendance de la phrase, et la phrase pour laisser la place à l'indépendance du mot. »

110. Comme on peut le vérifier à chaque page des écrits de Nietzsche, celui-ci se donne pour tâche essentielle de transcrire, voire de traduire d'une langue (celle de la morale, de l'idéalisme, de la vertu, de la raison) dans une autre (celle de la réalité, de la physiologie) : d'où l'usage des guillemets, des italiques, et la multi-

plication des expressions comme « en langage moral », « en termes physiologiques », « traduction allemande », qui déjouent les travestissements de la décadence et de l'idéalisme. Voir Éric Blondel, *Nietzsche, le corps et la culture*, chap. VIII, « Critique de la métaphysique, la généalogie philologique et la misologie », PUF, 1986.

111. Bourget, *op. cit.* : « Par le mot de décadence, on désigne volontiers l'état d'une société qui produit un trop petit nombre d'individus propres aux travaux de la vie commune. Une société doit être assimilée à un organisme. [...] Pour que l'organisme total fonctionne avec énergie, il est nécessaire que les organismes moindres fonctionnent avec énergie, mais avec une énergie subordonnée. » Ce genre de théorie idéologiquement proche (comparaisons y comprises) du romantisme politique contre-révolutionnaire n'était pas pour déplaire à Nietzsche.

112. Au sens technique du mot en musique : développement d'un thème musical (art du contrepoint). Plus haut, la « sémiotique du son » désigne ce que nous appellerions aujourd'hui plutôt la science des signes, la *sémiologie* de l'organisation des sons. Mais il ne faut pas oublier, dans le présent contexte, que, dans le vocabulaire médical de l'époque, la « sémiotique » était la science des signes des maladies.

113. Nietzsche utilise le mode d'appellation allemand. En français, on écrit plutôt : « les frères Goncourt », ou « les Goncourt ».

114. Reprise d'une argumentation souvent développée par Nietzsche (à la suite de Schopenhauer) : que la pensée de Kant abonde en fausses fenêtres, en création de facultés et en concepts imaginaires, par exemple la volonté (et spécialement la volonté libre). Voir sur ce point *Par-delà bien et mal*, § 11.

115. Ce mot, qui tire son étymologie latine de la dureté du chêne (*robur*), contient la connotation de « résistant », « rude », « dur », et donc « trop solide », « brut » ou « brutal », par opposition à « délicat » ou « fragile ».

116. L'épithète ne signifie évidemment pas « irritant ». Nous dirions aujourd'hui aguichant. Nietzsche utilise le mot français en un sens tombé en désuétude chez nous : « agacer », autrefois, c'était ce que nous appelons maintenant « faire des agaceries ». « Agaçant » a vieilli en français dans cette acception : on trouve au chapitre 6 des *Mémoires du comte de Grammont* de Hamilton, l'expression de « regards agaçants ».

117. *Biedermännerei* : la bonhomie du bon bourgeois ou de M. Prudhomme.

118. Allusion bien sûr au titre de la comédie de Shakespeare.

119. Nietzsche est coutumier de l'usage parodique de la célèbre formule de Luther à la diète de Worms, devenue légendaire en Allemagne : « Ici je reste, je ne puis faire autrement ! Que Dieu me vienne en aide ! Amen ! »

120. Le mot allemand signifie plutôt « pathétique », « emphase », et secondairement seulement « pathos » au sens français. Nietzsche l'utilise dans l'expression clef de « *Pathos der Distanz* », qui désigne le « sens des distances », l'antithèse de l'« esprit de troupeau ».

121. Nietzsche reprend le mot latin *histrio*, qui désigne l'acteur, comique ou tragique, mais aussi le comédien au sens péjoratif et le faiseur d'embarras. *Cf. Le Gai Savoir*, § 361 et *supra* note 104.

122. Dans le § 368 du *Gai Savoir*, repris dans *Nietzsche contre Wagner*, Où je fais des objections, Nietzsche utilise déjà un mot parent (mimomane) pour désigner Wagner. Voir aussi le § 99 du *Gai Savoir*.

123. Le mot allemand est *Sceniker*, que Nietzsche écrit en italique.

124. Nietzsche reprend cette remarque sur un rapprochement qui lui paraît incongru dans le *Crépuscule des idoles*, Raids d'un intempestif, § 16, à propos de « Goethe *et* Schiller », « Schopenhauer *et* Hartmann ». Mais ici, le plus piquant, comme Nietzsche ne se prive pas d'y faire allusion, est que Wagner a écrit un ouvrage sur *Beethoven* (Leipzig, 1870). Le lecteur familier des pochettes de disques et des programmes de concert comportant la 7ᵉ symphonie de Beethoven aura remarqué que les présentateurs ne manquent jamais de reprendre comme des perroquets la fameuse formule de Wagner sur cette « apothéose de la danse »… *Bis repetita* non *placent*.

125. Nous traduisons ainsi le mot allemand *Sprachvermögen*, qui signifie généralement « pouvoir d'expression » : mais Nietzsche, en soulignant la proposition, veut laisser entendre que la musique de Wagner privilégie abusivement la parole, l'élocution. (*Sprache* : la langue, *Sprechgesang* : le récitatif), aux dépens de la musique pure et proprement dite. Cela vaut également pour les notations précédentes sur l'attitude, la gestuelle, le psychologique, le théâtre. C'est là un des arguments clés de Nietzsche contre Wagner : la musique est oubliée chez Wagner au profit d'autre chose qui n'a pas de rapport naturel et intrinsèque avec elle. En transposant dans notre vocabulaire, nous pourrions dire : ce n'est plus de la musique, c'est du cinéma, ou de la musique de film.

126. Nietzsche ne manque jamais une occasion de marquer sa détestation de Victor Hugo. Ses griefs se font en cela l'écho des propos de certains contemporains, comme les Goncourt, grands amateurs de cancans, de ragots et de propos vipérins, qui visent un poète promu au rang de martyr parce que exilé par Napoléon III, et depuis l'avènement de la troisième République, adulé et reconnu comme un quasi « poète officiel ». Hugo apparaît toujours chez Nietzsche (encore une fois « inspiré » par ses lectures) comme un idéaliste, mais aussi et surtout comme le poète de l'emphase, de l'enflure poétique, de l'exagération, de la grandiloquence, comme le symbole du romantisme échevelé, romantisme que Nietzsche assimile sans plus de façons à ses compatriotes comme Schiller ou certains romantiques – et bien entendu à Wagner : une sorte de comparaison avec le « Wagner-Tuba », le tuba wagnérien… Mais le ressort essentiel est probablement, pour Nietzsche comme pour certains poètes et littérateurs français de l'époque, la haine pour le républicain, l'exilé politique farouchement opposé au second Empire et devenu, bien avant sa mort (1885) et depuis, un symbole des idées républicaines, ainsi qu'en témoignent dans la France d'aujourd'hui

les rues ou boulevards Victor-Hugo qui traversent pratiquement toutes les villes françaises de quelque importance. On peut se demander comment Nietzsche aurait réagi s'il avait su que Bizet, qui lui sert (comme on sait) de pendant à Wagner, n'a pas trouvé indigne de lui de mettre (très joliment) en musique le poème « Adieux de l'hôtesse arabe », extrait (XXIV) des *Orientales* de Victor Hugo, tandis que Wagner a mis en musique « L'Attente » du même poète et du même recueil (XX)…

127. En latin : servante du drame (wagnérien).

128. Littéralement : « ne sait plus compter jusqu'à trois », c'est-à-dire : « est complètement bouché ».

129. Référence à l'ouvrage de Wagner, *Opéra et Drame*.

130. Acteur français (1763-1826). C'est ici l'occasion de signaler que Nietzsche, sans en faire apparemment le thème principal, réfléchit à propos de la musique sur la signification du spectacle et le rôle du comédien (acteur, cabotin ou histrion). Cette réflexion le met dans la lignée d'ouvrages comme la *Lettre à M. d'Alembert sur les spectacles* de Rousseau, et du *Paradoxe du comédien* et du *Neveu de Rameau* de Diderot, classiques qu'au demeurant il n'a probablement pas lus.

131. Cette formule est empruntée par Nietzsche à Carlyle qui l'appliquait à Emerson : il la cite, cette fois entre guillemets, dans le *Crépuscule des idoles*, Raids d'un intempestif, § 13.

132. De l'italien *recitativo* : dans la musique vocale, partie chantée qui se rapproche du langage parlé, par exemple pour les dialogues dans certains opéras. Nietzsche utilise le mot technique italien, auquel correspond le mot allemand *Sprechgesang*.

133. À la génoise : jeu plaisant sur l'équivoque entre la dénomination d'un plat (par exemple « escalope *alla milanese* », à la milanaise) et une indication de tempo musical (« *alla tedesca* », à l'allemande, comme le premier mouvement de la 25e sonate pour piano op. 79 de Beethoven) : *cf.* un passage identique dans *Ecce homo*, Pourquoi je suis si avisé, § 1, trad. citée, p. 73. On va voir, par ce qui suit, qu'il s'agit d'une nourriture qui nage dans l'eau.

134. Littéralement, « récitatif sec » : récitatif libre ou simple où la voix est accompagnée par une basse continue (par exemple les dialogues dans les opéras de Mozart, paroles chantées accompagnées du clavecin). Il a effectivement disparu au XIXe siècle, et Wagner lui a substitué un récitatif accompagné par l'orchestre. Inutile d'expliciter le jeu de mots sur « *secco* », déjà utilisé dans *Le Voyageur et son ombre*, § 153.

135. En latin : action. Dans la remarque ci-dessus, Nietzsche reproche à la tradition d'avoir traduit par « action » le mot grec *drama* (du verbe *drân*, qui signifie généralement « agir »), que l'allemand transcrit tel quel. Il avait trouvé dans les *Essais de psychologie contemporaine* (1886), de Paul Bourget, l'idée qu'il combat, exprimée dans le cadre d'une critique adressée par Bourget aux Goncourt : « Les Goncourt ont réduit de leur mieux la portion réservée à ce que le langage appelle du mot très bien choisi de

drame. Le drame, l'étymologie l'indique, c'est de l'action » (chap. VIII, édition citée, p. 327). Nietzsche reprend la critique de Bourget pour l'appliquer à Wagner, qui, comme Nietzsche aime à le souligner, prétendait écrire, non pas des opéras, mais des drames, où précisément l'action est selon lui réduite à presque rien. Dans son exemplaire, Nietzsche avait coché ces lignes et écrit en marge : « Nein ! », « Non ! ». Il n'est pas inutile de préciser que, comme souvent dans ses propos philologiques, Nietzsche exagère. Le verbe grec *drân* signifie bien « agir », même si, dans l'usage dorien, cet agir peut avoir un sens rituel. Nietzsche, sans le dire, se réfère à la distinction lexicale que fait Aristote dans la *Poétique* (1448 b 1-2) : « [Les Doriens], quant à eux, désignent le "faire" par le mot *drân* et les Athéniens par le mot *prattein.* » *Cf.* à ce sujet l'article d'André Laks, « Une étymologie de Nietzsche dans *Le Cas Wagner*. À propos de la lecture de l'essai de P. Bourget sur les frères de Goncourt », dans *Nietzsche Studien*, tome 18, 1989, p. 627-632.

136. Nietzsche veut dire que les attitudes, les gestes sont marqués avec insistance, se détachent de la même manière que les sculptures en haut-relief se détachent presque du fond.

137. Dans ce texte, Nietzsche reprend quelques termes de la terminologie classique tirée d'Aristote (*Poétique*, chap. 6 entre autres) utilisée pour désigner les éléments constituants de la tragédie ou de toute action dramatique : pathos, caractères, action (c'est-à-dire intrigue, ou encore histoire), etc.

138. Formule de l'Évangile de Luc, 10 : 42, que Nietzsche aime pasticher (par exemple, titre du § 290 du *Gai Savoir* et § 20, 43 et 47 de *L'Antéchrist*).

139. Nietzsche reprend ici le terme utilisé dans la comparaison avec la restauration (*klug*, « astucieux »), au § 8, p. 52, *supra*.

140. Voir l'essai de Wagner *Sur l'appellation de « drame musical »* (1872).

141. *Cf. L'Antéchrist*, § 29 : « Toute notre notion d'esprit, relevant de la culture, n'a, dans l'univers où vit Jésus, absolument aucun sens. » Précisons que Nietzsche feint de croire ou veut laisser croire que, dans le Nouveau Testament, le mot « esprit » a le plus souvent le sens d'intelligence ou d'intellect, comme en atteste le sort qu'il fait à la célèbre phrase sur « les pauvres en esprit » (Matthieu, 5 : 3). *Cf. supra* le début du § 5, et la note 76.

142. L'idiosyncrasie désignant, dans le vocabulaire médical en vogue à l'époque de Nietzsche, la manière d'être spécifique, le tempérament propre de chaque individu, Nietzsche semble vouloir dire que Wagner remplace la description ou l'analyse psychologique par la présentation de caractères types, voire de personnages stéréotypés, de caricatures.

143. Référence au troisième acte de *Siegfried*, où Wotan évoque Erda, dont le nom signifie Terre (*Erde*).

144. En latin : en somme.

145. Voir *Ecce homo*, Pourquoi je suis si sage, § 8, trad. É. Blondel, GF-Flammarion, *op. cit.*, p. 68 et note 39. Nietzsche joue sur la

signification du nom de Parsifal (*fal parsi*, « le pur innocent », *der reine Tor*) : dans la transcription allemande, le pur innocent signifie aussi, au deuxième degré, l'innocent à l'état pur, en clair (mais Nietzsche en reste à l'insinuation) le parfait idiot, le chaste niais, le puceau, le nigaud complet, voir *supra* n. 38.

146. *Madame Bovary* : 1857. Nietzsche rapproche les héroïnes wagnériennes d'Emma comme petite-bourgeoise au romantisme de pacotille. La référence aux langues scandinaves vise sans doute les drames familiaux et conjugaux d'Ibsen et Strindberg, qui offrent un parallèle burlesque avec la mythologie scandinave des drames de Wagner. La « traduction en carthaginois » renvoie railleusement à *Salammbô* de Flaubert (1862), vu ici comme une sorte de péplum historico-mythologique comparable aux sagas wagnériennes... Ces rapprochements sarcastiques pourraient être de la plume des Goncourt, qu'à leur tour Nietzsche représente dans le *Crépuscule des idoles*, Raids d'un intempestif, § 1, dans la défroque des deux Ajax de *L'Iliade*.

147. Dans *Ecce homo*, « Pourquoi j'écris de si bons livres », § 5, Nietzsche raille « les femmes *sinistrées*, les "émancipées", celles qui n'ont pas le nécessaire pour faire des enfants. »

148. Expression de Wagner lui-même, dans *La Religion et l'Art*.

149. En latin, parodie de référence scolastique : « Comme l'a dit Wagner, autorité suprême en matière de chasteté. » *Cf. Généalogie de la morale*, Troisième traité, § 2-5 (trad. citée : É. Blondel, O. Hansen-Løve, Th. Leydenbach, P. Pénisson, GF-Flammarion, 1996), et en particulier au § 2 ce passage, p. 112 : « Que signifie par exemple le fait qu'un artiste comme Richard Wagner rend sur ses vieux jours hommage à la chasteté ? ». *Cf.* également *Nietzsche contre Wagner*, Wagner apôtre de la chasteté, trad. É. Blondel, *op. cit.*, p. 192.

150. Matthieu, 11 : 15.

151. On ne peut s'empêcher de penser à une expression exactement identique de Verlaine dans *L'Art poétique* (1874) inclus dans *Jadis et Naguère* (1884) : « De la musique avant toute chose [...]. Et tout le reste est littérature. » Nietzsche en aurait-il eu connaissance ?

152. Allusion probable à la révérence de Wagner (et de Nietzsche lui-même pendant longtemps) pour l'esthétique de Schopenhauer, selon laquelle l'art présente d'une manière sensible les Idées platoniciennes.

153. Citation de Wagner lui-même dans sa *Communication à tous mes amis* (1872).

154. Dans la Préface de la deuxième édition (1844) du *Monde comme volonté et comme représentation*, Schopenhauer parle de « jactance » pour Fichte et Schelling (désignés nommément) et de « charlatanisme » pour « Hegel, ce Caliban intellectuel », en les opposant à « cet éclatant caractère de loyauté et de franchise dont [ses] œuvres sont comme marquées au front » (trad. Burdeau et Roos, PUF, 1966, p. 12-13).

155. Le comparatif « plus illustres » est une allusion perfide (*post mortem*) à l'obscurité de Schopenhauer, de ses ouvrages et de ses

cours (à l'université de Berlin) jusque dans sa vieillesse. Ayant choisi, pour le défier, de faire cours dans cette université le même jour et aux mêmes heures que Hegel, Schopenhauer, ulcéré, dut finalement, la rage au cœur, renoncer à enseigner faute d'un auditoire suffisamment nombreux.

156. Les trois verbes allemands employés ici par Nietzsche font assonance : *Greifen, Schweifen, Streifen*, précisément à la manière des livrets de la main de Wagner, qui multiplient les échos, assonances et allitérations. Il faudrait pouvoir traduire, en style de comptine, par quelque chose comme « voguer, vaquer, divaguer ». *Cf.* sur ce point les précieuses remarques de Richard Roos, dans son essai « Règles pour une lecture philologique de Nietzsche », dans *Nietzsche aujourd'hui ?*, 2. (Passion, UGE, 10/18, 1973, p. 283 sq. et notamment p. 308-309), sur l'allitération (*Stabreim*) chez Wagner, qui joue un rôle important en allemand dans la publicité, les titres de journaux, mais aussi dans… le *Zarathoustra* de Nietzsche !

157. *Mit Zittern* : formule biblique (par exemple Éphésiens, 6 : 5 ; Ézéchiel, 12 : 18) passée en allemand dans le langage courant, et qui est ici utilisée parodiquement pour railler la ferveur quasi religieuse des adeptes de Wagner.

158. Du grec *halkuonis*, « halcyonique » : les jours « halcyoniques » ou « alcyoniens » (*halkuonides hêmérai*), évoqués par Aristophane dans *Les Oiseaux* (v. 251 et 1594), marquent une « période de calme sur mer – sept jours avant, sept jours après le solstice d'hiver – pendant lequel les halcyons font leur nid » (Dictionnaire grec de Bailly). Par extension, et dans la langue littéraire, « alcyonien » signifie « calme », « serein », « comme la mer pendant les jours alcyoniens ». Les halcyons (que le français écrit sans *h*) sont, au sens ornithologique, des oiseaux de mer (*halcedo hispida*). Mais dans la mythologie grecque (reprise chez nous par Chénier), ce sont des « oiseaux marins fabuleux dont la rencontre était un présage de calme et de paix » (Dictionnaire Robert), parce qu'ils « passaient pour ne faire leur nid que dans une mer calme » (Dictionnaire Larousse). Nietzsche utilise quelquefois cette allusion mythologique, notamment dans *Ecce homo*, Pourquoi j'écris de si bons livres, Ainsi parlait Zarathoustra, § 6, trad. citée, GF-Flammarion, p. 132 et note 228 ; au § 8 de la Préface de la *Généalogie de la morale*, ainsi que dans une lettre à Carl Fuchs du 29 juillet 1888, qui parle d'« alcyonisme ». Comme ici, il y ajoute la référence aux « pieds légers » (voir note 160 ci-dessous). Nietzsche a pu trouver le mot chez Baudelaire traduisant De Quincey (« Un calme alcyonien », *Les Paradis artificiels*, « Un mangeur d'opium », III), ou chez Paul Bourget, qui écrit « alcyonique », mais dans un ouvrage datant de 1895.

159. En italien : le gai savoir. Référence à la poésie des troubadours, que Nietzsche écrit parfois en langue provençale, *gay saber*. L'expression italiennne sert de sous-titre entre guillemets au *Gai Savoir*. C'est dans Stendhal (*Mémoires d'un touriste*) que Nietzsche a trouvé cette expression qu'il a adoptée et maintes fois reprise dans ses écrits comme une devise ou un mot d'ordre. Voir Nietzsche, *Le*

Gai Savoir, trad. Patrick Wotling, GF-Flammarion, 1997, Introduction de P. Wotling, note 1, p. 11.

160. Allusion à l'épithète homérique qui désigne chaque fois Achille. Comme dans *Ecce homo*, Nietzsche en fait un symbole qui sert d'antithèse à « l'esprit de pesanteur » (*Ainsi parlait Zarathoustra*, III, chap. 11) qui, selon lui, caractérise les Allemands et la philosophie allemande, notamment Kant, « le plus rabougri des estropiés du concept » (*Cf. Crépuscule des idoles*, Ce qui échappe aux Allemands, § 7).

161. Nietzsche reprend cette expression dans *Nietzsche contre Wagner*, chapitre intitulé « Où ranger Wagner ».

162. Hugo Riemann (1849-1919), auteur d'une *Théorie de la ponctuation musicale*. Nietzsche parle de lui élogieusement à son correspondant Carl Fuchs dans des lettres concernant *Le Cas Wagner* (24 et 29 juillet, 26 août 1888), disant que, sur le fond des principes de Riemann, il compte parmi les « musiciens très anti-*décadence* *, c'est-à-dire antimodernes ».

163. Le mot est entré dans la langue technique musicale et s'est défait de sa « laideur » (en allemand « *Phrasirung* », l'action de phraser) : le « phrasé » (mot qui en français existe depuis le milieu du XVIIIe siècle) désigne la capacité à délimiter par le mode d'exécution ou à ponctuer par des respirations (en musique instrumentale comme en musique vocale) les périodes successives du discours musical. Henri Albert, aussi piètre musicologue qu'il est excellent traducteur, traduit par « phraséologie ».

164. Encore un pastiche de l'expression évangélique « une seule chose est nécessaire » : Luc, 10 : 42. Voir la note 138 du § 9, p. 7.

165. On s'en doute, l'acception est ici péjorative sous la plume de Nietzsche, comme la suite le confirmera : les Germains sont ici évoqués comme les ancêtres des Allemands, comme des peuplades primitives que les Anciens, et notamment les Romains, tenaient pour des sauvages et des rustres. Le mot « Boche », qui vient à l'esprit, est trop injurieux au demeurant en cette occurrence, et n'a été forgé qu'après la mort de Nietzsche, pendant la Première Guerre mondiale. J.-C. Hémery a excellemment traduit par « Teutons ».

166. Image militaire : le soldat obtempère et défile au pas cadencé. Nietzsche reprendra un peu plus tard ce type de railleries en écrivant dans *Ecce homo*, Pourquoi j'écris de si bons livres, Le Cas Wagner, § 4, à propos des Allemands : « Je ne supporte pas cette race, avec laquelle on est toujours en mauvaise compagnie, qui n'a pas de doigté pour les nuances – malheur à moi, je suis *nuance* * ! –, qui n'a pas d'*esprit* * dans les pieds et ne sait même pas marcher… » (trad. citée, p. 148)

167. Nietzsche réside à Turin en 1888, du 5 avril au 5 juin, à l'époque où il rédige *Le Cas Wagner*, puis à partir du 21 septembre, jusqu'à son effondrement au début janvier 1889. (Rappelons que *Le Cas Wagner* est sous-titré « Lettre de Turin » pour faire pièce à Bayreuth). Alfieri (1749-1803), qui est l'auteur de tragédies mettant en valeur la volonté et l'héroïsme, fut envoyé par sa mère jeune homme

à l'Académie militaire de Turin et, après avoir voyagé en Europe, y résida ensuite de 1775 à 1790. Mais il pourrait s'agir, plus vraisemblablement (en raison du clin d'œil aux Turinois), d'un autre Alfieri, architecte (1700-1767) auteur du théâtre royal de Turin, où Nietzsche avait notamment assisté à une représentation de *Carmen* (*Cf. supra* le début du § 1 du *Cas Wagner*).

168. Ce titre de prétendu « Traité inédit », que Nietzsche intitulait dans ses brouillons *Wagner récusé par la physiologie*, est calqué sur la forme des titres de chapitres de *Nietzsche contre Wagner*, qu'il annonce en quelque manière.

169. *Cf.* ci-dessous, dans l'Épilogue, la reprise et le développement de cet argument, et la note 218.

170. C'est là un des grands principes de la pensée de Nietzsche, en cela fidèle tout au long de son évolution à une idée venue de Schopenhauer : la volonté, c'est-à-dire l'affectif, le ressenti, l'instinct, le corps, l'inconscient, le préréflexif ont plus de vérité, de force et de valeur vitale, morale, voire épistémologique que tout ce qui est représentation : conscience, raison, réflexion, pensée abstraite, concept, idées et idéaux.

171. Les développements, plus ou moins caustiques, sur les Allemands, leur civilisation, leur esprit, leur génie propre ou leur place dans l'histoire et la culture foisonnent chez Nietzsche. *Cf.* par exemple *L'Antéchrist*, § 61 ; *Ecce homo*, Pourquoi j'écris de si bons livres, Le Cas Wagner, § 4 ; sur Wagner à cet égard, *cf. Richard Wagner à Bayreuth* (*Quatrième Considération intempestive*), § 3.

172. Ce nom, écrit *Geier*, signifie « vautour » : d'où le jeu de mots narquois qui suit avec *Adler*, « aigle ». Pour saisir tout le sel de ces allusions plus ou moins cryptées et (ou) sournoises, il faut savoir que des bruits couraient selon lesquels Wagner aurait été le fils naturel du second mari de sa mère, Ludwig Geyer, dont le nom, comme Adler, pouvait passer pour juif (ce qui en fait n'était pas le cas). Mais ces insinuations revêtent toute leur perfidie si l'on songe à l'antisémitisme déclaré de Wagner et de nombre de ses partisans, contemporains ou futurs, antisémitisme qui explique l'usurpation de Wagner et de sa musique par les nazis et la réserve, pour ne pas dire plus, de certains milieux juifs, encore actuellement, à l'égard de sa musique. À dire vrai, Nietzsche a hésité à maintenir la présente Remarque, comme on peut le lire dans ses lettres des 11 et 18 août 1888 à Peter Gast.

173. Nietzsche fait allusion à un texte longtemps resté sous le manteau, dicté par Wagner à sa femme à une époque incertaine entre 1865 et 1880, et que Nietzsche, autrefois ami intime du compositeur et de sa famille, connaissait pour en avoir corrigé partiellement les épreuves en 1869, alors qu'il était professeur à l'université de Bâle.

174. Elles eurent lieu à Bayreuth le 18 février 1883. Dans *Ecce homo*, « Pourquoi j'écris de si bons livres », Ainsi parlait Zarathoustra, § 1, Nietzsche, en une formule équivoque, parle de « l'heure sainte où Richard Wagner mourait à Venise » (le 13 février).

175. En réalité celle de Mannheim.

176. Jeu de mots syntaxique quasiment impossible à traduire sans lourdeur, surtout si l'on veut conserver la traduction d'*Erlösung* et d'*Erlöser* par « salut » et « Sauveur », au sens religieux de ces mots. L'inscription portait « *Erlösung dem Erlöser* » (« Le salut pour le Sauveur », ou : « Rédemption pour le Rédempteur », ce qui constitue une citation de la formule qui clôt *Parsifal*), et le texte « corrigé » : « *Erlösung* vom *Erlöser* », soit à peu près « Délivrés du Sauveur », ce qui, en termes galants, signifie : « Bon débarras »…

177. Le mot est très ambigu : il signifie « mouvement », au sens politique, mais aussi « agitation », au sens de mouvement désordonné et des manœuvres politiques.

178. En latin : dans le domaine des Muses et de la musique.

179. En allemand, Nietzsche juxtapose deux participes qui font presque homophonie : *zurechtgebogen, zurechtgelogen.*

180. Mot forgé par Nietzsche à partir du grec, et qui signifie à peu près la même chose que démagogie, en plus péjoratif : l'idolâtrie du peuple.

181. Au sens très fort de celui qui induit en tentation, par ruse, et qui pervertit, débauche ou dévoie (*Verführer*), ce qu'il faudrait pouvoir rendre par « suborneur » : mais, malheureusement le substantif désignant l'action de suborner (comme « séduction » pour « séducteur »), « subornation » est restreint à une acception juridique (« subornation de témoins »).

182. Les références à Circé abondent chez Nietzsche, pour caractériser la musique (qui est aussi comparée au chant des sirènes : « Pour le philosophe, toute musique vient des Sirènes », *Le Gai Savoir*, § 372), la morale, la philosophie ou, évidemment, la Femme. *Cf.* entre autres *Crépuscule des idoles*, Maximes et pointes, § 17 ; *Par-delà bien et mal*, § 208 et § 229 ; *Aurore*, Préface, § 3, à rapprocher d'*Ecce homo*, Pourquoi je suis une fatalité, § 6 et 7. La magicienne Circé (la musique wagnérienne est aussi une magie d'« enchanteur ») : cf. *supra*, n. 36, qui transforme les compagnons d'Ulysse en pourceaux, est le personnage principal du chant X de *L'Odyssée.*

183. C'est le nom donné à Parsifal, « pur innocent » : *cf. supra*, § 9, et note 42.

184. Allusion au philtre d'amour de *Tristan et Isolde.*

185. *Cf. supra*, § 3, et note 18.

186. Le magicien légendaire de *Parsifal.*

187. L'esprit libre est l'esprit libéré, non pas seulement, comme le libre penseur, de la croyance en Dieu, mais de tous les idéaux, notamment des idéaux modernes qui ont pris la place de Dieu dans le Panthéon des valeurs de l'homme moderne, même déchristianisé : la morale, le progrès, l'égalité, la science, etc. *Cf. Le Gai Savoir*, § 347, et la *Généalogie de la morale*, Troisième traité, § 24.

188. En latin : « Attention au chien ! » Encore une fois, le propos de Nietzsche est allusif : le mot « cynique » est pris au sens historique, qui désigne des philosophes comme Diogène de Sinope. Or les cyniques étaient ainsi dénommés par référence aux chiens

(*kunikos* signifie « canin »), qui montrent toujours les dents et ont l'air de ricaner, qui vont nus et font leurs besoins en public, et qui enfin sont toujours prêts à mordre, c'est-à-dire à agresser et critiquer.

189. Nietzsche répète souvent que Wagner, avec la bière et le christianisme, fait partie des grands narcotiques qui assomment l'Europe. *Cf.* par exemple *Le Gai Savoir*, § 147 et le fragment posthume 10 [155] de l'automne 1887 cité dans notre Introduction : « Le wagnérien se soumet aux forces élémentaires de la musique à peu près comme une femme se soumet à la volonté de son hypnotiseur. […] J'ai entendu dire à une Italienne, après l'audition du Prélude de *Lohengrin* […] : "*Come* si dorme *con questa musica* !" »

190. Les *Feuillles de Bayreuth*, revue fondée à l'intitiative de Wagner en 1878, pour répandre l'esthétique du « Maître » et servir de lien entre les associations wagnériennes.

191. L'assonance est plus sensible en allemand pour parodier la formule liturgique chrétienne : *Geistes/Meisters* (Esprit/Maître).

192. Nietzsche parle littéralement d'« établissement de soins hydrothérapiques à l'eau froide », ce qui sous-entend qu'on y calme les agités et autres malades mentaux à coups de douches froides.

193. En allemand, assonance avec Bayreuth : « *(Bereits)/bereut* ».

194. Dans un brouillon de ce texte, Nietzsche avait d'abord écrit « *Aut liberi, aut Wagner* » (raturé), « *Aut liberi aut Bayreuth* » (raturé), puis « *Aut liberi aut lyrici* », parodie de l'adage souvent cité par lui (notamment dans le *Crépuscule des idoles*, Raids d'un intempestif, § 27) : « *Aut liberi, aut libri* » (Enfants ou livres, il faut choisir).

195. Matthieu, 6 : 24.

196. Transposition parodique de la célèbre formule prêtée à Constantin, qui fit graver sur son étendard ces mots qui se lisaient sur une croix lui étant apparue avant la bataille : *in hoc signo vinces* (sous cet emblème tu vaincras). La raillerie est renforcée par le rapprochement de Wagner avec la Croix et l'empereur chrétien Constantin.

197. Référence burlesque à la mythologie grecque. Monstre mi-homme, mi-taureau, le Minotaure est le fils de Minos et de Pasiphaé, comme Ariane : c'est guidé par celle-ci dans le labyrinthe en Crète (le fil d'Ariane) que Thésée réussit à l'occire, ce qui mit fin à la tradition des offrandes de chair humaine qu'on lui faisait. En d'autres termes (rabelaisiens), « Ne touchez pas à la Crète, vous vous en mordrez les doigts ». Rappelons que la mythologie du labyrinthe et d'Ariane occupe une grande place dans l'imagination poétique, psychologique et philosophique de Nietzsche.

198. Comme Nietzsche le rappelle à Peter Gast dans sa lettre datée du 24 août 1888, il s'agit des paroles d'« un chœur célèbre de *La Belle Hélène* » d'Offenbach.

199. On se souvient que *Le Cas Wagner* est sous-titré « *Lettre de Turin* ». Cf. *supra* n. 167.

200. Expression parodique calquée sur l'expression biblique « Les vignes du Seigneur » (Ésaïe, 5 : 7), avec peut-être une allusion à la

parabole de la vigne (dite parabole des ouvriers de la onzième heure : Matthieu, 20 : 1-16).

201. Terme bouffon inventé par Nietzsche à partir de « phylloxéra » et de « Rhin », fleuve qui symbolise par excellence l'Allemagne (certains parlent d'une connotation allusive au rhinocéros, bête à cornes !). La crise du phylloxéra, qui n'est pas un « ver », mais un puceron parasite qui s'attaque aux racines de la vigne et qui détruisit au moins la moitié du vignoble français, avait commencé en 1865 et durait encore lorsque Nietzsche écrivit *Le Cas Wagner*.

202. *Journal de la Croix* : contrairement à ce qu'on pourrait penser, il ne s'agit pas d'un journal d'inspiration chrétienne, mais d'un périodique conservateur, la *Neue preussische Zeitung*, ainsi surnommée parce que son titre était orné de l'emblème militaire de la croix de fer.

203. Nom familier d'un périodique de comptes-rendus littéraires (*Leipziger gelehrte Wochenschrift, « L'Hebdomadaire savant de Leipzig »*), auquel Nietzsche jeune homme avait épisodiquement collaboré.

204. Mise au point capitale : la critique de Nietzsche ne concerne pas un compositeur insignifiant, *Le Cas Wagner* n'est pas un « éreintement » de la musique de Wagner par un critique malveillant ou sévère. Le problème est ailleurs, justement parce que Wagner est de grande stature : c'est l'importance de sa musique à cette époque et au-delà qui est révélatrice des faiblesses ou des menaces qui pèsent sur la culture allemande et européenne. Dans *Ecce homo*, Nietzsche déclare qu'il ne fait la guerre qu'aux causes dominantes, à des choses, des idéaux ou des hommes importants et qu'il considère comme ses égaux ou ses supérieurs. Et, toujours dans *Ecce homo*, Pourquoi j'écris de si bons livres, Le Cas Wagner, § 1, il reconnaît et maintient : « J'ai aimé Wagner. »

205. Bernini 1598-1680, dit communément « le Bernin », architecte et sculpteur italien, auteur de sculptures de fontaines sur la Piazza Navona et de l'église Saint-Pierre de Rome. Nietzsche emprunte à son collègue bâlois Burckhardt et à Stendhal l'idée que le Bernin a amené « le règne du mauvais goût », désignant deux compositeurs de l'époque comme « les Bernin de la musique vocale » (Stendhal, *Rome, Naples et Florence en 1817*, Milan, 16 juillet 1817, dans *Voyages en Italie*, Gallimard, Bibliothèque de la Pléiade, 1973, p. 136).

206. Encore un jeu de mots, avec une création de vocable : *Abwärts, Abgrundwärts.*

207. Rappel d'une idée empruntée par Nietzsche à Paul Bourget : *cf. supra*, § 7.

208. Il s'agit du disciple, ami, secrétaire et correspondant de Nietzsche Peter Gast (de son vrai nom Heinrich Köselitz, 1854-1918), compositeur de musique, dont un opéra, *Le Lion de Venise*, que Nietzsche évoque souvent dans les lettres qu'il lui écrivait. Nietzsche, qui pouvait avoir la dent dure, glisse ici un signe d'amitié, destiné à mettre du baume sur le cœur de cet homme et compositeur incompris, qui lui sert de lecteur (notamment pour *Le Cas Wagner*),

de secrétaire et de correcteur d'épreuves, et qui s'attachera à faire rendre justice aux écrits de Nietzsche et participera à leur publication posthume, ce qui lui vaudra des démêlés avec Elisabeth, la « sœur abusive ».

209. 1833-1897. Comme on va le voir, diverses coteries s'affrontaient, entre Liszt, Wagner et Brahms. Nietzsche, qui ne connaît guère (voire pas du tout) la musique de Brahms, va ici donner des gages aux wagnériens, sur la base des on-dit. Brahms, néoclassique héritier des grandes formes qu'il cherche à ressusciter ou à prolonger, disciple et admirateur de J.S. Bach, Händel et Beethoven, dont il reprend les constructions et les procédés harmoniques et contrapuntiques dans ses œuvres, est à tort considéré comme un romantique, même s'il puise aussi son inspiration dans les œuvres pour piano de Schumann, son maître et admirateur. En témoigne le fait qu'il a été loué et considéré comme un précurseur prophétique par l'École de Vienne et notamment Schönberg.

210. Affirmation gratuite, qui n'est appuyée sur aucun exemple, et qui relève plutôt des préventions et du ouï-dire. La caractéristique de la musique de Brahms, c'est plutôt la force, la prégnance des structures et des formes, voire une certaine violence en conflit (de type beethovénien) avec la mélancolie – en cela très différente de la musique de Schumann, et effectivement aux antipodes de Wagner. Mais on se demande bien de quelles œuvres de Brahms Nietzsche a pu entendre parler, à défaut de les avoir entendues (ou jouées au piano) lui-même.

211. En allemand : *Sehnsucht*, terme idiomatique qui désigne à la fois le désir ardent, le vague à l'âme, la langueur et la nostalgie, mot valise à la polysémie complexe qu'il est artificiel et pédant de traduire, comme chez Freud, par le fuligineux néologisme « désirance ».

212. Nietzsche est coutumier de ce genre de moqueries misogynes, pour ne pas dire machistes, d'autant qu'il se fie à des ragots colportés par les wagnériens. Ces bruits ne sont toutefois pas sans fondement : il se pourrait qu'on fasse allusion aux sentiments plus qu'amicaux qui liaient Brahms à Clara Schumann, la veuve du compositeur.

213. Matthieu, 5 : 3. On a déjà vu que Nietzsche, par plaisanterie facile, aime à prendre cette expression évangélique dans un sens très répandu, mais inexact : *cf. supra*, § 5 et note 76.

214. Compositeur hongrois (1830-1915), admirateur de Wagner et auteur d'opéras, parmi lesquels *La Reine de Saba* (1875), dont Nietzsche va parler.

215. *Cf.* l'expression similaire de cette idée, appliquée aux hommes supérieurs, dans *Par-delà bien et mal*, § 269, texte repris à son tour dans *Nietzsche contre Wagner*, Le psychologue prend la parole, § 1.

216. Expression fréquente de Nietzsche, notamment pour exprimer son mépris envers les premiers chrétiens. Peut-être parodie de la célèbre parole de Pilate (Matthieu, 27 : 24).

217. *Cf.* la *Généalogie de la morale*, Troisième traité, § 6.

218. Même formule et même argument dans un célèbre fragment posthume de juillet-août 1882, « Esquisses de Tautenburg pour Lou Salomé », *KSA*, 1 [2] : « *Réfutation de la morale ?* La morale est l'affaire de ceux qui sont *incapables* de s'en libérer : de ce fait elle fait justement partie pour eux des "conditions d'existence". Des conditions d'existence, cela ne se réfute pas : on peut seulement – *en avoir d'autres* ! » *Cf. supra*, Post-Scriptum et note 169.

219. Nietzsche joue sur les mots « fausseté » et « faux » (*Falschheit* et *falsch*), auxquels il donne le plus souvent une valeur très forte, outre la désignation de l'erreur et de l'illusion : hypocrisie, hypocrite.

220. L'expression est de Renan, dans son ouvrage *Les Évangiles*, que Nietzsche a lu en 1877. Nietzsche en fait le symbole de la morale chrétienne, même chez les libres penseurs. *Cf. Crépuscule des idoles*, Raids d'un intempestif, § 2 (trad. É. Blondel, Paris, Hatier, 2001, p. 68-69), et *Ecce homo*, Pourquoi j'écris de si bons livres, Le Cas Wagner, § 1 (trad. citée, GF-Flammarion, p. 143-144).

221. En latin : de sexe féminin.

222. Allusion au fait que Liszt fut ordonné abbé en 1865, à Rome, à la suite de ce que les dictionnaires appellent pudiquement une « crise mystique », et sans doute surtout parce que l'Église romaine, en refusant le divorce de la princesse Wittgenstein, annulait du même coup son remariage avec lui. En outre, on sait que Liszt était le beau-père de Wagner, qui avait épousé la fille de Liszt et de Marie d'Agoult, précédemment mariée avec le chef d'orchestre Hans von Bülow. Avant de tomber dans la dévotion, Liszt avait mené une vie sentimentale et sexuelle assez agitée : Nietzsche y pense, qui écrit dans le *Crépuscule des idoles*, Raids d'un intempestif, § 1 : « Liszt – ou l'école de la vélocité… pour courir après les femmes » (jeu de mots sur le titre de la Méthode de piano de Czerny).

223. Pascal, dont Nietzsche aime à citer ou à parodier la célèbre formule, avait écrit : « Le *moi* est haïssable : vous, Miton, le couvrez, vous ne l'ôtez pas pour cela ; vous êtes donc toujours haïssable » (*Pensées*, éd. Brunschvicg, n° 455). Nietzsche parodie la formule, par exemple, pour stigmatiser le nihilisme de Flaubert et son sacrifice de soi au profit de son œuvre : « *L'œuvre est tout, Flaubert est toujours haïssable* * » (*Nietzsche contre Wagner*, Nous autres antipodes, trad. citée, GF-Flammarion, p. 191). Nietzsche évoque également cette formule dans *Opinions et sentences mêlées*, § 385 et dans *Aurore*, § 79.

224. Matthieu, 12 : 34, expression sans doute tirée des Psaumes, par exemple 23 : 5, ce qui est une provocation ou un blasphème pour parler d'une morale « païenne ».

225. En latin : ignoble superstition. Cette expression est sans doute tirée (de mémoire) de Tacite (*Annales*, XV, 44) : « *Nero […] quaesitissimis poenis adfecit quos per flagitia invisos vulgus Christianos appellabat. Auctor nominis ejus Christus Tiberio imperitante per procuratorem Pontium Pilatum supplicio adfectus erat ; repressaque in praesens* exitiabilis superstitio *rursum erumpebat.* » (Néron fit infliger les

châtiments les plus recherchés à ces gens devenus odieux pour leurs turpitudes et que le peuple dénommait chrétiens. Celui à qui ils devaient ce nom avait subi le supplice par ordre du procurateur Ponce Pilate sous le règne de Tibère ; pour le moment réprimée, cette funeste [N.d.T. : *exitiabilis*, et non *foeda*, honteuse, comme l'écrit Nietzsche] superstition faisait de nouveau irruption.) Nietzsche cite et traduit une partie de ce texte dans le *Fragment posthume* 6 [299] de l'automne 1880 et développe la même idée dans la *Généalogie de la morale*, Premier traité, § 16. (Je remercie Jean-Paul Capdevielle et Patrick Wotling de leurs précieux renseignements sur les sources possibles de cette citation de Tacite par Nietzsche, qui connaissait fort bien l'œuvre entière de l'historien latin).

226. Référence à un poème de Goethe (*Épigrammes vénitiennes*, 67). « Je supporte beaucoup de choses. [...] Mais quelques-unes cependant me répugnent comme le poison ou le serpent,/Quatre : fumée de tabac, punaises, ail et + [la Croix]. » On imagine la jubilation de Nietzsche, qui ne manque pas une occasion d'en faire des gorges chaudes.

227. *Cf. Généalogie de la morale*, « Premier traité », § 10 et 11, trad. citée, p. 48-54.

228. Dans le § 8 de la Préface de la *Généalogie de la morale* (1887), Nietzsche écrit : « Pour ce qui concerne par exemple mon *Zarathoustra*, je ne laisse personne passer pour un bon juge qui n'ait été une fois ou l'autre profondément blessé et une fois ou l'autre profondément ravi par chacun de ses mots. ».

229. Nietzsche n'utilise pas par hasard l'expression biblique (« Et le verbe – *logos* – s'est fait chair » : Jean, 1 : 14), à laquelle le contexte parodique donne un relief tout particulier. L'analyste-généalogiste de la civilisation exprime une position quasiment métaphysique : ce qui domine les idéaux de la civilisation, ce n'est pas le logos (la Parole, le Verbe, la Raison, émanations de Dieu), mais la fausseté, l'hypocrisie, l'histrionisme, la comédie, le faux-semblant en matière de morale, d'esthétique, de logique et de probité, bref, de vérité.

230. *Cf.* Évangile de Jean, 1 : 14.

231. Voir ci-dessus le § 5 et la note 87. *Cf.* aussi *Le Gai Savoir*, § 99. Rappelons que ce n'est pas Nietzsche, mais un certain Gutzkow qui a inventé ce surnom.

232. Jeu de mots entre *Fall Wagner* : « cas Wagner » et *Glücksfall* : « coup (cas) de bonheur », « coup de chance ».

CRÉPUSCULE DES IDOLES

1. *Heiterkeit* : ce terme, qui en dehors du contexte nietzschéen, a le sens général de « sérénité », désigne une attitude intellectuelle affirmatrice et joyeuse, propre à l'esprit libre. Elle s'oppose à l'esprit de pesanteur, à la lourdeur qui selon Nietzsche caractérise ordinaire-

ment le philosophe, victime sans le savoir des valeurs ascétiques hostiles à la vie. La gaieté d'esprit, signe de santé et de force, est à mettre en relation avec le « gai savoir », et plus particulièrement avec l'orientation créatrice de la tâche du philosophe telle que la pense Nietzsche. Le *Crépuscule des idoles* reviendra sur cette notion centrale de la réflexion nietzschéenne (voir « Ce qui abandonne les Allemands », § 3, *in fine*), souvent mise en jeu également à travers l'image de la légèreté (voir notamment ci-dessous les sections « Les quatre grandes erreurs », § 2 ; et « Ce qui abandonne les Allemands », § 7). On se reportera également à ce sujet aux § 24 et 270 de *Par-delà bien et mal*, et surtout au très important § 343 du *Gai Savoir*, qui expose le lien unissant le renversement des valeurs (rendu possible par la mort de Dieu) et la gaieté d'esprit : « nous, premiers-nés et enfants précoces du siècle à venir, qui par excellence *devrions* dès à présent apercevoir les ombres qui envelopperont nécessairement l'Europe sous peu : comment se fait-il pourtant que même nous envisagions cet obscurcissement sans être vraiment concernés, surtout sans préoccupation ni peur pour *nous-mêmes* ? Peut-être subissons-nous trop encore l'influence des *conséquences immédiates* de cet événement – et ces conséquences immédiates, ces conséquences pour *nous*, ne sont absolument pas, à l'inverse de ce que l'on pourrait peut-être attendre, tristes et assombrissantes, mais bien plutôt pareilles à une nouvelle espèce, difficile à décrire, de lumière, de bonheur, d'allégement, de réjouissance, d'encouragement, d'aurore… »

2. L'expression « *düstere Sache* » a déjà été utilisée par Nietzsche, notamment dans les *Éléments pour la généalogie de la morale*, II, § 3 et § 4. Nietzsche joue sur les deux sens de l'expression : phénomène mystérieux et inquiétant à la fois.

3. Il s'agit bien de la tâche de renversement des valeurs, ainsi que le préciseront les lignes suivantes. On comparera ce texte à la fin du § 62 de *Par-delà bien et mal*, ainsi qu'aux éclaircissements apportés par *Ecce homo* sur cette responsabilité écrasante : « […] une indicible responsabilité repose sur moi, […] nulle parole ne serait trop tendre, nul regard assez plein de vénération à mon endroit. Car je porte sur mes épaules le destin de l'humanité. » (« Pourquoi j'écris de si bons livres », *Le Cas Wagner*, § 4) ; « Un jour, mon nom sera associé au souvenir de quelque chose de prodigieux – à une crise comme il n'y en eut jamais sur terre, à la plus profonde collision de consciences, à un verdict inexorablement rendu *contre* tout ce qu'on avait jusqu'alors cru, réclamé, sanctifié. Je ne suis pas un être humain, je suis de la dynamite. […] *Inversion de toutes les valeurs* : c'est ma formule pour désigner un acte de suprême retour sur soi-même de l'humanité, acte qui en moi s'est fait chair et génie » (« Pourquoi je suis un destin », § 1).

4. Première notation psychologique importante de l'ouvrage : contre l'idée de la neutralité désintéressée de la pensée, Nietzsche rappelle que le questionnement philosophique est toujours conditionné par des sources pulsionnelles. En assignant pour origine à sa

propre réflexion la gaieté d'esprit, il prépare la critique de la compréhension traditionnelle, idéaliste et ascétique, de la philosophie, qui s'enracine elle dans la négation de la réalité et dont la suite de l'ouvrage détaillera les déficiences. On comparera le début de ce texte à la Préface à la seconde édition du *Gai Savoir*, qui présentait ce point de manière plus développée. L'exubérance traduit la plénitude de force.

5. *Ungeheuer* : terme fréquemment associé à l'idée du renversement des valeurs ou encore à la doctrine de l'éternel retour, qui prend précisément sens dans le cadre de cette tâche de création de valeurs nouvelles assignée au philosophe authentique. Le projet de renversement des valeurs est développé dans la suite de cette Préface, et c'est sur l'évocation de l'éternel retour que se refermera l'ouvrage.

6. La formule parodie l'expression d'« humain, trop humain », à laquelle s'oppose la notion d'esprit libre.

7. Premier exemple dans l'ouvrage de jeu sur les mots : *Fall/Glücksfall. Fall*, littéralement « cas », est vraisemblablement un clin d'œil au *Cas Wagner* rédigé juste avant le *Crépuscule des idoles*, de même que le titre de cet ouvrage (*Götzendämmerung*) parodie le titre de la dernière pièce de la tétralogie wagnérienne, *Crépuscule des dieux* (*Götterdämmerung*). *Glücksfall* signifie « coup de chance » ; nous le rendons ici par « cadeau de la fortune » afin de tenter de suggérer l'assonance *Fall/Glücksfall* par le rapprochement cas/cadeau.

8. « La blessure augmente le courage, intensifie la vaillance. » Ce vers est l'un des rares fragments du poète latin Furius Antias qui nous soit parvenu. Il nous a été transmis par une citation d'Aulu-Gelle dans ses *Nuits attiques* (18, 11, 4), qui discute, dans une perspective stylistique et grammaticale, la valeur du néologisme *virescit*. On ne sait quasiment rien de ce poète, dont Nietzsche cite le même vers dans sa lettre à Peter Gast du 24 novembre 1885 : « Un très ancien Romain a dit de quelqu'un qui luttait comme vous : *"increscunt animi, virescit vulnere virtus"*

(Le courage va augmentant, c'est grâce à la blessure que la vaillance s'infiltre dans notre sève et notre force.) Il n'est que d'écouter votre musique, pour savoir ce que sont la lutte et la victoire ! »

9. Nouvel exemple de jeu verbal : Nietzsche utilise ici le terme de *aushorchen*. Au sens strict, « ausculter » se dit en allemand moderne *abhorchen*, terme formé sur la même racine. *Aushorchen* ajoute une nuance, qu'explicitera au demeurant la fin de cette Préface, l'idée de contrainte, exercée notamment au moyen d'une interrogation habile : il s'agit de pousser quelqu'un à se trahir, à avouer ce qu'il souhaite dissimuler. En un registre il est vrai plus familier, on pourrait dire qu'il s'agit de « cuisiner » les idoles, ou de leur tirer les vers du nez. Sur l'usage de ce terme et sa mise en relation avec l'image du marteau, on lira avec attention le remarquable article de D. S. Thatcher « A diagnosis of idols. Percussions and repercussions of a distant hammer », *Nietzsche-Studien*, 1985.

10. Nietzsche utilise à plusieurs reprises ce jeu parodique sur la formule de « mauvais œil » (*böser Blick*) : voir par exemple *Le Gai Savoir*, § 1, ainsi que § 139.

11. Première référence à la psychologie, que Nietzsche repense pour lui faire désigner le cœur de la réflexion philosophique. Contrairement à la psychologie ancienne, que Nietzsche critique surabondamment (voir par exemple l'analyse très développée que présente ci-dessous la section « Les quatre grandes erreurs »), cette psychologie nouvelle est une psychologie de l'infra-conscient, dont la tâche consiste à identifier les processus pulsionnels (pulsions, instincts, affects) qui sont à la source des pensées (y compris de celles qui se donnent pour les plus rationnelles), des théories ou encore des croyances. Elle s'identifie donc au premier versant de ce que Nietzsche appelle également, à partir de 1887, la généalogie (pour une caractérisation de cette notion, voir la Préface des *Éléments pour la généalogie de la morale*, § 6). Sur cette notion de psychologie, nous renvoyons à notre étude *La Pensée du sous-sol*, Paris, Allia, 1999. On remarquera enfin l'enchaînement métaphorique très travaillé qu'offre cette Préface, en particulier le lien déroutant entre physiologie et psychologie, présent de la même manière dans de nombreux autres textes des années 1880. Nietzsche assigne en effet au psychologue la mission d'interpréter, de déceler le sens et la valeur des idoles soumises à l'examen, mais c'est bien à un travail de nature physiologique – l'examen clinique des idoles – que se livre ce psychologue en maniant le marteau du médecin… Indice de ce fait que psychologie et physiologie sont chez Nietzsche des images qui se relaient en obéissant à une logique d'écriture au service d'une réflexion spécifique (il en va de même de toutes les grandes métaphores nietzschéennes), et ne désignent nullement de manière référentielle des « sciences » ou des disciplines autonomes. La précision est particulièrement importante pour la physiologie, que l'on ne saurait identifier purement et simplement à la discipline médicale portant ce nom. Nietzsche n'est en rien réductionniste.

12. Littéralement : « preneur de rats », *Rattenfänger*, image inspirée du conte *Le Joueur de flûte de Hameln*. C'est un terme relativement courant du lexique de Nietzsche, que le § 340 du *Gai Savoir* appliquait par exemple à Socrate, « cet esprit malin et cet ensorceleur d'Athènes, moqueur et amoureux, qui faisait trembler et sangloter les jeunes gens les plus arrogants ». L'image évoque bien entendu la ruse et l'habileté, entendues comme caractéristiques pulsionnelles, et dévalorise la puissance de la seule rationalité.

13. *Seitensprung* : littéralement, « saut à l'écart » : le terme possède en allemand une résonance morale et évoque en particulier une liaison extraconjugale, jeu que nous tentons de suggérer par le terme d'« aventure ».

14. On comparera cette déclaration à l'un des derniers posthumes rédigés par Nietzsche (*FP XIV*, 25 [1]) : « J'apporte la guerre. *Pas* entre peuples : je ne trouve pas de mots pour exprimer le mépris que m'inspire l'abominable politique d'intérêts des dynasties euro-

péennes, qui, de l'exaspération des égoïsmes et des vanités antagonistes des peuples, fait un principe, et presque un devoir. *Pas* entre les classes. Car nous n'avons pas de classes supérieures, et, par conséquent, <pas> d'inférieures : ceux qui, dans la société d'aujourd'hui, tiennent le dessus, sont physiologiquement condamnés, et en outre – ce qui le prouve – si appauvris dans leurs instincts, devenus si incertains, qu'ils professent sans scrupule le *principe opposé* d'une espèce supérieure <d'homme>

J'apporte la guerre, une guerre coupant droit au milieu de tous les absurdes hasards que sont peuple, classe, race, métier, éducation, culture : une guerre comme entre montée et déclin, entre vouloir-vivre et *désir de se venger* de la vie, entre sincérité et sournoise dissimulation… » On remarquera que la guerre dont il s'agit n'est pas une guerre entre nations mais s'applique aux valeurs. Comme c'est le cas ici, l'image, assez courante chez Nietzsche, vise généralement la lutte entre pulsions (par exemple au sein du corps), ou la lutte axiologique, entre valeurs favorisant l'épanouissement et valeurs hostiles à la vie, entraînant le nihilisme.

15. Peut-être Nietzsche fait-il ici allusion aux célébrités intellectuelles de l'époque, qu'attaquaient les *Considérations inactuelles*, notamment David Strauss, qu'évoquera plus bas le chapitre « Ce qui abandonne les Allemands » (voir le § 2 de ce chapitre).

16. Cette formule constitue l'un des nombreux projets de titre envisagés par Nietzsche pour un livre dont il finit par abandonner l'idée. Le « premier livre » de ce *Renversement de toutes les valeurs* désigne désormais *L'Antéchrist*, dont il vient d'achever la rédaction, mais dont la publication se trouvera suspendue, puis différée pour plusieurs années du fait de l'effondrement de Nietzsche. Le livre ne verra le jour, sous une forme tronquée par sa sœur, qu'en 1895.

17. Comme on le devine, Nietzsche parodie un dicton : *Müßiggang ist aller Laster Anfang*, littéralement « l'oisiveté est le début de tous les vices », équivalent allemand de notre « l'oisiveté est mère de tous les vices ».

18. Sur la « psychologie », désignation chez Nietzsche de la théorie des pulsions et des instincts, voir ci-dessus la note 11. L'investigation psychologique permet notamment de mettre au jour les origines extramorales, et même immorales de la morale, d'où la chute de cette maxime (sur l'immoralité des origines productrices de toute morale, voir plus bas le chapitre « Ceux qui rendent l'humanité "meilleure" », en particulier le § 5. Comme on le constatera, la référence à la psychologie est constante dans le *Crépuscule des idoles*, qui se terminera du reste sur l'analyse de la psychologie de l'orgiasme chez les Grecs. Une variante de cette maxime apparaît pour la première fois sept ans plus tôt, appliquée à Zarathoustra : « l'oisiveté de Zarathoustra est la mère de tous les vices » (*FP* du *Gai Savoir*, 12 [112], traduction modifiée). Voir à ce sujet l'étude de M. Montinari « Nietzsche lesen : die Götzen-Dämmerung », *Nietzsche-Studien*, 1984.

19. Nietzsche cite le livre I de la *Politique* d'Aristote (chap. 2) : « Mais l'homme qui est dans l'incapacité d'être membre d'une communauté, ou qui n'en éprouve nullement le besoin parce qu'il se suffit à lui-même, ne fait en rien partie d'une cité, et par conséquent est ou une brute ou un dieu » (trad. J. Tricot, Vrin, rééd. 1982, p. 30).

20. La citation initiale est une allusion à une formule schopenhauérienne, mais elle évoque tout autant une thèse caractéristique de Descartes. L'auteur des *Méditations métaphysiques* insiste fréquemment sur cette idée que la vérité est simple et facile, et n'exige que de savoir bien conduire sa raison. Nietzsche critique fréquemment cette position de principe insuffisamment interrogée. Voir par exemple *FP XIII*, 9 [91] qui mentionne explicitement Descartes : « La certitude et la transparence logiques en tant que critère ("*omne illud verum est*, quod clare et distincte percipitur") : de la sorte l'hypothèse de la mécanique universelle se fait opportune et crédible.

Or c'est là une grossière confusion : de même que *simplex sigillum veri*. D'où sait-on que la véritable conformation des choses se situe dans *ce* rapport-là à notre intellect ? – N'en serait-il pas autrement ? <à savoir> que l'hypothèse qui lui procure le plus de sentiment de puissance et de sécurité est celle qu'il *privilégie* et *apprécie* le plus et que *par conséquent* il *désigne* en tant que VRAIE ? – L'intellect pose *sa faculté et son pouvoir* les plus libres et *les plus forts* en tant que critère de ce qu'il y a de plus précieux, par conséquent du *vrai*... »

La critique apparaît sous une forme plus développée dans un posthume ultérieur portant le titre « Pour : *la Volonté de Vérité* » :

« 1. Thèse. La pensée la *plus facile* l'emporte sur la plus difficile et devient *dogme : simplex sigillum veri. Dico :* que la *clarté* puisse prouver quelque chose quant à la vérité, c'est là un parfait enfantillage...

2. Thèse. La théorie de l'*Être,* de la Chose, d'une quantité d'unités fixes, est *cent fois plus facile* que la théorie du *devenir,* de *l'évolution.*

3. Thèse. La logique fut conçue comme *simplification,* comme *moyen d'expression,* – *non* comme vérité... Plus tard, elle a fait l'*effet* de la vérité... » (*FP XIV*, 18 [13]). La croyance à la simplicité du vrai représente donc un exemple de cette faute courante des philosophes qu'est la confusion de la cause et de la conséquence, distorsion qu'analysera longuement le chapitre « Les quatre grandes erreurs ».

Ajoutons qu'indépendamment de sa caractérisation, l'idée même de vérité est justiciable d'une critique (voir par exemple *Par-delà bien et mal*, § 1), d'où la référence, dans cette maxime, à un double mensonge. En montrant que la vérité dérive de la fausseté, Nietzsche donne en outre un exemple frappant de la naissance d'une instance à partir de son contraire. Sur cette thèse centrale, qui conditionne la récusation de toute forme de dualisme et prépare la théorie de la spiritualisation, voir en particulier *Par-delà bien et mal*, § 1, et déjà *Humain, trop humain* I, § 1.

21. Cette maxime sera développée par *Ecce homo* : « [...] je ne possède aucun critère valable de ce qu'est au juste le remords : à en

juger par ouï-dire, un remords de conscience ne semble rien de très estimable… Je ne voudrais pas, *après coup*, “laisser tomber” une action que j'ai commise : je préférerais, quand je m'interroge sur la valeur d'une action, laisser systématiquement de côté son issue malheureuse, ses *conséquences*. Quand cela a mal fini, on perd trop facilement le coup d'œil *juste* pour ce que l'on a fait : un remords me semble une sorte de “*mauvais* œil” jeté sur une action » (« Pourquoi je suis si avisé », § 1).

22. Nouveau jeu sur les mots : le terme *Anhänger* signifie « partisan », « supporter », mais il désigne plus largement ce qui est accroché à quelque chose et vient après, voire même se laisse tirer par lui : par exemple une remorque que tracte une voiture. D'où le jeu sur les zéros suivant l'unité…

23. Maxime importante, qui fournit un exemple de texte où Nietzsche indique les types de mésinterprétations et contresens auxquels il est convaincu que sa pensée donnera inévitablement lieu, récusant par anticipation les diverses formes de « nietzschéisme » – désignons par ce terme la transformation d'une pensée qui se veut recherche et tentative en dévotion doctrinale dogmatique. Cette dénonciation par anticipation des mauvaises lectures est un élément capital, et souvent négligé, de sa réflexion. Nietzsche rappelle constamment la nécessité du temps, de la longue durée, pour comprendre ce qui est nouveau, et donc difficile à saisir dans sa spécificité – d'où également la désignation de « posthume », qu'il s'applique souvent (voir par exemple *Le Gai Savoir*, § 365 ou la Préface de *L'Antéchrist*).

24. *Panem et circenses* : formule latine empruntée à Juvénal, par laquelle le peuple romain réclamait « du pain et des jeux ». Mais Nietzsche se livre une nouvelle fois à un jeu rhétorique en abrégeant le dernier mot, qui se transforme de ce fait en « Circé », la magicienne qui ensorcelle les compagnons d'Ulysse.

25. Première mention condamnant l'antisémitisme dans le livre.

26. La citation initiale est un vers passé en proverbe du poète J.G. Seume (1763-1810). Il est extrait de la pièce intitulée *Les Chants* (*Die Gesänge*).

27. *Contradictio in adjecto* : en latin, « contradiction dans les termes ». Allusion à la fondation du second Reich à l'issue de la guerre franco-prussienne de 1870. Nietzsche n'a pas de mot assez dur pour condamner le déclin de la culture allemande qu'entraîne à ses yeux l'accroissement de la puissance politique. Il faut relire à cet égard le début de la première *Considération inactuelle*, ou encore les critiques impitoyables que le chapitre « Ce qui abandonne les Allemands » adressera à cette Allemagne bismarckienne et à l'instrument de son accession à la puissance. Faisant entendre une voix discordante dans l'atmosphère générale de nationalisme et d'autosatisfaction, Nietzsche mettra toujours son point d'honneur à se comporter en « bon Européen », en « esprit libre » et en « sans-patrie », c'est-à-dire en philosophe pour qui le problème de la culture prime sur les attachements politiques : « Nous sommes loin d'être assez “allemands”, au sens que l'on donne communément aujour-

d'hui au mot “allemand”, pour prendre le parti du nationalisme et de la haine raciale, pour pouvoir nous réjouir de la gale du cœur et de l'empoisonnement du sang nationaux à cause desquels aujourd'hui, en Europe, les peuples s'enferment dans leurs frontières et se retranchent les uns des autres comme pour se mettre mutuellement en quarantaine. Nous sommes trop impartiaux, trop malicieux, trop gâtés pour cela, trop bien instruits aussi, trop “formés par les voyages” : nous préférons de loin vivre sur les montagnes, à part, “inactuels”, dans des siècles passés ou à venir, ne serait-ce que pour nous épargner la colère froide à laquelle nous nous saurions condamnés en tant que témoins d'une politique qui rend l'esprit allemand stérile en le rendant vaniteux, et est en outre une *petite* politique. [...] Nous, sans-patrie, sommes par la race et l'ascendance trop multiples et trop mélangés, en tant qu'“hommes modernes”, et par conséquent peu tentés de prendre part à cette auto-admiration raciale et cette impudeur mensongère dont on fait aujourd'hui étalage en Allemagne comme signe de la mentalité allemande, et qui, chez le peuple du “sens historique” sonne doublement faux et indécent. Nous sommes, d'une parole – et ce doit être notre parole d'honneur ! – de *bons Européens* [...] » (*Le Gai Savoir*, § 377 ; voir également le § 357 du même ouvrage).

28. Si Nietzsche critique tous les modes d'organisations classiques du discours philosophique (dialectique, démonstration linéaire d'inspiration mathématique, etc.), sa condamnation de l'idée de système est particulièrement appuyée, peut-être en raison du prestige que lui a conféré la philosophie allemande, avec Kant puis l'idéalisme allemand, et tout spécialement Hegel. Pour approfondir les raisons de cette critique de l'idéal de systématicité, on se reportera notamment aux textes suivants :

« Un *systématique*, un philosophe qui refuse d'accorder plus longtemps à son esprit qu'il est *vivant*, tel un arbre, gagnant en étendue et puisant insatiablement en lui-même, qui n'aura de cesse qu'il n'en ait extrait et fabriqué quelque chose sans vie, comme bois, aussi désséché que carré, “un système” – » (*FP XIII*, 9 [181]).

« Je me méfie de tous les systèmes et constructeurs de systèmes et les évite : peut-être découvrira-t-on finalement derrière ce livre le système que j'ai *évité*...

« La volonté de système : chez un philosophe, moralement parlant, une corruption raffinée, une maladie du caractère, immoralement parlant, volonté de se montrer plus stupide qu'il ne l'est – Plus stupide ce qui veut dire : plus fort, plus simple, plus impétueux, plus inculte, plus autoritaire, plus tyrannique... » (*FP XIII*, 9 [188]).

« Je ne suis pas assez borné pour un système, pas même pour mon système... », conclut un texte posthume de la même période (*FP XIII*, 10 [146]).

Sur cette question, on consultera également les aphorismes et fragments suivants : *Aurore*, § 318 ; *FP XIII*, 11 [410] ; *FP XIV*, 18 [4].

29. Nouveau jeu de langage : *auf den Grund kommen*, « tirer quelque chose au clair ». Mais tout en utilisant cette formule idiomatique, Nietzsche joue simultanément sur l'un des sens de *Grund* : le fond.

30. Jeu autour du terme désignant en allemand le remords : *Gewissensbiß*, c'est-à-dire littéralement « morsure de conscience ».

31. L'écriture de Nietzsche se présente à bien des égards comme un exercice de traduction, ou de retraduction, à la faveur duquel le philosophe-philologue rectifie faux sens et contresens. Cet aphorisme offre un exemple représentatif de décryptage du langage moral, transposé dans une langue extramorale qui révèle le sens authentique son lexique.

32. Formule équivalente dans *Ainsi parlait Zarathoustra*, IV, « Midi ».

33. On consultera l'article que É. Blondel a consacré à cette formule, exemple frappant du croisement entre la perspective théorique et la perspective pratique qui est propre à la réflexion nietzschéenne : « Sans musique la vie serait une erreur », dans *Revista portuguesa de filosofia*, Braga, 2001. Nietzsche utilise la même expression dans sa lettre à Peter Gast du 15 janvier 1888 : « La *musique* me donne à présent des sensations comme jamais je n'en ai ressenties. Elle me libère de moi-même, elle me détache de moi-même comme si je me regardais, je *me sentais* de très loin ; elle me fortifie en même temps, et toujours après une soirée musicale (– j'ai entendu quatre fois Carmen) ma matinée abonde en jugements fermes et en idées. C'est très curieux. C'est comme si je m'étais baigné dans un élément *plus naturel*. La vie sans musique n'est qu'une erreur, une besogne éreintante, un exil. » Ainsi que le fait remarquer É. Blondel, la lettre à Gast, plus explicite, précise le sens de la formule du *Crépuscule des idoles*. La formule se trouve encore à la fin de la lettre adressée depuis Nice à Georg Brandes le 27 mars 1888.

34. Nietzsche recopie dans une note posthume une formule de Flaubert qui justifie de la même manière le reproche de nihilisme que lui adresse cette maxime : « Flaubert : *"Après tout, le travail, c'est encore le meilleur moyen d'escamoter la vie *"* » (*FP XIII*, 11 [296]). Le nihilisme désigne la dévalorisation des valeurs, leur perte d'autorité, processus qui caractérise les valeurs exprimant l'hostilité à la vie et à ses exigences, la haine de la réalité. C'est bien le fait de concevoir son art comme négation de la vie que Nietzsche reproche ici à l'auteur de *Madame Bovary*.

35. Voir *Le Gai Savoir*, qui développait la même idée.

36. Cette image du cheval qui a peur de son ombre se retrouve dans un fragment poétique de 1888 :

« Inquiets, comme des chevaux :/notre ombre ne danse-t-elle pas/ en haut, en bas !/Que l'on nous conduise au soleil,/– contre le soleil ! » (*Dithyrambes de Dionysos, poèmes et fragments poétiques posthumes*, p. 218-219).

37. Jeu sur *absehen/sehen*. Cette idée sera développée à nouveau par le § 7 des « Incursions d'un inactuel ».

38. Texte à comparer avec ce passage d'*Ainsi parlait Zarathoustra* : « Et vous avez beau être hauts et d'espèce supérieure : bien des choses en vous sont tordues et ratées. Il n'y a pas de forgeron au monde qui pourrait vous redresser et vous forger droits.

Vous n'êtes que des ponts : que de plus hauts vous traversent ! Votre signification c'est d'être marches : alors n'en veuillez pas à celui qui, par-dessus vous, s'élèvera à *sa* hauteur ! » (IV, « La salutation », p. 332).

39. Jeu verbal sur les formules *Recht behalten/Recht haben* : la seconde expression signifie « avoir raison » ; la première quant à elle (littéralement : « garder raison ») signifie ordinairement « faire triompher sa cause, l'emporter ». Nietzsche use assez fréquemment de ce jeu de langage, dont *Le Gai Savoir* (§ 99 et § 348) offrait déjà des exemples.

40. Nouveau jeu verbal construit sur un glissement par assonance : *beweisen/weisen* (« démontrer/montrer »).

41. *Consensus sapientium* : « Le consensus des sages », que Nietzsche critique constamment.

42. On remarquera l'usage constant du lexique du savoir théorique (celui-là même qu'incarne Socrate aux yeux de Nietzsche), appliqué de manière décalée pour qualifier des situations pratiques.

43. *Monstrum in fronte, monstrum in animo* : en latin « monstre pour le visage, monstre pour l'âme ».

44. *Monstrum* : en latin, un « monstre ».

45. L'étranger en question se nommait Zopyre. L'anecdote qu'évoque Nietzsche est rapportée notamment par Cicéron, *De fato*, V, 10 ou encore *Tusculan. Disput.*, IV, 37, 80. Sur cet épisode de la légende socratique, on se reportera à l'ouvrage de P. Hadot, *Éloge de Socrate*, Paris, Allia, 1998, p. 10 en particulier.

46. Le concept de goût joue un rôle important dans la réflexion de Nietzsche. Il désigne de manière imagée l'ensemble des préférences fondamentales s'exprimant instantanément et de manière affective, sans être guidées ni contrôlées par la rationalité. Le goût renvoie donc à l'ensemble d'attirances et de répulsions infra-conscientes que fixent les valeurs pour un type de vivant donné, et en fonction desquelles les pulsions interprètent la réalité.

47. Le terme de *dialectique* est fortement polysémique dans l'univers philosophique, et enregistre, de Platon à Bachelard, des variations considérables. Nietzsche ne vise pas ici une version métaphysique précise (comme en offrent par exemple les dialogues de la maturité de Platon), mais plutôt le procédé général consistant à persuader par le dialogue : c'est-à-dire avant tout la volonté de forcer l'adhésion par des raisons, d'exiger de son interlocuteur des preuves, en refusant de reconnaître le primat des instincts, qui règlent la vie organique avec sûreté et efficacité, donc pour Nietzsche de manière plus légère et plus discrète. Derrière cette remise en cause de la dialectique, c'est bien, comme le montrera la suite du texte, la contesta-

tion de la prééminence de la rationalité qui est en jeu. La rationalité est toujours pour Nietzsche un phénomène dérivé, superficiel ; plus profondément, toute régulation de l'agir, toute contrainte véritable est de nature pulsionnelle.

48. Le syllogisme (en grec « raisonnement ») désigne chez Aristote la structure formelle du raisonnement valide, enchaînant deux propositions initiales possédant un terme commun pour en poser nécessairement une troisième, la conclusion : « Le syllogisme est un discours dans lequel, certaines choses étant posées, quelque chose d'autre que ces données en résulte nécessairement par le seul fait de ces données. "Par le seul fait de ces données" : je veux dire que c'est par elles que la conséquence est obtenue ; à son tour, l'expression "c'est par elles que la conséquence est obtenue" signifie qu'aucun terme étranger n'est en sus requis pour produire la conséquence nécessaire » (*Premiers analytiques*, I, 1, 24 b 18. Voir également *Topiques*, I, 1, 100 a 25). La présente affirmation, attribuant le syllogisme à Socrate, constitue donc en toute rigueur un anachronisme ; toutefois, il est clair que Nietzsche n'entend pas prendre ici le terme dans toute sa rigueur technique aristotélicienne, mais s'en sert comme d'une image pour désigner de manière générale le recours à des procédures rationnelles de démonstration au détriment du jugement, sûr mais inconscient et infra-rationnel, de l'instinct.

49. Il est essentiel de noter l'interversion de la situation de pouvoir qui s'opère grâce à ce recours à la rationalité.

50. *Depotenziert* : Nietzsche utilisait déjà ce terme, relativement rare, dans *La Naissance de la tragédie*, pour caractériser l'effet en lequel consiste la transfiguration propre à l'art apollinien, c'est-à-dire sa capacité à neutraliser la puissance désespérante du dionysiaque, révélant l'horreur de la réalité. C'est dans le § 4 de ce texte que Nietzsche présentait cette analyse, en utilisant à titre de modèle une analyse iconographique de la *Transfiguration* de Raphaël. Le verbe *depotenzieren* apparaît déjà sous la plume de Schopenhauer, mais aussi sous celle de Wagner.

51. Reprise de l'analyse évoquée dans le paragraphe précédent.

52. *Agon* : en grec, lutte, combat, joute ou rivalité. Nietzsche fait de cette lutte l'un des traits caractéristiques de la culture grecque.

53. Il faut prêter attention à cette thématique de la fascination : au fond, ce n'est pas par des preuves rationnelles que le comportement de Socrate convainc, c'est encore la logique de l'instinct (sous une forme dévoyée et maladive) qui est ici au travail : séduction, fascination en sont les traits fondamentaux. Le public grec de Socrate retrouve sous une forme inattendue la séduction exercée depuis longtemps par les formes anciennes de l'*agon*.

54. *Fall* : terme auquel Nietzsche, médecin de la culture, donne une connotation médicale. C'est le terme qu'il utilisait déjà dans le titre de son ouvrage précédent, *Le Cas Wagner*.

55. L'idiosyncrasie est un autre terme emprunté au lexique médical. Il désigne l'ensemble des caractéristiques propres à un type particulier d'individu.

56. Comparer avec le § 212 de *Par-delà bien et mal*.

57. Nouvelle notation importante : le triomphe du socratisme s'explique par un besoin particulier, et non par une supériorité objective de son mode de pensée.

58. *monstrum in animo* : voir plus haut le § 3 et la note correspondante.

59. Ce qui caractérise pour Nietzsche l'anarchie pulsionnelle évoquée plus haut, qu'il nomme encore fréquemment, d'une formule trompeuse, la « volonté faible ».

60. Terme que Nietzsche utilisait déjà dans le premier paragraphe de ce chapitre en le prêtant à Socrate pour caractériser Asclépios.

61. Cette tromperie de soi (*Selbstbetrug* – Nietzsche utilise parfois aussi le terme proche de *Selbstüberlistung*) est fréquemment reprochée par Nietzsche aux philosophes, et tout particulièrement au paradigme antique du philosophe qu'est Socrate. Voir par exemple *Par-delà bien et mal*, § 191 : « Voilà ce qui fut la véritable *fausseté* de ce grand ironiste aux mille secrets ; il parvint à faire en sorte que sa conscience se satisfasse d'une espèce de duperie de soi : il avait en fin de compte percé à jour le caractère irrationnel des jugements moraux. »

62. Première allusion développée au christianisme et à sa morale. L'analyse et la critique de la morale comme amélioration (*Besserung*) sera approfondie dans le chapitre « La morale comme contre-nature ». On remarquera que, comme il le fait souvent, conformément à sa problématique de la culture, Nietzsche relève ici une équivalence *en termes de valeur* entre la morale socratique et la morale chrétienne, pourtant bien distinctes tant historiquement que doctrinalement – c'est un exemple significatif de ce qu'il nomme dans un texte posthume important les « lignes isochroniques de culture ».

63. *Selbstüberlister* : Nietzsche reprend la désignation qu'il appliquait à Socrate dans le § 191 de *Par-delà bien et mal*.

64. La formule, elliptique, qu'utilise ici Nietzsche, produit une certaine ambiguïté : le sens littéral peut suggérer en effet que c'est Athènes, et non pas seulement Socrate, qui est ici la victime, que Socrate a en quelque sorte contribué à tuer l'ancienne Athènes.

65. Sur l'idiosyncrasie, voir le § 9 du chapitre « Le problème de Socrate » et la note correspondante.

66. Le sens historique désigne de manière générale le refus de l'essentialisme et l'aptitude à penser le processus de transformation et d'évolution qui affecte toute réalité, puisqu'il n'y a pas d'être (la suite de l'ouvrage le rappellera fermement) et que toutes les « choses » sont en devenir. Voir à ce sujet le § 2 de *Humain, trop humain* I.

67. *Sub specie aeterni* : en latin, « au point de vue de l'éternité », « sous l'angle de l'éternité ». Nietzsche emprunte la formule à Spinoza et se livre fréquemment à des variations parodiques à son sujet.

68. Sur cette analyse, voir *Par-delà bien et mal*, § 34 qui rectifiait ce préjugé de philosophe en évoquant « *ein betrügerisches Princip im*

"*Wesen der Dinge*" » : « un principe de tromperie situé dans l'"essence des choses" », et non plus dans les sens.

69. Nietzsche suggère à la faveur de cette incise qu'en philosophie, le problème de la connaissance, loin d'être autonome, a toujours eu en fait partie liée avec le problème moral. D'autres textes montrent plus précisément que l'idée de connaissance que se font classiquement les philosophes repose entièrement sur une certaine compréhension des valeurs morales, de nature dualiste et ascétique. Voir par exemple l'important § 344 du *Gai Savoir*.

70. Par cette formule ironique, c'est bien une faute philologique que Nietzsche reproche à la philosophie, une interprétation qui falsifie le texte de la réalité au lieu de le respecter scrupuleusement.

71. Allusion teintée d'ironie à la formule de « peuple de philosophes », utilisée à l'époque moderne pour désigner l'Allemagne. Voir à ce sujet ci-dessous le chapitre « Ce qui abandonne les Allemands », § 1 : « Les Allemands – il fut un temps où on les qualifiait de peuple des penseurs : pensent-ils encore aujourd'hui ? »

72. On notera ici l'usage du présent : l'éléatisme comme position philosophique fondamentale dépasse largement le strict cadre historique de l'école éléate.

73. La condamnation sans appel de toute forme d'ontologie est constante chez Nietzsche, position qu'ont tendance à oublier certains commentateurs, qui ne s'embarrassent guère de fidélité aux textes. Elle trouve ici l'une de ses expressions les plus économiques.

74. N'étaient les guillemets, cette déclaration pourrait sembler en totale contradiction avec ce qu'affirmera la dernière partie du chapitre suivant (voir le point n° 6).

75. « Tout mon génie est dans mes narines », affirmera Nietzsche dans *Ecce homo* (« Pourquoi je suis un destin », § 1). Si l'éloge du nez que présente ce paragraphe s'inscrit clairement dans le cadre général de la défense de la corporéité contre le mépris du sensible professé par l'ascétisme, moral ou philosophique, l'appareil olfactif représente plus largement un paradigme que Nietzsche tend à privilégier sur celui de la vision, lequel sert classiquement de modèle à la théorie de la connaissance pour les philosophes, depuis la *République* de Platon. Nietzsche développe ainsi une philosophie de l'odorat, du flair, dont les appréciations jouent comme métaphores des valeurs. On ne s'étonnera donc pas de rencontrer dans le texte nietzschéen d'abondantes notations relatives aux senteurs, aux parfums, mais également aux odeurs déplaisantes, voire repoussantes, pestilences qui traduisent, en une écriture particulièrement économique, la maladie, le dérèglement, la mort ou sa proximité, voire la décomposition organique, c'est-à-dire le caractère nocif de certaines valeurs ou de certaines croyances : le « léger fumet de charogne » qui suscite l'enthousiasme de la philosophie dans le premier paragraphe de ce chapitre est un exemple tout à fait caractéristique de cette métaphorisation de la pensée des valeurs. De cette finesse du flair, aptitude à détecter instinctivement la valeur des valeurs, Nietzsche fait l'un des signes distinctifs du philosophe ; voir par exemple *FP XIV*, 21 [8] :

« J'oserai évoquer ici un trait particulier de ma vie, d'autant plus que c'en est peut-être *le* trait particulier. J'ai quelque chose que j'appelle mes narines intérieures. à chaque contact avec un être humain, la première chose qui se révèle à moi est le degré de propreté intérieure. [...] Je sens justement les "belles âmes" comme particulièrement malpropres. Comment quelqu'un se comporte envers soi-même, s'il se donne le change, s'il tient à avoir avec lui-même des rapports non équivoques – s'il se *supporte* ou s'il <a> besoin d'un "idéal"... L'idéaliste a pour moi mauvaise odeur... »

76. Déficience de la pratique philosophique que diagnostiquait déjà le premier livre de *Humain, trop humain* (« Des premières et des dernières choses »). La suite de l'ouvrage y reviendra longuement, en particulier dans le chapitre intitulé « Les quatre grandes erreurs ».

77. *Par-delà bien et mal* critiquait déjà l'idée métaphysique de *causa sui* (« cause de soi »). à cette manière de penser, Nietzsche oppose le modèle de la chimie (*Humain, trop humain* I, § 1), de la généalogie, et plus précisément le processus de spiritualisation. Contre l'idée d'une réalité suprême qui ne renverrait qu'à elle-même, il s'agit de montrer comment toute chose résulte d'un devenir, et naît souvent de son contraire.

78. La première partie de la phrase précédente fait en effet songer à l'idée de Dieu comme collection de perfections, caractérisation qui joue un rôle moteur dans la preuve ontologique de l'existence de Dieu. Peut-être Nietzsche vise-t-il entre autres la théorie de la compatibilité des perfections divines, à laquelle Leibniz en particulier consacra un texte important.

79. *Ens realissimum* : en latin, « être le plus réel ». Terme technique de la métaphysique désignant le degré suprême de l'être, l'être absolument parfait, dont l'existence est nécessaire, Dieu. Nietzsche se plaît à faire un usage parodique des concepts et formules-clés de la tradition philosophique. Sur la confusion de ce qui est premier et de ce qui est dernier, voir le chapitre « Les quatre grandes erreurs ».

80. Sur la caractérisation de la psychologie rudimentaire, voir en particulier le posthume suivant : « La psychologie rudimentaire, qui ne comptait que les moments de *conscience* de l'homme en tant que causes, qui prenait l'"état de conscience" pour un attribut de l'âme, qui cherchait une volonté (c'est-à-dire une intention) derrière toute action » (*FP XIV*, 14 [129]).

81. Sur critique de la notion d'atome, voir plus loin (« Les quatre grandes erreurs », § 3) la dérivation généalogique qu'avance Nietzsche. Voir également *Par-delà bien et mal*, § 12 et § 17.

82. L'ordre des mots possède ici une importance extrême : Nietzsche n'écrit pas « signifie ici encore une fois la réalité », mais bien « signifie ici la réalité encore une fois ». C'est bien *la réalité* qui est voulue une nouvelle fois, et Nietzsche ne veut pas simplement indiquer une identité de signification... On sait du reste que l'expression « encore une fois », est une formule-clé désignant chez Nietzsche l'éternel retour, forme suprême de l'affirmation, de l'attitude dionysiaque, que va précisément introduire la fin de la phrase.

La fin de ce paragraphe indique ainsi le privilège de l'art sur la morale... Il est particulièrement important d'être attentif aux phrases de clôture des différents chapitre de ce *Crépuscule des idoles*.

83. Nietzsche utilise ici le terme formé sur la racine latine, *sublim*, et non le terme habituel pour désigner le sublime, *erhaben*.

84. Allusion transparente à Kant.

85. On remarquera de nouveau l'application du vocabulaire théorique à un contexte pratique : c'est la pratique qui joue comme réfutation, non l'argumentation rationnelle.

86. Sur la gaieté d'esprit (*Heiterkeit*), voir la Préface et la note 1.

87. *Incipit Zarathoustra* : en latin, « Zarathoustra commence » ; formule qui évoque l'ère nouvelle qu'inaugure le renversement des valeurs.

88. Après deux chapitres qui ont défendu la sensibilité, la vie passionnelle et l'instinct contre la rationalité, la présente section va nuancer considérablement la position de Nietzsche. Contrairement à ce que l'on aurait pu attendre, ce dernier ne prend pas purement et simplement le parti de la passion et de la sensibilité contre la raison et la conscience. Il va bien s'agir de montrer en quoi l'affectivité peut aussi être nuisible, pour dépasser la compréhension dualiste du problème.

89. Évangile de Marc, 9 : 47 ; Nietzsche modifie légèrement le texte de la traduction de Luther, qui écrit « Ergert dich dein auge, so wirffs von dir ».

90. Après avoir parlé de *Passionen* dans les premières lignes du texte, Nietzsche utilise désormais le terme allemand de *Leidenschaft* pour désigner la passion.

91. On trouve ici l'une des occurrences qui montrent que Nietzsche entend fréquemment le terme de guerre en un sens spiritualisé et non au sens littéral.

92. *Herrschsucht* : Nietzsche utilisait l'adjectif correspondant (*herrschsüchtig*) dans le § 6 de *Par-delà bien et mal*, pour caractériser la détermination essentielle de l'instinct : « tout instinct est tyrannique ».

93. Notation importante, qui indique une nouvelle fois le primat du pulsionnel sur le conscient et le rationnel. La pratique propre au christianisme ne relève pas d'un choix rationalisé ; elle dépend directement, tout au contraire, de l'organisation de pulsions qui caractérise ce type de vie.

94. La faiblesse de volonté désigne pour Nietzsche l'anarchie du système pulsionnel ; c'est la situation qui caractérisait déjà l'Athènes de l'époque de Socrate (voir « Le problème de Socrate », § 9).

95. Le fanatisme est toujours indice de faiblesse pour Nietzsche : voir par exemple *Le Gai Savoir*, § 347.

96. Autre notation essentielle pour comprendre la manière dont Nietzsche analyse la vie pulsionnelle : le besoin d'un obstacle, d'un adversaire. La volonté de puissance n'est jamais autre chose que l'affrontement d'une résistance, la lutte contre une force adverse – il n'y a jamais de « force en soi » pour Nietzsche ; toute réalité est toujours relationnelle. Un exemplaire de ce besoin de résistance qui

caractérise toujours la force véritable était le cas des Grecs tragiques : la recherche d'un ennemi puissant (la vision dionysiaque du monde, le pessimisme extrême de la sagesse dionysiaque) face auquel on soit obligé de mobiliser ses forces et de se surpasser.

97. C'est-à-dire bien sûr le second Reich, issu de la victoire de la Prusse sur la France dans la guerre de 1870, que Nietzsche n'aura de cesse de critiquer dès sa fondation. Voir notamment dans le présent ouvrage le § 23 des « Maximes et flèches », et ci-dessous, le chapitre « Ce qui abandonne les Allemands ».

98. Exemple de déchiffrage généalogique, qui montre bien que les symptômes sont toujours par eux-mêmes ambigus et appellent une interprétation minutieuse.

99. Nietzsche range son ouvrage dans la dernière catégorie : maîtrise et plénitude.

100. On prêtera attention une fois encore à l'utilisation du registre médical.

101. Nietzsche se réfère ici à l'Évangile de Luc 16 : 15.

102. Sur l'impossibilité d'évaluer la valeur de la vie, voir déjà *Humain, trop humain* I, § 32 : « *Nécessité d'être injuste.* – Tous les jugements sur la valeur de la vie sont formés illogiquement et sont par suite injustes. La fausseté du jugement tient d'abord à la manière même dont en est donnée la matière, c'est-à-dire très incomplètement, deuxièmement à la manière dont s'en constitue la somme, et troisièmement à ce que chaque élément distinct de cette matière est à son tour le résultat d'une connaissance fausse, et fausse de toute nécessité. Aucune expérience relative à un être humain, par exemple, si proche qu'il nous soit, ne saurait être assez complète pour nous donner logiquement le droit de procéder à une évaluation globale de cet être ; toutes les évaluations sont précipitées et le sont nécessairement. Enfin, l'étalon qui nous sert à mesurer, notre être, n'est pas une grandeur invariable, nous avons des humeurs et des fluctuations, et nous devrions pourtant nous connaître nous-mêmes étalon constant pour être justes en évaluant quelque chose que ce soit dans son rapport avec nous. Peut-être va-t-il suivre de tout cela qu'il ne faudrait pas juger du tout ; mais que ne nous est-il possible alors de *vivre* sans poser des valeurs, sans avoir d'aversion ni d'inclination ! – car toute aversion est liée à une évaluation, toute inclination aussi. D'impulsion à se prêter ou à se refuser à quelque chose que n'accompagnerait pas le sentiment de vouloir l'utile, d'éviter le mauvais, d'impulsion exempte d'une sorte de connaissance appréciant la valeur du but, il n'en existe pas chez l'homme. Nous sommes par définition des êtres illogiques et par suite injustes, et *sommes capables de reconnaître ce point :* c'est une des dissonances les plus fortes, les moins faciles à sauver, de l'existence. » On notera que le présent paragraphe approfondit l'analyse – trait caractéristique des reprises thématiques du *Crépuscule des idoles* – en détaillant généalogiquement la signification de cette tendance.

103. Nietzsche utilise ici le verbe *werthen*, rare sous sa plume, qui signifie ordinairement « noter », « donner une note » dans le cadre

scolaire. L'intérêt de ce choix tient à l'assonance *werthen/Werth* (« valeur »), qui permet de souligner le statut exact des valeurs en en présentant en quelque sorte la généalogie : en rappelant de la sorte l'enracinement de toute valeur dans l'activité de la vie, Nietzsche condamne, comme le faisait déjà *Par-delà bien et mal* notamment, toute compréhension essentialiste des valeurs.

104. Il s'agit d'un génitif objectif : « émis par la vie ».

105. Le terme *bisher* indique toujours un consensus inaperçu au sujet des valeurs, des interprétations fondamentales réglant l'existence d'un type de vivant. Nietzsche l'utilise fréquemment pour indiquer l'accord profond des philosophes en dépit de leurs désaccords doctrinaux.

106. Allusion au Livre IV du *Monde comme volonté et comme représentation.*

107. Nouveau jeu sur les mots, rapprochant *Urtheil* et *Verutheilter.*

108. Jeu sur l'assonance des termes *Schmucker* et *Mucker.*

109. Nietzsche joue ici sur la formule idiomatique *den Teufel an die Wand malen* (littéralement : « peindre le diable sur le mur »), qui évoque le fait de provoquer un malheur ou une catastrophe.

110. *Ecce homo !* : « Voici l'homme ! », parole prêtée à Pilate par les Évangiles. Comme on le sait, Nietzsche en fera le titre de son autobiographie intellectuelle, son dernier ouvrage, que l'effondrement de Turin l'empêchera de publier.

111. *Fatum* : en latin, « destin ».

112. On notera que ce chapitre se finit sur l'idée de l'homogénéité intégrale de la réalité, et donc de la solidarité nécessaire de toutes ses parties. Cette homogénéité de la réalité est ce que permet de penser son interprétation comme volonté de puissance (ce que montre par exemple très clairement le § 36 de *Par-delà bien et mal*, qui en justifie l'introduction). Mais cette solidarité joue également un rôle capital dans la doctrine de l'éternel retour.

113. Nouveau jeu verbal : Nietzsche associe trois termes dérivés de la même racine ; *aus Hinsichten, Rücksichten, Absichten.*

114. Sur cette notion d'économie et son rôle dans la pensée de Nietzsche, on se reportera à l'excellent article du regretté W. Müller-Lauter « De l'économie et de la culture chez Nietzsche », *Revue germanique internationale*, Paris, 1999.

115. *Species* : en latin, l'« espèce », terme emprunté au vocabulaire de l'histoire naturelle.

116. Les fautes de pensée et préjugés qu'analyse ce chapitre étaient pour la plupart déjà dénoncés par Nietzsche dans ses textes antérieurs, en particulier dans *Humain, trop humain* I : voir par exemple le § 608, qui exposait la confusion de la cause et de l'effet, et plus largement toute la première section de l'ouvrage qui étudiait l'interversion des choses premières et dernières.

117. Utilisation parodique de la formule désignant le péché originel dans la théologie chrétienne.

118. Il peut paraître étrange de voir Nietzsche rapprocher à ce point morale et religion qu'il a soin d'ordinaire de distinguer.

119. Alvise Cornaro (1462-1566) : hygiéniste italien, qui publia en 1558 ses *Discorsi della vita sobria*. Ce texte connut un grand succès dans toute l'Europe et fut fréquemment réédité. Il circula en France sous plusieurs titres, notamment *Conseils pour vivre longtemps* (1701), *L'Art de conserver sa santé* (1724) ou encore *De la sobriété* (1772). Cornaro et son ouvrage étaient évoqués par J. Burckhardt dans sa *Civilisation de la Renaissance en Italie*, partie IV, chap. 5 (Paris, Éditions d'aujourd'hui, tome 2, p. 67 sqq.) : « Il décrit d'abord le régime sévère par lequel il a réussi, après avoir été longtemps maladif, à raffermir sa santé et à atteindre l'âge de quatre-vingt-trois ans qu'il avait au moment où il écrivait son livre ; ensuite il répond à ceux qui appellent des morts vivants les gens qui ont dépassé soixante-cinq ans ; il leur prouve qu'il est bien vivant et qu'il n'y a rien dans son existence qui rappelle la mort. »

120. *Curiosum* : en latin, « cette curiosité ».

121. *Crede experto* : en latin, « Faites confiance à celui qui en a l'expérience ».

122. La sûreté d'instinct est ce qui oppose le plus la pulsion et la raison ; l'action rationnelle, délibérée est hésitante, imprécise alors que l'instinct exerce pour Nietzsche une action instantanée et efficace.

123. On notera cette référence au langage spécifique de Nietzsche – qui donne l'occasion d'un nouvel exercice de traduction, et même dans le cas présent, d'autotraduction.

124. Ce primat de la croyance – mais d'une croyance non identifiée comme telle – permet à Nietzsche de souligner le manque de radicalité de la pratique philosophique habituelle, qui s'accorde le plus souvent aux préjugés populaires. Simultanément, et de manière cette fois positive, c'est un indice essentiel qui permet de reconnaître la présence de valeurs, de choix fondamentaux s'exprimant sous forme de croyances inconscientes et intériorisées, à la base de toute forme de pensée, si rationnelle qu'elle se prétende.

125. *Thatsächlich* a le sens de « véritable ». Aucun de ces faits ne s'est avéré véritable, donc ; mais nous rendons ici ce terme par « être un fait » pour préserver le jeu verbal que construit Nietzsche en disant que nul de ces *Thatsachen* (« faits ») n'est *thatsächlich*.

126. *Antecedentia* : en latin, « antécédents ».

127. On notera le passage des « faits intérieurs », au début du paragraphe, au « monde intérieur » à présent. Nous remontons d'une interprétation fautive à la réalité – en termes philologiques, au « texte » – que cette interprétation déformait. Il s'agit à présent, en écartant les contresens et les déformations antérieurs, d'en reprendre la lecture de manière honnête et rigoureuse.

128. Voir ci-dessus la note 126.

129. Littéralement : « ont été au diable ».

130. Sur cette psychologie, déjà désignée comme « psychologie rudimentaire », voir plus haut « La "raison" en philosophie », § 5 et la note 80.

131. Sur cette dérivation « être à partir du moi », motif capital de la réflexion de Nietzsche, voir l'important posthume suivant : « Le concept de *substance* une conséquence du concept de *sujet : non pas* l'inverse ! Si nous sacrifions l'âme, le "sujet", il manque alors la présupposition d'une substance en un sens absolu. On obtient *des degrés de l'étant*, on perd l'étant *même*.

Critique de la *"réalité" :* à quoi mène le *"plus ou moins de réalité"*, la gradation de l'être, à laquelle nous croyons ?

Notre degré de *sentiment de vie* et *de puissance* (logique et cohérence de l'expérience vécue) nous donne la mesure de l'"être", de la "réalité", de la non-apparence.

Sujet : c'est là la terminologie de notre croyance à une *unité* parmi tous les différents moments du suprême sentiment de réalité : nous comprenons cette croyance en tant que l'*effet* d'une cause unique – nous croyons à ce point à notre croyance que c'est pour elle que nous imaginons seulement la "vérité", la "réalité", la "substantialité".

Le "sujet" est la fiction au gré de laquelle nombre d'états *égaux* en nous seraient l'effet d'un substrat unique : mais ce n'est que *nous* qui avons créé l'"égalité" de ces états : les *rendre* égaux et les *arranger* constituent le *fait*, *non pas* l'égalité (– celle-ci est plutôt à *nier* –) » (*FP XIII*, 10 [19]).

132. Les guillemets s'expliquent par la récusation de la notion même de chose : comme c'est souvent le cas dans l'écriture nietzschéenne, ils indiquent un terme qui fait contresens. Il n'y a en effet pas de choses dans la réalité, mais seulement des processus. Nietzsche se propose justement d'expliquer, en en reconstituant le processus de formation, en quoi l'idée de chose est une fiction qui ne correspond, au sens strict, à rien. Toutes ces lignes sont essentielles pour comprendre la condamnation nietzschéenne de toute ontologie.

133. Nietzsche décrit ici un cas typique de mauvaise philologie, qui enchaîne deux fautes : la déformation du texte de départ (injection dans le texte d'éléments qui n'y sont pas, donc non respect de la matérialité du texte) ; puis la construction de la lecture du texte dans son ensemble à partir des seuls éléments frauduleusement importés.

134. C'est une analyse extrêmement importante et fréquemment réitérée par Nietzsche que cette réduction de l'atome, qui n'est pas un concept autonome, mais une élaboration originale du préjugé fétichiste. Voir par exemple, parmi de nombreux autres textes, les pragraphes 12 et 17 de *Par-delà bien et mal*, ou encore *FP XII*, 1 [32] : « – L'hypothèse des atomes *n*'est *qu*'une conséquence du concept de sujet et de substance : quelque part, il doit y avoir "une chose" d'où provient l'activité. L'atome est le dernier rejeton du concept d'âme. »

135. *Horrendum pudendum* : en latin, « chose horrible » ou « abominable ».

136. Sur cette interversion et l'invention après coup de la cause – sorte de réorganisation rationnelle, obéissant aux préoccupations

prioritaires du vivant interprétant –, phénomène qu'étudiait déjà *Humain, trop humain*, I § 13, voir en particulier le posthume suivant :

« De même que dans le rêve on cherche la cause du coup de canon et que la détonation n'est *entendue* qu'après (c'est-à-dire que s'opère une inversion du temps : *cette inversion du temps a toujours lieu*, aussi à l'état de veille. Les "causes" sont imaginées *après le "fait"*; je dirais que nos *fins* et *moyens* sont les conséquences d'un processus ??)

Jusqu'à quel degré de sûreté nous sommes exercés à ne rien croire sans cause, c'est ce que montre l'exemple du phénomène que je viens de citer : nous n'*acceptons* le coup de canon qu'après avoir entièrement pensé la possibilité de son apparition, c'est-à-dire que tout moment à proprement parler *vécu* est précédé par un temps où le fait de vivre reçoit un *motif*.

– il pourrait en être ainsi dans le mouvement de *chaque nerf*, de *chaque muscle*.

Ainsi dans toute perception sensorielle, comme on dit, il y a un *jugement*, qui *affirme* ou *nie* l'événement qui se présente avant qu'il n'"entre" dans la conscience

Toute vie organique est, *en tant que mouvement visible, coordonnée avec un fait qui se passe dans l'esprit.*

Un être organique est l'expression visible d'un *esprit* » (*FP X*, 26 [35]).

On rapprochera également ce § d'un autre posthume important, le fragment *FP XI*, 34 [54] :

« *L'ordre du temps inversé.*

Le "monde extérieur" agit sur nous : l'effet est télégraphié au cerveau, là il est accommodé, mis en forme et ramené à une cause : puis la cause est *projetée* et *alors seulement le fait parvient à notre* **conscience**. C.-à-d. le monde phénoménal ne nous *apparaît* comme cause qu'après qu'"elle" a agi et que son effet a été élaboré. *Autrement dit nous inversons constamment l'ordre des événements.* – Tandis que "je" vois, *ça* voit déjà autre chose. Il en va de même dans la douleur. »

137. *Nervus sympathicus* : en latin, le « nerf sympathique ».

138. Nouvelle remarque indiquant le caractère dérivé de la conscience et le primat de l'activité pulsionnelle. Ce passage indique également en quoi il faut relativiser la notion de fait : le processus ne devient conscient qu'une fois interprété, donc mis en forme en fonction de certaines exigences pulsionnelles – donc déformé. C'est un rappel de la thèse nietzschéenne selon laquelle l'omniprésence de l'activité interprétative disqualifie la notion de fait objectif.

139. Mise en évidence de la fonction négative du schéma causal : il s'agit d'une technique interprétative qui a avant tout pour but d'éliminer certaines possibilités concurrentes d'interprétation. Il permet ainsi la production de régularité, c'est-à-dire de simplification, qui est elle-même condition de la possibilité d'une maîtrise de la réalité. C'est bien le travail de la volonté de puissance comme maîtrise qui est décrit ici sans que Nietzsche emploie le terme.

140. Nietzsche utilise ici le terme de *bekannt*, qui, sous sa plume, ne connote pas seulement le connu, mais bien plutôt l'habituel, le fréquent, ce qui a été rencontré et expérimenté à de nombreuses reprises – le bien connu, donc, plutôt que le connu. La résonance de ce terme est bien plus psychologique qu'épistémologique, comme va le souligner du reste la suite de ce paragraphe : il n'est pas nécessaire qu'un objet ou un phénomène soit connu au sens strict, c'est-à-dire parfaitement élucidé, que sa nature propre soit expliquée pour qu'il obtienne le statut de réalité « bien connue » ; il est en revanche indispensable qu'il ne suscite plus l'étonnement ni la crainte, comme le fait généralement le nouveau, ce qui n'a jamais été expérimenté auparavant. Voir déjà le § 355 du *Gai Savoir* sur ce terme et son opposition au « connu » au sens épistémologique (*erkannt*).

141. Notation psychologique capitale, qui renvoie à la théorie des pulsions et des instincts, et par voie de conséquence à la pensée de la volonté de puissance, qui n'est autre que le nom général que Nietzsche donne aux processus pulsionnels. Dans le monde des instincts, monde de processus toujours en devenir, qui ignore les états durables de stabilité ou de permanence, seuls existent les processus d'intensification ou de décroissance. Étant non pas des forces mécaniques indifférentes, mais des processus perceptifs, de « petites âmes », comme le dit parfois Nietzsche, les instincts perçoivent ces variations qui les affectent, et traduisent affectivement ces fluctuations de puissance en sentiments. C'est le premier de ces phénomènes, l'intensification du sentiment de puissance, qu'évoque Nietzsche dès l'ouverture de ce paragraphe ; il lui opposera ensuite le « sentiment de peur », c'est-à-dire le malaise qui constitue la traduction affective de la diminution de sa propre puissance, éprouvée en particulier en présence d'un phénomène nouveau, inconnu, difficile à maîtriser ou contrôler. Cette analyse « psychologique » de phénomènes infra-conscients exprimant le jeu de quanta de puissance constitue le fond de la pensée nietzschéenne de la volonté de puissance. Rappelons enfin que la toute première occurrence de la périphrase de « volonté de puissance », dans les fragments posthumes de l'époque de *Humain, trop humain*, s'inscrivait rigoureusement dans ce cadre et opposait précisément la volonté de puissance à la peur : « L'élément essentiel de l'ambition est d'arriver au *sentiment* de sa propre *puissance*. Le plaisir de la puissance ne se réduit pas à celui de nous savoir admirés dans l'opinion d'autrui. Louange et blâme, amour et haine, sont indifférents à l'ambitieux qui veut la puissance.

« La peur (négativement) et la volonté de puissance (positivement) expliquent le grand cas que nous faisons des opinions des gens. *Le plaisir de la puissance.* Le plaisir de la puissance s'explique par l'expérience cent et cent fois refaite du déplaisir tenant à la dépendance, à l'impuissance. Faute de cette expérience, ledit plaisir fait aussi défaut » (*FP* de *Humain trop humain* I, 23 [63]). C'est dans ce cadre de la lutte pour l'intensification du sentiment de puissance que va s'élucider le sens de la causalité – sens fondamentalement pratique et non épistémologique, comme on le voit.

142. Comme dans nos traductions antérieures, nous choisissons de rendre *bekannt* par « bien connu ». Nietzsche joue en effet ici, comme dans bien d'autres textes, sur les nuances qui distinguent le connu (*erkannt*) du familier (*bekannt*), qui n'est pas nécessairement connu, c'est-à-dire élucidé dans sa nature propre, mais qui en revanche ne suscite plus d'inquiétude ni de crainte du fait de son caractère courant. On voit bien dans ces lignes, une fois de plus, que la logique de l'affectivité prime sur celle de l'activité théorique. Sur le jeu verbal opposant *erkannt* à *bekannt*, voir par exemple le § 355 du *Gai Savoir*.

143. Il s'agit ici de la conscience réfléchie, *Bewußtsein*, et non de la conscience morale.

144. *Ursprung* : terme à connotation généralement péjorative sous la plume de Nietzsche. *Ursprung* désigne presque toujours la mauvaise compréhension de l'origine, assimilée à une source unique, qui produirait linéairement la réalité considérée – ce qui est bien le cas dans le schéma dénoncé ici. Nietzsche montre au contraire que les origines sont toujours multiples.

145. Il s'agit de nouveau de la conscience réfléchie, *Bewußtsein*. Cette série d'analyses indique bien en quoi la psychologie de la conscience, privilégiant l'intention ainsi qu'une forme de liaison causale entre les pensées et les actes, est superficielle. La psychologie renouvelée que Nietzsche qualifiait dans *Par-delà bien et mal* de « maîtresse des sciences » (§ 23) montrera tout au contraire le primat des processus infra-conscients, pulsions, instinct et affects, et s'efforcera de montrer que les relations entre ces processus obéissent à une logique de communication entièrement différente.

146. *In psychologicis* : en latin, « en matière psychologique ».

147. On comparera l'analyse de ce paragraphe au texte posthume suivant : « On parle de la "profonde injustice" du pacte social : comme si le fait qu'un tel est né dans une condition favorable, tel autre dans une défavorable, constituait une injustice ; ou même que celui-ci naisse pourvu de telles qualités, celui-là de telles autres… Voilà ce qu'il faut absolument combattre. Le faux concept d'"individu" aboutit à cette absurdité. Isoler un homme des circonstances dans lesquelles il se développe, et pour ainsi dire l'y *introduire* ou l'y laisser choir comme une "monade psychique" : c'est là une conséquence de la misérable métaphysique de l'âme. Nul ne lui a *donné* des qualités, ni Dieu, *ni* ses parents ; nul n'est responsable du fait qu'il *est,* de ce qu'il est tel qu'il est, qu'il se trouve être dans ces circonstances-là… Le fil de la vie que désormais il représente n'est pas à démêler de tout ce qui fut et doit être nécessairement ; et puisqu'il n'est pas le résultat d'une longue intention, ni, d'une manière générale, d'aucune volonté tendant à un "idéal d'homme" ou à un "idéal de bonheur" ou à un "idéal de moralité", il est absurde de vouloir se "disculper" quelque part : comme s'il se trouvait quelque part une *responsabilité*. » (*FP XIII*, 11 [156]).

148. *Causa prima* : en latin, « cause première ».

149. *Sensorium* : en latin, « objet sensible ».

150. Nietzsche utilise ironiquement le terme *erlösen* (« racheter, sauver »), emprunté au lexique religieux de la dogmatique chrétienne. Cet usage décalé de la conceptualité théologique a bien sûr pour fonction de traduire dans la langue du christianisme, familière au lecteur, le renversement des valeurs que la Préface a donné pour la tâche fondamentale du philosophe. C'est un exemple très significatif du jeu fréquent par lequel Nietzsche oblige un langage à signifier le contraire du contenu doctrinal qu'il a ordinairement pour fonction d'exprimer : dans le cas présent, la véritable rédemption (dans le langage de Nietzsche l'« innocence du devenir ») tient à la neutralisation de la rédemption telle que la prône le christianisme.

151. Nietzsche utilise ici le terme *Ausdeutung*, généralement péjoratif sous sa plume. La fin de la phrase oppose *Ausdeutung* et *Missdeutung*. On comparera ce texte avec l'aphorisme 108 de *Par-delà bien et mal*.

152. Nouvel exemple de retraduction permettant de rectifier une erreur philologique, selon un procédé très courant de l'écriture nietzschéenne. On passe ici de la langue, fautive et falsifiante, de la morale, à la langue, philologiquement rigoureuse, de la psychologie. On remarquera les guillemets qui signalent l'usage impropre du terme de vérité dans la langue de la morale.

153. Formule à rapprocher du § 187 de *Par-delà bien et mal*.

154. Reprise de l'analyse amorcée dans le § 11 du « Problème de Socrate ».

155. *Die Bestie Mensch* : avec le terme de *Bestie* (« bête sauvage »), Nietzsche reprend dans ces lignes la terminologie qu'il utilisait dans le premier traité de la *Généalogie de la morale*. La suite de ce passage fera usage, entre guillemets, lesquels indiquent à la fois la présence d'une citation et d'un terme imagé, de la formule de *blonde Bestie*, « bête blonde », métaphore du fauve. Sur le fonctionnement de l'image et la signification de la référence à la blondeur, nous renvoyons à notre édition de la *Généalogie de la morale*, I, § 11 et à la note correspondante (p. 88-90).

156. Texte à comparer au posthume suivant : « Pour nous faire une juste idée de la morale, il faut mettre à sa place deux notions empruntées à la *zoologie* : *dressage* de la brute et *élevage sélectif d'une certaine race*.

« De tout temps, les prêtres ont prétendu vouloir "rendre *meilleurs*"… Mais, nous autres, nous ririons, si un dompteur voulait parler de ses bêtes rendues "meilleures". – Le dressage de la brute est obtenu dans la plupart des cas en abîmant la brute : de même, l'homme moralisé n'est pas un homme "meilleur", mais un homme affaibli, un homme radicalement diminué et défiguré. Mais il est moins dangereux… » (*FP XIV*, 15 [55]).

157. Sur cette formule de « bête blonde », voir ci-dessus la note 155.

158. Nouvel effet de traduction, comme l'ouvrage en a déjà donné de nombreux exemples.

159. Nouvelle notation sur le rôle de déformation joué par le langage dans la description des processus moraux. Voir la retraduction que donnait Nietzsche de l'expression « rendre meilleur » dans la *Généalogie de la morale* : « Si l'on veut exprimer par là le fait qu'un tel système de traitement a *rendu* l'homme *meilleur*, je ne dis pas le contraire : j'ajoute seulement que chez moi "rendu meilleur" signifie – exactement la même chose que "dompté", "affaibli", "découragé", "raffiné", "rendu douillet", "émasculé" (donc presque la même chose que *brisé*). Mais s'il s'agit principalement de malades, d'aigris, de déprimés, un tel système rend à tout coup le malade, même en supposant qu'il le rende "meilleur", *plus malade* : qu'on demande aux psychiatres ce qu'entraîne toujours une application méthodique de tourments de pénitence, de contritions et de spasmes de rédemption » (III, § 21).

160. Les *Lois de Manou* sont le plus célèbre recueil de codification de l'ensemble de la vie sociale issu du brahmanisme ancien. Exposition du *dharma*, il couvre la totalité du champ de la vie humaine, publique et privée, religieuse, mais aussi sociale et politique, et détaille en particulier l'organisation des castes, de leurs relations et des prohibitions qui s'imposent aux membres de chaque caste. Nietzsche découvre ce texte en 1888 à travers l'ouvrage de L. Jacolliot *Les Législateurs religieux. Manou, Moïse, Mahomet* (Paris, 1876). Voir la lettre à Peter Gast du 31 mai 1888 : « Ces dernières semaines m'ont procuré un *enseignement* capital : j'ai trouvé le Livre de la Loi de *Manou,* dans une traduction française faite aux Indes sous le strict contrôle des plus éminents prêtres et savants de là-bas. Cet ouvrage absolument *aryen,* un code religieux de la morale fondé sur les Veda, l'idée de caste, et remontant aux temps primitifs – *dépourvu* de pessimisme, bien que présentant un caractère très sacerdotal – complète de la façon la plus remarquable mes idées sur la religion. J'ai l'impression, je l'avoue, que tout ce que d'autre part nous possédons sur les grandes législations morales, n'est qu'une contrefaçon, voire une caricature, de cet ouvrage. Tout d'abord la doctrine égyptienne. Mais Platon même me semble avoir dans les grandes lignes, simplement reçu l'*excellent enseignement* d'un brahmane. Les Juifs, par comparaison, apparaissent comme une race de Tschandalas qui apprend de ses *maîtres* les principes selon lesquels un *clergé* s'assure le pouvoir et organise un peuple… Les Chinois aussi me semblent avoir produit leur Confucius et leur Lao-Tse sous l'influence de ce texte de lois *classique, extrêmement ancien.* L'organisation du Moyen Âge fait l'effet d'un singulier tâtonnement en vue de récupérer diverses représentations qui étaient à la base de la primitive société indo-aryenne, toutefois augmentées de valeurs *pessimistes* qui prennent naissance dans la *décadence* des races. – Ici aussi les *Juifs* font simplement figure d'intermédiaires – ils n'inventent rien. » Dû à un simple amateur, et non à un indianiste professionnel, le livre qui sert de source à Nietzsche est malheureusement loin de présenter la fiabilité que celui-ci lui prête. La suite du chapitre le montrera.

161. Il s'agit des quatre castes caractéristiques de l'organisation des sociétés brahmaniques. Nietzsche évoquera encore Manou et l'organisation des castes dans *L'Antéchrist*, § 57.

162. Nouveau jeu sur la métaphorique de l'odorat : la mauvaise odeur joue comme signe de la décomposition.

163. *Dem Nicht-Zucht-Menschen* : celui qui n'a pas fait l'objet d'une discipline sélective triant ses pulsions, favorisant l'épanouissement de certaines, empêchant le développement de certaines autres, et surtout les organisant hiérarchiquement de manière à le rendre conforme à un type spécifique. C'est pour désigner ce processus que Nietzsche use du terme d'« élevage » (*Züchtung*). Le renversement des valeurs, instauration d'une interprétation nouvelle de la réalité qui doit favoriser l'apparition d'un type d'homme différent du type nihiliste actuellement prédominant, constitue ainsi un cas particulier de cette problématique de l'élevage – à ceci près qu'il ne s'agira plus d'une *morale* de l'élevage : pas plus qu'il ne prétend ressusciter les Grecs de l'âge tragique, Nietzsche ne prétend remplacer le christianisme par le système brahmanique des castes.

164. Le *tschandala* est l'un des termes désignant les hors-castes dans les sociétés brahmaniques. Nietzsche s'empare de cette notion pour lui faire désigner de manière imagée un type d'homme mis au ban de la société, sur lequel s'acharne le mépris général. L'esprit libre est ainsi traité en tschandala dans une culture fondée sur les valeurs de la morale ascétique, par exemple dans une culture où s'est imposé le christianisme.

165. Ainsi que l'a montré A.-M. Etter dans son article remarquable « Nietzsche und das Gesetzbuch des Manu » (*Nietzsche-Studien*, 1987), une seule des prescriptions évoquées ici par Nietzsche au sujet des tschandalas se trouve effectivement dans les *Lois de Manou*. Il s'agit de celle qui correspond au § 52 du Livre X : « Qu'ils aient pour vêtements les habits des morts ; pour plats, des pots brisés ; pour parure, du fer : qu'ils aillent sans cesse d'une place à une autre » (*Manava-Dharma-Sastra. Lois de Manou*, trad. A. Loiseleur-Deslongchamps, Paris, Garnier, rééd. Éditions d'aujourd'hui, 1976, p. 308). Magistrat ayant exercé en Inde, L. Jacolliot est un esprit curieux, polygraphe et enthousiaste, mais non pas un spécialiste de la culture indienne ancienne, et il semble que, tout à l'enchantement de sa découverte, Nietzsche lui prête bien trop. Comme l'indique A.-M. Etter dans l'article précité, les sources de Jacolliot en matière indienne sont une énigme. Les prescriptions relatives à l'écriture de droite à gauche et à la circoncision, qui contrairement à ce que semble penser Nietzsche dans plusieurs textes s'expliquent sans doute par référence au monde musulman et non au monde juif, laissent supposer que Jacolliot a eu accès à un texte syncrétique et tardif, postérieur à l'invasion musulmane, qui mêlerait des traditions très diverses, depuis le célébrissime *Manava-Dharma-Sastra* jusqu'à des traités et codes de date beaucoup plus récente et éventuellement de préoccupation plus restreinte. Il est en

tout cas indubitable que Nietzsche n'accède pas véritablement au texte authentique dont il découvre l'existence en 1888.

166. Comparer ces analyses à celle du premier traité de la *Généalogie de la morale.*

167. *Pia fraus* : en latin, le « pieux mensonge ».

168. « Une grande victoire est un grand danger », lançait Nietzsche dès les premières lignes de la première *Considération inactuelle.*

169. Texte à comparer avec les états préparatoires que fournissent les posthumes de 1888, par exemple le fragment *FP XIV*, 19 [10] : « Dans l'histoire de la culture, le "Reich" allemand est jusqu'ici un malheur : l'Europe est appauvrie, depuis que l'esprit allemand a renoncé à l'"esprit". – On en sait quelque chose à l'étranger, que les Allemands ne s'y trompent pas ! On demande : avez-vous un seul esprit qui compte ? ou même seulement trois quarts d'esprit ?... Qu'il n'y ait pas de philosophes allemands, c'est là une fin de première grandeur. Personne n'aura la mauvaise grâce d'en vouloir aux Allemands si des nullités bavardes, comme monsieur E. von Hartmann, l'Inconscient, ou une canaille crachant la bile et le venin comme l'antisémite berlinois, monsieur E. Dühring, s'arrogent abusivement le titre de philosophe – ce dernier n'a, parmi ses disciples, aucun homme convenable, le premier, pas un "entendement" convenable. »

170. Le § 147 du *Gai Savoir* évoquait déjà ce double trait distinctif de l'Europe : « Qu'est-ce que les peuplades sauvages commencent aujourd'hui par emprunter aux Européens ? L'eau-de-vie et le christianisme, les *narcotica* européens – Et qu'est-ce qui les fait périr le plus vite ? – Les *narcotica* européens. »

171. Nietzsche parodie l'expression péjorative de *Bierbankpolitik* : politique de café du commerce (littéralement : « de brasserie »).

172. Nietzsche utilise ici le terme de *Pathos* qui désigne de manière large la sensibilité. On connaît la formule « pathos de la distance », par laquelle il désigne la sensibilité aux différences de rang et l'aptitude à détecter rapidement des hiérarchies – vertu indispensable au philosophe (voir par exemple *Par-delà bien et mal*, § 257).

173. Les hilotes étaient à Sparte les esclaves.

174. La troisième *Considération inactuelle* posait déjà le problème de l'éducateur et de sa formation, par opposition au professeur.

175. Nouvelle allusion à Bismarck.

176. *Heiter sein* : sur la *Heiterkeit*, voir ci-dessus la note 1.

177. *FP XIV*, 19 [11] : « "Un Reich allemand", combien de "Reich allemands" ne donnerait-on pas pour un seul Goethe !... Toutes les grandes époques de la culture ont été, politiquement, des époques pauvres. »

178. Cette formule désigne les guerres menées par les États allemands contre la France napoléonienne, à la fin du premier Empire. Nietzsche voit en elles le type même de la cécité et de l'étroitesse d'esprit des Allemands, et les condamne toujours sans appel :

« Enfin, lorsque, à la transition entre deux siècles de *décadence* *, apparut aux yeux de tous une *force majeure* *, de génie et de volonté, assez forte pour faire de l'Europe une unité, une unité politique et *économique* dont le but était d'instaurer un gouvernement mondial, les Allemands, par leurs "guerres de libération", ont frustré l'Europe du sens, du sens miraculeux que recelait l'existence de Napoléon – ils ont ainsi sur la conscience tout ce qui a suivi, tout ce qui existe actuellement, la maladie et la déraison la plus *destructrice de culture* qui soit, le nationalisme, cette *névrose nationale* *, dont l'Europe est malade, perpétuant la division de l'Europe en petits États, la *petite* politique de clocher » (*Ecce homo*, « Pourquoi j'écris de si bons livres », *Le Cas Wagner*, § 2).

179. *Pulchrum est paucorum hominum* : formule latine inspirée d'un vers d'Horace (*Satires*, I, 9, 44), « Le beau appartient à peu d'hommes. »

180. Jeu sur *allgemein* (« général »)/*gemein* (« commun, vulgaire »).

181. Nouveau jeu de langage : Nietzsche passe de *Beruf* (« métier, profession ») à *berufen sein* : « être appelé à quelque chose, avoir une vocation ».

182. Nietzsche reprend ici le terme de *fertig* (« prêt ») qu'il utilisait quelques lignes plus haut, mais en l'utilisant dans une formule qui en infléchit le sens : *fertig werden* signifie « en finir avec quelque chose ». Pour conserver l'écho à la phrase précédente sans négliger l'inflexion, et au risque d'alourdir le texte, nous traduisons cette formule par une double notation.

183. Nietzsche insiste fréquemment sur la dimension fondamentalement affirmatrice de sa réflexion, que traduisent notamment les notions de gaieté d'esprit, de dionysiaque, ou encore d'*amor fati* : « *amor fati*, tel est le fond de ma nature » (*Ecce homo*, « Pourquoi j'écris de si bons livres », *Le Cas Wagner*, § 4).

184. *Gemeinheit* : comme dans le § précédent, le terme désigne le contraire de ce qui est noble, distingué : « commun », avec la connotation de « vulgaire ».

185. *Streifzüge* : *Streifzug* est d'abord un terme emprunté au lexique militaire et désigne une opération rapide et ponctuelle au sein du territoire ennemi, répondant à un objectif limité. Le mot se réfère souvent à une incursion éclair liée à une mission de reconnaissance (*Erkundungszug*) ou de renseignement, n'impliquant pas nécessairement de combat ; il peut renvoyer aussi à un engagement brusque mais d'ampleur restreinte : une escarmouche, un accrochage ou un raid. Comme en témoigne le contenu de ce chapitre, il semble que Nietzsche joue à la fois sur les conotations de « mission de reconnaissance » et « d'attaque-éclair » : mauvaise conscience de son temps, le philosophe inactuel livre en effet une interprétation du sens de quelques « idoles » de l'époque, et une critique aussi radicale que brève.

186. Allusion au titre générique des quatre textes que Nietzsche publia dans les années suivant la parution de *La Naissance de la tragédie*. Vertu majeure du philosophe, l'inactualité désigne chez

Nietzsche la capacité de penser contre son temps, d'être la mauvaise conscience de son temps, c'est-à-dire le fait de savoir se détacher des autorités et évaluations (des idoles) propres à son époque pour les soumettre à l'interrogation.

187. Cette plaisanterie évoque à la fois l'origine espagnole de Sénèque et les grands airs qu'il se donne en matière morale. Cette théâtralisation ou cette pose que Nietzsche juge insupportable était déjà dénoncée dans le § 122 du *Gai Savoir* : « Le christianisme aussi a largement contribué aux Lumières : il enseigna le scepticisme moral de manière très pénétrante et très efficace : en accusant, en rendant aigre, mais avec une patience et une finesse infatigables : il anéantit la foi de tout individu en ses "vertus" : il fit disparaître à tout jamais de la terre ces grands vertueux dont l'Antiquité n'était pas pauvre, ces hommes du peuple qui, tout à la foi en leur perfection, déambulaient avec une majesté de toréador. Lorsque nous lisons aujourd'hui, éduqués comme nous le sommes à cette école chrétienne de scepticisme, les livres de morale des Anciens, par exemple ceux de Sénèque et d'Épictète, nous éprouvons une supériorité plaisante, et nous sommes secrètement assaillis d'intuitions pénétrantes et d'aperçus surplombants, cela nous donne le sentiment d'entendre un enfant pérorer devant un vieillard, ou une jeune et belle exaltée devant La Rochefoucauld. »

188. *In impuris naturalibus* : jeu de mots inversant la formule latine *in puris naturalibus*, littéralement « dans le simple état naturel », c'est-à-dire « nu comme un ver ». Nietzsche remplace l'adjectif *purus* (« pur, simple ») par son contraire *impurus* pour suggérer l'instinct de vengeance qui selon lui se cache derrière cet idéal de la naturalité. Voir plus bas les §§ 6 et 48.

189. La plaisanterie fait allusion au titre du poème de Joseph Viktor von Scheffel « Le clairon de Säckingen », très en vogue dans l'Allemagne de la fin du XIXe siècle. Nietzsche se moque simultanément du nationalisme autosatisfait de ses compatriotes, dénoncé dans le chapitre précédent, du moralisme de Schiller (voir plus bas le § 16 de cette section), et de la qualité poétique des productions suscitant l'enthousiasme de l'esprit allemand contemporain.

190. Le *cant* désigne en anglais un discours hypocrite, une comédie intellectuelle, généralement teintée d'accents moralisants. Il est très probable que l'attention de Nietzsche a été attirée sur ce terme par les textes de Stendhal, qui l'utilise fréquement. Voir par exemple *Rome, Naples et Florence*, en date du 25 octobre 1816 : « Dans ce siècle menteur et comédien (*this age of cant*, dit Lord Byron), cet excès de franchise et de bonhomie entre gens des plus riches et des plus nobles de Milan me frappe si fort, qu'il me donne l'idée de me fixer en ce pays. » Une autre occurrence importante se trouve dans la préface des *Cenci*, dans les *Chroniques italiennes* : « Ce grand mot que j'ai ouï répéter bien des fois à Lord Byron : *this age of cant*. Cette hypocrisie si ennuyeuse et qui ne trompe personne a l'immense avantage de donner quelque chose à dire aux sots. » Quant au rapport avec Kant, Nietzsche développera cette pointe

dans le § 16 ci-dessous en lui reprochant ses dérobades et ses faux-fuyants philosophiques.

191. Littéralement : « après les femmes ».

192. *Lactea ubertas* : en latin, « l'abondance laiteuse », formule par laquelle Quintilien qualifie le style de Tite-Live.

193. On comparera ce jugement au posthume suivant : « *Michelet :* sympathie suante, avec quelque chose de vulgaire, – comme une façon d'ôter ses habits avant de se mettre au travail. Tribun du peuple : il connaît aussi les fureurs de bête féroce dont le peuple est capable. Tout ce qui me plaît lui est étranger. Montaigne aussi bien que Napoléon. Bizarrement, lui aussi, l'homme laborieux, sévère sur les mœurs, a cette curiosité lubrique du sexe, qui caractérise l'esprit gaulois. » (*FP X*, 26 [403]).

194. Sur Nietzsche et John Stuart Mill, on se reportera en particulier à l'étude de Karl Brose « Nietzsches Verhältnis zu John Stuart Mill. Eine geisteswissenschaftliche Studie », dans *Nietzsche-Studien*, 1974.

195. La particule est de Nietzsche.

196. Allusion parodique à *La Joie de vivre* de Zola. Nietzsche critique à plusieurs reprises l'attirance complaisante pour la laideur et la noirceur qui caractérise à ses yeux le naturalisme. Voir par exemple le § 347 du *Gai Savoir*, qui dénonce « la violence avec laquelle nos contemporains les plus sensés se perdent dans de misérables recoins et réduits, par exemple dans la patriotardise [...] ou dans des professions de foi esthétiques de chapelles esthétiques à la manière du *naturalisme* * parisien (qui n'extrait et n'expose que la partie de la nature qui suscite le dégoût et l'étonnement à la fois – on se plaît à qualifier aujourd'hui cette partie de *vérité vraie* * –) [...] ».

197. Cette assimilation déroutante de l'activité scientifique aux instincts démocratiques repose essentiellement sur l'hostilité à l'idée de hiérarchie que Nietzsche pense y déceler. L'un des relais capitaux de l'analyse concerne le rôle que la théorie physique fait jouer à la notion de loi. Sur le détail de cette assimilation, on se reportera en particulier au § 22 de *Par-delà bien et mal*.

198. *Wendehals* désigne littéralement le torcol, oiseau caractérisé comme l'indique son nom par son aptitude à tourner la tête selon des angles extrêmes.

199. Voir à ce sujet le § 208 de *Par-delà bien et mal* : « La maladie de la volonté touche l'Europe de manière inégale : elle se montre la plus accusée et la plus multiple là où la culture est déjà chez elle depuis le plus longtemps, elle se dissipe dans la mesure où le barbare, flottant dans le vêtement de la formation intellectuelle occidentale, réclame encore – ou de nouveau – son droit. C'est en conséquence dans la France d'aujourd'hui que la volonté est le plus sérieusement atteinte, ce qui est aussi facile à déduire qu'à toucher du doigt ; et la France, qui a toujours su avec une habileté de virtuose retourner en attraits et en séductions jusqu'aux tours les plus funestes de son esprit montre aujourd'hui avec éclat, en tant

qu'école et vitrine de tous les ensorcellements du scepticisme, sa prédominance culturelle sur l'Europe. »

200. L'adjectif qu'utilise ici Nietzsche, *aushorcherisch*, fait écho au verbe *aushorchen* de la Préface.

201. *Stärke* : terme que nous rendrons par « vigueur » plutôt que par « force », chaque fois que cela est possible, afin de le distinguer du terme de *Kraft*, très fréquent dans le texte nietzschéen.

202. Texte à rapprocher d'un posthume antérieur : « *Sainte-Beuve* – rage silencieuse que tous les Français un peu fins éprouvent devant "l'effroyable sottise" – : voudrait bien nier que toute philosophie lui fait défaut aussi bien que tout caractère, et même, ce qui n'a rien d'étonnant en l'absence des deux autres, toute sûreté de goût *in artibus et litteris*. Il ne comprend rien aux côtés forts de Voltaire, ni à Montaigne, Charron, Chamfort, La Rochefoucauld, Stendhal : il éprouve du dépit, mêlé à une sorte de jalousie, de voir que tous ces connaisseurs d'hommes avaient en plus dans le ventre une volonté et un caractère. » (*FP X*, 26 [404]).

On se reportera également au fragment *FP XIII*, 11 [9], état préparatoire du présent aphorisme, dont Nietzsche supprime la citation finale qu'il empruntait au *Journal* des Goncourt : « "*Sainte-Beuve a vu une fois le premier Empereur. C'était à Boulogne : il était en train de pisser. N'est-ce pas un peu dans cette posture-là, qu'il a vu et jugé depuis tous les grands hommes ?*" (*Journal des Goncourt*, II, p. 239) * – ainsi relatent ses plus méchants ennemis, les Goncourt ».

203. L'*Imitatio Christi*, en français *L'Imitation de Jésus-Christ*, texte attribué au mystique allemand du XVe siècle Thomas a Kempis.

204. Il s'agit bien sûr de l'*Imitatio*, terme féminin en latin.

205. Expression que Nietzsche emprunte aux derniers vers du *Second Faust* de Goethe et dont il fait souvent un usage moqueur ou critique. Il utilisait déjà cette expression par exemple dans le § 236 de *Par-delà bien et mal*.

206. Sur Comte, Sainte-Beuve et Renan, voir également par exemple le § 48 de *Par-delà bien et mal*.

207. Cette formule finale reprend le titre du § 345 du *Gai Savoir*. Elle exprime l'exigence fondamentale s'imposant à une pensée de la morale authentiquement philosophique, telle que Nietzsche prétendra la mettre en œuvre. On remarquera que dans cet aphorisme du *Gai Savoir*, Nietzsche critiquait les philosophes britanniques de la morale sous le même angle que dans le présent texte : « Comment se fait-il, maintenant, que je n'aie encore rencontré nul homme, pas même dans les livres, qui se soit comporté en personne à l'égard de la morale, qui ait connu la morale comme problème et ce problème comme *sa* misère, *sa* torture, *sa* volupté, *sa* passion personnelles ? Manifestement, jusqu'à présent, la morale n'a pas été un problème du tout ; mais bien plutôt ce sur quoi précisément on pouvait, après toutes les méfiances, les conflits, les contradictions, tomber mutuellement d'accord, le lieu sacré de la paix, où les penseurs se reposaient aussi d'eux-mêmes, soufflaient, reprenaient vie. Je ne vois personne qui ait osé une *critique* des jugements de valeur moraux ; je ne

parviens même pas à trouver de tentatives dues à la curiosité scientifique, à l'imagination corrompue et tentatrice des psychologues et des historiens qui anticipe facilement sur un problème et le saisit au vol sans bien savoir ce qu'elle a saisi là. C'est à peine si j'ai déniché quelques maigres ébauches visant à constituer une *histoire de l'émergence* de ces sentiments et appréciations de valeur (ce qui est autre chose que leur critique et encore autre chose que l'histoire des systèmes éthiques) […]. Ces historiens de la morale (notamment anglais) ne comptent guère : d'ordinaire, ils continuent d'obéir eux-mêmes ingénument au commandement d'une certaine morale dont ils se font, à leur insu, les porte-enseigne et à laquelle ils font cortège […]. »

Sur le sens et les implications propres à cette exigence de penser la morale comme problème, nous renvoyons à notre introduction aux *Éléments pour la généalogie de la morale* (Paris, Librairie générale française, Le Livre de Poche, 2000).

208. Sur George Sand et la référence à la « famille Rousseau », voir par exemple la lettre à Peter Gast du 24 novembre 1887 : « Que *Rousseau* ait figuré parmi les premiers adeptes de Gluck, donne à réfléchir ; du moins pour moi, tout ce que cet homme a prôné est un peu sujet à caution ; et de même, ceux qui ont eu de l'estime pour *lui* (– il y a toute une famille Rousseau, à laquelle appartiennent également Schiller, jusqu'à un certain point Kant ; en France George Sand, même Sainte-Beuve. En Angleterre Eliot, etc.) Tous ceux qui *faute de mieux* * ont eu besoin de "dignité morale", ont compté parmi les admirateurs de Rousseau, jusqu'à notre cher Dühring, qui a le bon goût de se présenter dans son autobiographie comme le *Rousseau du XIXe siècle*. (Remarquez le comportement de quelqu'un à l'égard de *Voltaire* et de *Rousseau* ; la différence est profonde selon qu'il dit "oui" au premier ou au second. Les ennemis de Voltaire (p. ex.Victor Hugo, tous les romantiques, même les derniers raffinés du romantisme, comme les frères Goncourt) sont tous pleins d'indulgence à l'égard de ce Rousseau – ce plébéien masqué. Je soupçonne qu'au fond du *romantisme* même, on trouverait un peu d'ire plébéienne… » (*Lettres à Peter Gast*, trad. L. Servicen, rééd. Paris, C. Bourgois, 1981, p. 495).

209. *Blasebalg* : Nietzsche parle littéralement de « soufflet » – variation stylistique sur les choses qui ne sont remplies que d'air, sur les idoles boursoufflées, qui rendent un son creux.

210. *Camera obscura* : en latin, « chambre noire ».

211. Nietzsche utilise ici le terme latin de *narcotica*.

212. Dans *La Naissance de la tragédie*, en toute rigueur seule la pulsion dionysiaque était présentée sur le modèle de l'ivresse, la pulsion apollinienne étant quant à elle modélisée à partir du rêve. Voir le § 1 en particulier : « Pour nous rendre plus proches ces deux pulsions, représentons-les-nous d'abord comme les deux mondes esthétiques distincts du *rêve* et de l'*ivresse*, dont les manifestations physiologiques offrent une opposition correspondant à celle de l'apollinien et du dionysiaque » (trad. modifiée).

213. Nietzsche utilise ici le terme latin de *residuum*.

214. *La Naissance de la tragédie* soulignait déjà la proximité de la poésie lyrique et de la musique (voir les §§ 5 et 6 en particulier). Alors que la poésie épique relève du monde de l'image, donc de l'apollinien, le poète lyrique est dionysiaque.

215. Formule évangélique tirée de la *Première Épître aux Corinthiens* de Paul (13 : 2).

216. Sur la dévalorisation de la preuve, voir déjà le § 5 du « Problème de Socrate ».

217. *Interpretation* : dans le riche lexique nietzschéen de l'interprétation, ce terme est souvent utilisé avec une nuance péjorative, pour désigner une interprétation défectueuse, irrespectueuse par exemple de la lettre du texte et témoignant de ce que Nietzsche appelle le « manque de philologie », alors que le terme d'*Auslegung* a le plus souvent une valeur positive. Nous renvoyons sur cette question aux notes de notre édition de *Par-delà bien et mal* dans la même collection.

218. Comme l'indique l'italique du « *et* », c'est la simultanéité de ces deux tendances opposées qui est caractéristique de ce que Nietzsche qualifie de romantisme.

219. *Proprium* : en latin, « ce qui appartient en propre », la caractéristique spécifique.

220. Sur le *cant*, voir la note 190.

221. Emerson : essayiste et philosophe américain, auteur de deux séries d'*Essays* – que Nietzsche connaissait dès sa jeunesse par leur traduction allemande (*Versuche*, Hanovre, 1858) – qu'il admire pour son esprit affirmateur ainsi que son art du style (il est l'un des quatre seuls écrivains auxquels Nietzsche reconnaît la dignité de « maîtres de la prose » dans le § 92 du *Gai Savoir*), et dont il se plaît à souligner les affinités avec son propre esprit : « *Emerson.* / Je ne me suis jamais senti autant chez moi et cela dans ma propre maison que dans ce livre – je n'ai pas le droit d'en faire l'éloge, il m'est trop proche » (*FP* du *Gai Savoir*, 12 [68]) ; mais il critique parfois également son manque de puissance philosophique. La question des rapports entre Nietzsche et Emerson a été largement renouvelée par la critique récente. Voir en particulier l'ouvrage de G. J. Stack, *Nietzsche and Emerson : an Elective Affinity*, Ohio University Press, 1992 ; ainsi que les articles de Giuliano Campioni, « "Wohin man reisen muß". Über Nietzsches Aphorismus VM 223 » (*Nietzsche-Studien*, 1987, en particulier p. 216-217) ; Sander L. Gilman, « Nietzsches Emerson Lektüre : eine unbekannte Quelle » (*Nietzsche-Studien*, 1980) ; ou encore, en français, l'essai de Stéphane Michaud « Nietzsche et Emerson » (*Critique*, juin-juillet 1992, texte repris dans Ralph Waldo Emerson, *La Confiance en soi et autres essais*, Paris, Rivages, 2000).

222. *Heiterkeit* : sur cette notion, voir la Préface et la note 1. Il est à noter en outre qu'avant que Nietzsche ne fasse usage de l'expression de « gai savoir » (*fröhliche Wissenschaft*), Emerson employait déjà lui aussi la formule de « gay science », par exemple dans son essai *Poetry and Imagination*.

223. *Geistreich* : « intelligente et pleine d'esprit ».

224. Lope de Vega (1500-1565) : dramaturge et poète espagnol.

225. *Yo me sucedo a mi mismo* : en espagnol « Je me succède à moi-même ».

226. *Tamquam re bene gesta* : en latin, « comme si l'entreprise avait été couronnée de succès ».

227. Parodie d'un vers célèbre des *Pontiques* d'Ovide (III, 4, 79), dont Nietzsche ne modifie qu'une lettre, substituant *voluptas* à *voluntas* : « Si les forces ont manqué, il n'en faut pas moins louer la volonté » devient ainsi « [...] il n'en faut pas moins louer la volupté ».

228. Comparer avec le posthume suivant : « N.B. "Le combat pour l'existence" – cela caractérise un état d'exception. La règle est plutôt le combat pour la *puissance*, pour "plus", "mieux", "plus vite" et "plus souvent" » (*FP XI*, 34 [208]).

229. Point développé déjà par le premier traité des *Éléments pour la généalogie de la morale*, en particulier le § 7.

230. Citation de l'hymne de Luther *Eine feste Burg*.

231. *Mimicry* : en anglais « mimétisme, imitation ». C'est le terme dont usent en particulier les naturalistes darwiniens pour décrire chez l'animal certaines conduites adaptatives visant à éviter un danger. Voir la définition qu'en donne Nietzsche dans le § 26 d'*Aurore* : « Les pratiques préconisées dans la meilleure société : le souci d'éviter tout ce qui est ridicule, tapageur, prétentieux, le refus de manifester ses vertus aussi bien que ses appétits les plus violents, la volonté de paraître semblable aux autres, de s'insérer dans un ordre, de s'amoindrir, – tout ce qui constitue la morale sociale se retrouve grossièrement jusqu'au plus bas degré du monde animal – et ce n'est qu'à ce niveau inférieur que nous apercevons l'arrière-pensée de ces dispositions aimables : on veut échapper à ses poursuivants et être favorisé dans la recherche de sa proie. C'est pourquoi les animaux apprennent à se maîtriser et à se déguiser de telle sorte que certains, par exemple, adaptent leur couleur à la couleur de leur environnement (au moyen de ce qu'on nomme "la fonction chromatique"), qu'ils font le mort ou revêtent les formes et les couleurs d'un autre animal, ou du sable, des feuilles, des lichens, des éponges (ce que les naturalistes anglais désignent par *mimicry*). Ainsi l'individu se dissimule sous la généralité du concept d'"homme", ou au sein de la société, ou encore il s'adapte aux princes, aux castes, aux partis, aux opinions de son temps et de son milieu : et à toutes nos subtiles façons de paraître heureux, reconnaissants, puissants, amoureux, on trouvera facilement l'équivalent animal. »

232. De nombreux articles, particulièrement dans la critique anglo-saxonne contemporaine, ont été consacrés à la question des rapports de Nietzsche et de Darwin. Sur cette question, nous renverrons en particulier le lecteur aux études de Jean Gayon, « Nietzsche and Darwin », *in* Dan Stone, *Breeding Superman : Nietzsche, Race and Eugenics in Edwardian and Interwar Britain*, Studies in social and political thought, n° 6, Liverpool University Press, 2002 ; ainsi que Werner Stegmaier, « Darwin, Darwinismus,

Nietzsche. Zum Problem der Evolution », *Nietzsche-Studien*, 1987 ; et à notre article « La morale sans métaphysique. “Vitalisme” et psychologie de la morale chez Darwin, Spencer et Nietzsche », *in Lectures de Nietzsche*, Paris, Librairie générale française, 2000.

233. *Menschenkenner* : de manière générale, au-delà du contexte étroit de cet aphorisme, ce terme est à peu près équivalent, dans le lexique nietzschéen, à celui de « psychologue ».

234. Littéralement : « des portes dérobées », des échappatoires.

235. Voir la même défiance à l'égard de l'usage douteux du « et » dans le § 346 du *Gai Savoir* : « Toute l'attitude “homme *contre* monde”, l'homme comme principe de “négation du monde”, l'homme comme mesure de la valeur des choses, comme juge du monde, qui finit par placer l'existence elle-même sur les plateaux de sa balance et la juge trop légère – nous avons pris conscience de la formidable ineptie de cette attitude en tant que telle, et elle nous dégoûte, – il nous suffit pour rire, de trouver “homme *et* monde” placés côte à côte, séparés par la sublime présomption de ce petit mot, “et” ! »

236. La condamnation du moralisme de Schiller est une constante des derniers textes de Nietzsche : voir déjà le § 1 de ce chapitre, ou par exemple *Le Cas Wagner*, § 3. Dans *La Naissance de la tragédie*, Nietzsche se servait, plus positivement, des analyses de Schiller sur le lyrisme (§ 5) ou encore sur le chœur tragique (§ 7), qu'il réinterprétait pour construire sa propre lecture.

237. Eduard von Hartmann, disciple de Schopenhauer dont il prétend prolonger et resystématiser la pensée dans sa philosophie de l'inconscient. Le même jugement était déjà émis dans texte posthume suivant : « C'est pour moi un signe de “pauvreté d'esprit” que de nommer tout d'une haleine Schopenhauer et Hartmann » (*FP X*, 25 [266]) ; voir encore *Le Gai Savoir*, § 357, dans le livre V.

238. Sur la notion d'*intellektuelles Gewissen*, voir en particulier *Le Gai Savoir*, § 2 et § 335, ainsi que le § 45 de *Par-delà bien et mal*.

239. La métaphore végétale, surabondamment utilisée par Nietzsche, joue le plus souvent en un sens psychologique : elle permet à Nietzsche de faire référence à un type de pulsion, ou de cristallisation pulsionnelle, pour interroger le conditionnement qui rend possible son apparition et son épanouissement, ou entraîne son dépérissement, comme c'est le cas dans cet aphorisme. Cette métaphore prend donc tout sons sens dans le cadre de la réflexion nietzschéene sur l'élevage, second versant de son questionnement. Nous renvoyons sur ce point à notre étude *Nietzsche et le Problème de la civilisation* (Paris, PUF, rééd. 1999).

240. *Fünfdeutig* : nouveau jeu verbal, construit par référence au terme *zweideutig* (« équivoque », « ambigu », marqué par la duplicité »), dans lequel Nietzsche replace le *zwei* initial (« deux ») par *fünf* (« cinq »).

241. *Willensstärke* : littéralement, « vigueur » de la volonté.

242. On comparera par exemple cette analyse à l'important § 301 du *Gai Savoir*, qui développait cette analyse sur un plan plus large

que celui de l'art : « C'est nous, les hommes qui sentent en pensant, qui ne cessons de *construire* réellement quelque chose qui n'existe pas encore : tout le monde éternellement en croissance des appréciations, des couleurs, des poids, des perspectives, des gradations, des acquiescements et des négations. Ce poème que nous avons composé est constamment assimilé à force d'étude et d'exercice, traduit en chair et en réalité, et même en quotidienneté par ceux qu'on appelle les hommes pratiques (nos acteurs, ainsi que nous l'avons dit). Tout ce qui possède de la *valeur* dans le monde aujourd'hui ne la possède pas en soi, en vertu de sa nature, – la nature est toujours dénuée de valeur : au contraire, une valeur lui a un jour été donnée et offerte, et *c'est nous* qui avons donné et offert ! C'est nous seuls qui avons d'abord créé le monde *qui intéresse l'homme en quelque manière* ! – Mais c'est justement le fait de le savoir qui nous manque, et s'il nous arrive de le saisir pour un instant, nous l'avons de nouveau oublié l'instant suivant : nous méconnaissons notre meilleure force [...]. »

243. Sur la valeur du terme *interpretiren*, souvent utilisé par Nietzsche avec une nuance négative, comme c'est le cas ici, voir ci-dessus la note 217.

244. Le terme choisi par Nietzsche est toujours celui d'*Interpretation*, dont cette occurrence indique clairement la dimension péjorative. L'interprétation de la réalité par le christianisme, dénuée de probité, est d'emblée orientée en un sens ascétique, condamnateur de la vie de l'ici-bas, et nihiliste.

245. Nietzsche utilise le terme latin de *stimulantia*.

246. Le problème posé par le sens de la relation de Schopenhauer à l'art et au beau avait déjà été abordé de manière suivie dans la *Généalogie de la morale*. Voir sur ce point le troisième traité, § 6 en particulier.

247. Nietzsche songe ici au paragraphe 60 du *Monde comme volonté et comme représentation*, où Schopenhauer utilise en effet le terme de *Brennpunkt* en référence à la sexualité : « Les organes virils sont, plus qu'aucun des appareils extérieurs du corps, soumis à la seule volonté, et point à l'intelligence, même la volonté ici se montre presque aussi indépendante de l'intelligence que dans les organes de la vie végétative, de la reproduction partielle, lesquels fonctionnent sur une simple excitation, et où la volonté opère aveuglément, comme dans la nature brute. La génération, en effet, ce n'est que la reproduction non plus partielle mais s'étendant à tout un individu, la reproduction à la seconde puissance, de même que la mort n'est que la sécrétion à la seconde puissance. – Pour tous ces motifs les organes virils sont le vrai *foyer* [*Brennpunkt*] de la volonté, le pôle opposé au cerveau, qui représente l'intelligence, l'autre face du monde, le monde comme représentation. Eux, ils sont le principe conservateur de la vie, et qui lui assure l'infinité du temps. » La suite des réflexions de Schopenhauer mérite aussi d'être citée (on la comparera en particulier aux analyse relatives aux Grecs que présentera Nietzsche dans le dernier chapitre de l'ouvrage, « Ce que je dois aux

Anciens ») : « C'est pour cette propriété qu'ils étaient adorés, chez les Grecs dans le phallus, et chez les Hindous dans le lingam ; double symbole, on le voit maintenant, de l'affirmation de la volonté. Au contraire, l'intelligence rend possible la suppression de la volonté, son salut par la liberté, le triomphe sur le monde, l'anéantissement universel » (*Le Monde comme volonté et comme représentation*, trad. A. Burdeau, revue et corrigée par R. Roos, PUF, 1966, p. 416).

248. On rapprochera la lecture de Nietzsche, sur ce point, des analyses que présentait déjà la troisième traité de la *Généalogie de la morale* : « Il est peu de choses dont Schopenhauer parle avec autant d'assurance que de l'effet de la contemplation esthétique : il dit à son sujet qu'elle exerce un effet qui s'oppose à l'"intérêt" *sexuel*, semblable donc à la lupuline et au camphre ; il a glorifié inlassablement *cette* libération à l'égard de la "volonté" comme le grand privilège et la grande utilité de l'état esthétique. » (III, § 6).

249. Allusion la Préface à la première édition du *Monde comme volonté et comme représentation* : « Ainsi donc la philosophie de Kant est la seule avec laquelle il soit strictement nécessaire d'être familier pour entendre ce que j'ai à exposer. – Si cependant le lecteur se trouvait en outre avoir fréquenté l'école du divin Platon, il serait d'autant mieux en état de recevoir mes idées et de s'en laisser pénétrer » (*op. cit.*, p. 5).

250. Nietzsche évoque ici le *Banquet* de Platon, et le discours de Diotime rapporté par Socrate, 206c et sqq. En particulier : « Une fécondité, vois-tu, Socrate, existe, dit-elle, chez tous les hommes : fécondité selon le corps, fécondité selon l'âme, et, quand on en est venu à un certain âge, alors notre nature est impatiente d'enfanter. Or cet enfantement lui est impossible dans de la laideur, mais non point dans le beau. [...] Donc ce qui est Parque et Ilithye pour la production d'une existence, c'est la Beauté. C'est pourquoi, toutes les fois que l'être fécond vient au voisinage d'un bel objet, il en éprouve un apaisement délicieux qui le fait s'épanouir, et alors il enfante, il procrée. »

251. *Proprium* : en latin, « le propre, l'élément caractéristique ».

252. *Amor intellectualis dei* : en latin « amour intellectuel de Dieu », notion analysée par Spinoza dans le cinquième Livre de l'*Éthique*.

253. Nouvelle série de remarques sur la caractérisation de la culture grecque, qui prolonge les analyses du second chapitre (« Le problème de Socrate »), et que préciseront les notations de l'ultime chapitre de l'ouvrage (« Ce que je dois aux Anciens »).

254. Nietzsche songe sans doute ici au *Lysis* de Platon.

255. Voir sur ce point ce qu'indiquait déjà le chapitre « Le problème de Socrate », § 8.

256. Nietzsche utilise de nouveau le verbe *verbessern*, sur lequel est formé le substantif *Verbesserer*, qui donnait son titre au septième chapitre de l'ouvrage.

257. Comme à son habitude, Nietzsche use ici du terme latin, *stimulans*.

258. *Entleiden* : néologisme de Nietzsche, qui adjoint un préfixe privatif au verbe *leiden*, « souffrir » ou « supporter ». Le passage est délicat. Le mouvement de l'argumentation de Nietzsche dans ce passage nous fait pencher pour le sens de « faire prendre en aversion », jouant donc sur la seconde signification de *leiden*. Pour une lecture différente du passage, nous renvoyons à la traduction de É. Blondel (Paris, Hatier, 2001).

259. Schopenhauer analyse la tragédie à la fin du chapitre 51 du *Monde comme volonté et comme représentation*. Mais le passage auquel pense Nietzsche ici est probablement plutôt un extrait du supplément XXXVII au *Monde* (« De l'esthétique de la poésie »), qu'il a du reste déjà cité dans la Préface qu'il ajoute en 1886 à la réédition de *La Naissance de la tragédie* (voir le § 6) : « Ce qui donne au tragique, quelle qu'en soit la forme, son élan particulier vers le sublime c'est la révélation de cette idée que le monde, la vie sont impuissants à nous procurer aucune satisfaction véritable et sont par suite indignes de notre attachement ; telle est l'essence de l'esprit tragique ; il est donc le chemin de la résignation. » (*op. cit.*, p. 1171-1172). Cette interprétation de la tragédie est aux antipodes de celle que construit Nietzsche dès son premier ouvrage, et sa condamnation de Schopenhauer sur ce point est permanente ; voir par exemple l'*Essai d'autocritique* de 1886, et le paragraphe que nous venons d'évoquer : « Ô quel tout autre langage m'a tenu Dionysos ! ».

260. Sur cette formule, dont Nietzsche joue fréquemment, voir la note 10 ci-dessus.

261. Nouveau jeu verbal, Nietzsche associant deux termes de mêmes racine : *Furcht/Furchtbar*.

262. Saturnales : fête romaine en l'honneur de Saturne, célébrée à l'origine le 17 décembre, étendue ultérieurement du 17 au 23 décembre. Les saturnales étaient une fête de libération, d'affranchissement, dans laquelle les esclaves devenaient momentanément maîtres et étaient servis par leurs maîtres devenus provisoirement serviteurs. Nietzsche fait jouer cette référence dans le sens de la victoire et de la libération d'un asservissement ou d'une contrainte. Il utilisait déjà l'image des saturnales dans la Préface à la seconde édition du *Gai Savoir*.

263. Reprise au pluriel du même terme : mais *Wort* possède le double sens de parole et de mot. La phrase pourrait donc se rendre par « Ce pour quoi nous avons des mots… ».

264. Voir déjà le posthume *FP IX*, 2 [26] : « Dans la communication d'une connaissance, il y a toujours quelque trahison. »

265. Nouveau jeu sur l'assonance pour ces deux derniers termes : *Mittleres*, *Mittheilsames*.

266. *Sprache* désigne aussi bien le langage en général que la langue.

267. Formule empruntée au livret de *La Flûte enchantée* de Mozart. Elle constitue le début de l'air de Tamino contemplant le portrait de Pamina que vient de lui faire remettre la reine de la nuit.

268. Nietzsche utilise ici le verbe *hinhorchen*, de même racine que *abhorchen* (ausculter) et que le *aushorchen* qu'il forge pour les besoins de la Préface.

269. *Aut liberi, aut libri* : en latin, « Soit les enfants, soit les livres ».

270. Nietzsche cite en français un passage de la correspondance de l'abbé Galiani avec Mme d'Épinay, lettre du 18 septembre 1769 (*Ferdinando Galiani-Louise d'Épinay, Correspondance*, Paris, Desjonquères, 1992-1997, tome 1, p. 71) : « Je me verrai. Je me lirai, je m'extasierai, et je dirai : "Possible que j'aie eu tant d'esprit ! Qui est-ce qui le croira !" » Nonobtsant l'usage misogyne que Nietzsche fait ici de cette déclaration, il est à noter que c'est à lui-même que l'abbé napolitain, attendant avec impatience les épreuves de ses *Dialogues sur le commerce des blés*, applique ironiquement l'exclamation. Nietzsche est un lecteur assidu de l'abbé Galiani auquel il emprunte nombre de formules et d'analyses. Voir par exemple *Par-delà bien et mal*, § 26 ou § 222.

271. Notation qui indique que Nietzsche vise par ces remarques un type psychologique (une certaine configuration de pulsions), et non un groupe social. Il suffirait au demeurant de relire les *Considérations inactuelles* pour s'en convaincre : le savant, l'universitaire, l'homme de science, bien que sans liens avec le prolétariat ou la classe ouvrière, n'en sont pas moins de parfaits exemples du type d'homme que Nietzsche qualifie d'« ouvrier ». Voir encore par exemple le § 211 de *Par-delà bien et mal*, qui oppose aux « ouvriers de la philosophie » (le philosophe tel qu'il a existé jusqu'alors depuis le platonisme) au philosophe véritable, créateur de valeurs.

272. Allusion au vers 1182 du premier *Faust* : « Entschlaffen sind nun wilde Triebe ».

273. *Reine Torheit* : allusion au Parsifal de Wagner (*der reine Tor* : « le chaste fol »), caractérisé par sa simplicité, prise au premier abord pour de la stupidité, mais signe en fait de sa pureté. Dans le contexte présent, le terme de *Dummheit* (« bêtise ») dans le titre de l'aphorisme indiquerait assez, s'il était besoin d'une explication, comment Nietzsche joue sur les différentes nuances du terme pour tourner en dérision la formule solennelle de Wagner.

274. Trois termes que le français pourrait rendre par « esprit » ! *Geist* est le terme générique, extrêmement courant dans le texte de Nietzsche, pour désigner l'esprit – voir la définition précise qu'en donne le § 14 de ce chapitre ; *Witz* renvoie à l'esprit au sens de l'humour et de la finesse plaisante (le terme peut aussi désigner une plaisanterie, un mot d'esprit en allemand) – Nietzsche en fait usage par exemple dans le § 193 du *Gai Savoir* ; *Gemüt*, enfin, fait plutôt référence à l'« âme » au sens de la sensibilité particulière à un peuple ou un groupe – voir par exemple le § 244 de *Par-delà bien et mal*, et le mot de Goethe se moquant de la complaisance qu'implique l'idée de *Gemüt* allemand, d'âme allemande.

275. Nietzsche utilise dans cette première phrase le terme de *Selbstsucht*, fréquent sous sa plume. *Selbstsucht*, « manie de soi », « souci passionné de soi » si l'on en donne une transcription destinée

à mettre en évidence les racines sur lesquelles le mot est formé, a chez Nietzsche valeur de doublet du terme de racine latine *Egoismus*, qu'utilisait précisément le titre de l'aphorisme.

276. Affirmation importante, qui montre bien les nuances qui jouent constamment dans la réflexion de Nietzsche, ainsi qu'il le soulignera du reste dans *Ecce homo*. L'élimination de ces nuances trahirait d'emblée la pensée de Nietzsche en dogmatisme – ainsi, par exemple, l'affirmation qu'il défendrait unilatéralement l'égoïsme contre l'altruisme ou la pitié.

277. *Optimum* : en latin, « le meilleur ».

278. Cette phrase, d'une logique difficile à comprendre si on la lit littéralement, offre un bel exemple des licences d'écriture propres à cet ouvrage, rédigé en quelques jours à peine si l'on en croit Nietzsche. Il faut vraisemblablement entendre que c'est le fait que certains soient différents qui est ressenti comme une injustice ou un privilège que rien ne justifie.

279. « Plus doux que le miel » est un *topos* homérique, que l'on trouve appliqué par exemple à la colère dans le chant XVIII de l'*Iliade* (vers 109). La formule « la vengeance, plus douce que le miel » est fréquemment évoquée par les derniers textes de Nietzsche.

280. Comme il en est coutumier, Nietzsche se livre ici à un usage parodique d'un concept célèbre de la tradition philosophique, en l'occurrence la notion malebranchiste de *cause occasionnelle*, qui désigne la délégation de puissance accordée par Dieu aux créatures (par elles-mêmes dénuées de toute efficace) selon des lois générales. Nietzsche entend souligner ici le caractère accessoire de l'objet lui-même. Dans une perspective toute différente, Schopenhauer faisait aussi usage de la notion malebranchiste de cause occasionnelle.

281. Jeu sur l'assonance *Zufall/Überfall*.

282. Qualification que Nietzsche emprunte une fois encore à l'abbé Galiani, déjà cité plus haut. Il s'agit d'un extrait de sa lettre du 5 septembre 1772 : « En politique, je n'admets que le machiavélisme pur, sans mélange, cru, vert, dans toute sa force, dans toute son âpreté. Il [l'abbé Raynal] s'étonne que nous fassions la traite des nègres en Afrique, et pourquoi ne s'étonne-t-il pas qu'on fasse la traite des mulets de la Guyenne en Espagne. » (*Ferdinando Galiani-Louise d'Épinay, Correspondance*, Paris, Desjonquères, 1992-1997, tome 3, p. 104). Nietzsche cite plus longuement ce passage dans un de ses posthumes : « Mais le machiavélisme *pur, sans mélange, cru, vert, dans toute sa force, dans toute son âpreté* * est surhumain, divin, transcendant, il n'est jamais atteint par l'homme, tout juste effleuré » (*FP XIII*, 11 [154]).

283. Nietzsche cite son nom sous sa forme italienne : *Cesare Borgia*.

284. La nuance de formulation est ici capitale : il s'agit bien d'« une sorte de » ; le surhumain est chez Nietzsche une notion relative et non un nouvel absolu. *Ecce homo* soulignera de nouveau ce point en parlant d'un « type relativement surhumain », type d'homme qui « est justement surhumain par rapport aux hommes

bons », c'est-à-dire au type que la culture européenne moderne considère comme supérieur (« Pourquoi je suis un destin », § 5). Voir sur ce point notre étude *Nietzsche et le Problème de la civilisation*, p. 329 sqq.

285. Nietzsche fait allusion à J. V. Widmann, dont il évoquera encore le compte-rendu de manière sarcastique dans *Ecce homo* : « Un essai du Dr V. Widmann dans le *Bund* sur *Par-delà bien et mal*, sous le titre : "Le dangereux livre de Nietzsche", et un compte-rendu d'ensemble sur tous mes livres par M. Karl Spitteler, également dans le *Bund*, ont été dans ma vie un comble, je me garderai bien de dire de quoi… » (« Pourquoi j'écris de si bons livres », § 1).

286. Littéralement : « de cent égards ».

287. L'insistance de Nietzsche sur ce terme a pour objet de rappeler que ces dispositions sont acquises, qu'elles sont l'effet d'un processus d'élevage de longue durée dans ces conditions culturelles particulières, et non des déterminations essentielles de l'homme en général.

288. Nous traduisons par cette formule le pluriel *Zustände*.

289. *Humanität* : Nietzsche évoque naturellement le sentiment d'humanité, la douceur et le ménagement qui caractérisent notre rapport à autrui.

290. Nietzsche utilise ici le terme de *Sitte* au singulier ; le début de la phrase utilisait le même terme au pluriel (*Sitten* : « les mœurs »).

291. Nietzsche orthographie « morale » au féminin.

292. *Culturen* : au sens que Nietzsche donne à ce terme, proche du français « civilisations ». « Culture » ne désigne pas chez lui le savoir intellectuel, mais, de manière beaucoup plus large, la forme particulière que prend l'ensemble des activités humaines d'une communauté en tant qu'elles reposent sur une série spécifique de valeurs. C'est en ce sens que le problème de la culture constitue l'objet fondamental de la réflexion philosophique pour Nietzsche et remplace la problématique de la vérité.

293. Ce jugement peut sembler curieux puisque Nietzsche fait constamment l'éloge de la Renaissance italienne, l'un des sommets, avec la culture de la Grèce tragique, de l'épanouissement de la vie humaine. Mais il ne s'agit pas d'une inconséquence, et Nietzsche souligne à plusieurs reprises cette logique de l'évolution des cultures supérieurs. Voir par exemple le posthume suivant : « Que *prouve* la Renaissance ? Que le règne de l'"individu" ne peut être que bref. Le gaspillage est trop grand ; il manque la possibilité même d'accumuler, de thésauriser, et l'épuisement suit immédiatement. Ce sont des temps où tout est *gaspillé*, où l'on gaspille jusqu'à la force même qu'il faut pour accumuler, pour thésauriser, pour entasser richesse sur richesse… Même les adversaires de tels mouvements sont contraints à un gaspillage insensé de force ; eux aussi deviennent bientôt épuisés, usés, vidés » (*FP XIV*, 15 [23]).

294. Nouvel exemple d'analyse psychologique : une théorie ne possède jamais de consistance autonome, elle n'est jamais que le résultat produit par une situation pulsionnelle particulière.

295. Pathos de la distance : cette formule consacrée, que l'on pourrait rendre aussi par « sens de la distance », désigne une pulsion à laquelle Nietzsche fait jouer un grand rôle dans sa réflexion, la pulsion qui fait pressentir et travaille à maintenir le sens de la hiérarchie, des différences de rang. Elle s'oppose directement, en cela, à cette « idée moderne » qu'est la doctrine de l'égalité, dénoncée par ce paragraphe. Sur cette notion et ses implications, voir en particulier les *Éléments pour la généalogie de la morale*, I, § 2, ainsi que *Par-delà bien et mal*, § 257. Le premier texte indique en particulier quel rôle joue le pathos de la distance dans la constitution d'une morale de l'affirmation de soi ; le second en quoi il est la source de la recherche de l'élévation de valeur de l'homme : « Sans le *pathos de la distance* que suscite la différence incarnée des positions, le regard avec lequel la caste dominante considère constamment d'en haut les soumis et les instruments, ainsi que l'exercice tout aussi constant de l'obéissance et du commandement, de l'activité consistant à maintenir en bas et à distance, cet autre *pathos* plus mystérieux ne pourrait absolument pas naître, cette aspiration à un incessant accroissement de distance au sein de l'âme elle-même, l'élaboration d'états toujours plus élevés, plus rares, plus lointains, plus étendus, plus amples, bref justement l'élévation du type "homme", le continuel "dépassement de soi de l'homme", pour prendre une formule morale en un sens supra-moral. »

296. Analyse qu'avaient déjà présentée notamment les *Éléments pour la généalogie de la morale* en prenant un autre exemple de cette situation. Voir le second traité, § 12 : « L'idiosyncrasie démocratique hostile à tout ce qui domine et veut dominer, le *misarchisme* moderne (pour construire un triste mot afin de désigner une triste chose) s'est peu à peu transposé et déguisé sous forme spirituelle, suprêmement spirituelle, à tel point qu'il s'insinue, *est autorisé* à s'insinuer dès aujourd'hui, pas à pas, dans les sciences les plus rigoureuses, en apparence les plus objectives ; il me semble même s'être déjà rendu maître de toute la physiologie et la théorie de la vie, à ses dépens, cela va sans dire, en en ayant fait disparaître par enchantement un concept fondamental, celui de la véritable *activité* » (p. 155).

297. Jeu sur *unterordnen* (« subordonner ») et *überordnen*, néologisme de Nietzsche qui substitue *über* (« sur- ») à *unter* (« sub- »).

298. Herbert Spencer, philosophe britannique évolutionniste, et défenseur d'une célèbre théorie de l'adaptation, dont Nietzsche connaît en particulier les *Data of Ethics* (« Les faits de l'éthique »), publiés en 1879. Il était évoqué également dans le § 12 du second traité de la *Généalogie de la morale*. Sur Nietzsche et Spencer, nous renvoyons à notre étude précitée « La morale sans métaphysique. "Vitalisme" et psychologie de la morale chez Darwin, Spencer et Nietzsche », *in Lectures de Nietzsche*, Paris, LGF, 2000.

299. Nouveau néologisme : sur *Heerden-Thier* (« animal de troupeau », « animal grégaire »), Nietzsche forme le substantif *Heerden-Verthierung*, indiquant le processus de transformation produisant ce

résultat : « animal de troupeau-isation » ou, si l'on veut, « grégarisation ».

300. Littéralement : « à cinq pas ».

301. Rappel du fait que la psychologie désigne chez Nietzsche la théorie des instincts et pulsions (et donc l'analyse des diverses formes prises par la volonté de puissance).

302. Sur cette notion, que Nietzsche rapporte à la capacité à établir une hiérarchie, voir plus haut le § 37.

303. Référence au long § 472 du premier volume de *Humain, trop humain*, intitulé « Religion et gouvernement. »

304. *In infinitum* : en latin, « à l'infini ».

305. *Imperium romanum* : « l'État romain », de manière plus restreinte « l'Empire romain », en lequel Nietzsche voit un paradigme de forme d'organisation caractérisée par la longue durée.

306. Sur la Russie, dont Nietzsche fait l'éloge pour sa capacité à accumuler de la force en se fixant des buts à long terme, voir notamment *Par-delà bien et mal*, § 208. Sur le sens de la promesse, voir en particulier les *Éléments pour la généalogie de la morale*, second traité, §§ 1-3.

307. Sur la *Kleinstaaterei*, l'enfermement dans l'égoïsme national qui constitue l'exact opposé de la visée exprimée par le « bon Européen », voir encore *Par-delà bien et mal*, § 208, *in fine*, et la lettre à Franz Overbeck du 18 octobre 1888. La dénonciation du nationalisme est constante dans le corpus nietzschéen. Voir aussi par exemple *Ecce homo*, « Le Cas Wagner », § 2, où Nietzsche critique sévèrement « la maladie et la déraison la plus *destructrice de culture* qui soit, le nationalisme, cette *névrose nationale* *, dont l'Europe est malade, perpétuant la division de l'Europe en petits États, la *petite* politique de clocher », qu'il impute en particulier à l'influence allemande. Le but qu'il poursuit est clairement désigné comme l'inverse de cette tendance. « Qui, à part moi, connaît un *chemin* qui mène hors de cette impasse ?… Une tâche assez grande pour *re-lier* les peuples ?… ».

308. La responsabilité désigne pour Nietzsche la capacité à promettre, à s'assurer d'un avenir.

309. C'est toujours le verbe *fragen* qu'emploie ici Nietzsche, de même que dans les phrases précédentes, en jouant sur les deux nuances du terme : « poser une question » et « demander ».

310. Sur le type psychologique (et non ethnique), c'est-à-dire la cristallisation particulière d'instincts, que désigne Nietzsche par ce terme, voir par exemple les § 24 et 377 du *Gai Savoir*, ainsi qu'*Aurore*, § 206.

311. Nietzsche parodie dans ce titre l'*incipit* d'un poème populaire de Max von Schenkendorf intitulé « La liberté ». Le vers original est « La liberté comme je la comprends » (« *Freiheit, die ich meine* »).

312. Nouveau jeu sur l'assonnance : *stören/zerstören*.

313. Analyse développée dans de nombreux autres textes, notamment *Le Cas Wagner*, ou encore *Par-delà bien et mal*, dans son analyse du scepticisme moderne ; voir également *Aurore*, § 263, et *FP X*, 26

[119]. Cette contradiction physiologique renvoie à ce que Nietzsche nomme encore « faiblesse de la volonté », c'est-à-dire situation de dissolution et d'antagonisme entre groupes d'instincts au sein d'un vivant, par opposition à la volonté forte, qui désigne un système pulsionnel clairement et fermement hiérarchisé.

314. *In politicis* : en latin, « sur le plan politique ».

315. La *Rechtschaffenheit* (« intégrité ») est une variante de la notion de *Redlichkeit* (« probité »), dont Nietzsche use plus fréquemment.

316. Nietzsche parodie naturellement Kant, puisque ce dernier sépare rigoureusement le champ spéculatif (domaine du « connaître », dans lequel la connaissance des vérités est possible) du champ pratique (législation de la faculté de désirer)…

317. Le passage aux guillemets résulte de la mise en évidence du décalage entre le sens de la notion et la visée effective des philosophes.

318. Littéralement : « Dit à l'oreille des conservateurs. »

319. Même image dans le § 499 d'*Aurore* : « En fait, au sein de la société et des relations sociales, toute tendance mauvaise doit s'astreindre à tant de contraintes, se cacher derrière tant de masques, se coucher si souvent elle-même dans le lit de Procuste de la vertu que l'on pourrait parler avec raison d'un martyre du méchant. » Procuste est une figure de la mythologie grecque dont l'obsession était de ramener à une taille absolument identique tous les voyageurs auxquels il accordait l'hospitalité, étirant au moyen de machines ceux dont la taille était trop courte, mutilant ceux dont la taille dépassait celle du lit qui leur était offert. Nietzsche critique la volonté d'uniformisation aveugle qui est à l'œuvre dans toute morale. Dans son projet de renversement des valeurs et de constitution d'une culture nouvelle, il ne cesse de rappeler la nécessité d'élever des types d'homme multiples et différents (l'*Übermensch*, le surhumain, n'est que l'un de ces types), soulignant pour cette raison la nécessité de mettre en œuvre simultanément plusieurs morales. Voir en particulier *Par-delà bien et mal* sur ce point.

320. Voir *FP XIV*, 15 [97], état préparatoire de cet aphorisme, qui ajoute la conclusion suivante : « Tout le romantisme de l'idéal est faux en ceci, qu'il estime possible une formation régressive. En fait, les romantiques présentent une forme maladive de *décadence* * : ils sont très avancés, très tardifs et totalement stériles… L'aspiration à un jadis est en soi le témoignage d'un profond désintérêt et d'un manque d'avenir – donc les tendances *régressives* prouvent le contraire : que l'on est tardif, trop tardif, que l'on est vieux… »

321. On notera la reprise de la formulation qu'utilisait le § 38.

322. L'une des rares occurrences où *Civilisation* a un sens neutre.

323. Buckle est un historien britannique qui défend une conception scientifique de l'histoire. Il est l'auteur d'une *History of Civilization in England* de grand renom. Nietzsche le critiquait déjà dans la *Généalogie de la morale* (I, § 4).

324. *Verwandt* : concept capital de la psychologie nietzschéenne, dont Nietzsche faisait usage par exemple dans le titre du second traité des *Éléments pour la généalogie de la morale* : « “Faute”, “mauvaise conscience” et phénomènes apparentés ». Plusieurs phénomènes sont pour Nietzsche apparentés quand ils renvoient à des sources productrices (pulsionnelles) de même nature, donc à une même forme de déploiement de la volonté de puissance, quelle que soit éventuellement la dissimilitude de leur apparence. Ce sera du reste le cas dans cet aphorisme, qui rapproche le criminel du fort.

325. Formule déjà utilisée dans le § 38, mais avec une interversion de l'ordre des termes.

326. Sur la découverte de Dostoïevski, on se reportera à la lettre à Peter Gast du 13 février 1887 : « Connaissez-vous Dostoïevski ? Stendhal excepté, personne ne m'a procuré autant de plaisir ni de surprise. Un psychologue avec qui “je m'entends” » (*op. cit.*, p. 447). Voir aussi la lettre à Overbeck du 23 février 1887, où Nietzsche comparait déjà ces coups de chance que fut la découverte de Stendhal et de Dostoïevski, à laquelle il ajoute celle de Schopenhauer : « De Dostoïevski, il y a quelques semaines, j'ignorais jusqu'au nom – illettré que je suis, et qui ne lit pas de “revues” ! Dans une librairie, un coup du hasard me mit sous les yeux *L'Esprit souterrain*, qui venait d'être traduit en français (il en alla de manière tout aussi fortuite avec Schopenhauer dans ma 21e année et avec Stendhal dans ma 35e !) L'instinct de parenté (comment l'appeler autrement ?) parla d'emblée, ma joie fut extraordinaire : il faut que je remonte à ma découverte du *Rouge et Noir* de Stendhal pour me rappeler une joie pareille » [traduit par nous]. Le texte à travers lequel s'effectua la rencontre, *L'Esprit souterrain*, était la première traduction française des *Carnets du sous-sol* (particulièrement maltraités du reste – Nietzsche l'ignorait – par cette version, qui n'hésite pas à intervertir l'ordre des deux parties de l'ouvrage !).

327. Peut-être Nietzsche, qui durcit quelque peu la position de Dostoïevski dans ce jugement, songe-t-il à un passage des *Carnets de la maison morte* qui présente l'Allemand comme personnage intrinsèquement comique pour le Russe : « Il est remarquable, du reste, qu'aucun bagnard, durant tout le temps que j'ai passé au bagne, ne leur [il s'agit des Tcherkesses et des Tatares] a reproché ni leur origine, ni leur foi, ni leur façon de penser, ce qui se fait dans le peuple vis-à-vis des étrangers, et surtout des Allemands, quoique, du reste, ce soit très rare. Du reste, les Allemands, ils ne provoquent que le rire ; l'Allemand représente quelque chose de profondément comique pour le peuple russe » (*Les Carnets de la maison morte*, trad. A Markowicz, Paris, Babel, 1999, p. 492). Il est possible que Nietzsche ait aussi en mémoire les plaisanteries récurrentes sur le type d'homme aux idéaux élevés que Dostoïevski dénomme « un Schiller ». On en trouve un exemple dans le dialogue entre Svidrigaïlov et Raskolnikov dans la sixième partie de *Crime et Châtiment* :

« (Raskolnikov) Laissez, laissez vos anecdotes viles, ignobles, espèce de débauché, ignoble, sensuel !

– (Svidrigaïlov) Non mais, notre Schiller, notre Schiller, hein, le Schiller ! Où *va-t-elle la vertu se nicher* * ? Mais, vous savez, je vous en raconterai exprès, de ces histoires-là, rien que pour entendre vos cris. Une vraie jouissance ! » (*Crime et Châtiment*, trad. A. Markowicz, Babel, 1996, tome 2, p. 360). Voir également le discours de Dimitri citant Schiller dans *Les Frères Karamazov*, Livre III, chap. III, « Confession d'un cœur ardent. En vers » (*Les Frères Karamazov*, trad. A. Markowicz, Babel, 2002, tome 1, p. 196 sqq.).

328. En 1849, Dostoïevski, qui fréquente les cercles réformateurs (notamment le groupe de Petrachevski), est arrêté sur dénonciation et condamné à mort. La peine est commuée en quatre ans de bagne à l'issue desquels il servira comme simple soldat, la décision du tsar ne lui étant notifiée, en place publique, qu'à l'instant même où la peine capitale doit être exécutée. Dostoïevski séjournera donc au bagne d'Omsk, en Sibérie, de 1850 à 1854.

329. Nietzsche songe vraisemblablement au célèbre passage du dernier chapitre des *Carnets de la maison morte* exposant les réflexions du narrateur, au moment de sa libération : « Et que de jeunesse avait-on enterré entre ces murs, que de forces immenses étaient donc mortes pour rien ! Parce qu'il faut bien que je le dise : les gens d'ici, c'étaient des gens extraordinaires. C'étaient peut-être eux, au fond, les gens les plus doués, les plus puissants de tout notre peuple. Mais ces forces gigantesques, elles étaient mortes pour rien, mortes anormalement, illégalement, mortes à jamais. Et qui donc est coupable ? » (*op. cit.*, p. 542). À sa sortie du bagne, dans la lettre qu'il adresse à son frère en janvier-février 1854, Dostoïevski déclarait déjà : « que de types populaires, de caractères, je rapporte du bagne ! Je me suis fait à eux, c'est pourquoi je les connais, je crois, assez bien. Que d'histoires de vagabonds, de band[its] et, en général, de noirceur au quotidien et de désolation ! De quoi remplir des volumes entiers. Quels gens étonnants ! Dans l'ensemble, je n'ai pas perdu mon temps. J'ai appris à bien connaître, sinon la Russie, du moins le peuple russe, comme peut-être peu le connaissent » (Dostoïevski, *Correspondance*, Paris, Bartillat, 1998, tome 1, p. 335). Sur l'analyse du criminel par Nietzsche et le rapport à Dostoïevski, voir également *FP XIII*, 9 [120] ; *FP XIII*, 10 [50] ; ou encore *FP XIV*, 14 [155] : « Jusqu'ici, la pratique, purement psychologique et religieuse, ne visait qu'à une *modification des symptômes :* elle jugeait un homme rétabli quand il s'humiliait devant la croix et faisait serment d'être un homme bon… Mais un criminel, qui, avec un sombre sérieux, soutient fermement son destin, et ne va pas, après coup, dénigrer son action, a *plus de santé de l'âme…* Les criminels avec lesquels D<ostoïevski> a vécu au bagne étaient tous sans exception des natures intactes, – n'ont-ils pas cent fois plus de valeur qu'un chrétien "brisé" ? »

330. Littéralement : « qui apporte la souillure », ce qui est bien le cas du tschandala dans l'organisation brahmanique des castes.

331. Image empruntée au titre de l'ouvrage grâce auquel Nietzsche a découvert Dostoïevski. Voir ci-dessus, la note 326.

332. Passage à comparer avec l'analyse du philosophe dans le troisième traité de la *Généalogie de la morale.*

333. On pourrait rendre encore ce jeu d'écho par les termes « précieux/déprécié ».

334. Il est très probable que Nietzsche, qui évoque ici son projet de mise en œuvre du renversement des valeurs, fasse plus précisément allusion à la parution de *L'Antéchrist*, qu'il envisageait alors pour le printemps de l'année suivante.

335. *Sitte*, au singulier : voir plus haut le § 37 et la note 290.

336. Cette formule est une citation empruntée au second *Faust* de Goethe (vers 11 989). Nietzsche l'a déjà citée dans le § 286 de *Par-delà bien et mal.*

337. *Bildung* : Nietzsche parle de l'éducation exclusivement intellectuelle, entendue comme « maîtrise d'un savoir », qui est propre à l'organisation moderne de l'enseignement.

338. Nietzsche veut dire par ce terme : « passé dans la vie du corps, devenu corps ». C'est un aspect essentiel du processus de *Züchtung*, d'« élevage », qu'il décrit dans ces lignes.

339. Nietzsche parle désormais de *Cultur*, notion beaucoup plus large, et non plus de *Bildung* (éducation au sens de la formation intellectuelle).

340. *In rebus tacticis* : en latin, « en matière tactique ».

341. Nietzsche désigne par la formule d'« idées modernes », qu'il emprunte à l'abbé Galiani et à Stendhal, les articles de foi caractéristiques de la modernité européenne : avant tout la doctrine de l'égalité de tous les hommes (négativement le refus viscéral de toute forme de hiérarchie), et la pitié (négativement le refus viscéral de toute souffrance).

342. Rappelons ici le jugement de Kant sur la Révolution française, exprimé par exemple dans le *Conflit des facultés*, II, qui souligne le dessein moral qui a présidé à la Révolution française (Kant, *Œuvres philosophiques*, Gallimard, Bibliothèque de la Pléiade tome 3, 1986, p. 895 en particulier). Voir également la fin du § 11 de *L'Antéchrist* : « Kant n'a-t-il pas vu dans la Révolution française le passage de la forme inorganique de l'État à sa forme *organique* ? Ne s'est-il pas demandé s'il existait un événement qui ne puisse s'expliquer autrement que par une disposition morale de l'humanité, au point qu'il *prouverait* une fois pour toutes "l'inclination de l'homme vers le bien" ? Réponse de Kant : "C'est la Révolution." L'instinct qui se trompe à coup sûr en tout, la contre-nature faite instinct, la *décadence* * allemande faite philosophie : – *voilà Kant !* » Nietzsche opposera Goethe à Kant dans le paragraphe suivant ; l'opposition vaut en particulier pour l'appréciation de la Révolution.

343. Voir encore le chapitre « Ce qui abandonne les Allemands », § 4, qui évoquait déjà Goethe sous ce rapport.

344. Nietzsche utilise ici le terme de *Versuch*, par lequel il définit fréquemment le statut de son propre questionnement.

345. Voir sur ce point le paragraphe précédent.

346. Nietzsche songe probablement aux textes de Goethe condamnant la fascination pour la pure théorie, et soulignant le primat à ses yeux de la physique sur la métaphysique.

347. Nietzsche utilise ici un unique verbe qu'il construit avec trois prépositions commandant chaque fois le pronom réfléchi *sich* : « *nahm* […] *auf sich, über sich, in sich* ».

348. Après avoir utilisé au début de la phrase le terme de *Totalität*, Nietzsche se sert à présent de son doublet germanique, *Ganzheit*.

349. *Ens realissimum* : en latin, « être le plus réel », l'une des caractérisations de Dieu dans la métaphysique classique, en particulier dans le rationalisme du XVIIe siècle. Comme il en a l'habitude, Nietzsche fait ici un usage parodique d'une formule célèbre de la tradtion philosophique, glissant du Dieu des métaphysiciens ontologistes à Napoléon. Dans *Ecce homo* (« Pourquoi je suis si avisé », § 3), Napoléon sera qualifié de « plus grand des réalistes », à l'occasion cette fois d'une réflexion sur Stendhal et non plus sur Goethe.

350. Voir la célèbre anecdote rapportée dans *Par-delà bien et mal*, § 209.

351. Nietzsche parle ici de la culture intellectuelle, du savoir. La suite de la caractérisation insistera sur la culture du corps.

352. Trait qui caractérise l'âme noble selon l'analyse du § 287 de *Par-delà bien et mal.*

353. *Erlöst* : rappelons que l'*Erlösung* possède également le sens religieux de « salut », « rédemption », sur lequel Nietzsche joue constamment.

354. *In praxi* : en latin « en pratique ».

355. Nietzsche évoque un passage célèbre par son audace des *Épigrammes vénitiennes* de Goethe :

« Je suis apte à beaucoup endurer. La plupart des choses incommodes

Je les supporte avec égalité d'humeur, comme un dieu me l'ordonne.

Quelques-unes pourtant me font horreur autant que poisons et serpents,

La fumée du tabac, les punaises et l'ail et le chrétien. » (Épigramme 67, *in* Goethe, *Poésies*, Aubier, tome 2. Le texte original de Goethe porte en fait une croix à la place du dernier terme.)

356. On comparera ce texte au § 168 des « Opinions et sentences mêlées », dans le second tome d'*Humain, trop humain*, qui présente la même idée et la même image : « *Éloge de la sentence.* – Une bonne sentence est trop dure à la dent du temps et tous les millénaires n'arrivent pas à la consommer, bien qu'elle serve à tout moment de nourriture ; elle est par là le grand paradoxe de la littérature, l'impérissable au milieu de tout ce qui change, l'aliment qui reste toujours apprécié, comme le sel, et qui, comme lui encore, jamais ne s'affadit. »

357. Allusion à l'ouvrage projeté sous le titre *L'Inversion de toutes les valeurs*, auquel, vraisemblablement, faisait déjà allusion le § 45 (voir ci-dessus la note 334). Sur la notion d'indépendance, capitale

pour saisir le sens de la réflexion de Nietzsche, voir en particulier *Le Gai Savoir*, § 98.

358. Wilhelm Corssen (1820-1875), spécialiste des dialectes de l'Italie antique et en particulier de la langue étrusque, fut en effet l'un des professeurs de Nietzsche au collège de Pforta.

359. *Aere perennius* : en latin « plus durable que l'airain », formule empruntée à Horace (*Odes*, III, 30, 1), que Nietzsche emploie parfois aussi pour qualifier certaines cultures. Le § 251 de *Par-delà bien et mal* l'applique par exemple au peuple juif.

360. Caractérisation qui reprend, tout en en déplaçant le champ d'application, la notion métaphysique d'*optimum* – de « meilleur » – telle que la définissait en particulier Leibniz pour caractériser la perfection de Dieu et de son action. L'*optimum* leibnizien est constitué par la conjonction de la plus petite dépense et de la plus grande richesse du résultat : les moyens mis en œuvre par la création divine sont les plus économiques mais produisent simultanément la plus grande variété d'effets (voir par exemple le *Discours de métaphysique*, § 5). C'est bien cet idéal d'un *optimum* de l'écriture, livrant le sens de toute l'œuvre avec la plus grande économie de moyens que visait la formule « Ma philosophie en abrégé », dont Nietzsche avait envisagé de faire le sous-titre de cet ouvrage (voir à ce sujet l'Introduction, p. 35), ou la fin du § 51 des « Incursions d'un inactuel »).

361. Désignée dans le texte original par son nom latin, la *satura Menippea* est un genre littéraire comique mélangeant les styles d'écriture.

362. Cette critique du dialogue platonicien était présente dès les premiers écrits de Nietzsche, en particulier dans *La Naissance de la tragédie*.

363. Sur Fontenelle, dont Nietzsche admire en particulier les *Dialogues des morts*, voir par exemple *Le Gai Savoir*, § 3, § 94 et § 101.

364. On sait que l'Idée du Bien est présentée dans *La République* comme l'anhypothétique, au-delà de l'être en dignité et en puissance.

365. Idée qu'évoquent plusieurs textes nietzschéens de 1888. Mais Platon est parfois présenté aussi comme faisant l'effet d'être le disciple des brahmanes, par exemple la lettre à Peter Gast du 31 mai 1888.

366. *Praxis* : translittération du terme grec désignant la pratique.

367. Voir par exemple la Préface à *Par-delà bien et mal* : « Le christianisme est du platonisme pour le "peuple" » ; ou encore le § 59 d'*Aurore*.

368. *Principe* : Nietzsche cite le titre italien du *Prince* de Machiavel.

369. Nouveau détournement d'une notion empruntée à la tradition philosophique, en l'occurrence à la philosophie pratique de Kant.

370. Nous risquons cette transposition pour rendre la formule de *goldene Mitten* qu'utilise Nietzsche ironiquement, littéralement des « milieux en or ». L'expression, inspirée sans doute par l'*aurea medio-*

critas d'Horace, évoque sur un mode sarcastique le lieu commun de la juste mesure, du juste milieu et du sens de la limite, qui à la suite de Winckelmann a fini par devenir une image d'Épinal et a imposé à toute la pensée allemande de la fin du XVIIIe et du début du XIXe siècle une vision idéalisée et conventionnelle de la Grèce antique. C'est ce philhellénisme conformiste et bien peu pensant que ne cesse de combattre Nietzsche avec virulence dès *La Naissance de la tragédie*, et jusque dans ses textes de 1888. Cette admiration de convenance pour la Grèce n'a pas les moyens de comprendre notamment en quoi la valeur de la culture grecque tient à ce qu'elle est une victoire, le résultat d'un long combat et d'une longue discipline, et non un simple don dénué d'origine autant que de raison. Sur cette question, on se reportera par exemple à la dernière section de la seconde *Considération inactuelle*, « De l'utilité et des inconvénients de l'histoire pour la vie », § 10 : « Il y a eu des siècles où les Grecs se sont trouvés menacés d'un danger pareil à celui qui nous guette aujourd'hui, le danger d'être submergés par l'étranger et par le passé, de périr par l'"histoire". Jamais ils n'ont vécu dans un isolement hautain : leur "culture" fut au contraire, pendant longtemps, un chaos de formes et d'idées étrangères, sémitiques, babyloniennes, lydiennes et égyptiennes, leur religion un véritable combat des dieux de tout l'Orient : à peu près de la même façon que la "culture" et la religion allemandes sont aujourd'hui un chaos où s'affrontent tous les pays et tous les temps. Et pourtant la civilisation hellénique, grâce à cette devise apollinienne, ne s'est pas transformée en un agrégat informe. Les Grecs ont peu à peu appris à *organiser le chaos* en rentrant en eux-mêmes, conformément à l'enseignement delphique, en prêtant l'oreille à leurs véritables besoins et en laissant dépérir leurs besoins factices. C'est ainsi qu'ils reprirent possession de leur personnalité propre ; ils ne restèrent pas longtemps les héritiers et les épigones accablés de tout l'Orient. Ils eurent même le bonheur, grâce à l'application pratique de cette devise et après un difficile combat avec eux-mêmes, d'augmenter et d'enrichir le trésor dont ils avaient hérité, et de devenir les ancêtres exemplaires de tous les peuples civilisés de l'avenir. »

371. *Hohe Einfalt* : Nietzsche use d'une expression inspirée par les notions grâce auxquelles Winckelmann caractérisait la spécificité des Grecs ; l'expression qu'il utilisait quant à lui était celle d'*edle Einfalt*, « noble simplicité » : « Le caractère général qui distingue avant tout les chefs-d'œuvre grecs est une noble simplicité et une grandeur sereine, aussi bien dans l'attitude que dans l'expression » (Winckelmann, *Réflexions sur l'imitation des œuvres grecques en peinture et en sculpture*, Paris, Aubier, 1954, p. 143).

372. La formule est probablement empruntée à Mérimée (voir par exemple le fragment *FP X*, 26 [420] : « Dans tout ce que Goethe a fait, dit Mérimée, il y a un mélange de génie et de *niaiserie* * allemande »). Nietzsche l'utilisait déjà dans le § 11 de *Par-delà bien et mal*. La même expression apparaît également dans les fragments *FP X*, 26 [412] et *FP XI*, 37 [10].

373. Analyse qui offre un bel exemple de l'assimilation *Instinct/Trieb.*

374. Curieusement, Nietzsche évoque ici un livre – intitulé à l'en croire *Die Cultur der Griechen* – que Jakob Burckhardt n'a jamais publié. Collègue et ami de Nietzsche, le grand historien bâlois donna en revanche une série de cours sur la culture grecque qui seront publiés après sa mort sous le titre de *Griechische Kulturgeschichte* (*Histoire de la culture grecque*). Le ton de Nietzsche dans ce paragraphe aura été suffisamment affirmatif pour laisser croire à la réalité de cet ouvrage, ce qui amènera Burckhardt à rectifier lui-même cette méprise auprès de certains de ses correspondants : voir en particulier les lettres de Burckhardt à Seeman du 29 novembre 1889 (indiquant que « le malheureux professeur Nietzsche » a confondu des notes de cours et un livre) et du 7 décembre 1894. Quant à la « section » à laquelle pense Nietzsche, dans les cours sinon dans le livre, il pourrait s'agir de ce qui correspond au chapitre publié dans l'ouvrage sous le titre « Zur Gesamtbilanz des griechischen Lebens » (« Bilan d'ensemble de la vie grecque »), qui analyse longuement le pessimisme grec et son sens.

375. Christian August Lobeck (1781-1860), originaire de Naumburg, où Nietzsche passa sa jeunesse, est l'un des représentants de l'école allemande de philologie classique. Il enseigna notamment à l'université de Koenigsberg et se rendit célèbre en particulier pour ses recherches sur les mystères grecs, exposées précisément dans l'ouvrage qui déchaîne ici les sarcasmes de Nietzsche, *Aglaophamus, sive de theologiae mysticae Graecorum causis*, publié en 1829 (*Aglaophamus, ou des causes de la théologie mystique des Grecs*).

376. L'allemand dit littéralement « d'un ver (*Wurm*) dességhé parmi les livres (*Bücher*) » ; mais le *Bücherwurm* (le « ver à livres », littéralement) est l'équivalent allemand de notre « rat de bibliothèque ». L'image, filée dans le texte original, prend certes en français une allure plus chaotique.

377. Sur Lobeck et la cécité du dionysiaque, on se reportera également au fragment posthume suivant :

« *L'art, mouvement de réaction.*

L'élément orgiastique dans l'art des Grecs avait été sous-estimé jusqu'ici : mais que l'orgiasme signifie pour l'âme grecque même un des mouvements, une des crises les plus profondes – – –

On se souvient peut-être de la manière futile et froide dont Lobeck évite peureusement de toucher à tout le domaine des rites, des mythes et des mystères, p. 564-565.

On pourrait dire que la notion de "classique" –, telle que Goethe et Winckelmann se l'étaient forgée, non seulement n'expliquait pas cet élément dionysien, mais l'excluait, et – – –

Il fut un temps où, chez les philologues, c'est avec une gratitude particulière que Lobeck – » (*FP XIV*, 14 [35]).

378. Sur Goethe et la superficialité de sa compréhension des Grecs, voir encore, notamment, le posthume suivant : « Les Grecs de Winckelmann et de Goethe, les *Orientales* de Victor Hugo, les per-

sonnages de l'*Edda* de Wagner, les Anglais du XVIIe siècle de W. Scott – à un moment quelconque on découvrira la comédie : tout était faux outre mesure, *mais* – au sens moderne, vrai ! » (*FP XIII*, 11 [330]). On notera que texte très dur associe Goethe et Wagner dans une même critique.

379. Comme à son habitude, Nietzsche utilise ici le terme latin de *stimulans.*

380. Nous nous autorisons cette création pour rendre le terme tout aussi surprenant d'*Unerschöpflichkeit.*

381. Nietzsche a recours ici au terme de *reinigen*, inaccoutumé chez lui mais couramment utilisé dans la tradition philosophique et philologique allemande pour rendre l'idée aristotélicienne de *catharsis.*

382. Allusion à la célèbre caractérisation aristotélicienne de la tragédie par son effet cathartique, à la fin de la définition qu'en donne la *Poétique* : « La tragédie est l'imitation d'une action de caractère élevé et complète, d'une certaine étendue, dans un langage relevé d'assaisonnements d'une espèce particulière suivant les diverses parties, imitation qui est faite par des personnages en action et non au moyen d'un récit, et qui, suscitant pitié et crainte, opère la purgation propre à pareilles émotions » (1449 b 24 sqq., trad. Hardy, Les Belles Lettres, rééd. 1979, p. 36-37).

383. Voir la Préface sur cette question.

384. *Mein wollen, mein* Können : littéralement, « mon vouloir, mon *pouvoir* ». Une traduction littérale créerait toutefois une ambiguïté dans cette formule où l'on ne reconnaîtrait pas clairement le *verbe* « pouvoir » (*können*), et non le substantif désignant l'autorité (*Macht*).

385. Cet extrait d'*Ainsi parlait Zarathoustra* est emprunté au chapitre « Des vieilles et des nouvelles tables », dans le livre III de l'ouvrage.

BIBLIOGRAPHIE

1. Édition des œuvres de Nietzsche en langue allemande

Nietzsche, *Werke, Kritische Gesamtausgabe* (*KGW*), herausgegeben von Giorgio Colli und Mazzino Montinari, De Gruyter, Berlin-New York, 1967 sq., VIII sections composées chacune de plusieurs tomes (*Der Fall Wagner, Götzendämmerung* : VI, 3), comprenant les œuvres publiées, les fragments posthumes établis selon les méthodes critiques de la philologie, une chronique de la vie de Nietzsche, un index nominum général, une concordance, un catalogue des poèmes et de leurs incipit, ainsi que les notes des éditeurs, comprenant essentiellement des renseignements historiques et des variantes.

Nietzsche, *Kritische Studienausgabe* (*KSA*), herausgegeben von Giorgio Colli und Mazzino Montinari, Dünndruck-Ausgabe, dtv (Deutscher Taschenbuch Verlag)/De Gruyter, 1980, rééd. 1999, 15 volumes (*Der Fall Wagner, Götzendämmerung* vol. 6) : édition de poche correspondant à la grande édition reliée ci-dessus mentionnée. Les références aux œuvres publiées avant ou après 1888 renvoient aux paragraphes et, pour les posthumes, aux numéros d'ordre des fragments publiés dans l'ordre chronologique et accompagnés d'un apparat critique par la *KGW* (grande édition reliée) et la *KSA* (édition de poche). Ainsi, dans l'Introduction ou dans les notes du *Cas Wagner*, le fragment 10 [155] se trouve dans le volume contenant les fragments posthumes de l'automne 1887, à savoir la section VII, volume 1 de la *KGW* ou dans le volume 12 de la *KSA*.

Nietzsche, *Briefwechsel. Kritische Gesamtausgabe*, Berlin-New York, De Gruyter, 1975 sqq.

Nietzsche, *Sämtliche Briefe, Kritische Studienausgabe*, comprenant seulement les lettres de Nietzsche (tandis que la grande édition de la correspondance contient également les lettres des destinataires), 8 volumes, Berlin, dtv/De Gruyter, 1975-1984.

2. Traductions françaises : œuvres complètes ou recueils

Nietzsche, *Œuvres philosophiques complètes* (ouvrages publiés et fragments posthumes), XIV tomes, textes traduits par divers traducteurs à partir des textes établis par Giorgio Colli et Mazzino Montinari (*KGW* ou *KSA*), y compris la chronique de la vie de Nietzsche, les notes des éditeurs et les variantes, Paris, Gallimard, 1967-1997. Cette édition, correspondant strictement à l'édition de Colli et Montinari, ne comporte pas de notes, de présentations ni de commentaires philosophiques. Une partie de ces volumes a été publiée, avec un apparat critique réduit et sans les fragments posthumes, dans la collection « Folio » chez le même éditeur.

Nietzsche, *Œuvres*, traductions de divers traducteurs, principalement Henri Albert, parues au début du XXe siècle aux Éditions du Mercure de France, tombées dans le domaine public et révisées par Jean Lacoste et Jacques Le Rider (auteurs également de notes complètes et détaillées, fournissant des renseignements, principalement historiques, de grande qualité ; on n'en saurait dire autant de la Préface et de l'Introduction de cette édition, dont la valeur philosophique est contestable), 2 volumes, Paris, Robert Laffont, coll. « Bouquins », 1993. Dans cette édition, qui ne comprend pas les fragments posthumes, *Le Cas Wagner* et le *Crépuscule des idoles*, traduits par Daniel Halévy et Robert Dreyfus (trad. révisée par Jacques Le Rider), se trouvent dans le second volume. Nous nous sommes parfois référé, en note, à la traduction d'Albert, publiée en 1899, et non reprise dans le volume de la collection « Bouquins ».

Nietzsche, *Œuvres* (neuf ouvrages, depuis *Le Gai Savoir* jusqu'au *Cas Wagner*), Paris, Flammarion, coll. « Mille et une pages », 2000. Il s'agit de la réédition de traductions parues chez cet éditeur, de 1992 à 2000, sans les Introductions, les notes et l'apparat critique des éditions séparées établies par Éric Blondel et Patrick Wotling, mais avec une Préface générale de Patrick Wotling pour ce recueil. Dans ce volume, *Le Cas Wagner* et le *Crépuscule des idoles* ont été repris (sans révision) dans la traduction d'Henri Albert.

Friedrich Nietzsche, *Correspondance*, trad. sous la responsabilité de Maurice de Gandillac, Paris, Gallimard, 1986, 2 volumes parus (juin 1850-avril 1869 et avril 1869-décembre 1874).

3. Éditions séparées de la correspondance

Lettres à Peter Gast, trad. Louise Servicen, rééd. Paris, Christian Bourgois, 1981.

Lettres choisies, trad. Alexandre Vialatte, Paris, Gallimard, 1937.

Nietzsche, Rée, Salomé, Correspondance, trad. Jean Lacoste et Ole Hansen-Løve, Paris, PUF, 1979.

Dernières lettres, trad. C. Perret, Paris, Rivages, 1989.

4. Anthologie

Nietzsche, L'Art et la Vie, textes réunis et présentés par Philippe Choulet et Hélène Nancy, anthologie de textes de divers traducteurs, classés en trois parties (Aurore, Midi, Crépuscule), avec une biographie de Nietzsche et un index.

5. Traductions d'œuvres en éditions séparées (sélection)

Les Éditions Flammarion ont entrepris dans la collection « GF », comme elles l'ont fait pour Platon, Aristote et Kant, de proposer des éditions d'un assez grand nombre d'œuvres majeures de Nietzsche dans des traductions inédites et avec un appareil de présentation (introductions, notes, bibliographies, index, chronologie, etc.) qui, dans une collection de poche, permettent aux étudiants, au lecteur cultivé et au grand public d'accéder plus facilement à des textes difficiles à l'aide d'un appareil substantiel de notes de teneur, cette fois non seulement historique, mais essentiellement philosophique. À l'initiative de Louis

Audibert et de Monique Labrune, ce travail a été principalement accompli par Éric Blondel et Patrick Wotling, avec la collaboration d'autres traducteurs et commentateurs.

Ecce homo. Nietzsche contre Wagner, traduction, introduction, bibliographie, notes et index par Éric Blondel, 1992.

L'Antéchrist, traduction inédite, introduction, notes, bibliographie et index par Éric Blondel, 1994, 2e édition corrigée, 1996.

Le Gai Savoir, présentation, traduction inédite, bibliographie et chronologie par Patrick Wotling, 1997.

Généalogie de la morale, traduction inédite par Éric Blondel, Ole Hansen-Løve, Théo Leydenbach et Pierre Pénisson, introduction et notes par Philippe Choulet, avec la collaboration d'Éric Blondel pour les notes, 1996.

Par-delà bien et mal, traduction inédite, introduction, notes et bibliographie par Patrick Wotling, 2000.

D'autres titres, dans des traductions récentes ou anciennes, ont été publiés en GF-Flammarion, mais sans l'appareil de présentation (*Ainsi parlait Zarathoustra, Le Livre du philosophe, Le Crépuscule des idoles, Le Cas Wagner, Seconde considération intempestive*).

Éditions séparées chez d'autres éditeurs

Ainsi parlait Zarathoustra, trad. G.-A. Goldschmidt, Paris, LGF, 1972.

Éléments pour la généalogie de la morale, introduction, traduction et notes par Patrick Wotling, Le Livre de Poche, coll. « Classiques de la philosophie », Paris, UGE, 2000.

Crépuscule des idoles, traduction, notes et analyse par Éric Blondel, Paris, coll. « Les classiques Hatier de la philosophie », 2001.

Sur l'histoire, Seconde considération inactuelle, trad. originale, notes explicatives, questionnaire, documents et parcours philosophique, établis par François Guery, Paris, Hachette, coll. « Classiques Hachette », 1996.

LE CAS WAGNER

1. Traductions françaises

Le Cas Wagner, traduction de Henri Albert, Paris, Mercure de France, 1899, in *Crépuscule des idoles*, précédé de *Le Cas*

Wagner, Nietzsche contre Wagner suivi de *L'Antéchrist*, Paris Mercure de France, M CM LII, repris dans *Le Crépuscule des idoles*, suivi de *Le Cas Wagner*, Paris, GF-Flammarion, 1985.

Le Cas Wagner, trad. Daniel Halévy et Robert Dreyfus, révisée par Jacques Le Rider, *in* Friedrich Nietzsche, *Œuvres* (tome 2), Paris, Robert Laffont, coll. « Bouquins », 1993.

Le Cas Wagner, trad. Jean-Claude Hémery, in : Friedrich Nietzsche, *Œuvres philosophiques complètes*, tome VIII, Paris, Gallimard, 1974 (sont également traduits dans ce même volume les notes et variantes, les dates et événements de l'édition allemande de la *KGW/KSA*, de Colli et Montinari).

2. Traduction anglaise (États-Unis)

The Case of Wagner, translated by Walter Kaufmann, published with *The Birth of Tragedy*, New York, Vintage, 1966.

3. Sources (lectures de Nietzsche)

Bourget, Paul, *Essais de psychologie contemporaine. Études littéraires* (incluant les *Nouveaux Essais de psychologie contemporaine,* 1885), 1883, rééd., Paris, Tel-Gallimard, 1993.

Emerson, *Les Surhumains*, traduit de l'anglais par Jean Izoulet, Paris, A. Colin, s.d.

Goncourt, Edmond et Jules de, *Journal, Mémoires de la vie littéraire*, texte intégral établi et annoté par Robert Ricatte, 3 tomes, Paris, Robert Laffont, coll. « Bouquins », 1989.

Hehn, Viktor, *Gedanken über Goethe* (*Pensées sur Goethe*), Berlin, 1887.

Renan, Ernest, *Vie de Jésus*, Paris, 1863.

Schopenhauer, Arthur, *Le Monde comme volonté et comme représentation*, trad. A. Burdeau, revue et corrigée par Richard Roos, Paris, PUF, 1966.

Stendhal (Henri Beyle), *Rome, Naples et Florence en 1817*, Paris, Gallimard, Bibliothèque de la Pléiade, 1973.

Wagner, Richard, *Gesammelte Schriften und Dichtungen*, 9 vol., Leipzig, 1871-1873.

4. Commentaires (ouvrages)

Pour les grands commentaires généraux (entre autres Andler, Heidegger, Jaspers, Walter Kaufmann, Deleuze, J. Granier, Löwith, Montinari, Müller-Lauter, P. Valadier, É. Blondel, A. Nehamas, P. Wotling, etc.), ainsi que pour les ouvrages d'introduction à la pensée de Nietzsche (Th. Mann, M. Haar, J. Granier, P. Valadier, G. Vattimo, É. Blondel, P. Wotling), nous renvoyons aux bibliographies parues dans les éditions séparées d'œuvres de Nietzsche parues en GF-Flammarion (*Ecce homo, L'Antéchrist, Le Gai Savoir, Par-delà bien et mal, Généalogie de la morale* : éditions de É. Blondel, de P. Wotling et de Ph. Choulet), ainsi qu'à celles établies dans le présent volume par Patrick Wotling pour le *Crépuscule des idoles* et dans son édition de la *Généalogie de la morale* parue dans le Livre de Poche, coll. « Classiques de la philosophie » (2000).

Nous nous bornons ici à recenser les ouvrages portant sur la musique, l'esthétique et les questions abordées par Nietzsche dans *Le Cas Wagner*.

Audi, Paul, *L'Ivresse de l'art. Nietzsche et l'esthétique*, Paris, Le Livre de Poche, coll. « Biblio essais », LGF, 2003. (Essai, plus qu'analyse, sur l'esthétique nietzschéenne de la création, centrée autour de la dualité mythique Apollon-Dionysos, que Nietzsche a fini par dépasser.)

Balaudé, Jean-François et Wotling, Patrick (éditeurs et auteurs), *Lectures de Nietzsche* (par M. Foucault, H. Birault, É. Blondel, J. Champeaux, Y. Constantinidès, R. Roos, P. Wotling), choix de textes établi par J.-F. Balaudé et P. Wotling, Paris, Le Livre de Poche, coll. « Références Philosophie », LGE, 2000.

Graf, Max, *Le Cas Nietzsche-Wagner*, trad. F. Dachet et M. Dorner, Buchet-Chastel, Paris, « Cahiers de l'Unebévue », 1999 (avec une postface d'inspiration freudienne).

Janz, Curt Paul, *Die Briefe Friedrich Nietzsches, Textprobleme und ihre Bedeutung für Biographie und Doxographie*, Zurich, Edition Academica, Theologisher Verlag Zürich, 1972. (Lire en particulier les chap. IX et X, sur Wagner et sur l'attitude de Nietzsche envers la musique.)

Kessler, Mathieu, *L'Esthétique de Nietzsche*, Paris, PUF, 1998,

– *Nietzsche, ou le dépassement esthétique de la métaphysique*, Paris, PUF, 1999. (Deux ouvrages qui répondent bien à leur titre, vues d'ensemble claires et bien documentées sur la pensée de Nietzsche et sur son esthétique.)

Liébert, Georges, *Nietzsche et la musique*, Paris, PUF, coll. « Perspectives germaniques », 1995. (Somme importante d'un musicologue sur le sujet.)

Mann, Thomas, *Wagner et notre temps*, traducteurs divers (A. Frejer, L. Servicen, J. Naujac, F. Bertaux, F. Delmas...), avant-propos et notes de G. Liébert, Paris, Le Livre de Poche, coll. « Pluriel », 1978. [Sous ce titre, réédition des traductions de plusieurs textes de Thomas Mann : *Un amour sans la foi* (1911), *Schopenhauer, Nietzsche et Wagner* (extraits des *Considérations d'un apolitique*, 1915-1918), *Wagner et notre temps* (1933), *Souffrances et grandeur de Richard Wagner* (1933, texte qui suscita des protestations de personnalités proches des nazis au pouvoir, dont Richard Strauss, et qui obligea Mann à s'exiler), *Richard Wagner et « L'Anneau du Nibelung »* (1937), *La Tragédie du romantisme allemand* (lettre en anglais (1940) à une revue américaine, publiée en allemand en 1963), *Lettres de Wagner* (compte-rendu par T.M., publié en 1951, d'une édition américaine de lettres de R.W., parue en 1950).]

Schaeffner, André, Introduction et notes à Nietzsche, *Lettres à Peter Gast* (tome premier), trad. Louise Servicen, 2 tomes, Paris, Éditions du Rocher, 1957, rééd. Paris, Christian Bourgois, 1981. (Travail remarquable et pionnier de musicologie, très complet et nuancé, pour introduire à la correspondance complète de Nietzsche avec Peter Gast, qui, naturellement, porte essentiellement sur les questions de musique, puisque Peter Gast, *alias* Heinrich Köselitz, était compositeur et bien sûr mélomane, comme Nietzsche.)

Vattimo, Gianni, *Introduction à Nietzsche*, trad. F. Zanussi, Paris, Éditions universitaires, De Boeck Université, Bruxelles, 1991. (Excellent ouvrage, qui vaut plus qu'une initiation en dépit de son titre, malheureusement complété par une bibliographie lacunaire et tendancieuse ajoutée par l'éditeur.)

Wohlfart, Günter, *Das spielende Kind. Nietzsche : Postvorsokratiker-Vorpostmoderner*, Essen, Verlag Die blaue Eule, 1999. (Neuf essais sur Dionysos, un fragment d'Héraclite, le *Zarathoustra* et la métaphysique d'artiste.)

5. Commentaires (articles, recueils et chapitres d'ouvrages)

Blondel, Éric, « Sans musique, la vie serait une erreur », *Magazine littéraire*, n° 383, janvier 2000. Article complété et développé *in* : *Revista portuguesa de filosofia*, numéro spécial sur Nietzsche, Aspectos do seu Pensamento, tome LVII, 2001, fasc. 2, Braga, 2001.

Constantinidès, Yannis, *Nietzsche*, Paris, Hachette, coll. « Prismes », 2001. (Recueil de textes avec commentaires : voir le chapitre 9, « De la métaphysique d'artiste » à la « physiologie de l'art ».)

Müller-Lauter, Wolfgang, « Décadence artistique et décadence physiologique », trad. É. Blondel, O. Hansen-Løve, Th. Leydenbach, *Revue philosophique de la France et de l'Étranger*, Paris, PUF, n° 3, juillet-septembre 1998. Texte original : « Artistische décadence als physiologische décadence. Zu Friedrich Nietzsches später Kritik an Richard Wagner », dans W. Müller-Lauter, *Über Freiheit und Chaos, Nietzsche-Interpretationen II*, Berlin, De Gruyter, 1999.

Articles parus dans les *Nietzsche-Studien*, Berlin, De Gruyter, 1972-2003 :

Stackelberg, Roderick, « The role of Heinrich von Stein in Nietzsche's emergence as a critic of wagnerian idealism and cultural nationalism », Band 5, 1976.

Montinari, Mazzino, « Nietzsche und Wagner vor hundert Jahren », Band 7, 1978.

Thatcher, David S., « Nietzsches Totengericht über Brahms », Band 7, 1978.

– « Nietzsches "Rhinoxera" », Band 12, 1983.

Gerhardt, Volker, « Von der ästhetischen Metaphysik zur Physiologie der Kunst », Band 13, 1984.

Kropfinger, Klaus, « Wagners Musikbegriff und Nietzsches "Geist der Musik" », Band 14, 1985.

Montinari, Mazzino, « Nietzsche-Wagner im Sommer 1878 », Band 14, 1985.

Heftrich, Eckhard, « Nietzsches "Tristan" », Band 14, 1985.

Salaquarda, Jörg, compte-rendu de *Friedrich Nietzsche, Der Fall Wagner, Schriften, Aufzeichnungen, Briefe*, hrsg. von Dieter Borchmeyer, Francfort, 1983, Band 14, 1985.

Laks, André, « Une étymologie de Nietzsche dans le *Cas Wagner*. À propos de la lecture de l'essai de P. Bourget sur les frères de Goncourt », Band 18, 1989.

Figal, G., compte-rendu sur Borchmeyer, Dieter, Salaquarda, Jörg (Hg), *Nietzsche und Wagner. Stationen einer epochalen Begegnung*, 2 tomes, Francfort-sur-le-Main-Leipzig, 1994, Band 25, 1996.

Janz, Curt Paul, « Die Musik im Leben Friedrich Nietzsches », Band 26, 1997.

Dufour, Éric, « L'esthétique musicale formaliste de *Humain, trop humain* » ; « Les Lieder de Friedrich Nietzsche », Band 28, 1999.

– « La physiologie de la musique de Nietzsche », Band 30, 2001.

Moore, Gregory, « Hysteria and histrionics : Nietzsche, Wagner and the pathology of genius », Band 30, 2001.

Tadday, Ulrich, « Nietzsche vom "Ring" her gesehen », texte dactylographié, à paraître éventuellement dans les *Nietzsche-Studien* en 2004 (Band 33).

CRÉPUSCULE DES IDOLES

1. Traductions françaises

Le Crépuscule des idoles, trad. Henri Albert, Paris, Mercure de France, 1899 ; rééd. Denoël-Gonthier, 1980.

Le Crépuscule des idoles, trad. Jean-Claude Hémery, Paris, Gallimard, 1974 (tome VIII de l'édition des *Œuvres philosophiques complètes*).

Crépuscule des idoles, trad. Éric Blondel, Paris, Hatier, 2001.

2. Traductions étrangères

Deux traductions étrangères se distinguent par leur qualité.

Twilight of the Idols, translated by Walter Kaufmann, in *The Portable Nietzsche*, New York, The Viking Press, 1954, rééd. Penguin Books, 1982.

Crepuscolo degli idoli, traduzione di Ferruccio Masini, Milan, Adelphi, 1983.

3. Instruments de travail

Un certain nombre d'ouvrages de référence apportent une aide précieuse au lecteur intéressé par la pensée de Nietzsche aussi bien qu'au chercheur spécialisé dans l'étude de ses textes. On se reportera en premier lieu à l'imposant apparat critique de l'édition Colli-Montinari des œuvres de Nietzsche (voir ci-dessus).

Pour la bibliographie nietzschéenne, on consultera la précieuse *Weimarer Nietzsche-Bibliographie*, qui recense les éditions des textes de Nietzsche, les traductions de ses œuvres, les documents biographiques ainsi que les commentaires et articles en toutes langues de 1867 à 1998 : *Weimarer Nietzsche-Bibliographie (WNB)*, hrg. von der Stiftung Weimarer Klassik, Herzogin Anna Amalia Bibliothek, Stuttgart-Weimar, Verlag J. B. Metzler, 2000-2002, 5 volumes.

L'ouvrage de C. P. Janz, disponible en traduction française, fait autorité pour ce qui concerne la biographie nietzschéenne : Janz, Curt Paul, *Nietzsche, biographie*, 3 vol., Paris, Gallimard, 1984-1985.

Les souvenirs consignés par deux amis proches de Nietzsche, Franz Overbeck et Paul Deussen, sont disponibles en traduction française :

Overbeck, Franz, *Souvenirs sur Nietzsche*, Paris, Allia, 1999.

Deussen, Paul, *Souvenirs sur Friedrich Nietzsche*, Paris, Gallimard, 2002.

Signalons encore que le lecteur intéressé par la biographie et curieux des lieux où a séjourné Nietzsche trouvera une abondante documentation photographique, accompagnée d'extraits des œuvres et de la correspondance, dans le volume suivant : Krell, D.F. and Bates, D.L., *The Good European. Nietzsche's Work Sites in Word and Image*, University of Chicago Press, Chicago/Londres, 1997.

Pour tout ce qui concerne l'aspect éditorial des œuvres de Nietzsche et l'histoire de leur publication, l'ouvrage de W. H. Schaberg constitue une mine de renseignements de première importance : Schaberg, William H., *The Nietzsche Canon : A Publication History and Bibliography*, Chicago, University of Chicago Press, 1995.

Sur le lexique nietzschéen, on se reportera aux ouvrages suivants :

Nietzsche-Wörterbuch, herausgegeben von der Nietzsche Research Group (Nijmegen) unter der Leitung, hrsg.

v. Tongeren, Paul van/Schank, Gerd/Siemens, Herman, Berlin-New York, Walter de Gruyter, tome 1, 2005.
Wotling, Patrick, *Le Vocabulaire de Nietzsche*, Paris, Ellipses, 2001, repris in *Le Vocabulaire des philosophes. Philosophie moderne* (tome 3 de la série), Paris, Ellipses, 2002.

4. Commentaires

a) Ouvrages

Abel, Günter, *Nietzsche. Die Dynamik der Willen zur Macht und die ewige Wiederkehr*, Berlin-New York, Walter de Gruyter, 1984.
Andler, Charles, *Nietzsche, sa vie et sa pensée*, 3 vol., rééd. Paris, Gallimard, 1979.
Assoun, Paul-Laurent, *Freud et Nietzsche*, Paris, PUF, 1980.
Blondel, Éric, *Nietzsche : le « cinquième "Évangile" » ?*, Paris, Les Bergers et les Mages, 1980.
– *Nietzsche, le corps et la culture*, Paris, PUF, 1986.
– *Analyse du Crépuscule des idoles*, in *Crépuscule des idoles*, trad. É. Blondel, Paris, Hatier, 2001.
Campioni, Giuliano, *Les Lectures françaises de Nietzsche*, Paris, PUF, 2001.
Campioni, Giuliano-Venturelli, Aldo (éditeurs), *La « biblioteca ideale » di Nietzsche*, Naples, Guida editore, 1992.
Colli, Giorgio, *Après Nietzsche*, Montpellier, Éditions de l'éclat, 1987.
– *Scritti su Nietzsche*, Milan, Adelphi, 1980.
Conway, Daniel W., *Nietzsche's Dangerous Game : Philosophy in the Twilight of the Idols*, Cambridge-New York, 1997.
Deleuze, Gilles, *Nietzsche et la philosophie*, Paris, PUF, 1962.
Figl, Johann, *Dialektik der Gewalt. Nietzsches hermeneutische Religionsphilosophie*, Düsseldorf, Patmos Verlag, 1984.
– *Interpretation als philosophisches Prinzip. Friedrich Nietzsches universale Theorie der Auslegung im späten Nachlaß*, Berlin-New York, Walter de Gruyter, 1982.
Fink, Eugen, *La Philosophie de Nietzsche*, Paris, Éditions de Minuit, 1965.
Gebhard, Walter, *Nietzsches Totalismus. Philosophie der Natur zwischen Verklärung und Verhängnis*, Berlin-New York, Walter de Gruyter, 1983.
Gentili, Carlo, *Nietzsche*, Bologne, Il mulino, 2001.

Gerhardt, Volker, *Vom Willen zur Macht*, Berlin-New York, Walter de Gruyter, 1994.

Granier, Jean, *Le Problème de la vérité dans la philosophie de Nietzsche*, Paris, Seuil, 1966.

Grimm, Ruediger Hermann, *Nietzsche's Theory of Knowledge*, Berlin-New York, Walter de Gruyter, 1977.

Haar, Michel, *Nietzsche et la métaphysique*, Paris, Tel-Gallimard, 1993.

– *Par-delà le nihilisme. Nouveaux essais sur Nietzsche*, Paris, PUF, 1998.

Heidegger, Martin, *Nietzsche*, 2 vol., Paris, Gallimard, 1971.

– *Qui est le Zarathoustra de Nietzsche ?*, in *Essais et conférences*, Paris, Tel-Gallimard, 1980.

– *Sur le mot de Nietzsche « Dieu est mort »*, in *Chemins qui ne mènent nulle part*, Paris, Gallimard, rééd. 1980.

Houlgate, Stephen, *Hegel, Nietzsche and the Criticism of Metaphysics*, Cambridge, Cambridge University Press, 1986, rééd. 2004.

Jaspers, Karl, *Nietzsche*, Paris, Gallimard, 1950, rééd. collection Tel, 1986.

Kaufmann, Walter A., *Nietzsche, Philosopher, Psychologist, Antichrist*, Princeton, Princeton University Press, 1950.

Kuhn, Elisabeth, *Friedrich Nietzsches Philosophie des europäischen Nihilismus*, Berlin-New York, Walter de Gruyter, 1992.

Lonsbach, Richard Maximilian (Richard Maximilian Cahen), *Friedrich Nietzsche und die Juden. Ein Versuch*, Bonn, Bouvier, 1985.

Löwith, Karl, *De Hegel à Nietzsche*, Paris, Gallimard, 1969, rééd. collection Tel, 1981.

– *Nietzsches Philosophie der ewigen Wiederkehr des Gleichen*, in *Sämtliche Schriften*, Band 6, Stuttgart, J. B. Metzlersche Verlagsbuchhandlung, 1987.

Montinari, Mazzino, *« La Volonté de puissance » n'existe pas*, Paris, Éditions de l'éclat, 1996.

– *Nietzsche lesen*, Berlin-New York, Walter de Gruyter, 1982.

– *Su Nietzsche*, Rome, 1982.

– *Friedrich Nietzsche*, Paris, PUF, 2001.

Morel, Georges, *Nietzsche, introduction à une première lecture*, Paris, Aubier, rééd. 1985.

Müller-Lauter, Wolfgang, *Nietzsche, seine Philosophie der Gegensätze und die Gegensätze seiner Philosophie*, Berlin-New York, Walter de Gruyter, 1971.

– *Über Werden und Wille zur Macht. Nietzsche-Interpretationen I*, Berlin-New York, Walter de Gruyter, 1999
– *Über Freiheit und Chaos. Nietzsche-Interpretationen II*, Berlin-New York, Walter de Gruyter, 1999
– *Nietzsche. Physiologie de la volonté de puissance*, Paris, Allia, 1998.
Murray, Peter Durno, *Nietzsche's Affirmative Morality*, Berlin-New York, Walter de Gruyter, 1999.
Negri, Antimo, *Introduzione* à *Friedrich Nietzsche. Teognide di Megara*, Rome-Bari, Laterza, 1985.
– *Nietzsche. La scienza sul Vesuvio*, Rome-Bari, Laterza, 1994.
Nehamas, Alexander, *Nietzsche : Life as Literature*, Cambridge, Massachusetts, Harvard University Press, 1985.
Pasqualotto, Giangiorgio, *Saggi su Nietzsche*, Milan, Franco Angeli, 1988.
Pfotenhauer, Helmut, *Die Kunst als Physiologie. Nietzsches ästhetische Theorie une literarische Produktion*, Stuttgart, J.B. Metzlersche Verlagsbuchhandlung, 1985.
Piazzesi, Chiara, *Nietzsche : Fisiologia dell'arte e décadence*, Lecce, Conte editore, 2003.
Reboul, Olivier, *Nietzsche critique de Kant*, Paris, PUF, 1974.
Regina, Umberto, *L'uomo complementare. Potenza e valore nella filosofia di Nietzsche*, Brescia, Editrice Morcelliana, 1988.
Schacht, Richard, *Nietzsche*, Londres, Routledge and Kegan Paul, 1985.
Schlechta, *Le Cas Nietzsche*, Paris, Gallimard, 1960.
Stack, G. J., *Nietzsche and Emerson : An Elective Affinity*, Ohio University Press, 1992
Stambaugh, Joan, *Untersuchungen zum Problem der Zeit bei Nietzsche*, Den Haag, Martinus Nijhoff, 1959.
Strong, Tracy B., *Friedrich Nietzsche and the Politics of Transfiguration*, Berkeley-Los Angeles-Londres, University of California Press, Expanded Edition, 1988.
Valadier, Paul, *Nietzsche et la critique du christianisme*, Paris, Éditions du Cerf, 1974.
Van Tongeren, Paul, *Die Moral von Nietzsches Moralkritik. Studie zur* Jenseits von Gut und Böse, Bonn, 1989.
Vattimo, Gianni, *Il soggetto e la maschera. Nietzsche e il problema della liberazione*, Milan, 1974.
– *Introduzione a Nietzsche*, Rome-Bari, Laterza, 3e éd., 1988.
Williams, W. D., *Nietzsche and the French. A Study of the Influence of Nietzsche's French Reading on his Thought and Writing*, Oxford, Basil Blackwell, 1952.
Wotling, Patrick, *Nietzsche et le problème de la civilisation*, Paris, PUF, 1995.

– *La Pensée du sous-sol*, Paris, Allia, 1999.
Yovel, Yirmiyahu, *Dark Riddle. Hegel, Nietzsche and the Jews*, The Pennsylvania University Press, 1998.
– *Les Juifs selon Hegel et Nietzsche. La clef d'une énigme*, Paris, Seuil, 2001.
Zeitlin, Irving M., *Nietzsche. A Re-Examination*, Cambridge, Polity Press, 1994.

b) Recueils d'articles et revues

Il faut distinguer la revue internationale de référence pour les études nietzschéennes.

Nietzsche-Studien, Berlin-New York, Walter de Gruyter, 1972 sqq.

Friedrich Nietzsche : Also sprach Zarathustra, Akademie Verlag, 1997.
Lectures de Nietzsche, sous la direction de Jean-François Balaudé et Patrick Wotling, Paris, LGF, 2000.
Nietzsche : A Collection of Critical Essays, edited by Robert C. Solomon, New York 1973.
Nietzsche : Imagery and Thought, a Collection of Essays, Londres, Methuen, 1978.
Nietzsche and Asian Thought, Chicago, edited by Graham Parkes, University of Chicago Press, 1991.
Nietzsche as Affirmative Thinker, Martinus Nijhoff, Dordrecht/Boston/Lancaster, 1986.
Nietzsche aujourd'hui ?, 2 vol., Paris, UGE, 1973.
Nietzsche, Cahiers de Royaumont, Paris, Éditions de Minuit, 1967.
Nietzsche, herausgegeben von Jörg Salaquarda, Darmstadt, Wissenschaftliche Buchgesellschaft, 1980.
Nietzsche moraliste, Revue germanique internationale, Paris, PUF, 1999.
Nietzsche. Verità-interpretazione, Atti del convegno di Rapallo (décembre 1982), Tilgher-Gênes, 1983.
Nietzscheforschung, Berlin, Akademie Verlag, 1994 sq.
Riscoprire Nietzsche, Edizioni dell'associazione internazionale di studi e ricerche su Nietzsche, Palerme, s. d.
Studies in Nietzsche and the Classical Tradition, Chapel Hill, University of North Carolina Press, 1976.
Krisis der Metaphysik. Wolfgang Müller-Lauter zum 65. Geburtstag, herausgegeben von Günter Abel und Jörg Salaquarda, De Gruyter, Berlin-New York 1989.

Nietzsche und die philosophische Tradition, herausgegeben von Josef Simon, Würzburg 1985, 2 vol.

Nietzsche and Jewish Culture, edited by Jacob Golomb, New York, Routledge, 1997.

Toward New Seas : Philosophy, Aesthetics and Politics in Nietzsche, edited by Tracy B. Strong and Michael Gillespie, Chicago, University of Chicago Press, 1988.

Nietzsche, Genealogy, Morality. Essays on Nietzsche's On the Genealogy of Morals, edited by Richard Schacht, Berkeley, University of California Press, 1994.

Nouvelles Lectures de Nietzsche, Cahiers L'Âge d'homme, Lausanne, 1985.

The New Nietzsche : Contemporary Styles of Interpretation, edited by David B. Allison, Cambridge, Mass., MIT Press, 1985.

Nietzsche und die antike Philosophie, edited by Daniel W. Conway and Rudolf Rehn, Wissenschaftlicher Verlag Trier, 1992.

Nietzsche and the Sciences, edited by Babette E. Babich, in cooperation with Robert S. Cohen, Dordrecht/Boston/Londres, Kluwer Academic Publishers, 1999, 2 vol.

c) *Articles*

Abel, Günter, « Logik und Ästhetik », *Nietzsche-Studien*, 1987.

– « Nietzsche contra "Selbsterhaltung". Steigerung der Macht und ewige Wiederkehr », *Nietzsche-Studien*, 1981-1982.

Ansell-Pearson, Keith J., « Nietzsche's overcoming of Kant and metaphysics : from tragedy to nihilism », *Nietzsche-Studien*, 1987.

Arras, John D., « Art, Truth and Aesthetics in Nietzsche's Philosophy of Power », *Nietzsche-Studien*, 1980.

Bauer, Martin, « Zur Genealogie von Nietzsches Kraftbegriff. Nietzsches Einandersetzung mit J. G. Vogt, » *Nietzsche-Studien*, 1984.

Birault, Henri, « Nietzsche et le pari de Pascal », *Archivio di filosofia*, 1962.

– « Sur un texte de Nietzsche : "En quoi, nous aussi, nous sommes encore pieux" », *Revue de métaphysique et de morale*, 1962, rééd. in *Lectures de Nietzsche*, Paris, LGF, 2000.

Biser, Eugen, « Das Desiderat einer Nietzsche-Hermeneutik. Der Gang der Wirkungsgeschichte », *Nietzsche-Studien*, 1980.

Blondel, Éric, « Contre Kant et Schopenhauer : l'affirmation nietzschéenne », *Revue philosophique*, n° 3, 1998.

– « "Götzen aushorchen". Versuch einer Genealogie der Genealogie. Nietzsches philosophisches Apriori und die christiliche Kritik des Christentums », *Perspektiven der Philosophie*, Amsterdam, 1981 (7).

– « Les guillemets de Nietzsche », in *Nietzsche aujourd'hui ?*, Paris, UGE, 1973, t. 2, rééd. in *Lectures de Nietzsche*, Paris, LGF, 2000.

– « Nietzsche : la vie et la métaphore », *Revue philosophique*, 1971.

– « "Wohin ?", "Wozu ?" : ein Kulturproblem. Wahrheit und Leben bei Hume und Nietzsche », *Perspektiven der Philosophie*, Amsterdam, 1980 (6).

– « Nietzsche philosophe musicien », in *Nouvelles lectures de Nietzsche*, Cahiers l'Âge d'homme, Lausanne, 1985.

– « Sans musique, la vie serait une erreur », *Revista portuguesa da filosofia*, LVII-2, Braga, 2001.

Brennecke, Detlef, « Die blonde Bestie », *Nietzsche-Studien*, 1976.

Brose, Karl, « Nietzsches Verhältnis zu John Stuart Mill. Eine geisteswissenschaftliche Studie », *Nietzsche-Studien*, 1974.

Campioni, Giuliano, « Nietzsche, Taine et la décadence », in *Nietzsche. Cent ans de réception française*, travaux réunis par Jacques Le Rider, Éditions Suger, Paris, 1999.

Crawford, Claudia « Nietzsche's mnemotechnics, the theory of ressentiment and the psychical apparatus », *Nietzsche-Studien*, 1985.

Etter, Anne-Marie, « Nietzsche und das Gesetzbuch des Manu », *Nietzsche-Studien*, 1987.

Foucault, Michel, « Nietzsche, la généalogie, l'histoire », in *Lectures de Nietzsche*, Paris, LGF, 2000.

Gayon, Jean, « Nietzsche and Darwin », in Dan Stone, *Breeding Superman : Nietzsche, Race and Eugenics in Edwardian and Interwar Britain*, Studies in social and political thought, n°6, Liverpool University Press, 2002.

Gebhardt, Walter, « Zur Gleichnissprache Nietzsches. Probleme der Bildlichkeit und Wissenschaftlichkeit », *Nietzsche-Studien*, 1980.

Gerhardt, Volker, « Das "Prinzip des Gleichgewichts". Zum Verhältnis von Recht und Macht bei Nietzsche », *Nietzsche-Studien*, 1983.

– « Macht und Metaphysik. Nietzsches Machtbegriff im Wandel der Interpretation, » *Nietzsche-Studien*, 1981-1982.

– « Selbstbegründung. Nietzsches Moral der Individualität », *Nietzsche-Studien*, 1992.

– « Die Perspektive des Perspektivismus », *Nietzsche-Studien*, 1989.

Gilman, Sander L., « Nietzsches Emerson Lektüre : eine unbekannte Quelle », *Nietzsche-Studien*, 1980.

Grau, Gerd-Günther, « Sublimierter oder realisierter Wille zur Macht ? », *Nietzsche-Studien*, 1981-1982.

Hamacher, Werner, « "Disgregation des Willens". Nietzsche über Individuum und Individualität », *Nietzsche-Studien*, 1986.

Heidemann, Ingeborg, « Nietzsches Kritik der Moral », *Nietzsche-Studien*, 1972.

Heintel, Erich, « Philosophie und organischer Prozess », *Nietzsche-Studien*, 1974.

Heller, Edmund, « Diesseits und jenseits von Gut und Böse. Zu Nietzsches Moralkritik », *Nietzsche-Studien*, 1992.

Kaufmann, Walter, « Nietzsche als der erste große Psychologe », *Nietzsche-Studien*, 1978.

– « Nietzsches Einstellung gegenüber Sokrates », in *Nietzsche*, herausgegeben von Jörg Salaquarda, Darmstadt, Wissenschaftliche Buchgesellschaft, 1980.

Kaulbach, Friedrich, « Nietzsche und der monadologische Gedanke », *Nietzsche-Studien*, 1979.

Kaulbach, Friedrich, « Nietzsches Interpretation der Natur », *Nietzsche-Studien*, 1981-82.

Kemal, « Some problems of genealogy », *Nietzsche-Studien*, 1990.

Kuhn, Elisabeth, « Cultur, Civilisation, die Zweideutigkeit des "Modernen" », *Nietzsche-Studien*, 1989.

Long, Thomas A., « Nietzsche's philosophy of medecine », *Nietzsche-Studien*, 1990.

Marti, Urs, « Der Plebejer in der Revolte – Ein Beitrag zur Genealogie des "höheren Menschen" », *Nietzsche-Studien*, 1989.

Mittelman, Willard, « The relation between Nietzsche's theory of the will to power and his earlier conception of power », *Nietzsche-Studien*, 1980.

Montinari, Mazzino, « Nietzsche lesen : die Götzen-Dämmerung », *Nietzsche-Studien*, 1984.

Müller, F., « Die blonde Bestie und Thukydides », in *Harvard Studies in Classical Philology*, 1958, t. 63, p. 171 sq.

Müller-Lauter, Wolfgang, « Der Organismus als innerer Kampf. Der Einfluss von Wilhelm Roux auf Friedrich Nietzsche », *Nietzsche-Studien*, 1978.

– « Nietzsches Lehre vom Willen zur Macht », in *Nietzsche-Studien*, 1974 (ces deux études sont traduites en français dans *Nietzsche. Physiologie de la volonté de puissance*, Paris, Allia, 1998).

– « De l'économie et de la culture chez Nietzsche », *Revue germanique internationale*, Paris, 1999.

– « Décadence artistique et décadence physiologique. Les dernières critiques de Nietzsche contre Richard Wagner », *Revue philosophique*, n° 3, 1998.

– « "Der Wille zur Macht" als Buch der "Krisis" philosophischer Nietzsche-Interpretation », *Nietzsche-Studien*, 1995.

Negri, A., « Nietzsche e la "credenza" scientifica », in *Nietzsche. Verità-interpretazione. Alcuni esiti della rilettura*, Tilgher-Gênes, 1983.

Pasley, Malcolm, « Nietzsche's use of medical terms », in *Nietzsche : Imagery and thought, a Collection of Essays*, Londres, Methuen, 1978.

Pizer, J., « The use and abuse of "*Ursprung*" : on Foucault's reading of Nietzsche », *Nietzsche-Studien*, 1990.

Roos, Richard, « Les derniers écrits de Nietzsche et leur publication », in *Lectures de Nietzsche*, Paris, LGF, 2000.

– « Nietzsche et Épicure : l'idylle héroïque », in *Lectures de Nietzsche*, Paris, LGF, 2000.

– « Elisabeth Foerster-Nietzsche ou la sœur abusive », *Études germaniques*, 1956.

– « Règles pour une lecture philologique de Nietzsche », in *Nietzsche aujourd'hui ?*, 2 vol., Paris, UGE, 1973, t. 2.

Salaquarda, Jörg, « Der ungeheure Augenblick », *Nietzsche-Studien*, 1989.

– « Dionysos gegen den Gekreuzigten. Nietzsches Verständnis des Apostels Paulus », in *Nietzsche*, herausgegeben von Jörg Salaquarda, Darmstadt, Wissenschaftliche Buchgesellschaft, 1980.

– « L'enseignant de l'humanité », *Revue germanique internationale*, Paris, 1999.

Schmidt, Alfred, « Über Nietzsches Erkenntnistheorie », in *Nietzsche*, herausgegeben von Jörg Salaquarda, Darmstadt, Wissenschaftliche Buchgesellschaft, 1980.

Schrift, Alan D., « Between perspectivism and philology : genealogy as hermeneutic », *Nietzsche-Studien*, 1987.

Simon, Josef, « Grammatik und Wahrheit », *Nietzsche-Studien*, 1972.
– « Nietzsche und das Problem des europäischen Nihilismus », in *Ist Gott tot ? Über Friedrich Nietzsche*, herausgegeben von W. Böhme, Karlsruhe 1982.
– « Der Philosoph als Gesetzgeber. Kant und Nietzsche », in *Perspektiven des Perspektivismus. Gedenkschrift zum Tode Friedrich Kaulbachs*, herausgegeben von V. Gerhardt und N. Herold, Würzburg 1992.
Söring, Jürgen, « Incipit Zarathustra – Vom Abgrund der Zukunft », *Nietzsche-Studien*, 1979.
Spencer, Hanna, « Heine and Nietzsche », *Heine-Jahrbuch* XI, 1972.
Sprung, Mervyn, « Nietzsche's trans-european eye », *Nietzsche and Asian Thought*, Chicago, University of Chicago Press, 1991.
Stambaugh, Joan, « Thoughts on pity and revenge », *Nietzsche-Studien*, 1972.
– « Thoughts on the innocence of becoming », *Nietzsche-Studien*, 1985.
Stegmaier, Werner, « Nietzsches Neubestimmung der Warhheit », *Nietzsche-Studien*, 1985.
– « Darwin, Darwinismus, Nietzsche. Zum Problem der Evolution », *Nietzsche-Studien*, 1987.
Taureck, Bernhardt, « Macht und nicht Gewalt. Ein anderer Weg zum Verständnis Nietzsches », *Nietzsche-Studien*, 1976.
Thatcher, David S., « A diagnosis of idols. Percussions and repercussions of a distant hammer », *Nietzsche-Studien*, 1985.
Trilhaas, Wolfgang, « Nietzsches "Priester" », *Nietzsche-Studien*, 1983.
Venturelli, Aldo, « Asketismus und Wille zur Macht. Nietzsches Auseinandersetzung mit Eugen Dühring », *Nietzsche-Studien*, 1986.
Wiehl, Reiner, « Ressentiment und Reflexion. Versuchung oder Wahrheit eines Theorems von Nietzsche », *Nietzsche-Studien*, 1973.
Wotling, Patrick, « "Der Weg zu den Grundproblemen". Statut et structure de la psychologie dans la pensée de Nietzsche », *Nietzsche-Studien*, 1997.
– « La morale comme problème », préface aux *Éléments pour la généalogie de la morale*, Paris, Le Livre de Poche, 2000.

– « Affectivité et valeurs. Le pathos de la distance contre le ressentiment et le rôle des sentiments dans l'analyse nietzschéenne de la morale », in *Lectures de Nietzsche*, Paris, LGF, 2000.
– « La morale sans métaphysique. "Vitalisme" et psychologie de la morale chez Darwin, Spencer et Nietzsche », in *Lectures de Nietzsche*, Paris, LGF, 2000.
– « Les questions que les philosophes ne posent pas. L'éthique de la pensée chez Nietzsche », *Lignes*, Paris, éd. Leo Scheer, n° 7 (*Un autre Nietzsche*), février 2002.
– « L'entente de nombreuses âmes mortelles. L'analyse nietzschéenne du corps », in *Le Corps*, sous la direction de J.-C. Goddard, Vrin, 2005.
– « Hegel et Nietzsche. Quatre tentatives pour faire dialoguer deux frères ennemis », *Nietzsche-Studien*, 2005.

BIOGRAPHIE

Nous nous limiterons ici aux indications biographiques essentielles permettant de situer les grandes étapes de la carrière intellectuelle de Nietzsche, en renvoyant pour le reste à la somme constituée par l'ouvrage de C. P. Janz, *Nietzsche, biographie*, 3 vol., Paris, Gallimard, 1984-1985, et aux documents eux-mêmes, à commencer par la correspondance de Nietzsche. Bien que la majorité des témoignages de ses amis ou connaissances demeurent malheureusement inédits en français, le lecteur francophone peut désormais lire le document de première importance que constituent les *Souvenirs sur Nietzsche* rédigés par Franz Overbeck (Paris, Allia, 1999).

Rappelons enfin que la réflexion autobiographique recouvre pour Nietzsche des enjeux strictement philosophiques plutôt que « biographiques » au sens courant, – qu'elle lui fournit avant tout l'occasion d'exposer sa problématique selon un angle nouveau : c'est dans cette perspective qu'on lira attentivement *Ecce homo* pour voir comment lui-même choisit de présenter les expériences fondamentales de sa vie et leur interprétation sous forme de problèmes.

Friedrich Wilhelm Nietzsche naît le **15 octobre 1844** à Röcken, près de Leipzig ; il est issu d'une lignée de pasteurs luthériens, son père est le pasteur de Röcken. Aucun document ne permet semble-t-il d'attester clairement l'ascendance polonaise et aristocratique que Nietzsche revendiquera de manière polémique dans les dernières années de sa vie intellectuelle.

1846 : Naissance d'Elisabeth, la sœur de Nietzsche, en juillet.

1849 : Mort de son père en juillet.

1850 : La mère de Nietzsche s'installe avec son fils et sa fille à Naumbourg.

1858-1864 : Études au collège de Pforta, où il acquiert une solide instruction classique, et rédige ses premiers textes. Rencontre avec Paul Deussen, future sommité de l'école indianiste allemande – et futur éditeur des œuvres de Schopenhauer. Nietzsche lui rendra hommage de manière appuyée dans la *Généalogie de la morale.* Deux livres de Deussen joueront un rôle important pour la réflexion de Nietzche : *Le système du vedânta*, publié à Leipzig en 1883, ainsi que la traduction du *Commentaire de Sankara aux Brahma-sutra*, texte fondamental du vedanta non dualiste (publiée en 1887). Penseur de la culture, et comme tel hostile à tout repli aveugle dans l'aire européenne (ou occidentale), Nietzsche témoignera vite d'un intérêt marqué pour la pensée indienne, paradigme culturel qui joue un certain rôle dès *La Naissance de la tragédie.*

1864-1865 : Études à l'université de Bonn, d'abord en théologie, dont Nietzsche se détourne rapidement, puis dans ce qui restera sa voie professionnelle jusqu'à la rupture de l'enseignement, la philologie classique.

1865-1869 : Études de philologie classique à l'université de Leipzig, sous la direction de Ritschl. Nietzsche publie plusieurs travaux philologiques dans le *Rheinisches Museum*, consacrés en particulier aux sources de Diogène Laërce et à Théognis de Mégare (que l'on verra resurgir dans la *Généalogie de la morale* en tant que porte-parole de l'aristocratie grecque).

1865 : Découverte de Schopenhauer et lecture de son texte majeur, *Le Monde comme volonté et comme représentation* (qui avait été publié en 1819). Schopenhauer est mort en 1860.

C'est à cette époque que Nietzsche aurait contracté la syphilis, source probable de l'effondrement de 1889.

1868 : Wagner fait représenter *Les Maîtres chanteurs de Nuremberg.* Première rencontre entre Nietzsche et Wagner.

1869 : Les travaux philologiques de Nietzsche sont remarqués ; il est appelé comme professeur de philologie classique à Bâle, alors qu'il ne possède pas encore le titre de docteur. Ce début de carrière spectaculaire ne lui vaudra pas que des amitiés ; sans doute jouera-t-il pour une part dans la réception de *La Naissance de la tragédie.*

Conférence inaugurale sur *Homère et la philologie classique.*

À Bâle, Nietzsche fait la connaissance de deux personnages très importants pour la suite de sa carrière intellectuelle :

– Jacob Burckhardt, tout d'abord, historien, et avant tout historien de la culture, auteur, entre autres, des *Considérations sur l'histoire universelle*, de *La Civilisation de la Renaissance en Italie*, et dont les cours sur la culture grecque – que Nietzsche suit pour une part et dont il se fera transmettre le texte sous forme de notes – seront publiés par la suite sous le titre de *Griechische Kulturgeschichte* ; à deux reprises en l'espace de quelques pages, dans le *Crépuscule des idoles*, Nietzsche décernera les plus vifs éloges à son ami et ancien collègue de Bâle, le seul historien à avoir remarqué l'importance du phénomène dionysiaque chez les Grecs.

– Franz Overbeck, spécialiste du christianisme des origines et des premiers siècles. C'est très vraisemblablement à Overbeck que Nietzsche doit une bonne part de son information sur le christianisme primitif.

Visite à Richard Wagner, installé dans sa villa de Tribschen, non loin de Lucerne.

1870-1871 : À l'occasion de la guerre franco-prussienne, Nietzsche demande son congé pour servir dans une unité sanitaire. Il contracte une maladie sérieuse, et rentre en Suisse pour sa convalescence.

La victoire allemande, puis l'unification et ses conséquences, notamment la tendance qui se répand à voir dans la suprématie militaire l'indice de la supériorité d'une civilisation sur une autre, ne tarderont pas à susciter chez Nietzsche la prise de conscience d'un problème : dans quel sens évolue la civilisation européenne, allemande en particulier ? « Une grande victoire est un grand danger », écrira-t-il bientôt dans la première des *Considérations inactuelles*. On voit qu'il n'est pas jusqu'aux circonstances historiques qui ne viennent alimenter la réflexion de Nietzsche sur le problème qui sera le sien en propre, et constituera la toile de fond de son premier ouvrage : celui du sens et de la valeur de la culture.

1872 : Premiers résultats de sa réflexion sur les Grecs : publication de son premier texte philosophique, *La Naissance de la tragédie à partir de l'esprit de la musique*, avec une dédicace à Richard Wagner.

Le livre suscite une très vive polémique dans le monde universitaire : Nietzsche subit notamment les attaques violentes d'Ulrich von Wilamowitz-Möllendorf, alors âgé de vingt-trois ans, célébré plus tard comme le « prince des philologues », le spécialiste par excellence des études grecques. Ce dernier publie un pamphlet intitulé *Philologie de l'avenir !*, attaque systématique de tout ce que contient *La Naissance de la tragédie.* Il est clair que Wilamowitz s'en prend à la fois au philologue (que Nietzsche, déjà, ne veut plus être) et au wagnérien, pour conclure en l'invitant à quitter la chaire du haut de laquelle il est censé enseigner la science.

Double réplique du côté nietzschéen :

– celle de son ami Erwin Rohde tout d'abord, spécialiste de philologie grecque également, qui défend l'ouvrage de son ami dans une réponse à Wilamowitz intitulée *Afterphilologie* (sur le jeu de mots désobligeant que constitue ce titre, on se reportera à la biographie de C. P. Janz, p. 507, note 23).

– Celle de Richard Wagner en personne, qui publie une lettre ouverte à Wilamowitz dans laquelle il souligne l'importance du geste créateur de Nietzsche : « actuellement, la philologie n'exerce aucune influence sur l'état général de la culture allemande ».

Significative de la surprise du monde universitaire est la réaction de l'ancien maître, Ritschl, qui note laconiquement dans son journal, après la lecture de *La Naissance de la tragédie* : « Spirituel délire. »

Wagner quitte Tribschen et s'installe à Bayreuth, où il pose la première pierre de son théâtre. Nietzsche ne cessera de s'éloigner davantage de Wagner désormais.

Conférences de Nietzsche : *Sur l'avenir de nos établissements d'enseignement.*

1873-1876 : 2e série d'ouvrages : les *Considérations inactuelles* :

– **août 1873** : *David Strauss, croyant et écrivain*

– **février 1874** : *De l'utilité et de l'inconvénient des études historiques pour la vie*

– **octobre 1874** : *Schopenhauer éducateur*

– **juillet 1876** : *Richard Wagner à Bayreuth.*

1875 : Détérioration de l'état de santé de Nietzsche, qui suspend ses cours, et commence une vie de voyages et d'errances qui ne cessera jusqu'en 1888.

Autre événement intellectuel important : la découverte de Stendhal, qui exercera une influence profonde sur la réflexion nietzschéenne. Il faut remarquer que les influences majeures, à l'exception de Schopenhauer, ne sont pas des influences philosophiques mais celle d'un musicien :

Wagner, d'un historien : Burckhardt, d'un écrivain : Stendhal (à qui il faudra ajouter, plus tard, celle de Dostoïevski). Nietzsche sera toujours parfaitement conscient du caractère unique et atypique de son expérience.

1876 : Rencontre avec Paul Rée, qui jouera un rôle certain dans la méditation nietzschéenne sur la morale. Rée publie *L'Origine des sentiments moraux*.

Rencontre avec Heinrich Köselitz (le futur « Peter Gast »).

1876-1877 : Nietzsche demande une année de congé pour raisons de santé. Il la passera en Italie, à Sorrente principalement. Sans doute est-ce là la véritable découverte du Sud, dont on sait qu'elle jouera un rôle capital dans la problématique nietzschéenne : on relira par exemple le § 255 de *Par-delà bien et mal* afin de voir comment l'opposition du Nord et du Sud prend chez lui une signification philosophique par rapport à sa problématique propre.

1878 : Parution en mai de la première partie de *Humain, trop humain*, dédié à Voltaire, avec pour sous-titre : « Un livre pour esprits libres ». Rupture définitive avec Wagner qui triomphe en Allemagne. Nietzsche lui envoie son livre ; Wagner lui adresse au même moment la partition de *Parsifal* : on lira dans *Ecce homo* le chapitre consacré à *Humain, trop humain*, § 2 et 5 en particulier.

1879 : Parution en mars des *Opinions et sentences mêlées*.

Novembre : *Le Voyageur et son ombre*. Ces deux textes seront recueillis sous le titre *Humain, trop humain* II.

Suspension définitive de sa charge d'enseignement pour raisons de santé. C'est le début de la vie de voyages, essentiellement en Italie, en Suisse et dans le sud de la France.

1881 : Séjour à Sils-Maria, en Haute-Engadine, puis à Gênes. Découvre *Carmen* de Bizet – voir la fin du § 254 de *Par-delà bien et mal*.

Publication d'*Aurore*, « Pensées sur les préjugés moraux ».

1882 : mars : *Idylles de Messine*.

août : *Le Gai Savoir*.

Rencontre avec Lou Andréas-Salomé.

1883 : Écriture et publication d'*Ainsi parlait Zarathoustra* I (janvier) et II (juillet) : « Un livre pour tous et pour personne ».

Mort de Richard Wagner.

1884 : Parution de la troisième partie d'*Ainsi parlait Zarathoustra*.

Sa sœur épouse le Dr Bernhardt Förster, l'un des chefs du parti antisémite en Allemagne. Il est bon de lire à ce sujet la lettre qu'il lui adressera à la date du 26 décembre 1887 : « Personne ne me connaît assez ; et mon histoire de ces quinze dernières années est une énigme pour tout le monde. Nul de mes "amis" ne sait comment on me fait du bien ni comment on me fait du mal. […] C'est toi, mon pauvre lama, qui as fait une des plus grandes bêtises, et pour toi, et pour moi. Ton mariage avec un chef antisémite exprime pour toute ma façon d'être un éloignement qui m'emplit toujours de rancœur et de mélancolie. […] Car, vois-tu bien, mon bon lama, c'est pour moi une question d'honneur que d'observer envers l'antisémitisme une attitude absolument nette et sans équivoque, savoir : celle de l'opposition, comme je le fais dans mes écrits. On m'a accablé dans les derniers temps de lettres et de feuilles antisémites ; ma répulsion pour ce parti (qui n'aimerait que trop se prévaloir de mon nom !) est aussi prononcée que possible, mais ma parenté avec Förster et le contrecoup de l'antisémitisme de Schmeitzner, mon ancien éditeur, ne cessent de faire croire aux adeptes de ce désagréable parti que je dois être un des leurs. Combien cela me nuit et m'a nui, tu ne peux pas t'en faire une idée. La presse allemande étouffe mes écrits sous le silence – et c'est depuis lors, dit Overbeck. Mon abstention éveille la méfiance de tous à l'endroit de mon caractère comme si je reniais en public une chose que je favorise en secret et je ne peux rien faire pour empêcher que les feuilles antisémites utilisent le nom de "Zarathoustra" : cette impuissance m'a déjà presque rendu malade plusieurs fois » (*Lettres choisies*, Gallimard, p. 267. Sur cette question, on lira également la lettre du 29 mars 1887 à Theodor Fritsch, l'éditeur du *Courrier antisémite*).

1885 : Nouveaux voyages : Nice, Gênes, Turin, Rome.

Publication de la quatrième partie d'*Ainsi parlait Zarathoustra*, à compte d'auteur.

1886 : août : parution de *Par-delà bien et mal*, « Prélude à une philosophie de l'avenir ». Nietzsche recevra à l'occasion de cet ouvrage une lettre de félicitations d'Hippolyte Taine, l'un des premiers signes de reconnaissance que lui témoigne le monde intellectuel.

Rédaction du cinquième livre du *Gai Savoir* et de préfaces destinées aux nouvelles éditions de ses anciens ouvrages (*La Naissance de la tragédie*, *Humain, trop humain* I et II, *Aurore*, *Le Gai Savoir*).

Découverte de Dostoïevski.

1887 : Parution de la *Généalogie de la morale*, « Ajouté à *Par-delà bien et mal*, publié dernièrement, pour le compléter et l'éclairer ».

Réédition du *Gai Savoir*, avec le cinquième livre et la préface rédigés peu auparavant, ainsi que les *Chansons du Prince Vogelfrei*, que Nietzsche dira inspirées par la poésie provençale des troubadours.

1888 : Dernière année de la vie consciente de Nietzsche, caractérisée par une intense activité. Nietzsche publie *Le Cas Wagner, un problème pour musiciens*, puis achève la rédaction du *Crépuscule des idoles*, « ou comment philosopher en maniant le marteau » – « œuvre de si peu de jours que je serais gêné d'en indiquer le nombre ».

Il rédige encore *L'Antéchrist* ainsi qu'*Ecce homo*, qui tous deux ne seront publiés que plus tard, et *Nietzsche contre Wagner*.

1889 : Premiers jours de janvier : l'effondrement de Turin. Le 7 janvier, selon la date la plus probable, Nietzsche perd connaissance dans la rue et est ramené à la pension où il loge. En ces premiers jours de l'année, il adresse à ses amis et connaissances, ainsi qu'au roi d'Italie, les « billets de la folie », de courtes notes exaltées qu'il signe notamment du nom de Dionysos, ou encore du « Crucifié ».

Il sera ramené chez lui par son ami Franz Overbeck, et confié aux médecins, qui diagnostiqueront une « paralysie progressive », formule qui, dans la terminologie médicale de l'époque, ne désigne pas à proprement parler une maladie mentale, mais un trouble organique d'origine externe produisant une lésion du cerveau, et entraînant des dysfonctionnements, voire l'interruption de certaines fonctions ; cette maladie est le plus souvent liée à une infection syphilitique, et il est probable qu'elle l'est également dans le cas de Nietzsche. Ce dernier passera le restant de sa vie en clinique, puis auprès de sa sœur qui le recueillera et tentera de tirer parti de la gloire bientôt naissante de son frère, pour instituer une sorte de culte nietzschéen et gérer d'une main de fer l'exploitation désormais lucrative de ses textes. S'agissant de l'attitude de sa sœur, « le lama », ainsi que Nietzsche se plaisait à la surnommer, que ce soit son comportement dans ces dernières années, son futur soutien au régime nazi, ou la falsification à laquelle elle s'est livrée sur les textes de son frère (confectionnant ce monument élevé à la malhonnêteté intellectuelle qu'est *La Volonté de puissance*, autour duquel sauront se rassembler, pour longtemps, les plus implacables ennemis de la probité), il est important de garder à l'esprit le jugement de Nietzsche lui-même : « Quand je cherche mon plus exact opposé, l'incommensurable bassesse des instincts, je trouve toujours ma mère et ma sœur » (*Ecce homo*, « Pourquoi je suis si sage », § 3). Durant toutes ces années, Nietzsche ne sortira plus d'une vie végétative.

1895 : Première publication de *L'Antéchrist*, sous une forme mutilée. Sa sœur, qui semble avoir vu dans ce texte l'œuvre d'un fou, et n'était en outre guère portée à s'en prendre à l'Église, en supprima notamment la « Loi contre le christianisme », retrouvée par les maîtres d'œuvre de l'édition qui fait désormais autorité.

1897 : Mort de la mère de Nietzsche.

25 août 1900 : Nietzsche meurt à Weimar.

1908 : Première publication du texte d'*Ecce homo*, dans une version largement expurgée par sa sœur (notamment des passages la concernant). Pour ce texte comme pour les textes posthumes, qui constituent plus de la moitié du volume de ce que Nietzsche a rédigé, il faudra attendre l'édition Colli-Montinari pour disposer enfin d'un texte fiable.

CRÉPUSCULE DES IDOLES
Index des noms

CRÉPUSCULE DES IDOLES
Index des notions

TABLE

LA PHILOSOPHIE DANS LA GF

ANSELME DE CANTORBERY
Proslogion (717)

ARISTOTE
De l'âme (711)
Éthique de Nicomaque (43)
Éthique à Nicomaque (947)
Parties des animaux, livre I (784)
Petits traités d'histoire naturelle (979)
Physique (887)
Les Politiques (490)
Traité du ciel (1036)

AUFKLÄRUNG. LES LUMIÈRES ALLEMANDES (793)

SAINT AUGUSTIN
Les Confessions (21)

AVERROÈS
Discours décisif (bilingue) (871)
L'Intelligence et la pensée (Sur le De Anima) (974)

BACON
La Nouvelle Atlantide (770)

BECCARIA
Des délits et des peines (633)

BERKELEY
Principes de la connaissance humaine (637)
Trois dialogues entre Hylas et Philonous (990)

BICHAT
Recherches physiologiques sur la vie et la mort (808)

BOÈCE
Traités théologiques (bilingue) (876)

LE BOUDDHA
Dhammapada (849)

COMTE
Leçons de sociologie (864)
Discours sur l'ensemble du positivisme (991)

CONDORCET
Cinq mémoires sur l'instruction publique (783)
Esquisse d'un tableau historique des progrès de l'esprit humain (484)

CONFUCIUS
Entretiens avec ses disciples (799)

CONSTANT
De l'esprit de la conquête et de l'usurpation dans leurs rapports avec la civilisation européenne (456)

CUVIER
Recherches sur les ossements fossiles de quadrupèdes (631)

DARWIN
L'origine des espèces (685)

DESCARTES
Correspondance avec Élisabeth et autres lettres (513)
Discours de la méthode (1091)
Lettre-préface des Principes de la philosophie (975)
Méditations métaphysiques (328)
Les Passions de l'âme (865)

DIDEROT
Entretien entre d'Alembert et Diderot. Lettre sur les aveugles. Lettre sur les sourds et muets (1081)
Le Rêve de d'Alembert. (1134)
Supplément au Voyage de Bougainville. Pensées philosophiques. Additions aux Pensées philosophiques. Lettre sur les aveugles. Additions à la Lettre sur les aveugles (252)

DIDEROT/D'ALEMBERT
Encyclopédie ou Dictionnaire raisonné des Sciences, des Arts et des Métiers (2 vol., 426 et 448)

DIOGÈNE LAËRCE
Vie, doctrines et sentences des philosophes illustres (2 vol., 56 et 77)

MAÎTRE ECKHART
Traités et sermons (703)

ÉPICTÈTE
Manuel (797)

ÉRASME
Éloge de la folie (36)

FICHTE
La Destination de l'homme (869)

GALIEN
Traités philosophiques et logiques (880)

GRADUS PHILOSOPHIQUE (773)

HEGEL
Préface de la Phénoménologie de l'esprit (bilingue) (953)
Principes de la philosophie du droit (664)

HÉRACLITE
Fragments (1097)

HERDER
Histoires et cultures (1056)

HIPPOCRATE
L'Art de la médecine (838)

HOBBES
Le Citoyen (385)

HUME
Enquête sur l'entendement humain (343)
Enquête sur les principes de la morale (654)

Ménexène. Ménon. Cratyle (146)
La République (653)
Sophiste (687)
Sophiste. Politique. Philèbe. Timée. Critias (203)
Théétète (493)
Théétète. Parménide (163)
Timée. Critias (618)

LES MYTHES DE PLATON (1185)

PLOTIN
Traités (1155)
Traités 7-21 (1164)
Traités 22-26 (1198)

QUESNAY
Physiocratie (655)

RAZI
La Médecine spirituelle (1136)

RICARDO
Principes de l'économie politique et de l'impôt (663)

ROUSSEAU
Considérations sur le gouvernement de Pologne. L'Économie politique. Projet de constitution pour la Corse (574)
Du contrat social (1058)
Dialogues. Le Lévite d'Éphraïm (1021)
Discours sur l'origine et les fondements de l'inégalité parmi les hommes. Discours sur les sciences et les arts (243)
Émile ou de l'éducation (117)
Essai sur l'origine des langues et autres textes sur la musique (682)
Lettre à M. d'Alembert sur son article Genève (160)
Lettre à D'Alembert (1165)
Profession de foi du vicaire savoyard (883)

SAY
Cours d'économie politique (879)

SCHOPENHAUER
Sur la religion (794)

SÉNÈQUE
De la providence De la constance du sage. De la tranquilité de l'âme. Du loisir (1089)
Lettres à Lucilius (1-29) (599)

SMITH
La Richesse des nations (2 vol., 598 et 626)

SPINOZA
Œuvres : I - Court traité. Traité de la réforme de l'entendement. Principes de la philosophie de Descartes. Pensées métaphysiques (34)
II - Traité théologico-politique (50)
III - Éthique (57)
IV - Traité politique. Lettres (108)
Traité de la réforme de l'entendement (bilingue) (1171)

THOMAS D'AQUIN
Contre Averroès (bilingue) (713)
Somme contre les Gentils (1045-1048, 4 vol. sous coffret1049)

THOMAS D'AQUIN ET LA CONTROVERSE SUR *L'ÉTERNITÉ DU MONDE* (1199)

TOCQUEVILLE
De la démocratie en Amérique (2 vol., 353 et 354)
L'Ancien Régime et la Révolution (500)
Sur l'Algérie (1175)

TURGOT
Formation et distribution des richesses (983)

VICO
De l'antique sagesse de l'Italie (742)

VOLTAIRE
Dictionnaire philosophique (28)
Lettres philosophiques (15)
Traité sur la tolérance (552)

WITTGENSTEIN
Remarques mêlées (815)

GF - CORPUS

L'Âme (3001)
L'Amitié (3054)
L'Amour (3010)
Autrui (3051)
Le Citoyen (3044)
Le Corps (3055)
La Démocratie (3007)
Le Désir (3015)
Dieu (3008)
Le Droit (3046)
L'État (3003)
L'Expérience (3049)
L'Histoire (3021)
L'Identité (3030)
L'Illusion (3035)
L'Image (3036)
La Justice (3050)
Le Langage (3027)
Le Libéralisme (3016)
La Liberté (3023)
La Loi (3056)
Le Mal (3057)
Les Mathématiques (3019)
La Matière (3020)
La Métaphysique (3037)
La Morale (3018)
La Mort (3072)
La Nature (3009)
Le Nihilisme (3011)
L'Œuvre d'art (3024)
La Paix (3026)
Les Passions (3053)
Le Pouvoir (3002)
La Religion (3040)
Le Scepticisme (3014)
La Sensation (3005)
La Société (3041)
Le Temps (3006)
La Tolérance (3004)
Le Travail (3025)
L'Utopie (3029)
La Vie (3045)
La Violence (3042)
La Volonté (3012)

GF Flammarion

13/04/181383-IV-2013 – Impr. MAURY Imprimeur, 45330 Malesherbes.
N° d'édition L.01EHPNFG1174.C004. – Août 2005 – Printed in France.